Dello stesso autore

Il manoscritto
Il sogno
C'era due volte
Puzzle
Labirinti
Vertigine

Darkside

82

I edizione: maggio 2024

Via Isonzo 42, Roma

Titolo originale: *Norferville*
Traduzione dal francese di Daniela De Lorenzo

ISBN: 979-12-5967-597-2

www.fazieditore.it

Franck Thilliez

Norferville

traduzione di Daniela De Lorenzo

Fazi Editore

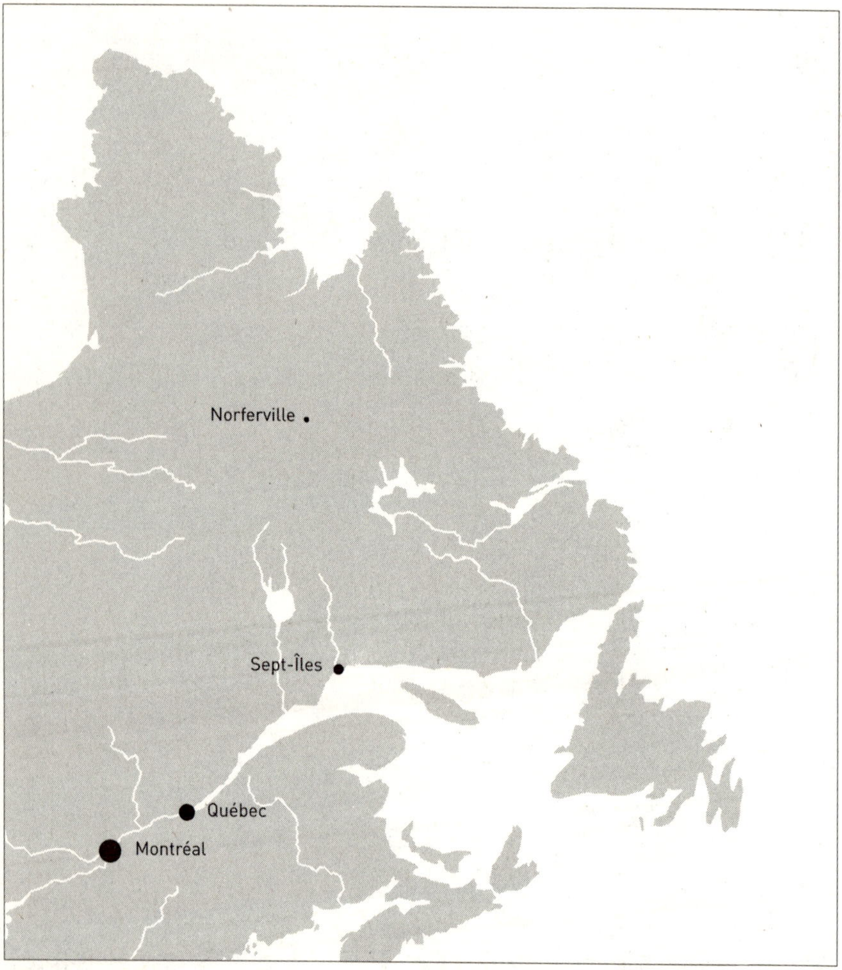
Norferville
Sept-Îles
Québec
Montréal

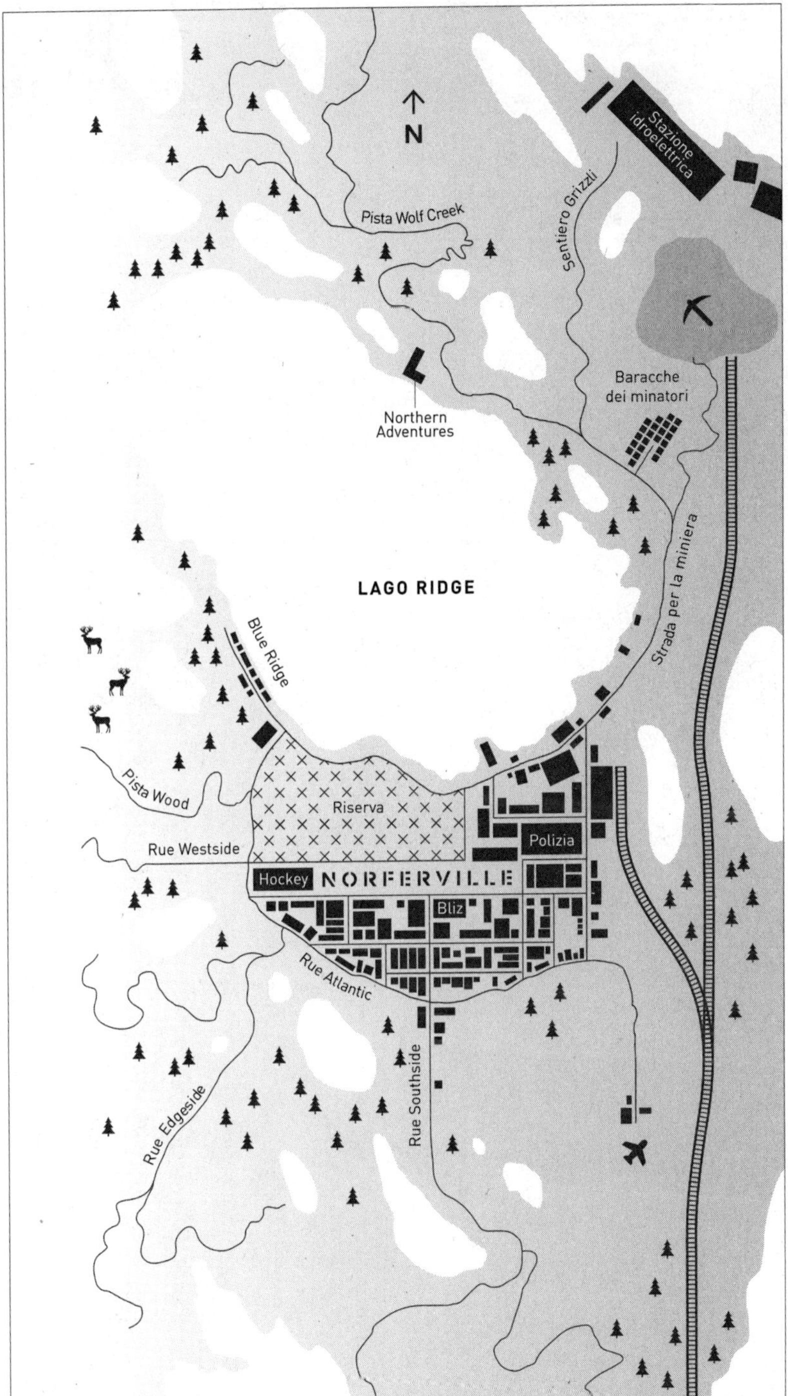
N
Pista Wolf Creek
Sentiero Grizzli
Stazione idroelettrica
Baracche dei minatori
Northern Adventures
LAGO RIDGE
Strada per la miniera
Blue Ridge
Pista Wood
Riserva
Polizia
Rue Westside
Hockey
NORFERVILLE
Bliz
Rue Atlantic
Rue Southside
Rue Edgeside

Alla mia famiglia

La vita stessa era carne. La vita viveva di vita.
C'erano quelli che mangiavano e quelli che venivano mangiati.
La legge era: mangia o vieni mangiato.

JACK LONDON, *Zanna Bianca*

Prologo

1996

Quell'ultimo bicchiere era stato sicuramente di troppo, ma Léonie stava così bene nel soffice bozzolo in cui l'aveva avvolta l'ebbrezza dell'alcol che non voleva più uscirne. La sua amica Maya, accanto a lei, aveva passato il limite già da un bel po'. Con le labbra lucide per il mix di sciroppo d'acero, vino rosso e vodka, dondolava la testa fuori ritmo rispetto alla musica nordamericana trasmessa in sala. Tra non molto non sarebbe stata più in grado di tornare a casa. Léonie appiccicò le sue labbra su quelle dell'adolescente alla sua destra. Si chiamava Todd.

«Io e Maya andiamo».

Todd, troppo impegnato a sbevazzare con i suoi amici, non si offrì di accompagnarle. Il giorno dopo non avevano lezione, la serata era appena iniziata.

Léonie, allora, si alzò, s'infilò il piumino imbottito – che pesava come un giubbotto antiproiettile –, il berretto di lana col pompon, i guanti foderati di pelle d'alce e scrollò l'amica.

«Forza, Maya, è ora di andare».

Il Bliz era probabilmente il bar più sfigato di tutto il Québec, con le sue pareti tappezzate di foto di esploratori in cappello di feltro, le corna di caribù appese dietro il bancone e i tavolini colorati anni Settanta. Ma a Norferville restava uno dei rari posti in cui ci si poteva illudere di fuggire la noia. I minatori della Iron North alloggiati nelle baracche della compagnia, i bianchi della città e qualche indigeno innu della riserva Papakassik si ritrovavano lì, mescolandosi tra loro il meno possibile. Ma di tanto in tanto qualche rissa scattava comunque, attizzata da un odio vecchio più di un secolo, risalente a quando alcuni missionari arrivati dal Sud avevano scoperto la presenza di colossali giacimenti di ferro al confine tra le province del Québec e di Terranova e Labrador. Il passo successivo era stato invadere i territori indiani a suon di esplosivi e bulldozer. E in quella culla di violenza era nata Norferville, direttamente dalle profondità degli inferi.

Le due sedicenni, invece, erano nate con il ghiaccio nelle vene, motivo per cui non soffrirono troppo il freddo uscendo dal locale. Nonostante la temperatura segnasse -6 °C. I lampioni proiettavano un velo di condensa arancione sopra lo spesso strato di neve di quel marzo. Alle undici passate la strada principale del centro sembrava il set di un vecchio film horror: una sfilza di negozi stanchi, dalle facciate sbiadite, inframmezzati da ampi spazi vuoti. D'altronde, lo spazio per costruire non mancava di certo. Norferville, in tutto il suo splendore, era un lugubre mortorio dove ci si aspettava sempre di imbattersi in un orso, magari rintanato tra due bidoni della spazzatura. La vita – se vita si poteva definire – ricominciava soltanto alle sei di mattina con il rumore degli spazzaneve, poi con l'apertura dell'alimentari alle sette e mezzo, seguita da quella del garage Répar'tout e dell'emporio Chez John, dove si trovava di tutto e di più. Lo stesso trantran, giorno dopo giorno, declinato all'infinito. La terra avrebbe anche potuto smettere di girare; da quelle parti non se ne sarebbe accorto nessuno.

Poco più avanti sorgeva l'Istituto Maria Immacolata. Le due amiche avevano studiato lì fin dalla tenera infanzia e ora frequentavano l'ultimo anno. Volendo proseguire gli studi, avrebbero poi dovuto trasferirsi al Cégep – il college preuniversitario – nella città più vicina, ovvero Sept-Îles. Il concetto di vicinanza era tuttavia molto relativo in quello che era l'agglomerato più a nord del Québec nonché uno dei più isolati del pianeta: Sept-Îles si trovava infatti a ottocento chilometri da Norferville ed era raggiungibile soltanto dopo tredici ore di viaggio a bordo dell'unico treno disponibile che, salvo imprevisti, faceva due corse a settimana. Esisteva, a dire il vero, anche un minuscolo aeroporto, ma i biglietti avevano un costo spropositato e i piccoli aeroplani cui era consentito transitarvi erano destinati agli spostamenti dei minatori per i cosiddetti "fly-in fly-out". Nessuna strada portava a Norferville. Nessuna strada permetteva di uscirne. Era una triste prigione in mezzo alla taiga.

Per Maya, di sangue innu, le possibilità di lasciare quel buco erano pari a zero. I suoi genitori, entrambi disoccupati e tuttavia incapaci di abbandonare le loro terre ancestrali, sopravvivevano a stento. Léonie, nata da padre bianco e madre indigena della riserva, sperava invece di studiare Biologia marina. Un giorno aveva visto un reportage sulle balene e sui beluga di Tadoussac e da allora non aspirava ad altro che a trascorrere il resto della sua vita sul fiume San Lorenzo o sperduta in mezzo all'Atlantico in compagnia di quei grossi mammiferi. Suo padre, che lavorava all'INC, tirava su il doppio di quanto avrebbe guadagnato in qualunque altro posto. Aveva dunque la possibilità di offrirle una vita serena. Purché lontano da lì…

Le due ragazze superarono la chiesa cattolica e proseguirono lungo un terreno abbandonato immerso nel buio. Léonie era in pensiero per Maya. Ultimamente la sua amica ci andava giù pesante con l'alcol, ma c'era soprattutto quell'altra roba che si prendeva. Nella riserva Papakassik, confinata nella parte più a nord di Norferville, sull'argine del lago Ridge, circolava ogni genere di schifezza. E Maya frequentava brutta gente. In particolar modo l'aveva vista in giro con l'odioso Sid Nikamu, il terrore della scuola. Cosa ne sarebbe stato di lei se fosse rimasta radicata a Norferville? La miniera dava un po' di lavoro agli indigeni, d'accordo, ma non a sufficienza, e per giunta girava voce che il settore del ferro non andasse più come una volta. Quanto a caccia e pesca, non bastavano più al sostentamento delle novecento famiglie della comunità. Molte di loro sprofondavano già nell'ozio e nella dipendenza, anestetizzate dai sussidi sociali e governativi.

Né Léonie né Maya si accorsero del pericolo alle loro spalle. Quelle figure si avventarono come lupi grigi su una preda, tanto che le ragazze non ebbero nemmeno il tempo di urlare. Nel giro di un secondo si ritrovarono in testa un passamontagna e delle braccia che le stringevano e le sollevavano da terra.

«Provate a urlare e siete morte, brutte puttane pellerossa».

Léonie non sarebbe comunque riuscita ad aprire bocca, con quella morsa d'acciaio intorno alle costole. Sentì Maya che mugolava, con il fiato corto, mentre le depositavano sul sedile posteriore di un veicolo. Poi dei corpi si spinsero contro di loro da una parte e dall'altra.

«Che cosa volete?», domandò Léonie, tremando.

«Aiutarvi a smaltire la sbornia».

L'uomo sussurrava, forse per non far riconoscere la sua voce. Mentre il veicolo si metteva in moto, Léonie cercò la mano guantata dell'amica. Avevano acceso la radio, che passava *Indigène* di Marc Gabriel. Un pezzo allegro, vivace, per nulla in linea con l'incubo che stavano vivendo.

Aiutarle a smaltire la sbornia? Dove le stavano portando? Nell'abitacolo iniziava a fare caldo, gli odori dei corpi, dell'alcol e delle sigarette si mescolavano tra loro fino a diventare nauseanti. Dovevano essere in tre, a giudicare dal rumore delle portiere. Léonie sentiva il respiro ansante del tizio appiccicato a lei. Anche lui aveva bevuto e fumato e il suo alito pesante le faceva venire dei conati di vomito. A un certo punto la ragazza avvertì il rumore della zip del parka e subito contrasse l'addome. Una mano ruvida si infilò sotto il suo pile e si appoggiò sul suo seno. Avrebbe voluto gridare con tutta se stessa. Ma dalla sua bocca non uscì nulla.

«Brava... Così... Una piccola selvaggia ubbidiente. E neanche malaccio, devo dire».

«Non sono una selvaggia. Mio padre è il capocantiere della Iron North C...».

«Tuo padre farebbe meglio a tenerti d'occhio invece di lasciarti fuori di casa a quest'ora».

Intorno a loro continui fruscii, come di carta stropicciata. Il veicolo sobbalzava sempre di più e le ruote posteriori slittavano nelle curve scivolose: il conducente si divertiva chiaramente a sbandare. Erano usciti dalla città, forse per imboccare una pista nella foresta, perché a parte le strade che portavano alla miniera di ferro e qualche sentiero che si addentrava in mezzo alla natura, lì non c'era niente, assolutamente nient'altro che laghi e colline coperte di alberi per centinaia e centinaia di chilometri, fino alla baia di Hudson o al mare del Labrador, nell'estremo nord.

Finalmente il motore si fermò. Le ragazze vennero tirate fuori e costrette a inginocchiarsi nella neve. Qualcuno piegò la parte inferiore dei passamontagna al di sopra del naso, rendendole praticamente cieche. Attraverso la lana Léonie percepiva soltanto il giallo dei fari puntati dritti sulle loro facce.

«Ora ci fate un bel pompino. E niente scherzi, non cercate di mordere o vi lasciamo qui senza niente addosso».

Tolsero loro guanti e giubbotti con gesti così bruschi che Léonie cadde in avanti, con le mani a terra. Stavolta un freddo vorace le attaccò la punta delle dita. Maya piangeva. Una tenaglia di carne umana strinse le guance di Léonie fino a costringerla ad aprire le mascelle. Una volta sua madre le aveva spiegato che il corpo poteva trovarsi in un posto e l'anima in un altro. Che bastava chiudere gli occhi, lasciarsi guidare dagli spiriti che abitano gli animali, l'acqua, gli alberi, la roccia, il vento. Allora la ragazza pensò alla pernice che di tanto in tanto andava a cantare vicino a casa sua, alle squame lucenti del salmone argentato nel lago Wood, dove andava a pescare con suo nonno. Ma erano solo stronzate che si raccontavano nelle leggende indiane.

Non c'era nulla che potesse distrarla da quegli ansiti animaleschi sopra la sua testa, dalla puzza di piscio, da quei cosi schifosi che le ficcavano in bocca uno dopo l'altro, a volte soffocandola così tanto che era costretta a tossire, sputare e ricominciare. Ogni lacrima che le rigava le guance era un marchio a fuoco, una parte di lei che si lacerava.

Una volta finito, gli uomini le spinsero tutte e due nella neve e recuperarono i passamontagna.

«Se non vi tappate la bocca, se dite qualcosa alla polizia, torneremo per il bis. Sappiamo dove abitate. Voi, le vostre madri, le vostre sorelle. Abbiamo orecchie ovunque e ai nostri occhi non sfugge niente, maledette selvagge».

L'uomo si sporse allora verso Léonie e le sussurrò ancora una volta: «Maledette selvagge». Furono le ultime parole che disse. Quindi corse verso l'auto insieme ai suoi complici, nella luce abbagliante dei fari che ne proteggeva l'anonimato. Pochi secondi dopo il grosso pick-up scomparve in retromarcia e il ronzio del motore finì per svanire nell'immensità nera, spietata del Grande Nord.

Léonie rimase a terra, inerte, congelata. Sembrava non volersi più rialzare. Si girò sulla pancia, afferrò una manciata di neve e se la spinse in bocca, urlando dal dolore per lo shock termico e per la sensazione di bruciore dei cristalli contro le mucose, ma non era niente in confronto a quello che aveva appena subito. Ebbe l'impressione di sputare lamette da barba, e tuttavia ricominciò, come per punirsi, per farsi male, mentre si purgava. Ma quel sapore non voleva saperne di andare via. Si sarebbe aggrappato a lei nel profondo. In eterno.

«Dobbiamo muoverci, Léonie, o moriremo di freddo».

Maya la scuoteva nel buio persistente. Il sangue defluiva già da mani e piedi per ritirarsi verso gli organi vitali. I loro corpi passavano gradualmente in modalità sopravvivenza. Léonie aveva le gengive sanguinanti, le labbra striate dai tagli del ghiaccio. Maya si affrettò a coprirla, le strofinò le dita e poi l'aiutò a infilare i guanti dopo averli sbattuti l'uno contro l'altro per far cadere la neve.

Betulle e abeti svettavano in processioni tetre e infinite tutt'intorno a loro. Di tanto in tanto dei serpenti di acqua ghiacciata rilucevano al chiarore della luna come cicatrici della terra. Non c'era alcun modo per capire dove si trovassero. Iniziarono a camminare, percorrendo i solchi lasciati dalle ruote dell'auto. Senza dirsi una parola. Senza uno sguardo. Con la morte nel cuore.

Continuarono ad avanzare per più di un'ora, spinte dal vento radente, sbilanciate dal terreno accidentato. Le labbra di Léonie le facevano un male cane ora che le teste di spillo formate dal sangue caldo si erano gelate in superficie, tirando ulteriormente sulle ferite. Allo stremo delle forze, le ragazze videro finalmente comparire a valle le luci di quella città che odiavano più di ogni altra cosa al mondo. La loro cella, il mostro tentacolare che tarpava le loro ali.

Arrivate all'altezza dell'imponente sede amministrativa dell'INC, all'ingresso della città mineraria, le tracce degli pneumatici andarono a confondersi con quelle di altri veicoli. I responsabili si erano mimetizzati nell'anonimato urbano. L'indomani, il giorno dopo, e quello dopo ancora, le ragazze avrebbero inevitabilmente incrociato quegli animali senza saperlo. Li avrebbero avuti sempre intorno, alle loro spalle ovunque andassero, come predatori in agguato.

Prima di separarsi davanti a rue Éclipse, che segnava il

confine con la riserva Papakassik – una strada lunga, monotona, identica a tutte le altre –, Maya afferrò Léonie per un braccio.

«Nessuno deve venirlo a sapere, mi hai sentita? Se lo scoprono i miei genitori per me è la fine».

«Se non lo diciamo resteremo sporche. Ci consumerà come un cancro. Quelli lì devono pagare per quello che ci hanno fatto».

La giovane innu strinse ancora più forte. I suoi occhi a mandorla erano affilati come dardi.

«E come pensi che li ritroveranno, eh? Il sergente Liotta detesta gli innu, terrorizza tutti e non muoverà un dito per noi. Sai com'è fatto mio padre, non sopporterebbe di vedere la sua famiglia disonorata. Non è successo niente, Léonie, hai capito? Tutto questo non è mai successo. Sarà il nostro segreto. Promettimi che lo manterrai».

Léonie Rock aveva la sfortuna di essere meticcia. Innu e bianca, ossia né innu né bianca. Maya era l'unica amica che aveva. Senza di lei Norferville sarebbe stata ancora più fredda, ancora più ostile. *Maledette selvagge*.

All'improvviso una fortissima folata di vento andò a colpire qualcosa sotto un ammasso di lamiere. Il profilo di un albero alle sue spalle sembrò sussurrare. Ovunque si girasse, Léonie aveva l'impressione che quella diavolo di città se la stesse ridendo.

«Te lo prometto».

1

2016

Nei casi di crimini seriali esiste quasi sempre un filo conduttore. Un nesso che permette di rispondere alle domande: perché l'assassino ha scelto proprio quelle vittime? Quale dettaglio ha determinato, a un certo punto, il destino della futura preda? Un luogo? Uno sguardo? Una foto sul web? A volte il filo è facile da individuare: negli anni Ottanta, per esempio, l'assassino Thierry Paulin prendeva di mira le vecchie signore del suo quartiere e le ammazzava di botte al solo scopo di derubarle. Altre volte, invece, il filo resta quasi invisibile e il criminale di conseguenza inafferrabile: come nel caso del killer dello Zodiaco, di cui ancora oggi non si conosce l'identità.

Anche se non lavorava più per l'Anticrimine, Teddy Schaffran sarebbe dovuto correre da loro una volta scoperto il famigerato filo nel caso "Fiamma ossidrica". Metterli subito a conoscenza di quella nuova pista, non ancora esplorata, che all'improvviso aveva preso forma nella sua mente. Era per quel genere di intuizioni folgoranti che lo pagavano. Per far luce sui punti ciechi, per proporre strade alternative che agli investigatori non sarebbero mai venute in mente. Con una sola regola aurea: nessun legame né coinvolgimento affettivo con le vittime. Non permettere in alcun modo che si insinuassero nella sua sfera privata. Restare freddo e distante come un'intelligenza artificiale.

Stavolta aveva contravvenuto alla regola... Fin dal principio, da quando aveva preso visione del dossier Fiamma ossidrica, era sorto il problema di Apolline Malreau, la seconda delle tre vittime. Diciannove anni, residente a Vaulx-en-Velin, periferia di Lione, bella come le altre due, torturata, assassinata. Somigliava troppo, davvero troppo a Élise, la sua defunta moglie. Non all'Élise degli ultimi tempi, ma alla giovane studentessa di vent'anni prima, che il criminologo aveva conosciuto tra i banchi della facoltà di Psicologia. Il volto raffigurato sulle foto fornite dai genitori di Apolline era pressoché simile al suo. C'era quello stesso modo di protendere le labbra in avanti quando sorrideva... Quella maniera in cui i suoi occhi sembravano cercare la luce...

L'assassino aveva bruciato le parti intime della ragazza con una fiamma a oltre 1500 °C, dopodiché l'aveva abbandonata in un bosco a ottanta chilometri da Lione. Come per le altre due, l'elenco delle sevizie che le erano state inflitte occupava più di tre pagine nel rapporto del medico legale. Quando gli era arrivato tra le mani, Teddy non aveva detto nulla al comandante Lanier, il poliziotto capo che guidava le indagini da due anni e mezzo. Perché quel contratto gli serviva per ripianare i debiti e tenere a galla la sua agenzia privata. Perché se avesse rifiutato quella collaborazione, si sarebbe giocato il suo cliente più importante: la polizia. Tuttavia quando aveva mostrato gli scatti a Garance Decupper, la sua socia alla Schaffran & Decupper, lei gli aveva consigliato di chiamarsi subito fuori. E Teddy, ora, sapeva che avrebbe dovuto darle retta e chiedere a Lanier di rivolgersi a un altro specialista.

Aveva fin da subito cominciato a dormire male. A fare un sacco di incubi e a scolarsi un whisky dopo l'altro per metterli a tacere. Quando non beveva, vedeva le giovani Apolline, Clémentine e Léa ballare nude intorno al suo letto, in una ronda infernale, con i sessi neri come foreste carbonizzate. Quanto a sua moglie Élise, tornava anche lei a fargli visita, le guance sfregiate da pezzi di vetro. «*Toc-toc*, indovina chi è? Credi che trovare l'assassino di quelle poverette possa salvarmi? Che ti renderà meno responsabile per quello che mi è successo? Ebbene no. Ti perseguiterò fino all'inferno», gli sussurrava all'orecchio.

Nonostante tutto, in quei quattro mesi di missione, iniziata dopo il terzo e ultimo omicidio in ordine di tempo, Teddy non aveva mai smesso di organizzare riunioni, di tornare sui luoghi di ritrovamento dei cadaveri, di interrogare le famiglie, i vicini, gli amici. Aveva anche tracciato un profilo psicologico del criminale e consegnato un rapporto di ottantasette pagine che era andato ad aggiungersi alle migliaia di pagine di procedimenti già in essere. Gli psicologi criminali come Teddy non risolvevano i casi, si limitavano a fornire un ulteriore punto di vista. Che la polizia era poi libera di usare o meno. Finito il lavoro, in ogni caso, loro passavano ad altro. Con uno schiocco di dita.

E se era vero che Teddy aveva ridotto il consumo di alcol una volta terminata la collaborazione, quel caso era rimasto un tarlo che ancora l'ossessionava. Sebbene in agenzia stessero lavorando ad altre indagini – principalmente casi di persone scomparse e di furti d'identità – il mistero Fiamma ossidrica continuava a girare in loop in un angolino della sua mente. Immagini che spuntavano fuori di punto in bianco, nottate terribili, giornate a combattere il sonno e a rimuginare sulla presenza di eventuali dettagli che potevano essergli sfuggiti. Il profilo emerso era quello di un pervertito sessuale metodico, senza deficit intellettivi rilevanti, che agiva da solo e uccideva giovani donne di appena vent'anni con una frequenza di circa una ogni otto mesi. Se avesse continuato a quel ritmo – e non c'era motivo per sperare il contrario – la polizia avrebbe trovato un quarto cadavere di lì a poche settimane.

Era stata proprio quella sorta di veglia perenne ad accendere la miccia una decina di giorni prima, quando il dipendente di un negozio di articoli sportivi – voleva tentare la strada del jogging come ultimo scudo contro i pensieri ossessivi – gli aveva chiesto il suo numero di telefono per la tessera fedeltà. Quella domanda aveva fatto emergere dal profondo della sua mente un'immagine apparentemente innocua: un paio di scarpe da trail running numero 37, «come nuove», in vendita sull'account Vinted dei genitori di Clémentine, l'ultima vittima. Dopodiché le tessere del domino avevano cominciato a cadere una dopo l'altra. Il ricordo di una racchetta da tennis intravista in un angolo della stanzetta di Apolline. La tenuta da equitazione di Léa, appassionata di cavalli fin da bambina.

Il filo invisibile non era la pratica dello sport, perché Clémentine non aveva mai davvero iniziato a correre. Il filo poteva essere l'attrezzatura sportiva. A quel punto, anche se non era più tenuto a lavorare al caso, Teddy avrebbe dovuto telefonare al comandante Lanier e sottoporgli la sua idea. Quello che aveva fatto, invece, era stato telefonare al padre di Clémentine per chiedergli conferma. E sì, le scarpe in vendita erano effettivamente appartenute a sua figlia. Lui aveva cercato di convincerla ad andare a correre insieme. Clémentine l'aveva accompagnato soltanto una volta ma poi aveva perso interesse.

Teddy era allora andato a trovare le famiglie, in via non ufficiale, con il pretesto di aggiornarle sull'evoluzione delle indagini. E, parlando parlando, era venuto fuori che tutte e tre le ragazze possedevano una tessera fedeltà nel negozio di articoli sportivi della zona commerciale di Bron Saint-Exupéry, a due passi dall'aeroporto. Anche quella scoperta, che meritava decisamente di essere approfondita, l'aveva tenuta per sé.

L'assassino della fiamma ossidrica era forse un dipendente del negozio? Magari un cassiere. Che individuava le sue vittime al momento del conto. Un giorno Clémentine, Apolline e Léa erano andate in quel negozio e, senza saperlo, avevano segnato la propria sorte tirando fuori la tessera fedeltà, attraverso la quale l'aggressore aveva potuto scoprire dove abitavano.

Il profilo psicologico indicava un omicida ossessivo, di tipo metodico: scene del crimine ritualizzate, corpi invariabilmente abbandonati in una foresta o in un bosco a meno di cento chilometri da Lione, vittime parzialmente bruciate. Sceglieva bersagli che vivevano in posti piuttosto isolati. Case dove il rischio di farsi scoprire era minimo. Dopo il rapimento teneva con sé le ragazze per qualche giorno, probabilmente a casa sua, per torturarle. I segni sui polsi e sulle caviglie rivelavano una mente dominante. Quando infine decideva di eliminarle, le distruggeva fisicamente, le annientava, segno di una notevole frustrazione nonché di una volontà di far sparire le prove. Tutte e tre erano state inoltre violentate con degli oggetti, a riprova di un'incapacità a compiere l'atto sessuale. Da ragazzino era stato probabilmente lo zimbello dei suoi compagni. Doveva aver subito molte umiliazioni.

Nei pressi di uno dei cadaveri la polizia aveva rilevato due tracce di ruote sottili e ravvicinate, forse quelle di un carrello con cui spostare la fiamma ossidrica, ulteriormente appesantito dalle bombole del gas: ossigeno più acetilene stando alle analisi e alle caratteristiche delle bruciature. L'individuo, di sesso maschile, doveva essere un uomo nel pieno vigore degli anni, tra i venticinque e i cinquanta, che disponeva di un veicolo adatto a trasportare un corpo e del materiale così pesante e voluminoso. Il bagagliaio di una semplice automobile non sarebbe bastato. Gli serviva una camionetta o un furgoncino.

Teddy voleva essere certo che la sua intuizione fosse giusta prima di parlarne con il comandante Lanier. Così, per diversi giorni consecutivi, andò ad acquattarsi vicino al parcheggio del negozio di articoli sportivi e osservò l'arrivo dei dipendenti, individuando quattro veicoli che potevano corrispondere a ciò che cercava. I primi due erano dei SUV per famiglie, il terzo un Berlingo bianco con una coperta piena di peli gettata sul sedile posteriore, il quarto un Kangoo blu scuro senza finestrini se non quelli di conducente e passeggero. Fu quest'ultimo ad attirare in particolar modo l'attenzione del detective. La vernice sui parafanghi presentava una serie di leggerissimi graffi, del tipo che potevano lasciare i rami degli alberi in un sentiero troppo stretto, all'ingresso di un bosco.

Durante la giornata Teddy faceva finta di lavorare ai documenti per un audit che era appena piombato sull'agenzia tra capo e collo. In realtà, mentre la sua socia lo credeva immerso in conti e fatture, lui continuava ad arrovellarsi il cervello su quel caso. Decise allora di attivare i suoi contatti bypassando il circuito polizia. E grazie a uno di quei contatti, che lavorava nei doganieri, risalì all'identità del proprietario del Kangoo attraverso il numero di targa: Arnaud Trognet, ventinove anni, residente a Villemoirieu, nella campagna lionese. Senza aspettare un solo secondo, cercò in rete delle foto del soggetto.

Trognet aveva un volto sgraziato, soprattutto a causa di profonde cicatrici da acne su guance e mento, che cercava in parte di camuffare sotto un pizzetto rado. L'uomo aveva un evidente problema di tricosi. Le sopracciglia erano stranamente diradate e una calvizie precoce cominciava già ad ampliargli la fronte. In compenso, e forse proprio in quello si leggeva tutta la sua frustrazione, esibiva con orgoglio un corpo perfetto, si immortalava sulle panche nelle sale pesi, con le vene dei pettorali gonfie. Su un forum dedicato al culturismo, sosteneva di andare in palestra sei volte a settimana, tra le otto e le dieci di sera, e di mangiare soltanto proteine, albumi e frutta secca. Un'autentica disciplina da soldato. Combaciava tutto quanto alla perfezione.

I suoi account sui social network erano privati. Teddy non

si arrischiò a inviargli una richiesta d'amicizia sotto falsa identità. Non voleva assolutamente insospettirlo né stabilire il minimo nesso tra lui e quel tizio. Anche presentarsi in negozio era fuori questione. Il viso di Teddy era impossibile da dimenticare e, se quello era davvero l'uomo che stava cercando, di sicuro teneva alta la guardia. Bastava uno sguardo un po' troppo insistente per mandare tutto all'aria.

Il criminologo era giunto al termine delle sue ricerche, eppure gli restava un'ultimissima cosa da verificare prima di passare la patata bollente alla polizia.

La parte più pericolosa.

Quella più eccitante.

2

Sei e un quarto del pomeriggio. Era ora di andare.

Teddy appoggiò il cellulare sul comodino della stanza, tanto per non lasciare nessuna traccia digitale del suo passaggio vicino casa di Arnaud Trognet. Per la spedizione indossò un paio di jeans e un dolcevita nero. Poi, davanti allo specchio del bagno, si calcò in testa un berretto blu navy con la visiera senza marchi visibili, che lasciava scoperte solo le basette brizzolate. Certo, non nascondeva la benda sull'occhio sinistro, ma la rendeva se non altro meno lampante. Se avesse incrociato qualcuno, gli sarebbe bastato inclinare un po' la testa o abbassarsi ad allacciare una scarpa. Ci era abituato.

Accese la TV su France 2, a un volume moderato, prima di scendere i tre piani del palazzo in cui abitava passando dalla tromba delle scale. La via d'uscita più discreta. La sua macchina lo aspettava due strade più in là, nel 7° arrondissement di Lione. Alle sei e mezzo mise in moto e si avviò in direzione Villemoirieu, percorrendo strade secondarie. Secondo Google Street View, Trognet viveva in un vecchio casale circondato da campi e da alberi, parecchio arretrato rispetto alla stradina comunale che ci passava vicino e a più di trenta chilometri da dove lavorava. Difficile immaginare un ventinovenne acquistare una proprietà del genere. Eredità di famiglia?

A causa di una spaventosa congestione stradale, il criminologo arrivò nei pressi della sua destinazione solo alle otto e un quarto. In base alle sue ricerche il borgo di Villemoirieu non era dotato di telecamere di sorveglianza se non sulla strada principale, che Teddy fece in modo di evitare. Individuata la casa, ci passò una prima volta davanti al rallentatore. Le luci erano tutte spente e non c'era traccia del Kangoo. Trognet era probabilmente alle prese con i suoi bilancieri in qualche palestra dei paesini limitrofi, proprio come aveva sperato Teddy.

Il criminologo parcheggiò trecento metri più avanti, vicino ad alcuni container di vetro. La zona era caratterizzata da un terreno ondulato e, nonostante il vento, c'era una temperatura insolitamente mite per il mese di febbraio. Munito di una torcia – per il momento spenta – svoltò verso un boschetto e si infilò i guanti in pelle poco prima di raggiungere una staccionata più alta di lui. Un minuto dopo si ritrovò dall'altra parte e corse a ripararsi dietro il tronco di un albero. Con suo sommo stupore riprovò lo stesso brivido dei primi anni, quando si occupava degli adulteri, il ramo più redditizio dell'agenzia. Aveva amato moltissimo quel lato del suo lavoro. Ma oggi, a cinquant'anni suonati, se ne stava più che altro dietro la scrivania a marcire.

Un'occhiata in giro gli rivelò un teatro di ombre cinesi: l'abitazione principale a un solo piano, il cortile quadrato, il cancello in fondo al viale e un edificio che sembrava un fienile. Per cominciare si sarebbe concentrato proprio su quell'edificio. Si attardò a scandagliare la notte, alla ricerca di eventuali punti luminosi che segnalassero la presenza di telecamere a infrarossi. Meglio essere prudenti, chissà che Trognet non fosse anche un maniaco della sicurezza.

Quindi, a schiena bassa, si diresse finalmente verso la dépendance. Il grido di un uccello notturno risuonò da qualche parte, dopodiché ridiscese subito la cappa del silenzio. Forse le ragazze avevano urlato mentre venivano seviziate dal loro carnefice, ma chi mai poteva sentirle da lì? Per una frazione di secondo il criminologo ebbe l'impressione di sentire un urlo. Per quanto soffocato, gli sembrò così reale, così intenso che si immobilizzò e trattenne il fiato. Poi più nulla. Il vento. Se l'era immaginato? Quel grido apparteneva ad Apolline? A Élise? Ogni tanto gli capitava di delirare. Specialmente di notte. Ma non era il momento più adatto per lasciarsi distrarre dai suoi fantasmi...

La doppia porta di legno del fienile non era bloccata: la spranga di ferro che doveva fungere da catenaccio stava per terra. Teddy spinse il battente ed entrò con prudenza. Quando se la richiuse dietro, sentì come una corrente fredda, qualcosa di gelido sulle spalle. Poi delle fastidiose zaffate di salnitro sovrastarono gli odori del bosco. Accese la torcia e la puntò a sinistra, dove rivelò i rigonfiamenti di alcuni teloni, delle travi incrociate, qualche macchina agricola agonizzante, un'officina con svariati attrezzi appesi. Poi frugò meglio lo spazio tutt'intorno e di colpo gli salì in gola un reflusso di adrenalina. Il Kangoo di Trognet era lì, parcheggiato in retromarcia sotto il vecchio granaio che creava un mezzanino. I due fari, scuri e rotondi, puntavano verso di lui. Teddy spense subito la torcia.

L'uomo se ne stava quindi chiuso in casa al buio. Che si fosse accorto della sua presenza? Sospettava qualcosa? Improbabile. Forse quello psicopatico andava a letto presto per via della sua disciplina sportiva. Forse si sentiva poco bene, aveva la febbre, oppure era andato ad allenarsi con un altro mezzo. Una cosa era certa: Teddy doveva tagliare la corda il più velocemente possibile. Ma non senza prima ottenere una risposta.

Il detective avanzò, alla cieca, dritto davanti a sé, trovò uno straccio appeso a un chiodo, ci avvolse dentro la torcia per smorzarne il fascio di luce e la riaccese. Si diresse quindi verso l'officina, dove regnava uno strano odore. Un misto di metallo rovente e legno umido. Il banco da lavoro era sommerso da vecchi attrezzi di ogni genere. Teddy notò dei segni scuri lungo i denti d'acciaio di una sega. Ci grattò un po' sopra per annusarli. Difficile dirlo con certezza. Ma il medico legale aveva accennato a strumenti di quel tipo per spiegare alcune ferite sulle vittime, in particolare all'altezza dei polpacci e degli avambracci.

Quello che l'investigatore cercava, quello che avrebbe dimostrato al 99 per cento la colpevolezza dell'uomo, era una fiamma ossidrica montata su un carrello. Occhiata verso la porta d'ingresso. Niente. L'intelaiatura cigolava per le correnti d'aria, le lamiere – così bucate che si intravedevano pezzi di cielo – vibravano. Teddy sbirciò tra i bestioni agricoli, si diresse verso il fondo del fienile, esaminò ogni angolino, sollevò alcuni teloni. La polvere rossa gli danzava intorno, avvolgendolo come fosse al centro di un'arena. Più si addentrava, più aumentava il senso di oppressione: l'uscita gli sembrava lontana chilometri. E intanto nessuna traccia della fiamma ossidrica. Restava un'ultima possibilità: l'interno del Kangoo.

Teddy appoggiò la mano sulla maniglia di una delle portiere posteriori. Scatto. Apertura. E una spranga dritta in faccia. Si scansò ma non fu abbastanza rapido e l'estremità della spranga lo colpì poco sopra l'arcata sopracciliare destra, che gli sembrò esplodere, lasciandolo piegato in due dal dolore. Senza dargli un secondo di tregua, un ammasso di muscoli si avventò su di lui e lo scaraventò con tutte le sue forze contro una trave. Qualcosa scricchiolò. Dopodiché si scatenò un orribile trambusto, come una frana in miniera. All'improvviso cominciarono a venir giù pezzi di legno misti a paglia. Avvenne tutto così in fretta che Teddy, mezzo tramortito, intravide a malapena il travetto che gli sfiorò il naso e trascinò giù con sé il suo aggressore.

L'attimo dopo ripiombò il silenzio, in una nuvola di polvere. Teddy, a terra, tossì fino a strozzarsi, si ripulì il viso, vide il sangue sui suoi guanti, si alzò barcollando, incapace di capire che cosa fosse appena successo. Arnaud Trognet giaceva inerte ai suoi piedi, la guancia destra spiaccicata per terra. Il travetto l'aveva colpito in testa.

Stordito, Teddy si chinò su di lui.

L'uomo respirava ancora.

3

Si sentiva come un sopravvissuto di quei film apocalittici americani. Una parte del granaio era crollata, l'altra restava sospesa, trattenuta dai pilastri ancora in piedi. Teddy rovistò a quattro zampe tra le macerie e riuscì a recuperare la torcia e il berretto. Il suo sopracciglio destro schizzava sangue. Ma non bastò a distoglierlo dall'obiettivo principale e così puntò la torcia all'interno del Kangoo, nel caso ci fosse dentro una vittima. Scoprì allora una fiamma ossidrica, sistemata in un apposito scompartimento, un paio di manette appoggiate per terra, dei rotoli di nastro adesivo. Il carnefice si stava evidentemente preparando a entrare in azione.

Il suo sguardo tornò subito su Trognet. Se non faceva qualcosa quello rischiava di restarci secco. Doveva prendere una decisione, e alla svelta. Una vocina nel profondo gli sussurrava di lasciarlo crepare lì, da solo, perché quel cane non si meritava altro dopo ciò che aveva fatto. Ma Teddy si rifiutava di lasciare morire un uomo, anche se della peggior specie. Un'ambulanza. Doveva chiamare un'ambulanza.

Senza pensarci si mise a frugargli nelle tasche, prese il cellulare e lo sbloccò con il pollice dell'uomo. Digitò il numero per le emergenze. Trovò intanto un pezzo di stoffa che fece scivolare sopra il microfono del cellulare. Quando l'operatore rispose, assunse un tono di voce fievole, da persona morente.

«Incidente... Fienile... Aiuto...».

Farfugliò l'indirizzo a fior di labbra, riattaccò e abbandonò il telefono sul petto di Trognet, accanto alla sua mano. Quindi si allontanò, scavalcando a fatica le macerie, si lasciò la porta socchiusa alle spalle e raggiunse la sua auto senza incontrare nessuno. Non si diede nemmeno il tempo di riprendere fiato e mise subito in moto.

Sei minuti dopo incrociò un'ambulanza che sfrecciava nella direzione opposta sulla provinciale 24. Davanti a tutto quel materiale all'interno dell'auto, i soccorsi avrebbero senz'altro fatto il collegamento con il caso Fiamma ossidrica e richiesto l'intervento della polizia. Il caso si sarebbe risolto da solo. Teddy si guardò allora nello specchietto retrovisore. Il sopracciglio spaccato continuava a perdere sangue. Servivano dei punti. Un ospedale. Non aveva altra scelta.

Lione... La città delle luci brillava così tanto all'orizzonte da infiammare il cielo. Al criminologo era sempre piaciuta quella città fervida, traboccante d'acqua, di verde, scavata nella roccia. Eppure in quel momento gli sembrò fredda e ostile. E il vento che spazzava gli assi stradali era tutt'altro che piacevole. Raggiunse il pronto soccorso dell'ospedale più vicino: l'Édouard Herriot. La sala di accettazione straripava di gente. Meglio così, sarebbe stato solo un paziente tra tanti.

Documenti, inserimento dati nel computer. Il medico che si occupò di lui gli chiese di spiegargli cos'era successo. Teddy improvvisò, dicendogli di aver sbattuto contro lo spigolo dello sportello del forno rimasto aperto, mentre si rialzava dopo aver raccolto la saliera caduta per terra. Una cosa che gli capitava spesso per colpa della benda e del campo visivo limitato. Il discorso cozzava chiaramente con lo stato dei vestiti che aveva addosso, ma poco importava. Si era trattato di un incidente domestico. Punto. Tre ore dopo usciva dal pronto soccorso con quattro punti di sutura.

Quando finalmente arrivò nelle vicinanze della zona in

cui abitava, cancellò l'ultimo tragitto memorizzato nel GPS dell'auto, si liberò del berretto e dei guanti insanguinati, gettandoli in un cassonetto, quindi salì in casa alla svelta e crollò sul divano. Erano le due passate. Nonostante gli antidolorifici, mandò giù un bicchiere di whisky. Non aveva più nessuna indagine da risolvere per quella notte. Soltanto roba da cancellare, senza fare stronzate. C'era ovviamente la possibilità che l'assassino della fiamma ossidrica morisse per le ferite riportate. E anche nel caso in cui fosse sopravvissuto, tra la violenza dell'impatto e il buio, era piuttosto improbabile che si ricordasse del volto di Teddy. A ogni modo doveva assolutamente evitare che risalissero a lui.

Si spogliò e fece partire una lavatrice, dopodiché corse al computer. Cronologia, cookies, email... Ripulì ogni traccia delle sue ricerche su Arnaud Trognet. L'alcol aveva appena cominciato ad anestetizzare il dolore quando andò a recuperare il telefonino dalla camera da letto e vide che Garance, la sua socia, l'aveva chiamato due volte mentre era fuori. *E no, cazzo!* Non lo faceva mai, tranne quando lavoravano a qualche caso importante. E in quel periodo non avevano nulla di grosso per le mani. Dopo il secondo tentativo gli aveva lasciato un messaggio: «Ciao, sono io. Ho fatto un salto da te, ma a quanto pare non c'eri. Non voglio parlarne per telefono, è... È successa una cosa molto grave. Verrò in agenzia già all'alba, mi trovi lì...».

4

Soltanto una targa in ottone massiccio, confusa tra quelle di svariati studi di avvocati aziendali, segnalava la presenza dell'agenzia Schaffran & Decupper al primo piano di un palazzo in rue Bechevelin, nel 7° arrondissement. Erano le sette e mezzo quando Teddy digitò il codice all'ingresso principale, salì le scale e poi, in fondo al corridoio, aprì la porta di sinistra. La sua socia gli aveva scritto di nuovo una mezz'ora prima per confermargli che era già lì. Il precedente messaggio l'aveva messo in un tale stato di ansia che Teddy aveva passato una nottata terribile. Senza contare la lotta per non cedere all'impulso di chiamare gli ospedali nelle vicinanze di Villemoirieu e porre fine al vortice di domande che lo tormentavano. Arnaud Trognet era stato ricoverato al pronto soccorso? Era ancora vivo? Aveva ripreso conoscenza?

Non appena mise piede in ufficio, il viso tirato di Garance gli rivelò che la sua socia aveva dormito male almeno quanto lui. La trovò tutta accartocciata sulla sedia, le spalle curve e pesanti, che armeggiava distrattamente con i cinturini del casco della bici. Da quando aveva deciso di far tornare il suo carré al colore naturale, una striscia grigia le fendeva in due la testa. Un ricordo di quel passaggio ai cinquanta che l'aveva messa a dura prova. Ormai vedeva soltanto il bicchiere mezzo vuoto. Trent'anni di matrimonio, tre figli, un appartamentino in centro, Garance Decupper non ne poteva più di quella vita così regolata, né dell'agenzia che invecchiava al loro stesso ritmo. Nelle sue fasi depressive si avviliva parlando di «inseguimenti in microcar» e «pedinamenti col girello». Un senso dell'umorismo che non sempre faceva impazzire Teddy, ma la sua socia era un tipo divertente, doveva ammetterlo. Dal punto di vista lavorativo, Garance era specializzata nella ricerca di persone che scomparivano nel nulla dall'oggi al domani.

Senza dire una parola, Teddy andò a versarsi del caffè vicino alla stampante e poi si girò verso di lei.

«Mi spiace per ieri sera, ero al pronto soccorso», le spiegò mostrandole il sopracciglio rotto. «Stavo preparando da mangiare e mi sono preso lo spigolo dello sportello del forno dritto in faccia. Mi sa che con questo audit che ci è cascato addosso sto rimuginando un po' troppo sul futuro dell'agenzia. Non abbiamo saputo modernizzarci, Garance. È questo il problema. Abbiamo solo cinquant'anni, ma è come se avessimo già un piede nella fossa…».

Garance mise via il casco. Si comportava in modo strano. Lo fissava con lo sguardo impietosito con cui si guarda una tomba. Teddy le si avvicinò, stringendo la sua tazza con sopra il simbolo dell'Anticrimine di Lione.

«Dai, spara», disse, bevendo un sorso di caffè. «Dalla faccia direi che come minimo hai trovato qualche grossa irregolarità nei registri, proprio ora che ci piombano addosso gli ispettori, giusto?».

«Si tratta di tua figlia. È… una brutta notizia».

Il criminologo ci mise qualche secondo a reagire. Quando era stata l'ultima volta che avevano parlato di Morgane?

«Brutta come?», le domandò trattenendo il fiato.

Dopo un attimo di esitazione, Garance fece un respiro profondo e tirò fuori quello che aveva da dirgli: «È morta, Teddy».

L'uomo sentì i secondi dilatarsi, le parole di Garance penetrargli nella mente col contagocce, distorte come il suono di un nastro rallentato. Gli sembrò confusamente di vederla alzarsi in piedi, stringerlo a sé, affondandogli il naso nel collo. Si discostò da lei, scuotendo la testa.

«Com'è… No…».

«Ieri, verso le sei del pomeriggio, ha chiamato un agente di polizia. Dal Québec. Hanno trovato un corpo e l'hanno identificato attraverso i documenti che aveva addosso. Nel portafoglio c'era un bigliettino dell'agenzia con il numero di telefono e con su scritto "PAPÀ"… È quello che ha spinto l'agente a telefonare. Ero in ufficio, e ho risposto…».

Papà… Ora si sarebbe svegliato da quell'incubo, pensò Teddy. Bastava riportare indietro l'orologio e si sarebbe sistemato tutto. Rimase fermo così, in piedi, incapace di fare alcunché. Non aveva più molti contatti con sua figlia dalla morte della madre. Erano passati dieci anni da quando l'aveva vista l'ultima volta, e si erano sentiti molto brevemente poco più di un paio di volte l'anno. Quel muro che lei aveva messo tra loro lo faceva soffrire, ma almeno sapeva che era viva e stava bene. Il contraccolpo della notizia gli tolse d'un tratto la terra da sotto i piedi. Si lasciò cadere sul divano.

«Che cosa le è successo?».

Garance andò a sedersi accanto a lui.

«Tua figlia viveva sempre a Montréal?».

Seguì un lungo silenzio. *Papà*. Pur standogli lontana, Morgane aveva tenuto con sé il suo bigliettino da visita per tutti quegli anni. Forse, allora, sebbene avesse tagliato i ponti con la Francia, non li aveva tagliati anche con lui, non completamente.

«Cre… Credo di sì… Cioè, da quel poco che postava sui social…».

La sua socia annuì. Quante discussioni, dai toni spesso accesi, aveva avuto con Teddy su quel divano in pelle screpolata? Quante volte si erano urlati addosso, quante volte erano scoppiati a ridere, in ventitré anni di agenzia? Si rese conto, in quel preciso istante, che niente sarebbe stato mai più come prima. Che per l'agenzia si apriva un nuovo capitolo, forse l'ultimo.

«Si trovava in un paesino tra i più sperduti del Québec, Norferville. Ne avevi già sentito parlare?».

Con un gesto le fece capire di no.

«È nel cuore del Grande Nord, un posto così dimenticato da Dio che ho pensato che Google stesse dando i numeri», spiegò Garance. «Ho dovuto zoomare non so quante volte prima di riuscire a trovare delle case. Intorno non c'è assolutamente niente, nessun altro agglomerato urbano nel raggio di diverse centinaia di chilometri. Solo foreste e laghi, migliaia di laghi. L'agente ha detto che era una scena… complessa».

Teddy si asciugò una lacrima dall'occhio destro e poi passò al bordo inferiore della benda, a sinistra, dove lacrimava sempre di più.

«Va' avanti…».

«Sembra l'abbiano ritrovata nella neve, ghiacciata, ai margini della città. Aveva i vestiti strappati e… Oh, accidenti, Teddy, ti dico quello che mi ha detto l'ufficiale. Secondo lui il suo corpo era mutilato».

Gli prese le mani, le strinse tra le sue. Teddy, a testa bassa, fissava i listelli del parquet. Morgane ci aveva camminato sopra così tante volte quando, da piccola, la portava con lui in ufficio. La sentiva ancora ridere, aveva davanti agli occhi la sua faccina piena di gioia. Sembrava ieri. Mentre veniva assalito dai ricordi, la voce della socia continuava a vibrargli nelle orecchie.

«Ci sarà un'indagine, ma non è semplice dato l'estremo isolamento del posto. Sono zone in cui non mette piede nessuno, se non i minatori e una manciata di turisti in cerca di avventura. Da quelle parti gli agenti pensano più che altro a scacciare gli orsi e a tenere a bada le liti tra vicini, hai presente insomma, non sono tagliati per indagare su cose di questo tipo, perciò è probabile che mandino sul posto degli agenti specializzati. Cioè, in realtà non lo so mica. È così lontano da qui…».

Si alzò dal divano, andò a prendere un foglio e glielo passò.

«Il numero del capo della polizia locale… Adesso, però, lì sarà più o meno l'una del mattino e non so se hanno un servizio permanente in un posto così piccolo».

Il criminologo osservò la serie di numeri buttati giù in fretta. All'altro capo del telefono: la morte. Garance non riusciva più a sopportare quel dolore che le scavava lo stomaco. Prese il cappotto, le sigarette, si diresse verso la porta.

«Torno più tardi. Ho un appuntamento che purtroppo non posso proprio rimandare. Tutto questo è orribile, Teddy. Orribile da far schifo».

Si chiuse la porta alle spalle. Rimasto solo, Teddy si raggomitolò su se stesso e abbassò la sua unica palpebra. Gli apparve allora la terrificante immagine di un corpo insanguinato di soli ventotto anni, disteso in mezzo a un'immensa pianura coperta di neve candida, con due occhi grandi come laghi che fissavano un sole troppo bianco.

La sua unica figlia. La sua piccolina.

Papà…

Scoppiò a piangere.

5

La segheria delle Oche si sviluppava sulla sponda nord del fiume San Lorenzo, a trenta chilometri da Baie-Comeau. Era così esageratamente grande da fare impressione, ma non poteva essere altrimenti dovendo affrontare la forza bruta delle foreste canadesi. Cataste di tronchi brunastri, montagnette di trucioli dorati e bancali di assi alti tre piani si estendevano a perdita d'occhio. A completare il quadro, un parco di macchine per il disboscamento capaci di sfrondare, abbattere e ridurre in pezzi qualsiasi albero in terra nel giro di dieci secondi.

Un mondo di legno e di acciaio sprofondato in un silenzio di tomba da quando il corpo di un operaio era stato ritrovato sotto il suo apripista, una sorta di bulldozer gigante. Le pompe funebri avevano portato via il cadavere già in tarda mattinata. Tutto indicava che il conducente era stato travolto dal suo stesso mezzo: aveva dimenticato di spegnere il motore mentre cercava di risolvere un guasto meccanico. Alcuni colleghi avevano assistito alla scena ed erano accorsi in suo aiuto, ma non c'era stato niente da fare: Fred Sénécal, cinquantasei anni, era morto sul colpo.

Léonie Rock finì di parlare con gli inquirenti della Commissione sulle norme, l'equità, la salute e la sicurezza sul lavoro, quindi tornò di buon passo verso il suo pick-up bianco, nero e giallo, i colori della Sûreté, la polizia provinciale del

Québec. Un messaggio sul cellulare l'informò che il suo comandante voleva vederla il prima possibile. Mise subito in moto. Nessuno faceva aspettare Martin Michaud.

In quel periodo così freddo la strada per la segheria – venti chilometri in piena foresta – era ancora abbastanza praticabile perché sgomberata regolarmente dallo spazzaneve, così la giovane donna raggiunse la città in meno di mezz'ora. Le acque del San Lorenzo assumevano le loro sfumature più suggestive – una tavolozza di grigi e di azzurri – sotto un cielo a pecorelle. Quando però irrompeva il sole e l'orizzonte si schiariva, si riusciva a vedere l'altra sponda del fiume, a una cinquantina di chilometri. In quei frangenti Baie-Comeau sfoggiava un paesaggio da cartolina, da una parte lambito dalle spiagge di sabbia bianca lungo il fiume e dall'altra accarezzato dalle tonalità color smeraldo della foresta boreale. Alle porte del Grande Nord. Québec città si trovava quattrocento chilometri più giù, Montréal settecento.

Léonie parcheggiò davanti alla stazione di polizia, che affacciava su rue Mingan. Un edificio di mattoni rossi sviluppato tutto in lunghezza, con un'aria da caserma, su cui sventolavano le bandiere del Québec, della Sûreté e di Baie-Comeau. Raggiunto il suo ufficio, si liberò di guanti e parka e andò a bussare alla porta del suo superiore. Spalle da giocatore di hockey, piedi sempre ben piantati negli stivali di pelle, quest'ultimo aveva quarantanove agenti e dieci impiegati civili sotto il suo comando. L'ufficiale Rock non era in rapporti particolarmente calorosi con quel capo che, in tre anni di collaborazione, non le aveva mai mostrato un briciolo di gratitudine. Lui dava gli ordini, lei li eseguiva, punto. Entrando, lanciò un'occhiata al collega Patrick Drumont, tenente come lei. La sua espressione non prometteva nulla di buono.

«Ho fatto prima che ho potuto».

«Come procede alla segheria?», le chiese Michaud, facendole segno di chiudere la porta.

«Aspettiamo conferma dal rapporto del medico legale ma tutto fa pensare a uno stupido incidente. Gli inquirenti del C-NESST stanno verificando se ci sia stato o meno un malfunzionamento che comporti una responsabilità da parte dell'azienda».

«Allora si chiuderà alla svelta. Ti sollevo dal caso, ci penserà Drumont da adesso in poi. Tu mi servi per altro. Una cosa molto seria».

L'agente Rock guardò Patrick – che cercava di contenere l'entusiasmo – con aria interrogativa e poi tornò a concentrarsi sul suo superiore.

«L'ascolto, comandante».

«Donna bianca, ventotto anni, francese, numerose ferite da taglio, sventrata. Omicidio, attacco animale, è ancora presto per dirlo. In base ai primi accertamenti, il sergente del posto propende per la prima ipotesi».

Mentre parlava, batteva un blocco di fogli contro il piano della scrivania per riallinearli, segno che la sua decisione non ammetteva repliche. E se da un lato la notizia di per sé non le dispiaceva affatto ed era ben felice di vedersi affidare una missione di rilievo, dall'altro Léonie non poteva fare a meno di pensare che doveva esserci dietro qualche fregatura. Da quando era passata alla Grandi Crimini, Michaud la escludeva sistematicamente da casi come quelli. Non l'aveva mai detto apertamente, ma quello stronzo non era certo l'unico a pensare che una donna di sangue misto non ci azzeccava nulla con la Sûreté del Québec e che il suo posto era tutt'al più nella polizia indigena di qualche riserva.

Abbozzò un vago sorriso di cortesia, un po' destabilizzata.

«La ringrazio per la fiducia».

«Frena l'entusiasmo, Rock. Se mando te, è perché conosci il territorio. Avrei preferito che quel posto restasse quello che è stato finora, un lontano puntino su una mappa. Ma sfortunatamente ricade sotto la nostra giurisdizione, perciò tocca a noi occuparcene».

Léonie non era certa di aver ben capito.

«Non starà mica parlando di... Norferville?».

«E di cosa sennò?».

La donna cercò di restare impassibile. Già solo sentire pronunciare quel nome le fece venire acidità di stomaco.

«Spiacente comandante, ma... ma non ho più niente a che fare con quel posto. Non ci metto piede da quando hanno chiuso la miniera. Sono passati vent'anni e...».

«Le attività minerarie sono riprese alla grande da circa cinque anni, immagino lo saprai già. La città si è ripopolata ed è tornata com'era, con cellulari e internet come benefit aggiuntivo. A trovare la vittima è stato un indigeno. Motivo in più perché sia tu ad andarci. Saprai ispirargli fiducia».

Léonie non aveva voglia di scendere nei particolari con lui, ma la verità era che no, gli innu non si sarebbero affatto confidati con lei. Perché lei li aveva abbandonati, se n'era andata come tutti gli altri dopo la chiusura della miniera. Perché era una poliziotta. E per di più una "mela": rossa fuori, bianca dentro. Spuntava tutte le caselle che la identificavano come nemico.

«Ancora niente polizia indigena?», domandò.

«Sono anni che il capo innu chiede al governo di istituire un corpo, ma a quanto pare per i piani alti non è una priorità. Perciò sono il sergente Liotta e i suoi uomini a regnare sull'intero territorio. Ti offriranno il loro aiuto e avrai un tuo ufficio personale nella loro sede per tutta la durata delle indagini. In quanto tenente della Grandi Crimini, sei gerarchicamente superiore. Ma ti do un consiglio: non strapazzarli troppo, ricorda che loro comunque giocano in casa. Gli agenti del Grande Nord hanno la scorza dura e sembrano non gradire troppo che si vada a ficcare il naso nei fatti loro».

Il sergente Paul Liotta... Léonie, immersa nei pensieri, sentì le mani contrarsi dietro la schiena. Il suo viaggio laggiù sarebbe stato probabilmente un incubo, ma chissà che non ne valesse la pena, dopotutto.

«C'è qualche problema?», disse un po' seccato Michaud. «Non ti senti all'altezza?».

«No, comandante. Cioè, sì. È solo che... Avevo richiesto un permesso per dopodomani. Un appuntamento importante. Ma... lo disdico».

«Bene».

«Le chiedo però l'autorizzazione a non indossare la divisa quando sarò sul posto. Se devo stabilire dei contatti con gli innu, mi sarà più facile farlo in abiti civili. O quantomeno non provocherò una chiusura istintiva. All'epoca in cui vivevo a Norferville, Liotta e la sua combriccola non ci andavano leggeri con loro, le celle del commissariato erano sempre piene, a volte anche solo per un'occhiata di traverso. E non credo che col tempo i rapporti siano migliorati. Basta vedere quello che succede in qualsiasi riserva del Canada».

Vedendo Michaud aggrottare le sopracciglia, si disse che non avrebbe ceduto. Ma alla fine il suo superiore annuì.

«I bianchi cattivi contro i buoni indiani, eh? Vabbè, queste cose le saprai meglio di me. Dato che ti ritroverai bloccata in culo ai lupi, Drumont ti aiuterà a distanza per le ricerche dati, le eventuali richieste al procuratore e gli spostamenti, se necessario. Il medico legale e un tecnico ti accompagneranno giusto il tempo di avviare le indagini e ripartiranno il giorno dopo perché mi servono qui per altri casi. Sarà più semplice così, senza rimpatriare la salma. Tanto, viste le temperature, non rischia certo di decomporsi...».

Quando Léonie fece per aprire bocca, Michaud alzò la mano per troncare sul nascere qualunque protesta.

«Lo so, non è questo il protocollo, ma la situazione estrema di Norferville la rende un caso a sé. Capirai bene che da quelle parti non si possono certo condurre delle indagini con tutti i mezzi di cui disponiamo qui. Se non altro abbiamo i quindici giorni di flagranza da sfruttare. In altre parole, potrai agire in autonomia senza l'obbligo di riferire al procuratore. Perquisizioni, interrogatori, fermi... Sentiti libera di procedere come meglio credi, nei limiti del buonsenso, ovvio. Non giocare a fare John Wayne. E io, chiaramente, voglio essere aggiornato su ogni tua minima mossa».

Léonie annuì senza troppa convinzione, si sentiva come se l'avessero spinta giù da un aereo senza paracadute. Martin Michaud si alzò dalla scrivania e andò a osservare l'enorme cartina del Québec appesa sulla parete. Un territorio tre volte più grande della Francia metropolitana, e con una popolazione otto volte inferiore. Temperature che potevano scendere fino a -50 °C. La zona di loro interesse era nell'estremità superiore, in cima a quella provincia dagli oltre cinquecentomila laghi.

«La vittima è una francese e ieri Liotta ha avuto la splendida idea di avvisare telefonicamente il padre, prima ancora di chiamare me. Ha fatto tutto al contrario, ma gliela perdono, non sono cose che capitano tutti i giorni da quelle parti. Comunque sia non ho nessuna voglia di un caso che finisca per assumere proporzioni eccessive, perciò sbrigati a trovarmi un colpevole. Un orso non sarebbe male».

A giudicare dal suo sguardo, si disse l'agente Rock, la sua non era una battuta. Un orso a febbraio... Ma ci era o ci faceva?

«Non è una città molto estesa ed è isolatissima, il che dovrebbe agevolarti il compito», proseguì il suo capo. «Ti senti in grado di gestire la cosa?».

Simulando una sicurezza che non aveva, la donna gli fece capire che poteva fidarsi di lei. Aveva rinnegato Norferville, tentato di cancellarla dalla sua memoria per tutti quegli anni, ma ne portava ancora dentro il tatuaggio, era impresso in ogni singola circonvoluzione del suo cervello. Quel posto non si dimenticava, si annidava in fondo allo stomaco come un demone chiuso a riccio e si palesava di notte per grattarne le pareti, finché non ti svegliavi urlando.

La voce grave di Michaud la riportò al presente.

«In tal caso comincia a preparare i bagagli. Un bush plane

decollerà domani mattina alle otto dall'idroscalo. Conto su di te per portare a casa un risultato. Speravo di non doverci mai occupare di un caso del genere in quel buco. Ma immagino fosse inevitabile che accadesse, prima o poi».

Léonie aspettò che Patrick uscisse dall'ufficio. Poi, con la mano già sulla maniglia, domandò: «Un'ultima cosa, comandante: il sergente Liotta lo sa già che il caso è stato affidato a me?».

«In effetti l'ho informato, sì, dando per scontato che avresti accettato».

«E come ha reagito?».

«Si ricordava di te. Sapeva già che lavori alla SQ e mi è sembrato ben contento che fossi tu a occupartene».

6

«Non hai più aperto bocca, Léonie. Se non ti va di andarci, posso provare a parlare con Michaud per fare a cambio. Parto io e tu resti...».

Léonie stava ammucchiando nella valigia tutta una serie di indumenti termici in lana e seta. Stando alle ultime notizie, sul Grande Nord quebecchese regnava una massa d'aria proveniente dalla regione artica che abbassava le temperature oltre i -15 °C durante il giorno, cosa che a metà febbraio non aveva in realtà nulla di eccezionale. A contrariarla era il rischio blizzard, che secondo le previsioni sarebbe stato tutt'altro che trascurabile nei giorni a seguire. Non c'era niente di peggio di un blizzard. E sapeva bene di cosa parlava, ne conservava ricordi di gioventù terrificanti. Norferville, tutta coperta di ghiaccio, immobile come il lugubre paesaggio di una palla di vetro. Una volta, dopo un blizzard, avevano rinvenuto un uomo sulla sua motoslitta, a soli tre chilometri dalla città, colto senz'altro da un malore. Era ancora in posizione di guida, incollato al sedile e congelato dalla testa ai piedi.

Senza dire nulla, Léonie premette sulla valigia con un ginocchio per riuscire a chiuderla e poi andò a prendere un'altra borsa. Le servivano vestiti almeno per due settimane.

«A Michaud non piaccio, okay, ma non credo abbia alcun interesse a lasciar perdere il caso», rispose infine mentre piegava una giacca in pile. «In un certo senso ha ragione. Anche se non ho chissà quale esperienza, sono la più adatta a gestire le cose laggiù. Me la caverò».

«Norferville… Non mi hai mai raccontato niente di quella parte della tua vita. Ci hai vissuto quanto, quindici anni?».

«Sedici».

«E com'era?».

Vuoi sapere com'era, Patrick? Davvero vuoi saperlo? Norferville è il Male. Quella città cova nelle sue viscere qualcosa di malvagio che ti afferra per il collo, ti distrugge dall'interno, ti soffoca. La gente lì ammattisce, diventa violenta. È questo che vuoi sentirti dire, Patrick?

Léonie scacciò via quei pensieri. Scrollò le spalle.

«Non è che ci sia molto da dire. Norferville è la noia fatta città. Immaginati notti invernali interminabili che fanno andare fuori di testa i suoi abitanti. Intere giornate in cui non puoi mettere il naso fuori casa per colpa di un freddo che al confronto a Baie-Comeau sembra di stare alle Bahamas. E in casa non c'è niente da fare, se non aspettare. Poi, cos'altro, ci sono i bianchi e gli indigeni che cercano di convivere, solo che è come provare a mischiare l'olio con l'acqua… Se vuoi posso continuare a descriverti questo luogo incantevole. Parlarti dei continui black-out e dei tubi dell'acqua che scoppiano sotto la pressione del ghiaccio».

Appoggiato allo stipite della porta, Patrick guardava la trentaseienne scapicollarsi da un armadio all'altro con occhi innamorati. Léonie era davvero bellissima. La lunga treccia nera le ondeggiava sulla schiena come un serpente. Patrick amava quella sua nuca così delicata che invitava alla contemplazione.

«A posto così. Non vorrei rovinare la nostra ultima serata».

Fuori regnava l'oscurità. Attraverso la finestra della stanza si intravedevano i profili delle persone che abitavano di fronte. Case tutte identiche, con i tetti spioventi verdi e le facciate madreperlacee. Abitazioni semplici in stile casa mobile, ma molto accoglienti. Nel calduccio di quelle pareti c'erano genitori che preparavano da mangiare, bambini che giocavano in salotto o facevano i compiti… E in fondo alla strada, la spiaggia.

L'agente approfittò del fatto che Léonie fosse di spalle per abbracciarla. Nel suo corpo sentì tutta la tensione che la donna non era riuscita a scaricare da quando il superiore li aveva convocati nel suo ufficio.

«Se ti fermassi due secondi e ci rilassassimo un po'?».

Léonie appoggiò le mani su quelle del suo compagno per raffreddarne i bollori.

«Sono stanca… È stata una lunga giornata, con quell'incidente alla segheria…».

Patrick la girò verso di sé e, sorridendole, scrutò i suoi occhioni neri che somigliavano ai ciottoli rotondi che si trovano ai piedi delle cascate. Aveva gli zigomi sani e graziosi della gente che vive in altura. Soltanto le labbra deturpate, in fondo, spezzavano l'armonia dei lineamenti. Di tanto in tanto la sua compagna arrivava al lavoro con le labbra conciate malissimo. Colpa del freddo, diceva lei, ma Patrick lo capiva che c'era dell'altro. A volte Léonie aveva delle reazioni violente. E, quando capitava, mandava tutto a quel paese, compreso lui, e Patrick si chiedeva se non fosse in quei momenti lì che si rovinava le labbra da sola. Non aveva ancora osato affrontare apertamente il problema.

«Non vorrai mica piantarmi in asso proprio stasera?».

«Mi dispiace, Patrick. Non ho ancora finito di preparare le valigie e poi me ne vado a letto. Devo partire presto domani mattina. Senza contare che arrivare a Norferville non sarà certo una passeggiata…».

L'eccitazione del compagno sbollì seduta stante. Se ne rimase lì, immobile, mentre lei riprendeva i suoi viavai come nulla fosse. Come se quella situazione fosse del tutto normale.

«Sono ormai quasi cinque mesi che stiamo insieme e che vengo io da te o tu da me, quando abitiamo a soli cinquecento metri di distanza. Al lavoro ti impegni al massimo per farci sembrare due estranei. Nelle ultime settimane hai trovato un sacco di scuse per vederci sempre di meno. A volte esplodi come una bombola del gas, e non so nemmeno perché. Che cazzo, Léonie, dimmi cosa c'è che non va, che cosa sbaglio!».

«Non sbagli niente. È solo che... ho bisogno di tempo».

Patrick non sapeva se arrabbiarsi o meno. Gliene dava, di tempo, eccome. In continuazione. Perché doveva essere tutto così complicato con lei?

«Bene. Saprò essere paziente, perché ci tengo davvero tanto a te e sono convinto che insieme potremmo avere una vita bellissima. Ma non prenderti gioco di me, non lo sopporterei».

E su quelle parole girò i tacchi. Prima di uscire, però, le chiese: «L'appuntamento di dopodomani a Québec, quello che era importantissimo ma che poi hai annullato in un batter d'occhio davanti a Michaud, non vuoi ancora dirmi di cosa si trattava, immagino».

Quando lei, con aria dispiaciuta, fece di no con la testa, vide gli occhi azzurri di Patrick incupirsi.

«I tuoi segreti, eh?».

Stavolta uscì, sbattendo la porta. Léonie si sentì in colpa, non aveva il diritto di farlo soffrire. Patrick era buono, fin troppo buono. Un carattere privo di spigoli. E già troppo vecchio, in un certo senso. Assomigliava a uno di quei piloti di linea che seguono una traiettoria già tracciata e aspirano a un unico scopo: arrivare a destinazione senza intoppi. E Baie-Comeau era il posto ideale: la gente ci nasceva, si riproduceva e infine ci moriva con l'impressione di aver avuto una bella vita. Più tempo aspettava a confessargli che non avrebbe mai provato per lui un sentimento abbastanza forte per andare a vivere insieme e peggio sarebbe stato. Ma, per quella sera, smise di pensare a Patrick e ai suoi tormenti. Perché adesso c'era Norferville.

Norferville... Il mostro dalle zanne di ferro e gli occhi gialli che penetravano nella foresta era riemerso dalle tenebre. Léonie non poteva credere che si trattasse di una coincidenza, non proprio due giorni prima del suo appuntamento.

Era un segno.

Quel posto malefico la stava richiamando a sé per la resa dei conti.

7

Una volta chiusi i bagagli, Léonie andò nella stanza degli ospiti che aveva adibito a piccolo studio. Un computer portatile, una sedia, alcune stampe di email ben custodite in fondo a cassetti chiusi a chiave affinché non capitassero nelle mani di Patrick. Nell'ultimo mese e mezzo si era segregata lì dentro quasi tutte le sere.

Accese lo schermo, si collegò a un indirizzo di posta elettronica che aveva creato sotto il nome di Sophie Migneau, cliccò sulla cartella «Voci indigene». Era l'associazione a cui si era iscritta sotto falsa identità nel mese di dicembre. La cartella conteneva già diverse decine di testimonianze che arrivavano da tutto il Québec e, più in generale, dall'intero Canada tramite strutture simili. Quei racconti descrivevano, con freddezza e precisione, le violenze fisiche e verbali compiute ai danni delle native americane negli ultimi quarant'anni. Léonie aveva scoperto che anche altre adolescenti o giovani donne avevano vissuto una notte d'orrore simile a quella sua e di Maya, a volte a migliaia di chilometri da Norferville, in altre province del paese. Che non era stato in alcun modo un episodio isolato.

Protetta dall'anonimato, aveva spiegato via email a Valentine Fortin – presidente dell'associazione ed ex giurista – di essere una donna meticcia che in passato era stata aggredita sessualmente. E che, non appena se la fosse sentita, sarebbe andata anche lei a testimoniare.

Da quel momento in poi, aveva riletto praticamente ogni sera quella che era stata la risposta della presidente, per convincersi che era assolutamente necessario che raccontasse il suo trauma usando la sua vera identità. Non poteva più tirarsi indietro. Dal momento che la maggior parte delle testimonianze coinvolgevano la polizia provinciale del Québec, rischiava di subire delle pressioni, se non di perdere il posto, dopo che aveva lottato così tanto per farsi valere, per dimostrare che era possibile lavorare alla Sûreté del Québec anche se si era donne e meticce. Ce n'erano così poche…

Pazienza, quella causa era più importante del suo lavoro e meritava un sacrificio. Cliccò sul messaggio, che conosceva ormai a memoria.

Cara Sophie,

quello di cui parliamo, nella maggior parte delle storie che hai letto, ha un nome ben preciso: "cura geografica". È un'espressione che ricorre più volte nei dossier di denuncia riesumati da alcuni nostri contatti inseriti nei punti giusti, denunce a cui, ovviamente, non è stato dato alcun seguito e che dimostrano fino a che punto l'intero sistema sia marcio.

La cura geografica non riguarda una comunità o un luogo nello specifico ed era diffusa, fino ancora a una decina d'anni fa, in tutto il Canada. Certi poliziotti bianchi avevano così tanto potere, instauravano un tale regime di paura nelle riserve da agire addirittura a volto scoperto. Saprai già che alcol e droghe incancreniscono da anni le comunità indigene. Nella maggior parte dei casi questi agenti raccoglievano dalle strade le ragazze ubriache o sotto l'effetto di stupefacenti e le abbandonavano in luoghi isolati per inculcargli il messaggio che se avessero ricominciato a bere o a farsi di qualcosa, le avrebbero punite di nuovo. Un metodo efficace, secondo loro, per guarirle dalle dipendenze. Cathy per esempio, un'anishinaabe di Maniwaki, mi ha raccontato di un intervento in cui gli agenti avrebbero gettato via le sue scarpe per poi scaricarla sul ciglio della strada, sotto la neve, a chilometri da casa. Era il 2003.

Hanno fatto anche di molto peggio. Una donna cree della baia di James ha accettato di confidarsi con me; la sua testimonianza si unirà a breve alle altre. È successo nel 2001. Mi ha raccontato che, uscendo da un bar, degli agenti si sono offerti di accompagnarla a casa. Lei aveva bevuto. L'hanno portata ai margini di una foresta e costretta a praticare del sesso orale a tutti, dopodiché le hanno dato venti dollari per il suo silenzio e se ne sono andati come nulla fosse. Non ne aveva mai fatto parola con nessuno, aveva tenuto questo dramma sepolto dentro di sé. Fino a oggi.

Questo è solo l'inizio, Sophie. La paura sta svanendo, le lingue cominciano a sciogliersi e presto andranno ad alimentare i rapporti della Commissione d'inchiesta nazionale che nei prossimi mesi dovrebbe finalmente partire. Quante donne originarie delle Prime Nazioni avranno subito trattamenti simili in quei luoghi isolati dove la comunicazione con il mondo esterno è di fatto inesistente? Migliaia? Quante di loro avranno avuto la forza e il coraggio di rialzarsi dopo? Quante saranno sparite nell'indifferenza più totale, lasciando le loro famiglie inermi di fronte al silenzio dei nostri rappresentanti politici e all'inazione della polizia? E quante si saranno suicidate per la disperazione?

Ecco perché abbiamo così tanto bisogno della tua testimonianza, anche se non conosci l'identità dei tuoi aggressori. Forse le tue parole innescheranno altre confessioni all'interno della comunità innu di Norferville, ma anche a Matimekush-Lac John, a Uashat-Maliotenam o altrove. La voce delle donne indigene deve farsi sentire se vogliamo che il governo canadese accetti la sua parte di responsabilità in questi drammi umani che colpiscono le native americane da oltre quarant'anni...

Costruiamo oggi il Canada di domani.

Un caro saluto,
Valentine

Léonie rilasciò la tensione che la prendeva allo stomaco tutte le volte che rileggeva l'email. Bisognava ora aspettare che le immagini e gli odori rancidi di quella notte ignobile si ritirassero nell'angolino della mente in cui li aveva relegati, pensando che alla fine il tempo avrebbe cancellato tutto. Niente di più sbagliato. Dopo aver inspirato a fondo, scorse velocemente tutta la discussione che era seguita a quel messaggio e cliccò su «RISPONDI».

Buongiorno Valentine,

purtroppo non potrò più venire a Québec giovedì, mi vedo costretta ad annullare il nostro appuntamento a causa di una trasferta di lavoro di diversi giorni. Mi dispiace moltissimo, immagino che ne sarai delusa, ma ti ricontatterò al mio ritorno. Non temere, la volontà di andare fino in fondo è ancora ben salda...

Con tutta la mia ammirazione,
Sophie

Premette «INVIA», si disconnesse subito per non avere ripensamenti e spense il computer. Quindi andò a posare sopra la valigia la fondina con dentro la sua Glock 17. Il calcio nero della pistola brillava sotto la luce della lampada da notte.

Sì, sarebbe andata fino in fondo, anche se forse non nella maniera prevista. L'indomani l'aspettava un tuffo nel passato. Avrebbe affrontato il mostro acquattato nella sua foresta lontana, lassù nel profondo Nord. L'idea la spaventava, certo, e le sue cicatrici avrebbero sanguinato ancora di più una volta tornata nella morsa di Norferville, accanto alle persone che le avevano fatto del male. Ma, in un modo o nell'altro, quei cani gliel'avrebbero pagata.

Come diceva il proverbio: «Occhio per occhio, dente per dente».

8

Léonie stava sonnecchiando, cullata dal ronzio del DHC-3 Otter cui avevano rimosso i galleggianti per montarlo su ruote. Il piano di volo prevedeva un atterraggio sull'unica pista dell'aeroporto di Norferville intorno alle 10,10, ossia più di due ore dopo il decollo. Ma un'improvvisa turbolenza sballottò il monoplano, svegliandola di soprassalto dal suo torpore. L'agente lanciò uno sguardo mezzo assonnato ai suoi accompagnatori. Davanti, Simon Roy, il medico legale, era alle prese con un cruciverba mentre, subito dietro di lui, Théo Paquette, il tecnico della sezione Identificazione criminale, leggeva un libro sulle munizioni. Non erano dei tipi molto loquaci quei due, ma la cosa non le dispiaceva. Le permetteva anzi di godersi un po' di caldo e tranquillità prima di affrontare l'ostilità del clima subartico. Di lì a pochissimo sarebbe rimasta da sola sotto quel cielo dall'azzurro ingannevole, dove non c'era nemmeno una nuvola a sbarrare la strada al freddo pungente che scendeva direttamente dall'alta atmosfera.

Appiccicò la tempia al finestrino. Le ridenti foreste e le spumeggianti rapide dei primi chilometri avevano presto ceduto il posto alla rigida immensità del Grande Nord. Migliaia di laghi cinti da corone di ghiaccio bucavano, fino all'orizzonte, le distese di abeti rossi cosparsi di neve. Sotto di loro si dispiegava una sorta di confine del mondo. *La Nitassinan*, si disse Léonie tra sé e sé. La 'nostra terra' in lingua innu-aimun. E pensare che il suo bis-bisnonno aveva trascorso tutta la propria vita da seminomade su quelle terre, in armonia con la natura, andando a caccia e a pesca! Lei non sarebbe durata nemmeno una notte.

Il pilota li invitò a prepararsi all'atterraggio. L'aereo perse quota e sorvolò le profonde piaghe rosse provocate dalla Iron North Company. Sembrava quasi che un gigante furioso si fosse accanito contro quella parte di paese con una sciabola. Un po' più in là si intravedevano le sfilze di baracche in cui vivevano gli ottocento minatori che, al freddo e col sudore della fronte, strappavano il ferro dalle viscere della terra. Un fumo nero e denso saliva fino al cielo.

«C'è del fuoco. A quanto pare stanno bruciando degli pneumatici vicino alla miniera», osservò il pilota prima di virare. «Sento puzza di proteste».

L'aereo puntò il muso verso Norferville, che da un lato aderiva alla sponda del lago Ridge. Sulla sinistra si estendeva la riserva Papakassik. Lei, invece, aveva vissuto in una delle tre strade – Westside, Edgeside e Southside – che partivano come tentacoli dai margini della città e si addentravano per chilometri e chilometri nella natura, in una delle confortevoli case che l'INC affittava ai dipendenti che ricoprivano ruoli di responsabilità. Una sorta di periferia bene in contrasto con il centro, vecchio e degradato.

Stando alle stime cui aveva dato uno sguardo la sera prima su internet, la popolazione complessiva era tornata a essere di circa quattromila abitanti, contando anche i minatori e gli innu della riserva. Cinquecento in meno rispetto a vent'anni prima, ma comunque un bel po' di gente… e di sospettati. Léonie notò all'improvviso dei piccoli edifici addossati al lago, che era lungo quasi un chilometro e largo mezzo nel suo punto più ampio. Da quel che ricordava, lì non c'era niente quand'era ragazza.

«Che roba è laggiù?», domandò al pilota indicandogli gli edifici.

«La Northern Adventures, una compagnia che organizza attività ricreative. Offrono dei tour in idrovolante o in elicottero ai turisti o ai minatori e assicurano il trasporto verso una bellissima *pourvoirie* che si trova trenta minuti più a nord, il Rifugio del lago Wendy. Che poi, in realtà, è pieno di turisti per tre quarti dell'anno e ha addirittura una pista per decollare e atterrare sul lago ghiacciato. La gente arriva da tutto il Québec per andare a cacciare e a pescare laggiù. Facoltosi uomini d'affari, noti sportivi... Anche un sacco di stranieri. Insomma, non ci sono solo poveri disgraziati a Norferville, c'è chi è riuscito a sfangarla. *Business is business!*».

Una Norferville a doppia velocità. Lusso e denaro accanto agli indigeni che, dopo essere stati sedentarizzati e abituati ai supermercati, vivevano nella miseria. Léonie pensò a Maya. L'idea di rivedere quella che era stata la sua migliore amica l'angosciava. Non l'aveva più vista né cercata da quando era partita all'improvviso, qualche mese dopo la loro notte d'orrore. Un po' come chi abbandona un animale sul ciglio della strada e scappa via senza mai guardare indietro. In cuor suo si vergognava di se stessa.

Impatto con la pista, virata secca, spegnimento del motore. All'apertura del portellone posteriore, il freddo polare irruppe nell'abitacolo, accompagnato dalla polvere di ghiaccio azzurrina sollevata dall'elica. La donna si imbacuccò nel suo giubbotto, tirò su il cappuccio bordato da una spessa pelliccia e scese la scaletta posizionata dal pilota. Non appena posò piede su quella terra crepata, dopo quasi vent'anni di assenza, si sentì travolgere da una sensazione stranissima. Come se qualcosa, una tagliola invisibile, le si fosse richiusa intorno alla caviglia. Come se avesse preso coscienza del fatto che era impossibile scappare da Norferville perché tanto, ovunque andassi, prima o poi le sue grinfie ti ritrovavano e ti riportavano da lei.

Trattenendo il cappuccio con la mano e strizzando gli occhi per ripararli dal vento pungente, la poliziotta guardò verso l'aerostazione, non senza una certa inquietudine. Davanti al piccolo edificio di cemento e lamiera verde si stagliava una figura imponente.

Era lui.

I piedi ben piantati per terra, il sergente Paul Liotta li stava aspettando.

9

Quasi alla soglia dei sessanta, Liotta era lo stesso uomo di sempre. Un sergente mai salito di grado. Una massa che l'uniforme rendeva ancora più minacciosa e la cui presenza era giocoforza sinonimo di guai. Il tempo gli aveva incanutito le sopracciglia, scavato le guance e assottigliato le labbra, tanto che la bocca scompariva ormai del tutto sotto i baffi sottili. Gli si era anche ispessita la pelle, una crosta di cuoio destinata a resistere alle temperature estreme. Quanto allo sguardo, quello non era cambiato affatto: dall'azzurro ghiaccio dei suoi occhi irradiava una forma di energia malsana capace di penetrarti dentro.

Dopo la chiusura della miniera era rimasto a Norferville, come gli indigeni e come una manciata di bianchi. Aveva fatto domanda di trasferimento e gli era stato negato o, al contrario, si era aggrappato come una zecca a quella città dissanguata? In ogni caso quegli anni erano stati senz'altro spaventosamente duri e solitari e dovevano averlo indurito, cosa di cui certo non necessitava.

Inclinò la testa e sollevò brevemente il berretto di pelliccia con i paraorecchie rialzati quando si vide comparire davanti Léonie che trascinava il suo trolley, zavorrata anche dal peso di una seconda borsa. I suoi capelli si erano fatti più radi e un po' di argento si mescolava ormai al nero intenso, ma restavano corti come un tempo.

«Tenente Rock…».

«Sergente Liotta…».

«E così è tornata all'ovile», disse con quello che somigliava più a un rictus che a un sorriso.

«Avrei preferito che accadesse in altre circostanze», ribatté Léonie. «Le presento Simon Roy, il medico legale che eseguirà l'autopsia, e Théo Paquette, che si occuperà delle foto e dei prelievi. L'aereo li riporterà indietro domani di modo che i campioni arrivino quanto prima nei nostri laboratori».

Liotta li salutò brevemente. I due uomini avevano le braccia cariche di materiale da lavoro.

«In tal caso non c'è tempo da perdere. Gli alloggi ve li farò vedere più tardi, andiamo subito al sodo. È dall'altro ieri che i miei agenti si danno il cambio vicino al luogo dov'è stato ritrovato il cadavere, per evitare che gli animali selvatici si diano ai bagordi. Non molto tempo fa, infatti, è stata avvistata una lince da quelle parti. Ma il problema sono soprattutto i cani».

«I cani?».

In mezzo all'aerostazione vuota, Liotta si girò verso Léonie.

«Come? Non lo sai? Non ti dispiace, spero, se ti do del tu. Mi farebbe strano darti del lei visto che ti ho conosciuta che eri ancora uno scricciolo. Anche tuo padre me lo ricordo bene, un brav'uomo apprezzato da tutti. A proposito, come sta?».

C'eri anche tu quella notte, Paul? Guidavi tu? Eri tu che ti divertivi a sbandare? O stavi dietro, appiccicato a me? Sei stato tu il primo di quei maiali che mi ha ficcato il suo coso in bocca, che mi ha sussurrato all'orecchio «maledette selvagge»? Persa nei suoi pensieri, sussultò quando lui le prese la borsa e se la mise in spalla.

«Come sta?», ripeté il sergente.

«Sta… Stava dicendo dei cani».

Liotta la scrutò in silenzio, poi riprese il discorso. Léonie si sentiva febbricitante. Forse aveva sopravvalutato le sue forze. Forse non ce l'avrebbe fatta a restare a Norferville da sola, lontana da tutto, accanto a quello lì.

«Si sono moltiplicati quando la città era praticamente deserta. E da lì a tornare allo stato selvatico il passo è stato breve: mangiano tutto quello che trovano, compresa la loro stessa prole, e hanno imparato a sopravvivere al freddo».

Si interruppe un secondo, il tempo di girarsi verso il medico legale e il tecnico, prima di continuare: «Ce n'è una caterva che vive in branco nella foresta e poi ci sono i solitari. Sono loro i più pericolosi. Vengono a rovistare nei cassonetti e non ci pensano due volte a ringhiarci contro. Il fatto è che non stiamo parlando di innocui animaletti, ma di bestie grosse come lupi. Abbiamo iniziato a impallinarne qualcuno, ma non basta. Ce ne sono altri, continuano a ronzare nei paraggi; l'inverno e la fame li rendono pericolosi. Un consiglio da amico: non vi allontanate troppo dalle strade battute. Insomma, in caso di incidenti declino qualsiasi responsabilità, non dite che non vi ho avvertiti!».

I due uomini si scambiarono uno sguardo, domandandosi in che razza di posto fossero finiti. Una volta arrivati nel parcheggio, Liotta caricò i bagagli nel suo pick-up. Un modello recente con i colori della Sûreté del Québec. Almeno in quello la donna non si sentì spaesata. Lei prese posto davanti e i colleghi sul sedile posteriore, quindi si avviarono. Liotta mise il riscaldamento al massimo. Quando si sfilò i guanti per guidare, la sua passeggera notò che non portava la fede. Per quanto ne sapeva, il sergente non si era mai sposato. Difficile trovare l'anima gemella in un posto come quello.

«Mi dica tutto quello che sa...».

Liotta aveva chiaramente sentito la sua richiesta, ciononostante prese la ricetrasmittente e avvisò che stava per arrivare sul luogo del delitto in compagnia di tre persone. Léonie guardò, sulla sua destra, il lago Ridge ghiacciato scintillare sotto un sole bianco come il marmo che restava basso nel cielo. Quello spettacolo di sorprendente bellezza le riportò alla memoria un mucchio di ricordi. Rivide Maya, Todd e tutta la banda. E poi il pattinaggio su ghiaccio, le feste popolari con le gare di pesca sul lago, le notti passate a dormire in capanna, sul pavimento ricoperto di rametti di abete. Non solo tenebre, in fondo. Una parte della sua gioventù a Norferville era stata anche spensierata.

«Il cadavere l'ha scoperto un indigeno, il vecchio Pierre Sioui», rispose alla fine il sergente mentre Théo Paquette scattava foto al paesaggio con il cellulare. «Lunedì mattina. Stava tornando in motoslitta dal lago Wood. È venuto subito alla stazione di polizia e ci ha portati sul posto. Poi l'ho convocato per una deposizione ufficiale ma non s'è presentato. Del resto quelli fanno sempre così...».

Quelli... Liotta non era cambiato di una virgola. Léonie era convinta che l'avesse detto apposta, per farle capire quanto poco lei contasse ai suoi occhi nonostante il grado.

«Ci penserò io a interrogarlo», ribatté.

«Ti illudi se credi che a te dirà qualcosa in più rispetto a quello che ha già detto a noi».

«Vedremo».

La rue Atlantic, che avevano imboccato appena usciti dal minuscolo aeroporto, girò attorno a Norferville e si restrinse rapidamente fino ad assomigliare a una delle tante piste che andavano a finire, per la maggior parte, sugli argini dei grandi laghi della zona. Si trovavano ora al confine con la riserva Papakassik, di cui si intravedevano già le prime file di case, un po' più in basso.

«Eviterò di descrivervi lo stato del cadavere, non vorrei rovinare la suspense», continuò il poliziotto. «Vi dico solo che, onestamente – e non sono certo una femminuccia –, non è un bello spettacolo. Stando ai documenti la nostra vittima si chiama Morgane Schaffran. Ventotto anni, residente a Montréal. Ho fatto qualche ricerca mentre vi aspettavo: viveva in Québec in pianta stabile da sette anni. Single, niente figli».

Il tecnico, turbato da ciò che stava sentendo, si sporse in avanti per intervenire: «Se ho ben capito, lei ci sta dicendo che ha toccato il corpo e calpestato l'area circostante?».

Liotta piantò il suo sguardo nello specchietto retrovisore.

«Ah, questa è buona. Com'è che si chiamava, lei?».

«Théo Paquette».

«Mi sembra, Théo Paquette, che le sfugga il fatto che da queste parti nevica spesso. E non poco. Quando il vecchio ha trovato il corpo, era già praticamente sommerso dalla neve. Cos'avremmo dovuto fare secondo lei? Tornare in primavera? Ho messo subito i documenti e il telefonino della vittima all'asciutto, in un sacchetto per le prove, altrimenti a quest'ora sarebbero già da buttar via. Ha da ridire qualcosa anche su questo?».

Invece di concentrarsi sulla strada, il sergente non staccava gli occhi dal suo interlocutore. Théo Paquette si ritrasse verso lo schienale, intimidito.

«Dico», osò comunque ribattere, «che in questo caso bisognerà rilevare impronte e DNA discriminanti. Dobbiamo poter escludere le altre tracce, le sue e quelle di tutti coloro che si sono avvicinati al corpo. È la procedura».

«La procedura... Se la diverte spendere soldi pubblici, faccia pure. Io nel frattempo sono riuscito a mettermi in contatto con il padre. Cioè, in realtà mi ha risposto la sua collega, è uno che ha una piccola agenzia investigativa, o qualcosa del genere. Comunque sia, la comunicazione gli è arrivata perché poi mi ha richiamato lui. Vuole vedere sua figlia. Gli ho spiegato che non era una buona idea, ma vaglielo a impedire, come si fa. Aveva già comprato il biglietto aereo e stava andando in aeroporto. Certo che è un bel viaggio dalla Francia fino a qui».

«Anche l'idea di contattarlo non è stata delle migliori», ribatté in tono brusco Léonie. «Qui non c'è niente per quell'uomo, se non dolore. Non so nemmeno se potremo effettivamente fargli vedere sua figlia».

Liotta non disse nulla, ma gli si leggeva in viso tutta la sua irritazione.

«La vittima è di Montréal, ha detto», incalzò la donna. «È a millecinquecento chilometri da qui. L'avevate mai incrociata ultimamente? Lei, i suoi uomini...?».

«No, era la prima volta che la vedevamo. Ma aveva addosso le chiavi del posto dove alloggiava. Stava al Blue Ridge, in uno dei piccoli chalet indipendenti in riva al lago. Ho chiesto a mio fratello di vietare l'accesso al personale fino al vostro arrivo».

«Suo fratello?».

«Sì, è lui che gestisce il complesso, e anche tre negozi a Norfer e il minimarket, che adesso si chiama Au bon marché. A mio fratello piace rinominare le cose, è il suo modo di riappropriarsene».

Il sergente si accese una sigaretta, richiuse il coperchio del suo Zippo con un gesto ripetuto migliaia di volte, fece un tiro e soffiò fuori il fumo acre dal naso. A Léonie si strinse lo stomaco. Uno dei suoi aggressori fumava, quella notte.

«Devi sapere che quando la miniera ha chiuso i battenti, qui la gente si è venduta tutto per quattro spicci. Dei tremila bianchi di un tempo, ne restavano soltanto duecentosessantatré. Riesci a immaginare il disastro? La città si è svuotata neanche fosse una vasca da bagno. Strade deserte, attività chiuse, case abbandonate. E un cazzo di silenzio da resuscitare i morti. Sembrava di vivere in una di quelle tremende città fantasma americane, con in aggiunta il freddo. È stato allora che mio fratello è tornato da Saguenay e ha riscattato tutto sotto il naso degli indiani. Non ha rubato niente a nessuno, perché ci volevano le palle per fare quello che ha fatto. Per capire che del ferro ci sarà sempre bisogno e che da queste parti ne siamo pieni zeppi. Ha dovuto aspettare quattordici anni perché i fatti gli dessero ragione. Quattordici anni sono tanti. È stato un autentico inferno, ma oggi ne raccogliamo finalmente i frutti.

Se Norferville prospera è grazie a chi ha avuto il coraggio di non abbandonare la nave. E tra quelli c'ero anch'io, piccola».

Léonie lo fulminò con lo sguardo.

«Non mi chiami "piccola". Sono una sua superiore».

«Come vuoi, capo. Ma il tuo grado qui non conta. È solo un pezzo di stoffa su un'uniforme che nemmeno indossi».

Sigaretta tra le labbra, sbatté le mani sul volante.

«Sento che ne vedremo delle belle in quest'indagine».

10

In un silenzio glaciale, il sergente parcheggiò finalmente dietro un'altra auto della SQ che bloccava l'accesso. Léonie ricordava che quella pista era una delle più belle e anche una delle più praticate dagli indigeni per la pesca: il lago Wood, a sei chilometri da Norferville, rappresentava una risorsa naturale inestimabile perché pullulava di pesci, in particolare di salmoni d'acqua dolce, al contrario degli altri laghi della zona, molto meno pescosi.

«Arrivati», annunciò Liotta spegnendo il motore. «Portatevi dietro la vostra roba se volete, ma non servirà a granché. Il cadavere è duro come un pezzo di legno. In ogni caso occhio alle buche sotto la neve. Mettete i piedi dove li metto io».

Il medico legale scese dall'auto a mani vuote. Il tecnico, invece, prese con sé borsa e macchina fotografica. Léonie non conosceva l'agente che uscì dall'altro veicolo per avvicinarsi a salutare. Un giovane sulla trentina, in forma e piuttosto imponente nel suo grosso parka. La accolse con un tono amichevole.

«Arnaud Mangematin. Lieto di averla tra noi, tenente. Non c'è da stare molto allegri con quel cadavere».

Mangematin aveva la testa pelata, denti da cavallo in stile Freddie Mercury ma con la mascella squadrata, e due manone enormi. Nonostante la stazza, ispirava un'innata simpatia.

Léonie si limitò ad annuire mentre Liotta le indicava qualcosa di un giallo vivace sulla neve, probabilmente un giubbotto.

«È lassù».

Prima di seguirlo, si tirò sul viso la maschera antigelo cucita all'interno del suo pile e osservò bene i dintorni. L'indumento indicato dal sergente si vedeva fin dalla pista. Ecco perché Sioui l'aveva notato mentre tornava dal lago Wood. Eppure all'andata non se n'era accorto, il che non comportava necessariamente l'assenza del cadavere. Forse era ancora troppo buio o il pescatore non ci aveva fatto caso.

Salirono un leggero pendio dirigendosi verso il limitare della foresta, con la neve che arrivava fino agli stinchi. La condensa che fuoriusciva dalle bocche cospargeva le loro sopracciglia di minuscole particelle cristalline. Pochi minuti dopo, il cadavere apparve in tutta la sua crudezza ai piedi di un albero, con il braccio sinistro – a cui era stato chiaramente rigirato il gomito con estrema violenza – che formava un angolo impossibile sopra la testa.

Era un quadro scioccante. Léonie strinse i pugni. Il viso della ragazza, su cui si era formato un velo di brina, sembrava fatto di porcellana fine. Era pressoché illeso. Lo stesso non si poteva dire della gola, dove si distinguevano nettamente diverse striature che facevano pensare a delle artigliate. Il giubbotto era stato strappato, ridotto in brandelli, tanto che si vedeva, al di sotto, il maglione della vittima ma, soprattutto, il suo addome con un grosso buco rosso scuro all'altezza dell'ombelico. La ragazza aveva il ventre aperto, come se le fosse affondato dentro un pugno enorme, contro il quale la ridicola barriera di carne e indumenti aveva potuto fare ben poco.

Léonie l'aveva già visto il corpo di un uomo attaccato da un orso bruno, e non aveva niente a che vedere con l'ignobile scenario che si presentava ora ai suoi occhi. Gli orsi avevano la tendenza a scappare dagli uomini. A meno che i loro cuccioli non fossero in pericolo, si dileguavano al minimo rumore. Quanto ai lupi, se attaccavano era per fame, e in tal caso del corpo della vittima non sarebbe rimasto altro che un mucchio d'ossa. Bisognava aspettare di vedere i risultati degli esami, ma le parve subito evidente che quell'atto così spregevole non era opera di un animale. Un uomo, quindi? Quale mostro, lì a Norferville, sarebbe stato in grado di compiere un'atrocità del genere?

Studiò le orme che partivano dalla pista e circondavano la vittima, comprese le loro. Théo Paquette, dal canto suo, fotografò il corpo da tutte le angolazioni e camminò piano piano lì intorno alla ricerca di eventuali indizi, invitando i colleghi a fare altrettanto. Poi si inginocchiò per grattare la neve vicino alla testa e ripeté l'operazione tutt'intorno al cadavere.

«Ho l'impressione che non sia stata uccisa qui. Data la gravità delle ferite, sarà morta dissanguata. Se fosse morta qui dovrebbe esserci molto più sangue per terra».

Léonie scrutò i margini bui della foresta, i suoi alberi alti, fitti, stretti. Pensò ai cani di cui aveva parlato Liotta. Erano laggiù che li osservavano? Aspettavano che se ne andassero per banchettare con il corpo? Il suo sguardo vagò verso il lago Ridge e le colline al di là. Perché decidere di abbandonare quella donna in mezzo al nulla? E dov'era avvenuto il delitto?

La voce del tecnico la distolse dai suoi pensieri.

«Allo stato attuale non c'è molto da fare, se non delimitare per bene la scena, tanto per conservare un riferimento visivo dal momento che qui sembra tutto uguale, e anche perché, se dovesse nevicare di nuovo, scomparirà ogni traccia e sarà come se non ci fosse mai stato nulla. Rileverò impronte e DNA al momento dell'autopsia. Adesso, in queste circostanze, è troppo complicato dispiegare altri mezzi. L'ideale sarebbe setacciare la neve con delle pale, nel raggio di due metri, per essere certi di non tralasciare nulla».

Léonie fissò Liotta. Si disse che quell'uomo non doveva aver ricevuto un solo ordine in quarant'anni di carriera e colse la palla al balzo: «Di quanti uomini dispone, sergente?».

«Otto, compresi io e Mangematin. E sono tutti già occupati a tenere a bada la città. Specialmente con quegli indigeni che manifestano per difendere le loro diavolo di terre ancestrali. Cioè, ormai è questione di poco, sono rimasti solo in tre bifolchi, ma da queste parti c'è sempre qualcosa da fare, credimi...».

«Voglio che requisisca due ufficiali. Devono perlustrare l'area prima che faccia buio».

Mentre Liotta le lanciava uno sguardo assassino, il medico legale si avvicinò alla vittima e si chinò sopra il buco nell'addome. Simon Roy era un uomo dai lineamenti delicati. I suoi occhialetti rotondi lo facevano sembrare un po' un Harry Potter quarantenne.

«Abbiamo il necessario per rimuovere il corpo?».

«Una sacca nel pick-up del mio agente», rispose Liotta. «Appena ci dà il via libera, lo portiamo al CLSC dove potrà fare le sue cose. Metteremo i riscaldamenti al massimo per scongelarla. Abbiamo un pronto soccorso laggiù. Riguardo all'attrezzatura, però, vi avviso, tenete le aspettative basse».

Il Centro locale servizi comunitari... Léonie se lo ricordava quell'edificio onnicomprensivo finanziato in parte dall'INC, che operava nel sociale, accoglieva persone in difficoltà e offriva servizi sanitari di base. Ai suoi tempi c'erano tre medici, ma per una frattura o un'appendicite bisognava farsi due ore di aereo fino all'ospedale di Sept-Îles. Quando le condizioni meteorologiche lo permettevano. In altre parole, si aveva tutto il tempo di schiattare prima di arrivarci.

Mentre gli uomini tentavano di infilare come meglio potevano la statua di ghiaccio – con il braccio piegato sopra la testa – all'interno della sacca nera, Léonie osservò i tetti colorati delle case in basso e poi, spostando lo sguardo verso l'orizzonte, a destra del lago Ridge, la colonna di fumo nero che si alzava oltre i cancelli della miniera.

Era intrappolata lì. Ma come lei, lo era anche l'assassino.

11

Quando l'aereo era decollato dalla pista dell'aeroporto Charles de Gaulle, Teddy aveva avuto l'impressione di abbandonare un inferno per raggiungerne un altro ancora peggiore. Appresa la notizia della morte di Morgane, non ci aveva pensato su neanche un attimo. Aveva subito affidato l'agenzia a Garance, compilato il modulo online per il permesso di soggiorno in Québec, preparato il bagaglio e prenotato i voli. Dopo un rapido scalo a Montréal, era atterrato in una citta chiamata Sept-Îles. Gli era stato spiegato che, a causa della mancanza di collegamenti aerei, avrebbe poi dovuto concludere il suo periplo prendendo lo Tshiuetin, un treno che andava a Norferville due volte a settimana, il mercoledì e il sabato. Fortunatamente il giorno coincideva e, una volta arrivato, Teddy sarebbe potuto salire su quello delle sette. A quel punto ci avrebbe impiegato all'incirca tredici ore per compiere il tragitto. Un viaggio in capo al mondo.

Così, mentre il DHC-3 Otter che trasportava Léonie e i suoi colleghi si apprestava a decollare da Baie-Comeau per raggiungere Norferville, Teddy sbarcava col suo borsone in spalla nella stazione di Sept-Îles, a duecentocinquanta chilometri di distanza, dopo aver varcato la soglia del suo appartamento lionese già da una ventina d'ore. Era esausto, in pieno jet lag e stava a dir poco congelando lì sul binario, in quello strano vapore azzurrino di una gelida notte canadese, nonostante la sciarpa, i guanti di pelle per nulla funzionali e la giacca a vento col cappuccio sfoderato, che poteva forse bastare dall'altra parte dell'Atlantico, ma non certo a quelle latitudini. Aveva per giunta dimenticato il berretto, per cui gli sembrava che le orecchie stessero per staccarsi.

Il treno, i cui vagoni erano decorati con disegni di caribù, salmoni e oche selvatiche, già sbuffava sotto la luce verdastra dei riflettori stanchi, pronto a portarlo ancora più lontano, ancora più in alto sul globo, là dove tutto imbiancava, dove l'inverno durava nove mesi su dodici e la gente, dicevano, finiva così per ammattire. Sulla sua destra un uomo dai tratti amerindi caricava dei sacchi postali destinati agli abitanti di Norferville. Un altro effettuava un ultimo controllo lungo le rotaie e colpiva le ruote dello Tshiuetin con una sbarra di ferro, facendo un baccano infernale. Teddy ebbe l'impressione di essere tornato indietro di cinquant'anni.

A dire il vero non aveva idea di dove si trovasse esattamente. Non sapeva nulla di quel paese né di quelle persone con gli occhi neri e la pelle scura come il caffè che facevano impacchettare ed etichettare quantità di bagagli fenomenali – perlopiù pieni zeppi di provviste – all'ingresso dell'hangar arancione che fungeva da stazione. In base alle rapide ricerche fatte tra un aeroporto e l'altro, Teddy aveva scoperto che una parte di Norferville era occupata dagli innu – e non dagli inuit, come aveva invece pensato in un primo momento –, nativi americani che vivevano da tempo in quelle terre. Ce n'erano molti anche a Uashat e a Maliotenam, due riserve adiacenti a Sept-Îles, nonché in altre riserve sparse in tutto il Québec. Teddy si era immaginato degli accampamenti con tante tende in mezzo alla natura, ma il termine "riserva" indicava in realtà delle baraccopoli, il più delle volte all'interno delle città stesse.

Arrivò il suo turno di presentarsi vicino all'hangar per acquistare un biglietto. Con un marcatissimo accento quebecchese, un innu impiegato presso la compagnia Tshiuetin gli chiese il passaporto, l'aprì, osservò la foto. Quando il suo sguardo risalì verso il volto di Teddy, si soffermò sul tondino di pelle nera applicato sull'occhio sinistro. Era sempre quello ad attirare l'attenzione, più dell'uomo che c'era dietro, e nessuno sapeva mai come comportarsi con uno che aveva l'aspetto di un ciclope. Bisognava focalizzarsi sulla benda? Fare finta che non ci fosse? L'uomo gli indicò un registro su cui annotare il suo nominativo, lo invitò ad appoggiare il bagaglio sul nastro trasportatore e gli disse che l'avrebbe recuperato all'arrivo.

Infine il criminologo attese pazientemente che anche l'ultimo passeggero si segnasse sul registro – dovevano essere in tutto una quarantina di persone, da imbarcare su un treno da trecento posti – e tornò dal bigliettaio. Acconsentendo senza problemi alla sua richiesta, quest'ultimo gli permise di consultare il registro, ma si raccomandò di fare alla svelta: mancavano meno di quindici minuti alla partenza.

«Non ha niente da mettersi in testa?», si stupì l'uomo. «Sta andando a Norferville, non a Montréal. Lo sa, sì?».

Teddy ci mise qualche secondo a capirlo, per via dell'accento. Allora il bigliettaio scoppiò a ridere insieme al collega, e al francese sembrò che dicesse qualcosa del tipo: «Ecco un altro di quei turisti svampiti». Si allontanò un pochino per sfogliare il registro in pace ed ebbe una fitta al cuore quando vide le generalità di Morgane alla data di mercoledì 10 febbraio, ovvero sette giorni prima. «MORGANE SCHAFFRAN», scritto in una bella grafia elegante. Prima del suo nome figuravano due Nadeau e subito dopo tre Gagnon. Sua figlia viaggiava probabilmente da sola. Anche lei doveva aver aspettato in fila in mezzo a varie famigliole, proprio come lui adesso. Teddy non trovò nessun'altra occorrenza del suo nome nelle pagine precedenti. Era stato forse il suo unico passaggio in quella città. Un viaggio di sola andata.

Salì su una carrozza a caso, scelse un posto lato finestrino, immaginò Morgane seduta proprio lì, quella mattina presto, in procinto di partire verso quelle terre sperdute. *Perché? Che cosa ci sei andata a fare in un luogo così isolato, così ostile, in pieno inverno?* Si rendeva conto di quanto poco sapesse della vita di sua figlia. La seguiva virtualmente, ma Morgane non era molto attiva sui social. Un po' di momenti di vita con gli amici, qualche foto nei palazzetti del ghiaccio – giocava a hockey a livello dilettantistico –, vari post sullo scioglimento dei ghiacciai e sull'estinzione degli orsi bianchi... Teddy non si perdeva nulla di ciò che scriveva, cercando di racimolare quante più informazioni possibili. E poi, di tanto in tanto, le mandava un messaggino. «Sono papà. Fatti sentire... Ti penso spesso. Potrei venire a trovarti a Montréal, se ti va». Le augurava buon compleanno, buon Natale. E lei ricambiava. Più per educazione che per altro.

E ora era morta. Uccisa. Assassinata. Teddy non riusciva proprio a concepirlo.

Doveva vederla. Aveva bisogno di capire.

12

Le ultime figure evanescenti scivolavano lungo il binario. Il treno cominciò a muoversi nel sussurro di un'alba viola e nel flusso caldo e confortevole dei radiatori vicino ai finestrini. Un tizio già russava, raggomitolato sul sedile color caramello. Alcune persone chiacchieravano in fondo alla carrozza, felici di ritrovarsi. Intanto, davanti a loro, delle testoline brune giocavano a montare una tenda sopra il sedile usando una coperta a quadri. Accanto a un uomo in tenuta da cantiere, una donna bianca, graziosa, sulla trentina, sprofondava nella tristezza mentre guardava l'orizzonte al di là del vetro. Che avesse lasciato il suo amante sulla banchina? Tornava forse dalle vacanze?

A Teddy erano sempre piaciuti i treni, perché gli permettevano di inventarsi mille storie diverse. Fu colto di sorpresa dalla sconosciuta, che affondò i propri occhi neri nel suo, allora distolse lo sguardo e prese il telefono per mandare un messaggio a Garance: era arrivato in Québec e tra non molto avrebbe raggiunto Norferville. Lei gli rispose subito. Gli scrisse di farsi forza e l'informò che, vista la situazione eccezionale, l'audit finanziario dell'agenzia era stato rimandato al mese successivo. Tanto meglio, dal momento che, consultando gli incartamenti che si era aspettata di trovare pronti, aveva scoperto che in realtà non era affatto così. Teddy mise via il telefono. L'audit era davvero l'ultima delle sue preoccupazioni.

Fuori, il paesaggio si trasformava velocemente. Il francese capì che in quelle terre sarebbe stato tutto più vasto, più gigantesco. Le rotaie si intersecarono, per decine di chilometri, con la furia alcalina di un torrente, nel verde giada dei pecci, mentre altissime pareti di roccia si richiudevano, ostili, intorno a loro. Sui pendii in lontananza, gruppi di betulle gialline rischiaravano il fondale scuro degli abeti. Tanti colori pulsanti in un autentico festival di luci, dal verde fosforescente dei licheni al rosa scarlatto delle pietre. Poi arrivò la taiga. Poderosa. Interminabile. Lo stesso albero replicato all'infinito da un pittore pazzo, per ore e ore.

Il treno si fermava di tanto in tanto per scaricare degli indigeni carichi come muli sul ciglio della ferrovia, sotto la neve, in mezzo al nulla più assoluto. Con le racchette da neve ai piedi, curvati dal peso dei loro enormi bagagli, quelli si addentravano nella natura selvaggia e il convoglio riprendeva il suo viaggio.

«Vanno verso la foresta», disse una voce vicina. «Abbandonano, per qualche mese, le comodità della riserva per vivere nella Nitassinan, come facevano i loro antenati. Soltanto caccia, fuoco, pesca e una capannina piccola piccola. Sinceramente non so proprio come ci riescano. Io preferisco di gran lunga starmene qui al caldo a distribuire da mangiare...».

Teddy si voltò verso il suo interlocutore, che stava passando con il carrello del cibo e delle bevande. Un innu sulla quarantina, i capelli scompigliati e vivacizzati da una curiosa ciocca ossigenata.

«Ho del *pâté chinois* da riscaldare nel microonde della carrozza-ristorante, se le interessa. È una specialità di queste parti».

«Sono a posto così, grazie. Non ho fame».

«Credo proprio di non averla mai vista prima», continuò l'uomo del carrello. «Affari? La miniera?».

«Vado a trovare mia figlia».

Il criminologo non aveva voglia di parlare, ma poi cambiò idea e gli chiese: «Lei abita a Norferville?».

«Nella riserva. Non proprio la stessa cosa».

Teddy tirò fuori dal giubbotto una foto di Morgane, che aveva preso dai social e stampato prima di partire.

«È lei, è mia figlia. Ha preso il treno mercoledì scorso. L'ha per caso incrociata?».

L'uomo scrutò lo scatto.

«Non mi pare di ricordarla, no. Che cosa ci fa a Norfer?».

«Non lo so», ammise a mezza voce Teddy. «Non so un accidenti di niente...».

Il suo sguardo tornò a perdersi dietro il vetro, tanto che l'uomo col carrello finì per allontanarsi. Più avanti deviarono su un binario di stazionamento e si fermarono per l'ennesima volta per dare la precedenza a un convoglio che trasportava minerali e viaggiava nella direzione opposta. Era lungo diversi chilometri, e così pesante da far vibrare le rotaie. Su ogni vagone c'era scritto, in stampatello rosso, «IRON NORTH COMPANY». La sua lentezza li bloccò lì per oltre mezz'ora.

All'una del pomeriggio alcuni operai bianchi scesero a Esker, uno dei due campi dormitorio che ospitavano i ferrovieri addetti alla manutenzione delle macchine e della rete stradale; si occupavano soprattutto di spalare via la neve quando necessario o di sgomberare le carcasse dei caribù che qualche volta venivano colpiti dal treno perché andavano a leccare il ferro delle rotaie. Di fatto lo Tshiuetin si fermava seguendo il ritmo delle richieste, senza alcuna fretta, e la cosa non disturbava i suoi passeggeri, che continuavano a dormire, chiacchierare, giocare a carte. Teddy capì allora che c'era vita, dopotutto, in quei vasti spazi, anche se il tempo scorreva in un altro modo, un modo ben diverso dalla velocità sfrenata e assordante che affliggeva le popolazioni delle megalopoli occidentali. E si disse che in quella lentezza si nascondeva forse una certa definizione della felicità.

Quando sentì vibrare il cellulare in tasca, si stupì che ci fosse rete. Poi il nome visualizzato sullo schermo lo riportò immediatamente alla sinistra realtà. Olivier Lanier, il comandante dell'Anticrimine di Lione. Teddy aspettava quella telefonata tanto quanto la temeva. Andò a isolarsi nello spazio tra due convogli, inspirò a fondo e rispose.

«Teddy Schaffran? Sono Lanier».

«Comandante... Sono su un treno da qualche parte in Québec. La connessione potrebbe non essere delle migliori».

«In Québec? È in ferie?».

«È per mia figlia. È morta».

Calò un lungo silenzio.

«Mi dispiace, Teddy. Mi dispiace davvero tantissimo. E la prego di accettare le mie più sentite condoglianze. Potrei forse richiamarla tra qualche giorno? Non c'è nessuna urgenza particolare. Era soltanto per aggiornarla sul caso Fiamma ossidrica».

«Non mi dica che c'è stata una quarta vittima...».

«No, stia tranquillo. A dire il vero abbiamo identificato il sospettato. Arnaud Trognet, ventinove anni, residente in un posto sperduto in mezzo alla campagna a una trentina di chilometri da Lione. Cassiere in un negozio di articoli sportivi a Bron Saint-Exupéry».

«Be... Bene. Come avete fatto a trovarlo?».

«Diciamo che è stato piuttosto lui a trovare noi. Ha chiamato un'ambulanza dopo che gli è crollata in testa una parte del suo granaio. Era sotto le macerie. Uno dei lettighieri ha scoperto, all'interno del suo veicolo, del materiale che gli è sembrato piuttosto losco, così ha avvertito la polizia della zona. Quando hanno visto la fiamma ossidrica, hanno capito subito».

Teddy era lieto di non trovarsi faccia a faccia con Lanier in quel momento, soprattutto visto com'era conciato il suo sopracciglio. Sbirciò nell'ultimo vagone, dove c'era gente che fumava, appoggiata al finestrone panoramico posteriore. Di fronte alla prospettiva delle rotaie e degli alberi che si restringevano man mano che il treno avanzava, Teddy prese coscienza del fatto che non era lì soltanto per vedere il corpo di sua figlia. Stava fuggendo, il più lontano possibile.

«Caspita che scherzo del destino. Ha confessato?».

«Gli sarebbe stato un po' difficile farlo. È morto pochi minuti dopo l'arrivo in ospedale…».

Teddy si premette un pugno contro le labbra, profondamente sollevato. In fin dei conti era la cosa migliore che poteva succedere.

«Abbiamo il nostro colpevole, eppure non le nascondo la mia frustrazione», continuò Lanier. «In primis perché, come ha detto lei, dobbiamo la risoluzione dell'indagine a un banale incidente. E poi, ed è ciò che più mi rattrista, perché quel tizio non potrà mai rendere conto dei crimini che ha commesso. Non subirà nessun processo, niente di niente».

Non gli era difficile immaginarsi lo stato d'animo del comandante. L'esito di quella vicenda suonava a tutti gli effetti come un fallimento e rischiava di lasciargli l'amaro in bocca per un bel po' di anni.

«Forse non toglierà nulla alla sua frustrazione ma si dica che almeno adesso non ci saranno altre vittime», ribatté Teddy.

«Ha ragione. Peraltro abbiamo trovato anche delle foto di una quarta giovane donna, quella che aveva probabilmente intenzione di uccidere nei prossimi giorni. Continuerà a vivere senza mai sapere che il suo destino ha cambiato il proprio corso nel preciso istante in cui è crollato il granaio. Quest'incidente le ha salvato la vita, è già qualcosa…».

13

Nella stanza dell'ambulatorio che fungeva da pronto soccorso faceva un caldo infernale. La puzza dei disinfettanti si mischiava agli effluvi rancidi del sudore. Quattro stufe elettriche e alcuni termoventilatori in ceramica andavano a pieno regime intorno al tavolo operatorio. Léonie si irrigidì quando gli uomini ci depositarono sopra la vittima. La pelle della ragazza si era leggermente illividita, aveva assunto un colorito blu quasi traslucido come quello che a volte si pensa di scorgere sotto la superficie di un lago ghiacciato.

In quell'afa da giungla alla quale si andava ora aggiungendo anche l'odore della morte, la tenente di Baie-Comeau era in attesa accanto a Liotta e al medico legale. Théo Paquette aveva preso il DNA di tutti, come da procedura. Era possibile che avessero contaminato la scena del crimine e bisognava poter determinare se una traccia rilevata, per esempio, su un indumento della vittima appartenesse a loro o a qualcun altro. Fatto ciò, era andato via per prelevare i campioni e rilevare le impronte nella stanza di Morgane Schaffran.

Léonie non era al massimo della forma. Aveva assistito solo a poche autopsie nell'arco della sua carriera e tutte le volte era stata molto dura per lei. Anche se permetteva di accedere alla verità, lo considerava un atto barbaro. Sua madre le aveva insegnato che bisognava rispettare i morti. Macellandoli a quel modo, affettandone gli organi per poi infilarli dentro delle scatole, li si privava del riposo a cui avevano diritto.

Nonostante gli scarsi mezzi a disposizione, Simon Roy stava cercando di fare le cose per bene. Aveva distribuito camici, guanti, cuffie e pantaloni monouso a ciascuno di loro, dopodiché aveva tirato fuori l'attrezzatura. Le sue due valigette contenevano tutto ciò di cui aveva bisogno per effettuare un esame in piena regola: coltello da amputazione, martello, divaricatore Weitlaner, cesoie Liston, sega circolare elettrica, provette e contenitori per i campioni... Siccome il tavolo operatorio non era provvisto di canali di scolo per i fluidi né di pozzetto di scarico, erano stati portati dei secchi in cui stava già scendendo un po' d'acqua di disgelo. Artigianale, indubbiamente, ma efficace.

«Possiamo cominciare con la svestizione e l'ispezione esterna», annunciò attraverso la mascherina verde.

Mentre Léonie scattava una serie di foto con il telefonino, il medico legale poté finalmente riposizionare il braccio destro della vittima lungo il busto, non senza provocare un leggero *crack*. Subito dopo si occupò del raschiamento sotto le unghie, all'interno della bocca, e del prelievo dell'umore vitreo in entrambi gli occhi con l'aiuto di una siringa.

«Il corpo non ha potuto seguire un naturale processo di decomposizione per via del freddo. Allo stato attuale non posso pertanto fornirvi una stima attendibile della data del decesso».

Armato di forbici bottonute, iniziò molto delicatamente a tagliare gli indumenti. I suoi gesti si fecero ancora più scrupolosi quando le lame arrivarono vicino al buco all'altezza della cavità addominale, dove il sangue si era coagulato, appiccicando tra di loro le fibre. Quando la salma apparve completamente nuda, un silenzioso terrore investì la stanza. L'autore del reato si era accanito contro la giovane donna con una violenza inaudita. Gli avambracci, le mani, il torace erano costellati di ferite bluastre, che il gelo aveva allargato come fossero labbra carnose. Erano quasi tutte riunite in gruppi di quattro, parallele, profonde.

«Sembrano davvero segni di artigli», osservò Léonie.

«Così parrebbe, sì», annuì il medico. «Quello che ha causato queste ferite era a ogni modo sufficientemente lungo e affilato da attraversare diversi strati di tessuto e incidere la pelle. Difficile pensare a qualcos'altro che a un animale... E allo stesso tempo non mi sembra affatto plausibile. Curioso paradosso».

In seguito fece partire il dittafono e iniziò il suo verbale: «Norferville, mercoledì 17 febbraio 2016. Pronto soccorso dell'ambulatorio cittadino. Ispezione esterna di un soggetto di sesso femminile, Morgane Schaffran, ventotto anni in base ai documenti d'identità, caucasica...».

Mentre lui enumerava e descriveva clinicamente ogni ferita – forma, lunghezza, profondità –, Léonie fu percorsa da un brivido. Liotta non stava osservando la salma. Stava fissando lei, senza battere ciglio, con un luccichio inquisitore nello sguardo. Cercava di intimidirla? Di farle capire che non avrebbe mai dovuto rimettere piede lì, *in casa sua*? O doveva interpretarla come una semplice forma di curiosità? In ogni caso preferì non rispondere a quello sguardo e tornò a concentrarsi sul cadavere quando il medico legale stoppò il dittafono.

«Cominciano a vedersi delle macchie ipostatiche e alcune non coincidono con la posizione in cui abbiamo trovato il corpo. Il che conferma l'ipotesi di uno spostamento. Per quanto riguarda i segni sugli avambracci, sono di tipo difensivo. Il soggetto ha tentato di proteggersi».

Léonie fece un passo avanti, l'aria febbrile.

«L'aggressore si trovava di fronte», concluse.

«Ed era più grosso di lei, a giudicare dai punti e dall'angolazione delle ferite. La vittima ha sollevato le braccia sopra la testa, così», disse mimando il gesto. «Il sinistro sembra spezzato all'altezza del gomito. O per via di una caduta violenta, oppure perché gliel'hanno letteralmente rigirato».

La ragazza era alta all'incirca un metro e sessanta. Il che non restringeva di molto il campo delle possibilità, anche perché non era da escludere che l'assassino si fosse chinato sopra di lei mentre era a terra. La giovane poliziotta fece fatica a deglutire quando vide i guanti bianchi del medico legale allargare le gambe della vittima senza alcuna delicatezza. Cominciarono a ronzarle le orecchie.

«Qualcosa non va, tenente?».

Léonie si accorse allora che era indietreggiata fino alla parete e si stava massaggiando le tempie. I due uomini la squadravano.

«È questo caldo insopportabile», mormorò lei.

«Puoi uscire se non ce la fai», ribatté Liotta. «Ci penso io».

«No, è tutto okay. Devo... giusto bere un goccio d'acqua. Mi dica se è stata stuprata».

Lo specialista guardò tra le cosce del cadavere.

«Nessuna traccia visibile, da confermare con l'anatomopatologo. In linea generale la parte sotto il bacino è illesa».

Léonie si avvicinò a un banco con un rubinetto in fondo alla sala. Si bagnò il viso con un po' d'acqua fresca, avvicinò le labbra al getto. Niente stupro. In teoria, dunque, non c'era un movente sessuale. Avrebbero dovuto spiegare al padre che l'assassino l'aveva *soltanto* massacrata e abbandonata in mezzo alla natura.

Simon Roy proseguì imperturbabile. Reputò che i tessuti superficiali fossero abbastanza morbidi per passare all'esame interno, alla pesatura e all'ispezione dei visceri. Prima che appoggiasse la lama del bisturi, Léonie si raccomandò: «Tenga presente che suo padre vorrà vederla».

«Farò del mio meglio. Dove conserveremo il soggetto quando avrò finito?».

«Ho fatto chiudere il palazzetto del ghiaccio», intervenne Liotta. «La temperatura dell'aria è perfetta per una conservazione ottimale. Lo terremo lì finché non verrà rimpatriato».

Il medico annuì, quindi praticò un'incisione a Y: due linee che partivano da entrambi i lati del torace e si incontravano vicino allo sterno per poi scendere verso l'ombelico. La lama incontrò un po' più di resistenza a causa degli strati profondi ancora duri, sorvolò il buco nell'addome e penetrò nuovamente nella carne fino al pube. Con l'aiuto del divaricatore Roy scollò gli ampi lembi di pelle, portando alla luce tutti gli incredibili meccanismi interni. Tutto a un tratto si bloccò, sbalordito.

«Questa poi...».

Si infilò di nuovo gli occhialini rotondi, molto lentamente, come se si trovasse di fronte a un misterioso enigma, quindi alzò lo sguardo verso Léonie.

«Il fegato... Non c'è».

14

Si era già fatta notte quando l'autopsia fu completata. Il medico legale si sarebbe attardato ancora un po' per cercare di rendere di nuovo presentabile la parte superiore del corpo. Uscita da lì, Léonie osservò la volta celeste che cominciava a punteggiarsi di stelle fredde. Era lo stesso cielo di vent'anni prima, puro, infinito, che sembrava rispecchiare tutta l'immensità del Grande Nord. Si allontanò dall'ambulatorio a piedi. Il Blue Ridge, dove nel pomeriggio erano stati depositati i suoi bagagli e quelli dei colleghi, distava soltanto un chilometro.

Mentre camminava, lo scenario spettrale che aveva intorno si sovrappose con estrema facilità alle immagini scolpite nella sua mente. In lontananza le luci gialle degli impianti minerari e quelle arancioni degli altiforni alimentavano un inquietante fuoco nell'oscurità, che faceva l'effetto di una stazione petrolifera in mezzo all'oceano. Davanti a lei le insegne accese dei negozi e il rumore dei motori iniettavano ancora un pizzico di vita nelle arterie gelate della città. C'erano alcune ombre che circolavano, tutte uguali, sagome senza volto nascoste dai grossi cappucci bordati di pelliccia, automi che tornavano a casa. Sulla sua destra il lago era sovrastato da una nebbia color mercurio: il celebre fumo artico. L'incarnazione visiva del freddo implacabile, della sua bocca affamata, crudele, avida di morte.

Quando straripava dalle sponde del lago, quella strana e pericolosissima nube gelava ogni cosa sul suo passaggio, attraversava i vestiti, la carne, fino a congelare il sangue nelle vene. Non ci si poteva avventurare al suo interno per più di qualche minuto senza rischiare di non uscirne mai più.

Léonie aveva percorso appena duecento metri lungo la rue Hudson, la strada che scendeva verso il centro, quando un grosso pick-up le si parcheggiò davanti. Era Liotta, che uscì dal veicolo senza nemmeno prendersi la briga di spegnere il motore. In controluce davanti al lampione, formava una gigantesca chiazza d'ombra.

«Dai, salta su al caldo. Ti ci porto io al tuo alloggio».

«No, grazie, ho voglia di fare due passi. A proposito, non ho ancora visto il suo eterno braccio destro, il sergente Nick Lavigne. Vive sempre da queste parti?».

«Sì, ma non è più in polizia. Ha trovato di meglio da fare...».

«Eppure eravate inseparabili».

Ottenendo solo un silenzio come risposta, la donna cambiò argomento.

«È venuto fuori qualcosa dalle ricerche intorno al luogo del rinvenimento?».

«I miei uomini hanno rastrellato tutto finché non s'è fatto buio come nel culo di un orso. Niente di nuovo».

Senza dire nulla, Léonie annuì col capo e superò il pick-up. Avvertì del movimento alle sue spalle. Spegnimento del motore, chiusura della portiera. Il sergente accorse al suo fianco.

«Abbiamo a che fare con uno bello fuori di brocca, eh?».

«È troppo presto per avanzare ipotesi. Di sicuro è più di un semplice delitto a sangue freddo».

«Caspita, ma non mi dire! Sei proprio una scheggia tu!».

Léonie sentì contrarsi i muscoli sotto i vestiti.

«Domani mi farà avere sulla scrivania la lista di tutti i verbali e di tutte le procedure degli ultimi tre mesi», pretese, cercando di tener salda la voce. «Bianchi, innu, dipendenti dell'INC… Voglio tutto».

«Vuoi tutto, ma non ti aspettare molto. Qui non produciamo mica scartoffie per ogni minima bazzecola, o non avremmo più alberi a quest'ora. In linea di massima cerchiamo di sistemare le cose in via amichevole, mi spiego? È questo il nostro modo di fare. E funziona benissimo».

«Sarà. Io voglio la lista, punto. E voglio anche un'auto civile. Dovrò probabilmente fare un bel po' di su e giù tra la città e la riserva».

Per una manciata di secondi non ci fu nient'altro che lo scricchiolio dei loro passi sulla neve. Liotta respirava così forte che si sentiva il sibilo dell'aria nei suoi polmoni. Dopo essersi schiarito la gola, ruppe infine il silenzio dicendole con una voce bassa e rude, in sintonia con la sua figura: «Sai cosa? È da un po' che vedo gli indigeni nervosi».

«In che senso "nervosi"?».

«Percepisco una tensione, qualcosa di strano nella comunità, ma non saprei dire cosa esattamente. Come quando si profila una tempesta all'orizzonte e senti un cambiamento nell'aria. Li vedi girare di meno per strada, vengono in città a fare la spesa e poi se ne tornano presto presto a casa. Quelli che porto in commissariato non spiccicano una parola. Non è normale».

Non parlano perché conduci una politica del terrore, pensò Léonie. *Stai solo raccogliendo i frutti di anni di intimidazioni.*

«Mi è sembrato di capire che alcuni di loro stanno manifestando a causa dei progetti di ampliamento della miniera».

«La miniera ha sempre diviso gli innu, non è una novità. Ma stavolta è diverso, mi sembra di fiutare della paura… E questa carneficina, a due passi dalla riserva, di sicuro non migliorerà la situazione, se capisci cosa intendo. Insomma, tienilo presente quando andrai a trovare il vecchio Pierre Sioui. Sono convinto che gli indiani nascondano qualcosa di losco».

La donna non disse nulla, continuò a camminare, il naso sepolto nella lana della maschera antigelo. Oltre al freddo si insinuava sotto i vestiti anche l'umidità, contro la quale nemmeno i tessuti tecnici potevano nulla. Davanti a lei la rue Hudson portava ancora le cicatrici di due decenni di abbandono. Alcune case che cadevano a pezzi erano state rase al suolo, le loro macerie gettate in vecchie buche minerarie, altre le avevano semiricostruite e altre ancora lasciate com'erano, limitandosi a sbarrare gli usci con assi o mattoni messi lì sbrigativamente. L'emporio Chez John sembrava ormai un bazar che vendeva ogni sorta di materiale elettronico. Vetrine coperte di polvere si alternavano a facciate ritinteggiate di verde o di un blu acceso, per dare un'illusione di rinnovamento. Norferville, però, restava ciò che era: una pietra di ferro in un deserto di ghiaccio.

Léonie sentì tutto il suo corpo contrarsi quando scorse in lontananza un'insegna giallorossa lampeggiante. Il Bliz. Il vecchio bar aveva resistito alla prova del tempo. Davanti al locale, sotto il tetto di tronchi che fungeva da pergolato, alcune figure tarchiate bevevano e fumavano. Le ceneri incandescenti delle loro sigarette danzavano in aria come lucciole. I minatori si stavano riposando un po' dopo una dura giornata di lavoro.

«Qui bisogna fare le cose come si deve se non vuoi cacciarti nei guai. Rispondere quando ti parlano, per esempio. Chiedere le cose con gentilezza».

L'agente Rock si voltò – Liotta si era fermato tre metri più dietro, in mezzo al marciapiede, le mani infilate nelle tasche – e tornò verso di lui fissandolo, stavolta, dritto negli occhi.

«Mi sta per caso minacciando?».

Il sergente sorrise. Le lunghe striature che gli comparvero agli angoli delle labbra sembravano branchie di squalo. Per terra, la sua ombra era molto più grande di quella di Léonie.

«Norfer non è più la città sicura che ricordi. C'è molta

più violenza, casi di aggressione, gente che si diverte a dar fuoco ai palazzi. La droga gli ha mandato in pappa il cervello. Perciò voglio soltanto assicurarmi che il tuo soggiorno qui fili liscio. Perché sono un po' responsabile di te».

«Non mi occorre una guardia del corpo. Non si preoccupi».

«Come preferisci, ma se ti serve aiuto, sai dove trovarmi. In ogni caso sono davvero contento di rivederti, piccola, persino in circostanze come queste. Mi riporta un po' ai miei anni di gioventù... Gran begli anni».

Quel lampo nelle iridi durò la frazione di un secondo, eppure, in quel luccichio Léonie lesse tutta la perversità del sergente. Era impossibile che non fosse a conoscenza delle proteste delle donne indigene che stavano insorgendo in tutto il Canada; se ne parlava nei giornali, ma soprattutto nei dipartimenti di polizia. E molto probabilmente sapeva anche delle "cure geografiche", che senz'altro aveva praticato anche lui. Ne era convinta. Eppure quelle rivelazioni non sembravano spaventarlo. Anzi. Il bastardo si credeva intoccabile nella sua città isolata dal resto del mondo.

Quando Liotta, finalmente, si allontanò, Léonie svoltò in una strada perpendicolare, si mise in ginocchio e, tolti i guanti, raccolse un po' di neve e se la premette contro il viso. Poi se ne infilò diverse manciate in fondo alla bocca e masticò, nonostante il dolore e l'insopportabile crepitio dei cristalli di ghiaccio contro i molari. Fu come se uno sciame di vespe le avesse attaccato le labbra rovinate.

Quando il sangue misto a ghiaccio le scese in gola, Léonie cominciò a correre e scomparve nella notte. Oltre allo scricchiolio dei suoi passi nella neve sentiva, chiaro e forte come vent'anni prima, Norferville che se la rideva di gusto.

15

Hector Liotta era decisamente il fratello del Liotta che già conosceva. Anche se aveva qualche anno in meno di lui, gli somigliava in modo sorprendente. Detto questo, però, nello sguardo del proprietario, direttore e gestore del Blue Ridge Léonie percepì un'inaspettata dolcezza, quando lo interrogò.

«È arrivata qui il 10 febbraio, la stanza era prenotata a nome di Morgane Doyle. Gli chalet si possono prenotare soltanto tramite internet e si richiede il pagamento online al massimo entro due giorni dall'inizio del soggiorno. Il sistema assegna quindi a ciascun cliente un codice che gli permette di accedere a una cassettina posta all'ingresso dell'alloggio per recuperare la chiave. Viene gestito tutto in automatico».

«Si può quindi venire a stare qui senza mai incontrare nessun membro del personale?».

«Esattamente. Mi segua, le faccio vedere».

Si infilò il giubbotto e si diresse verso l'uscita del ristorante del complesso, un grosso cubo di vetro affacciato sul lago Ridge.

«Il suo chalet è il numero 20 e il codice per aprire la cassettina è 1597. I suoi bagagli sono già all'interno».

Gli chalet erano piuttosto distanti, a circa duecento metri da dove si trovavano loro, disseminati lungo l'argine del lago.

«Ha le labbra messe piuttosto male», constatò l'uomo mentre uscivano dalla struttura. «Vuole forse che...».

«Morgane Doyle le aveva spiegato perché si trovava qui?».

«Gliel'ho detto, non incontriamo praticamente mai i clienti, tranne quelli che hanno bisogno di informazioni o che vengono al ristorante. Lei ci ha mangiato un paio di volte, mi pare, però no, non conoscevo il motivo del suo soggiorno. Mio fratello mi ha detto che non era un bello spettacolo. Davvero c'è un pazzo che si nasconde tra noi?».

Il Blue Ridge era leggermente fuori città, dal lato opposto rispetto all'aeroporto. Una piccola passerella di legno, illuminata da tanti lumicini, serpeggiava tra gli chalet nascosti dai pecci. Con il lago ghiacciato, le stelle, la neve che scintillava e vestiva i rami degli alberi, sembrava di camminare in un mondo fatato. Era uno dei grandi paradossi di Norferville. Di tanto in tanto, però, Léonie sentiva come un regolare e sgradevole ticchettio.

«Ho dovuto far installare una recinzione elettrica per colpa di quei maledetti cani che ci avvelenano la vita», le spiegò il gestore. «Mi auguro che li eliminino tutti. Ogni tanto ce n'è qualcuno che si aggira anche qui vicino. Ma stia tranquilla, non abbiamo mai avuto problemi».

Léonie girò la testa verso la muraglia di betulle, non proprio serena. Da bambina si era persa nella foresta – pur essendosi addentrata al suo interno solo di pochi metri – e aveva capito che si trattava di uno spazio vivo e pericoloso che solo gli indigeni riuscivano a domare. La Nitassinan non era fatta per i bianchi.

«Che tipologia di clientela ha qui?», s'informò Léonie per scacciare l'inquietudine.

«In questo momento ci sono una quindicina di turisti. Sono venuti per l'aurora boreale o a fare un giro in elicottero. Ma il grosso del flusso, in questa stagione, è costituito da biologi, geologi, uomini d'affari che lavorano per la miniera, e anche da una bella fetta di operai che vogliono concedersi un piccolo sfizio e uscire dai loro scomodi prefabbricati, soprattutto nel finesettimana. Hanno soldi da spendere, così vanno a fare pesca sul ghiaccio, Ski-Doo o altre attività ludiche. Sono principalmente loro che vedrà. In questo periodo abbiamo un'occupazione all'incirca del settanta per cento. Diciamo che c'è un bel giro tutto l'anno».

Léonie se lo ricordava bene. Suo padre aveva scelto di stabilirsi a Norferville, di vivere insieme alla famiglia in una casa messa a disposizione dalla compagnia, ma la maggior parte dei suoi colleghi tornavano a casa ogni due settimane con gli aerei noleggiati dall'INC. Il resto del tempo giocavano a carte nei loro alloggi-scatolette e si riversavano nei bar della città, tanto per cambiare aria.

«Non ha notato niente di anomalo riguardo alla vittima? L'ha mai vista in compagnia di qualcuno?».

«Con questo sistema di autogestione, è facile diventare invisibile se non vuoi essere visto. E dal momento che aveva chiaramente usato un falso nome, suppongo che non volesse dare troppo nell'occhio. Mah, sinceramente non ne ho idea».

«E al ristorante? Quand'è stata l'ultima volta che l'ha vista?».

Hector Liotta si fermò davanti alla cassettina col codice mentre rifletteva sulla domanda.

«Il 14, mi sembra... Sì, il 14. All'ora di pranzo».

Il 14... Pierre Sioui aveva lanciato l'allarme il giorno dopo. Morgane Schaffran era dunque stata uccisa nell'intervallo tra il 14 a mezzogiorno e il 15 mattina.

Liotta recuperò la chiave dalla cassetta e aprì la porta dello chalet. Si scostò per far passare Léonie. Da quella posizione non si distingueva il ristorante e tuttavia si intravedeva il riflesso delle sue luci sul lago.

«Suo fratello ci è già entrato?».

«Ha dato giusto un'occhiata veloce, per assicurarsi che non ci fossero problemi. Il suo collega, invece, quello con gli occhiali rotondi, è passato a fare una vera e propria ispezione».

Théo Paquette le aveva scritto una mezz'oretta prima: non

aveva trovato nulla di rilevante nella stanza della vittima. Le lenzuola erano state cambiate tutti i giorni, il letto rifatto, il pavimento lavato.

«E lo chalet era aperto quando è venuto qui con suo fratello?».

«No. La ragazza aveva chiuso e si era portata dietro la chiave. È stato Paul a riportare la copia che le aveva trovato addosso».

Quell'idiota di sergente non aveva rispettato una sola procedura. Léonie ringraziò il gestore, gli disse che avrebbe rimesso lei a posto la chiave e poi, una volta rimasta sola, si accostò le mani alle labbra e ci soffiò dentro per ammorbidire la carne viva. Quando i suoi occhi ebbero versato anche l'ultima lacrima di dolore, avanzò nella stanza.

C'era un angolo cottura sulla destra, camera da letto e bagno sulla sinistra. Inventariò mentalmente tutto quello che vedeva. Un cavo telefonico ancora attaccato alla presa, una sciarpa appallottolata per terra, un paio di babbucce su un tappeto. Qualcosina da mangiare in frigo, pacchi di pasta e di riso appoggiati vicino alla piastra di cottura. Qualche piatto rimasto da lavare. Léonie si accovacciò davanti al tavolinetto vicino al divano, spostò velocemente i dépliant sparsi al di sopra, e poi si diresse verso la camera da letto.

La valigia di Morgane Schaffran era sistemata accanto al letto, vuota. La poliziotta aprì l'armadio, osservò i vestiti appesi alle grucce. Un po' di pantaloni imbottiti e di tute per affrontare il freddo ma anche – cosa che non mancò di sorprenderla – un vestito molto elegante, un baby-doll sexy, biancheria intima di pizzo, un paio di scarpe col tacco nella loro scatola. Non proprio il tipo di indumenti che uno si porterebbe dietro in una meta come Norferville. Scattò qualche foto e digitò il numero di Patrick.

«Léonie... Cominciavo a preoccuparmi. Allora, come sta andando?».

Lei gli raccontò del Blue Ridge, del lago, degli chalet e gli ricapitolò i primi elementi dell'indagine. Il cadavere, le mutilazioni, l'autopsia, il fegato scomparso… La voce del suo compagno riecheggiò all'interno del dispositivo. Sembrava provenire dall'altra parte del mondo.

«Sei tranquilla? Ce la fai?».

Léonie chiuse gli occhi. Rivide quelli, gelidi, di Liotta durante la dissezione del cadavere. Rabbrividì.

«Ho l'impressione che… che sia troppo per me. Dovevi vedere quel corpo, Patrick… Il suo viso in mezzo alla neve, quel buco rosso nella pancia. È stata una follia mandarmi qui da sola. Non ho nessuna esperienza per seguire un caso come questo».

«Te la sei sempre cavata benissimo. Sai importi sugli uomini, e chi meglio di me può dirlo? I poliziotti del posto ti sosterranno. È anche nel loro interesse acchiappare il pezzo di merda che ha fatto questo».

Léonie si avvicinò a una finestra che offriva una visuale sulla massa nera della foresta. Poi, turbata, tirò la tendina.

«Ho bisogno che tu vada a Montréal», cominciò quindi a dire. «Stando al suo passaporto, la vittima abitava in un palazzo di rue Coursol, ti scriverò l'indirizzo esatto».

«Montréal… Non è esattamente dietro l'angolo. Potrebbe farlo la SQ di lì, no?».

«Preferisco che siamo noi a tenere le redini della situazione e, perciò, che te ne occupi tu personalmente. Dobbiamo saperne di più sul suo mondo. Dove lavorava, chi frequentava e, soprattutto, cosa diavolo ci faceva a Norferville. Ha mentito sulla sua identità quando ha prenotato l'alloggio e nel guardaroba ci sono alcuni vestiti che non ci azzeccano granché con l'ambiente o il clima locale. Vestito da sera, tacchi alti, biancheria sexy…».

«Magari ha raggiunto qualcuno che vive lì? Da quelle parti non mancheranno certo uomini soli. Immagino che la maggioranza dei minatori non si trasferisca insieme alla famiglia».

«È vero…».

Una storia d'amore finita male? Ma, se così fosse, perché mutilarla in quel modo? *Forse si era imbattuta in uno psicopatico della peggior specie.* All'improvviso la donna sentì un rumore in salotto. Qualcuno stava girando la maniglia della porta d'ingresso. E ora batteva la mano contro il legno. Léonie corse a vedere.

«Ti devo lasciare, Patrick. Ci risentiamo».

«Va bene. Fa' attenzione… Ti amo, Léonie».

Lei riattaccò senza rispondergli e spalancò il battente. Dietro la porta scoprì il viso marmoreo di un uomo che sembrava arrivare da un'altra epoca. Alto, ben piantato, il volto segnato da piccole rughe che, a quelle temperature, formavano come delle crepe. Léonie si concentrò dapprima sulla benda, quindi si spostò sull'altro occhio, forse ancora più nero dell'artificio usato a sinistra.

«Sono Teddy Schaffran. Voglio vedere mia figlia».

16

Per prima cosa gli ci voleva un caffè bollente e bello forte. L'uomo era diventato un ghiacciolo, non si sentiva più le orecchie. Aveva dei punti di sutura freschi sull'arcata sopracciliare destra. Léonie lo accompagnò al bar del ristorante, lo sistemò vicino al termosifone e ordinò da bere. Il sergente Liotta – era stato lui a portarlo lì dopo che l'uomo era sbarcato in commissariato – chiacchierava con il fratello al bancone, davanti a una pinta di birra. Ne approfittò per consegnarle le chiavi del pick-up che le lasciava a disposizione per tutta la durata del suo soggiorno. Léonie lo ringraziò ma non si intrattenne oltre e tornò subito dal padre della vittima.

«Mi dispiace davvero moltissimo», gli disse. «Ha fatto un lungo viaggio e purtroppo potrà vedere sua figlia solo per qualche minuto. Il corpo deve restare a disposizione delle autorità fino alla fine delle indagini. Soltanto dopo prenderemo le misure necessarie affinché lei possa rimpatriarla, se è quello che desidera».

Teddy avrebbe ovviamente riportato Morgane lì dove doveva essere: al cimitero della Croix-Rousse, accanto a sua madre. Per il momento gli sembrava tutto così distante, così improbabile. Si avventò sulla tazza, le mani ancora tremanti. Anche se il caffè era disgustoso, non gli aveva mai fatto così bene.

«Che cos'è successo?».

«Sua figlia alloggiava da qualche giorno nello chalet che stavo perlustrando, prenotato sotto il nome di Morgane Doyle. Il suo cadavere è stato rinvenuto due giorni fa all'uscita della città, dal lato della riserva innu. Era distesa nella neve, su un pendio tra una pista e la foresta. L'ha scoperta un indigeno che rientrava dalla pesca».

L'agente Rock diede una rapida occhiata in sala. Intorno a loro c'era gente che cenava: coppie, gruppi di uomini che non lesinavano sull'alcol mentre chiacchieravano di lucci, di salmerini alpini e di qualità degli ami. Poi si sporse un po' di più verso il suo interlocutore.

«Si tratta probabilmente di omicidio, ma non posso dirle altro per il momento. Le indagini sono appena iniziate. Abbiamo effettuato i primi esami. Domani i campioni biologici prelevati e il cellulare della vittima raggiungeranno i nostri laboratori via aereo».

«Si tratta *probabilmente* di omicidio? Perché non ne è ancora convinta? Eppure mi hanno parlato di mutilazioni».

«O segni di artigli animali. Linci, orsi, lupi... Ci sono diversi predatori in queste zone e non è da escludere la possibilità di un attacco. È troppo presto per trarre conclusioni. Ma le assicuro che faremo tutto quanto in nostro potere per capire cos'è successo».

Teddy batté la tazza vuota sul tavolo e si alzò in piedi.

«Non chiedo altro. Ora andiamo, la prego. Voglio vederla...».

La poliziotta non protestò, l'aveva capito subito che, per quanto esausto e congelato, nulla avrebbe potuto dirottare quell'uomo dalla sua traiettoria. Liotta svuotò la sua pinta tutta d'un fiato e salirono insieme sul suo pick-up. Léonie davanti, Teddy dietro. Il francese, con le mani giunte in mezzo alle cosce, fissava il paesaggio fuori dal finestrino. In fondo a una strada alcuni riflettori illuminavano la facciata bianca di una chiesa con il tetto di lamiera rossa. Si intravedeva un piccolo cimitero alle spalle, con le tombe che affioravano leggermente dal manto bianco. I lampioni illuminarono poi delle abitazioni senza particolari attrattive, separate le une dalle altre da ampi spazi vuoti e dalle montagnette bianche sputate fuori dagli spazzaneve.

Le domande si affollavano nella testa di ciascuno di loro, e tuttavia nessuno disse nulla. Il silenzio si fece ancora più opprimente una volta arrivati a destinazione, quando Liotta tolse il catenaccio dalla porta principale del palazzetto del ghiaccio e accese i faretti. All'interno i riscaldamenti andavano a tutto gas: era, paradossalmente, necessario per mantenere il posto intorno ai -8 °C, la temperatura ottimale per la preservazione del corpo. Questo, coperto da un lenzuolo fino al mento, giaceva su un tavolo con le ruote in mezzo alla pista da hockey.

Una fascia di moquette grigia ricopriva la superficie scivolosa. C'era qualcosa di irreale in quella scena, di sproporzionato: un luogo così grande per un essere così piccolo… Ma Léonie si disse che, una volta tanto, Liotta si era dimostrato professionale e rispettoso.

«Prego», disse sobriamente quest'ultimo. «Ma per cortesia non tocchi nulla».

Teddy si avviò sul tappeto al rallentatore, aveva l'impressione di fluttuare sopra quel ghiaccio traslucido rigato dai pattini. C'era gente che si era divertita, si era rincorsa e aveva riso tra quelle mura che ora vegliavano sul cadavere di sua figlia. Non poteva fare a meno di pensare che Morgane doveva sentire un freddo terribile, che niente l'avrebbe mai più scaldata, nemmeno il cuore di suo padre, quel cuore che ebbe un tonfo quando si trovò davanti il viso spaventosamente bianco di sua figlia. All'angolo dell'occhio gli spuntò una lacrima, che però si rifiutò di scendere giù. Gli sembrò di trovarsi in un incubo. E gli sembrò, soprattutto, che non ci fosse niente di normale in quel posto, in quella Norferville.

«Tesoro mio...».

Teddy era sconvolto. Fosse stato solo, avrebbe urlato. Urlato con tutte le sue forze. Avrebbe voluto vedere sua figlia con un bell'aspetto, un sorriso appena accennato come nelle camere ardenti, e un po' di cipria per addolcire la grana della pelle, ma non era così. Nessun artificio scacciava la bruttezza della morte. Il medico legale era riuscito quantomeno a darle un'espressione neutra, a raddrizzare leggermente la bocca, ma in quei lineamenti pietrificati Teddy non leggeva altro che la violenza dei suoi ultimi istanti di vita. Con l'esperienza aveva imparato a riconoscere le stimmate della sofferenza. E, Cristo santo, era l'unica cosa che leggeva adesso sul volto di sua figlia. Una sofferenza indicibile.

Rimase immobile così, a lungo. Pensò al dolore che negli ultimi tempi gli aveva provocato la somiglianza di una delle vittime dell'assassino della fiamma ossidrica con sua moglie, alla voragine in cui era quasi sprofondato. Si rendeva ora conto che c'era di peggio. Di molto peggio. Quella vittima davanti ai suoi occhi non somigliava a sua figlia. *Era* sua figlia.

D'un tratto seppe, quando all'improvviso tirò via il lenzuolo, quando sentì le grida degli altri due alle sue spalle, che da quell'abisso lì non sarebbe mai più risalito.

17

«Attaccata da un animale. Mi ha preso per un cretino o cosa?».

Teddy era seduto sul letto dello chalet di Morgane, di fronte al guardaroba aperto. Si rigirava tra le mani una boccetta di profumo che aveva trafugato dal bagno. Léonie camminava su e giù per la stanza, nervosa. Quello nel palazzetto del ghiaccio era stato un gesto assolutamente sconsiderato. Dopodiché l'uomo era rimasto zitto e immobile per tutto il viaggio di ritorno, gli occhi persi nel vuoto, tanto che veniva da chiedersi se non avesse perso completamente la ragione. E infine si era piazzato davanti allo chalet affittato dalla figlia, pronto a congelarsi sul posto se non gliel'avessero aperto.

«Non avrebbe dovuto farlo», gli rispose. «È per proteggere voi, gli affetti della vittima, che procediamo così. Quello che sta attraversando è già abbastanza difficile di per sé. A che pro imporle un'immagine del genere?».

Le dita di Teddy si strinsero attorno alla boccetta fino a diventare bianche.

«Li ha visti i segni sugli avambracci. Morgane ha cercato di difendersi, ma non ci è riuscita perché lui era più grosso e più forte di lei. Le ha squarciato il ventre e strappato il fegato, qui, in questa città in culo al mondo. E nessuno l'ha soccorsa... Cristo santo, ma se ne rende conto?».

Certo che se ne rendeva conto, lui non immaginava nemmeno fino a che punto. Lo guardò annusare gli effluvi della boccetta con l'occhio chiuso, come per rievocare vecchi ricordi. Sua figlia aveva ventotto anni e lui, le sembrò, poteva averne al massimo cinquanta. Doveva essere diventato padre quando era molto giovane.

«Signor Schaffran... Ha la minima idea di che cosa possa aver spinto sua figlia a venire a Norferville?».

In mezzo ai tetri pensieri di Teddy c'era ora l'immagine del fegato di Morgane tra le mani dell'assassino. Una massa scura, così calda da rilasciare un vapore sottile. Cosa ne aveva fatto dopo? L'aveva portato con sé? Riaprì l'occhio.

«È così buono. Potrei tenerla io questa boccetta? Era il profumo di mia moglie, tanto tempo fa...».

«Non ci vedo nulla in contrario. Se vuole possiamo rimandare le domande a domani. Mi dispiace. Lei ha bisogno di riposarsi».

«Io non... Non lo so che cosa ci facesse qui. Da dieci anni a questa parte io e Morgane non eravamo più tanto in contatto. Cercavo di tenermi aggiornato su come andava la sua vita, ma con la distanza di mezzo non era facile. Non so nemmeno che tipo di lavoro facesse a Montréal. Credo che lavorasse nel sociale o in campo umanitario. Le è sempre piaciuto prendersi cura degli altri».

«Come mai si è trasferita in Québec?».

Teddy si era diretto verso l'armadio. Passò le dita sopra la stoffa del vestito. Morgane non era mai stata molto vanitosa da ragazzina, era più tipo da andarsene in giro in maglietta e jeans strappati.

«Per amore, suppongo... Ha conosciuto un quebecchese mentre faceva volontariato in un campo profughi in Italia. Questo accadeva dopo i suoi studi ad Angers per lavorare nell'ambito umanitario. Già allora non mi parlava praticamente più, ma foraggiavo il suo conto in banca, così riuscivo comunque a strapparle qualche notizia ogni tanto. È arrivata a Montréal quando aveva ventun anni e mi ha chiesto di... lasciarla in pace. Così ho imparato a vivere senza di lei. È stata dura. Molto dura...».

Léonie si limitò ad annuire con il capo. Non era difficile intuire il senso di colpa che gravava sulle spalle di quel padre. Preferì non interrogarlo sul motivo alla base della rottura. Doveva essere stato brutale.

«Questo fidanzato quebecchese, sa come si chiama?».

Teddy Schaffran vagava ora per il salotto, scrutandone ogni minimo dettaglio. Apriva i cassetti, spostava i cuscini sulle sedie e sulla poltrona. Léonie lo lasciò fare.

«No, non lo ricordo più. Ma la loro relazione era finita da anni. Credo che Morgane vivesse da sola. Cioè, è una mia deduzione in base a quello che scriveva sui social, non ne ho l'assoluta certezza».

«La falsa identità di cui si è servita, "Doyle", le dice niente?».

«Presumo venga da Arthur Conan Doyle. Adorava gli *Sherlock Holmes* quand'era bambina... Ci andavo matto anch'io e mi rubava i libri dalla biblioteca. E poi non li restituiva mai, finivamo col ritrovarli sotto il suo letto».

L'occhio si fece lucido.

«Già, me lo ricordo bene... Doyle...».

Léonie annuì discretamente.

«Ce l'avrebbe una sua foto da prestarmi? Anche vecchia».

Teddy frugò nel portafoglio.

«Questa è di tre anni fa. L'ho presa da internet. Non ho di meglio, mi spiace».

«Andrà benissimo, grazie», gli rispose prendendo con delicatezza il quadratino di carta patinata.

Morgane era stata una ragazza piuttosto carina, con i capelli biondo chiaro. Un bel sorriso le illuminava il viso e nel suo sguardo c'era una luce che ispirava subito fiducia. Teddy si sedette sul divano e notò una penna, appoggiata dove c'erano i dépliant. Era una vecchia Bic con il cappuccio mordicchiato. Non il tipo di oggetto che poteva aver messo a disposizione la struttura.

«L'assassino ha commesso il delitto nello stesso luogo in cui è stato rinvenuto il corpo?», domandò.

«No, crediamo sia stato spostato lì dopo».

«Nessun antecedente simile nella zona? A quando risale l'ultimo omicidio?».

«Non lo so. Ascolti, io...».

«È riuscita a parlare con l'uomo che ha dato l'allarme? Mi è parso di capire che si tratta di un indigeno».

«Lo interrogherò domani», sospirò Léonie. «Anch'io sono appena arrivata».

Teddy cominciò a sfogliare i dépliant. Proposte di escursioni, con pasto in tenda tradizionale, legatura dei tronchi, accensione di un fuoco, il tutto organizzato da «veri indigeni». Giri in idrovolante con la Northern Adventures. Una mappa della città che osservò con attenzione, alla ricerca di una macchia d'inchiostro, di un luogo cerchiato...

«E l'hanno mandata qui da sola... Una poliziotta che può contare solo sulle sue due mani e la sua pistola per risolvere un caso del genere, insieme alla banda del posto che sembra uscita da un film dei fratelli Coen. Cristo santo...».

La donna fece uno sforzo per non arrabbiarsi. Reputò tuttavia che fosse davvero giunto il momento di mettere fine alla conversazione.

«Lei è stanco, ha subito uno shock. Ora devo chiederle di uscire, devo concludere la mia ispezione. Le abbiamo prenotato uno chalet tre abitazioni più in là. È il numero 17 e il codice per recuperare la sua chiave è...», consultò il telefono, «9789. Vedrà, c'è una cassettina accanto alla porta».

«Grazie».

«Farò in modo che possa imbarcarsi sullo stesso aereo dei miei colleghi domani», aggiunse. «Il treno che ha preso all'andata riparte per Sept-Îles alle sei del mattino. Le risparmio almeno la levataccia».

Il suo interlocutore fece di no con la testa. Gli pulsava la tempia, vicino alla benda sull'occhio. Una grossa vena cominciava ad affiorare in superficie.

«Ascolti, tenente…».

«Rock».

«Ascolti, tenente Rock. Collaboro regolarmente con la polizia francese su casi complessi. Su casi come questo, a dirla tutta. Può controllare le mie referenze in rete. Se crede che mi sono sorbito più di seimila chilometri e non so quante ore di trasporto per una toccata e fuga, è completamente fuori strada. Qui si tratta di mia figlia, le è chiaro? Lasci che l'aiuti».

Léonie l'aveva capito fin dal primo sguardo che quell'uomo non era fatto della stessa pasta degli altri. La sua folle reazione nel palazzetto del ghiaccio glielo aveva del resto confermato. Era ancora lì, sulle sue gambe, con la mente così reattiva nonostante l'orrore che stava vivendo. Quale padre avrebbe sopportato una cosa del genere?

«Non esiste. Come dice lei, si tratta di sua figlia. Le serve del tempo per…».

«Tempo? No, quello che mi serve è capire. Come vuole che me ne torni a casa sapendo che l'assassino di mia figlia è a piede libero? So come funziona, lei ora mi rassicurerà dicendomi che si farà sentire non appena avrà delle novità, e poi non chiamerà mai. Sarà come morire a fuoco lento. Accetti il sostegno che le offro».

«Non potrei nemmeno se volessi», rispose seccata Léonie. «Non sono io che prendo questo tipo di decisioni».

Teddy le allungò un biglietto da visita.

«In tal caso contatti il suo capo. Gli dica di chiamare questo poliziotto. Il comandante Olivier Lanier è in servizio all'Anticrimine di Lione. Gli spiegherà che sono davvero in grado di rendermi utile».

Léonie non sapeva cosa dire. Era un'idea folle. D'altro canto se quell'uomo era davvero chi diceva di essere, lei avrebbe potuto beneficiare di un aiuto insperato. Un aiuto che, per di più, intuiva non sarebbe stato affatto superfluo.

«Ci penserò su...».

Il francese si mise allora a esaminare ogni singolo dépliant, dicendosi che Morgane doveva aver utilizzato quella penna masticata mentre era seduta proprio lì dove si trovava lui adesso.

«Mentre ero sul treno, tutto quello che ho visto in questo territorio sono stati laghi e foreste», le disse senza sollevare la testa. «A perdita d'occhio. Non è strano che il corpo non sia stato fatto semplicemente sparire?».

Léonie aggrottò la fronte.

«A essere sincera, è una domanda che non ho ancora avuto il tempo di pormi».

«È la prima che avrebbe dovuto formulare. L'assassino voleva che il cadavere venisse scoperto. Rivendica il suo crimine e sfida le autorità. Sfida lei».

Si interruppe un momento, l'occhio fisso su un prospetto di noleggio motoslitte che aveva appena aperto.

«Dice che il corpo di mia figlia è stato scoperto fuori città. Mi sembra davvero vasto questo "fuori", e suppongo che la mia idea di "luogo frequentato" non coincida con quella che avete da queste parti. Ma secondo lei sarebbe possibile considerare il luogo scelto dall'assassino come un luogo frequentato?».

La donna non era certa di voler portare avanti quella discussione, ma alla fine capitolò: «È un percorso usato dagli indigeni per andare a pesca. Quando i laghi sono ghiacciati, allora vanno sul lago Wood, scavano delle buche e ci mettono dentro delle lenze. È un lago ricco di pesce, provvede a una parte delle loro risorse. Perciò sì, "frequentato", possiamo dire così».

Mentre formulava la risposta le saltò improvvisamente agli occhi un fatto lampante: il criminale aveva voluto che fosse un innu a imbattersi nel cadavere, ecco perché l'aveva lasciato proprio lì. Le tornò in mente il discorso di Liotta: «Percepisco una tensione, qualcosa di strano nella comunità».

«Rue Westside. La conosce?», le domandò Teddy, interrompendo le sue riflessioni.

Lei annuì, lo sguardo interrogativo.

«Perché me lo chiede?».

Lui le passò l'opuscolo che aveva tra le mani. Nell'angolino della pagina interna c'era scribacchiato qualcosa.

Lince
Casa blu abbandonata,
fine rue Westside.
ore 22

Teddy si stava già dirigendo verso l'uscita, con la mappa della città in mano.

«Ci vado da solo o mi accompagna?».

18

Teddy Schaffran si era ormai messo in testa di raggiungere l'indirizzo la sera stessa, a qualunque costo. E con quei vestiti leggeri addosso. Era del tutto incosciente del pericolo. Se Léonie l'avesse lasciato uscire a piedi, l'indomani l'avrebbero probabilmente ritrovato congelato sul ciglio della strada. Pertanto non è che avesse avuto davvero scelta. La macchina prestatale da Liotta correva sulla neve, lungo un tragitto sinuoso che sembrava non finire mai.

«Qualche idea sul significato di "Lince"?», domandò il francese.

«Nessuna. Un soprannome, presumo».

Teddy osservò le facciate di quelle case cadute nell'oblio. Grandi abitazioni diroccate, in mezzo al nulla, ogni cento metri circa. I lampioni spenti sembravano dita adunche che spuntavano fuori dalla terra. Soltanto i fari del pick-up scavavano un solco dorato nella foresta, i cui alberi erano così serrati da far apparire il confine invalicabile.

«Suppongo che non si usi noleggiare automobili in una cittadina così piccola, vero?».

«Non esistono vere e proprie compagnie di noleggio, no. Però c'è sempre la possibilità di farsi prestare un mezzo dal meccanico del centro. Molte cose, qui, si fanno così, accordandosi di persona. Faremo delle verifiche per sua figlia...».

Il criminologo immaginò Morgane dirigersi verso la sua misteriosa destinazione su quella stessa striscia di neve ghiacciata che la natura implacabile cercava di divorare. Doveva proprio fidarsi di chi andava a trovare per avventurarsi in un luogo così lugubre. Senza contare che ci si aggiravano di sicuro un sacco di animali pericolosi…

«Ci sono un bel po' di case disseminate lungo le strade che attraversano le pianure e la foresta», gli spiegò Léonie. «Le chiamano "le strade infinite". Vent'anni fa queste dimore erano abitate da uomini che avevano dei ruoli di responsabilità all'interno della miniera. La polvere rossa degli estrattori e dei frantoi, che d'estate ricopriva la città e d'inverno faceva venire giù una strana neve rosata, non arrivava fin qui. Io e i miei genitori vivevamo in una di queste strade».

Neve rosata caduta dal cielo… Teddy faticava a visualizzarla.

«Perché lei ha vissuto qui… A Norferville?», si stupì.

«Da quando sono nata fino ai miei sedici anni. Mia madre è una innu. Mio padre era il capocantiere della miniera. È stato un colpo di fulmine, ed eccomi qui…».

Il detective cercò di rilevare quella sottile commistione di popoli sul viso di Léonie. Poi distolse lo sguardo e osservò le alte cime dei pecci che si stagliavano sotto la luna. Non aveva ancora realizzato appieno che si stava muovendo in un mondo completamente diverso dal suo. Un luogo che gli sembrava invivibile tanto era isolato e ostile.

«Perché è andata via?».

«Quando l'INC ha chiuso perché il prezzo del ferro era sceso troppo, quasi tutti i bianchi hanno levato le tende in un batter d'occhio. Io e i miei ci siamo trasferiti a Québec città. Le famiglie innu, invece, sono rimaste nella riserva, anche se era ormai attaccata a una città fantasma, perché la loro vita era lì e non avevano nessun altro posto dove andare. Li abbiamo abbandonati al loro destino…».

Sentendo l'emozione prendere il sopravvento, la donna rimase qualche secondo in silenzio prima di concludere: «Non sto qui a raccontarle tutta la storia, ma se dovesse avvertire una certa animosità nei suoi confronti, è normale. C'è un vecchio detto da queste parti, secondo il quale tutti quanti abbiamo sangue indiano. Se non è nelle vene, è sulle mani».

Stavano per raggiungere l'estremità della strada, un vicolo cieco che si allargava a sufficienza per fare inversione di marcia. Mentre effettuava la manovra per accostare poi su un lato, la poliziotta intravide la casa con le scandole blu. L'abitazione si svelò in mezzo alle tenebre, dietro un tappeto di lichene. Porta e finestre erano sbarrate, come gran parte di quelle incontrate lungo la strada. L'antenna parabolica, coperta di muschio o di brina, era ancora al suo posto sopra il frontone. Léonie trovò una torcia nel vano portaoggetti. La puntò sul quadro dei comandi.

«-18 °C. La temperatura della morte dolce. Se si resta fermi troppo a lungo a questa temperatura, pare che a un certo punto sopraggiunga come una sensazione piacevole, che spinge a svestirsi senza rendersene conto, perché il cervello comincia a perdere colpi. La chiamano "svestizione paradossale"... Ci si addormenta per non risvegliarsi più».

Adesso che aveva catturato l'attenzione del suo passeggero, chiarì il motivo di quella riflessione.

«Questo per dirle che se davvero conta di fermarsi a Norferville, dovrà andare a comprarsi dei vestiti adatti, perché il freddo, da queste parti, uccide con la stessa efficacia di un'arma. Prenderà l'abitudine di infilare sempre due paia di calzini e si procurerà delle scarpe a suola alta. Le costerà una fortuna perché i commercianti fanno la cresta sugli stranieri, ma è l'unico modo per non doverla venire a raccogliere col cucchiaino. Andiamo, ora. Facciamo solo un giretto veloce e torniamo indietro».

Quando lasciarono il caldo dell'abitacolo, Teddy ebbe effettivamente l'impressione che ogni singolo alveolo dei suoi polmoni fosse sul punto di cristallizzarsi. Un freddo selvaggio e spietato lo aggredì fino al midollo. Léonie capì subito che non sarebbero potuti entrare dall'ingresso principale per via delle inferriate su porta e finestre. Superò allora una legnaia crollata e passò sul retro. Qualcuno aveva già sfondato quell'altra porta, che era rimasta spalancata.

Non appena mise piede all'interno, l'agente perlustrò lo spazio con la torcia, avvertendo tutto il peso delle cose morte. Cornici vuote buttate per terra, pezzi di vetro che scricchiolavano sotto i piedi, una stufa a legna senza sportello coperta da uno spesso strato di polvere. Più in là, bottiglie d'alcol – principalmente vodka – e tracce di fuoco. In un angolo, accanto a delle vecchie coperte, una pipa annerita e spezzata. Non era difficile capire che cosa ci avevano fumato dentro. Di colpo si immobilizzò, piantando una mano sul petto di Teddy per fermare anche lui. A un metro da loro videro delle impronte insanguinate di animali. Moltissime impronte.

«Cani o lupi…».

«Oppure una lince?».

Léonie tirò giù la cerniera del giubbotto e prese la pistola. Le tracce arrivavano fino al giardino. Ne toccò qualcuna con il guanto.

«Sono ghiacciate, vuol dire che non dovrebbero essere troppo recenti, comunque sia non abbassi la guardia… E attento a dove mette i piedi. Non faccia pasticci».

Teddy non aveva ormai più dubbi riguardo all'ostilità del mondo in cui era finito. Un universo di bestie feroci, di solitudine e di ghiaccio, in cui il pericolo poteva sopraggiungere da dove meno te l'aspettavi, persino dall'aria. Léonie, davanti a lui, procedette fino alla soglia della sala da pranzo, dove rimase pietrificata da quello che vide.

Sangue. Che ricopriva l'intero pavimento. Gocce di sangue schizzate tutt'intorno a una pozza rossa congelata e diverse scie porpora, segno che qualcuno aveva strisciato per terra. Ecco, dunque, dov'erano andate a sguazzare le bestie della foresta, probabilmente attratte dall'odore ferruginoso dell'emoglobina. Degli artigli avevano inoltre inferto numerose e profonde cicatrici al rivestimento delle pareti, a volte a più di un metro e mezzo di altezza. Come se un animale, in posizione eretta, avesse voluto distruggere ogni cosa. Scatenando tutta la sua rabbia. Una rabbia bestiale. Primitiva.

Il criminologo, anestetizzato dai suoi pensieri, non sentiva più il freddo. Immaginò Morgane entrare come loro in quella vecchia casa. Poi l'arrivo di una bestia nascosta nelle viscere della foresta. Una bestia furiosa, mostruosa, spuntata dal limitare degli alberi, le si era avventata addosso, le aveva squarciato la gola, trafitto il ventre. *Lince*.

Teddy avanzò al rallentatore e notò, nell'angolo dalla parte opposta, un'altra piccola macchia scura impregnata nel pavimento. Era collegata alla pozza più grande da una sfilza di gocce di sangue. E un'immagine si impose subito alla sua mente: vide *l'essere* rifugiato in quell'angolo che mangiava il fegato tiepido appena strappato dal ventre di sua figlia.

«È qui», disse con un filo di voce. «È qui che è stata uccisa. In questa catapecchia».

Alle spalle di Teddy, il fascio di luce si spostò verso terra. Léonie si era inginocchiata. Con la mano guantata afferrò delicatamente un oggetto che si portò davanti agli occhi. Una sorta di lama curva e sottile, chiara, appuntita, lunga tre o quattro centimetri.

«Sembra… un pezzo di zanna. Spezzato di netto».

Mentre la raggiungeva, Teddy ebbe la sensazione che un'enorme onda fosse andata a sbattere contro le pareti del suo cervello. Le forze cominciavano ad abbandonarlo, il freddo gli stava consumando le ultime batterie. *La morte dolce*. Aveva già voglia di sedersi e di non rialzarsi mai più. Presto sarebbe crollato, svuotato fisicamente e psicologicamente.

«Di che... che animale?», articolò con uno sforzo che gli parve sovrumano.

«Non ne ho idea. Ha visto quant'è lungo questo coso? Per quanto ne so nessun animale ha una dentatura del genere. Nemmeno una lince...».

Léonie riappoggiò il pezzo dove l'aveva trovato.

«Chiederò al mio tecnico di venire a prelevare dei campioni. Abbiamo degli specialisti a Baie-Comeau che sapranno dirci di cosa si tratta esattamente».

La voce della donna gli giungeva ormai come una vibrazione in fondo all'acqua. Quel posto dimenticato da Dio, quella Norferville, gli stava risucchiando l'energia vitale come un vampiro.

«Dobbiamo andarcene», balbettò. «Ho bisogno di sdraiarmi un attimo».

19

Lo Tshiuetin non ripartiva mai a vuoto. Imbarcava posta e passeggeri per Sept-Îles, ma anche e soprattutto per le riserve innu di Uashat e di Maliotenam. Arrivata in stazione prima ancora che sorgesse il sole, Léonie riconobbe all'istante l'uomo con la ciocca ossigenata che si occupava del registro viaggiatori: Sid Nikamu, che ai tempi era uno dei ragazzini più violenti che avesse mai conosciuto. Con le sue continue prese in giro e i suoi colpi bassi, le aveva rovinato parte della vita scolastica. Aveva spesso fatto in modo di scatenare delle risse tra lei e le ragazze innu della scuola, soltanto perché nelle sue vene scorreva anche sangue bianco. L'aveva isolata dagli altri per pura cattiveria, tanto che alla fine era rimasta solo Maya a rivolgerle ancora la parola.

Léonie si tenne a distanza, ricacciando quei vecchi rigurgiti del passato in fondo alla memoria. Anche lui la riconobbe ma si limitarono a scambiarsi uno sguardo che non aveva nulla di caloroso, dopodiché la poliziotta si appostò vicino al binario, gli occhi bene aperti.

Fino al momento della partenza le sfilarono davanti ventisette facce diverse. Era davvero improbabile che l'assassino abbandonasse subito la città, ma squadrò comunque ogni singolo volto. Soprattutto quelli di chi viaggiava da solo. Tre ragazzini in partenza con delle grandi borse vuote, che probabilmente a breve sarebbero tornate indietro appesantite dalle provviste. Una vecchia coppia di turisti bianchi che, al contrario dei ragazzini, erano carichi come muli. Quattro operai che indossavano dei grossi giubbotti con la stampa «ESKER» – il nome del campo dormitorio collegato alla manutenzione della ferrovia – e sarebbero tornati presumibilmente indietro con il convoglio successivo. E infine alcune famiglie. Insomma nulla che fosse degno di nota.

Sulla strada del ritorno verso il Blue Ridge, Léonie attraversò Norferville dalla parte più lontana dal lago e imboccò rue Sunny, con il motore al minimo. Frenò dopo qualche metro. A quanto pareva Paul Liotta abitava ancora nella stessa casa di un tempo: un'ampia villetta a due piani, dai colori chiari, in fondo a un viale dov'era parcheggiata l'auto della SQ. Vent'anni prima quel quartiere era soprannominato il "quartiere dei manganelli" e la gente evitava di andarci, soprattutto chi aveva gli occhi a mandorla. I poliziotti erano tutti vicini di casa tra loro. Passavano la giornata insieme al lavoro e poi la maggior parte di loro si rivedeva anche la sera e nel finesettimana. Aperitivi, hobby comuni, ogni scusa era buona per stare insieme.

Quando, tutto a un tratto, si accese la luce in una delle stanze, Léonie premette sull'acceleratore e scomparve nel buio. Tornò al suo chalet per sdraiarsi qualche ora al caldo, dopo essersi spalmata un abbondante strato di pomata cicatrizzante sulle labbra. Verso le dieci, mentre un sole che aveva il colore del latte cagliato inghiottiva il DHC-3 Otter con a bordo Théo Paquette e Simon Roy, lei arrivava in macchina alle porte della riserva Papakassik. Per la verità, a parte un cartello di benvenuto in francese-innu e una grossa banconota da un dollaro eretta al centro di un incrocio – a simboleggiare l'afflusso di denaro legato all'industria del ferro – non c'era alcun segno distintivo che indicasse l'ingresso nel luogo in cui viveva la "comunità" innu, una parolina graziosa ma totalmente scollata dalla realtà: le riserve non erano altro che posti in cui gli occidentali avevano rinchiuso gli indigeni per inculcargli meglio la cultura bianca.

Era stata una nottata molto breve, a causa della partenza alle prime luci dello Tshiuetin, ma soprattutto delle sinistre scoperte del giorno prima. Léonie era rimasta diverse ore accanto a Théo Paquette per il prelievo dei campioni in quella casa degli orrori. Una volta tornata allo chalet per riposarsi un po', il suo cervello aveva tentato incessantemente di colmare i vuoti nella cronologia degli eventi. Morgane Schaffran aveva, in un modo o nell'altro, ottenuto un indirizzo. Ci era andata, indossando indumenti caldi, e poi era stata massacrata. Le avevano teso una trappola? Era un appuntamento con la famosa "Lince"? Secondo Liotta, che Léonie aveva incrociato poco prima quand'era passata al volo dal commissariato, la ragazza non aveva noleggiato nessuna auto da Répar'tout. Ci era quindi andata a piedi, oppure ce l'aveva accompagnata qualcuno.

In sostanza erano tantissime le domande che restavano senza risposta. E se lei aveva dormito così poco, non osava immaginare l'inferno che doveva aver vissuto Teddy una volta rinchiuso nel suo alloggio. Nessuno si riprendeva mai dalla morte di un figlio, nemmeno se non c'erano più rapporti.

Léonie aveva anche fatto un po' di ricerche su quel francese dalla bellezza irrazionale. Appena cinquantenne, solida costituzione fisica, viso asciutto. Le faceva pensare a quei personaggi resi in qualche modo speciali dai propri difetti. La midriasi di David Bowie... La cicatrice di Tommy Flanagan... Aveva presto constatato che Schaffran diceva la verità. Era abituato ad affrontare le peggiori devianze, ammesso che ci si potesse mai abituare. Molti articoli e interviste su internet dimostravano che aveva effettivamente lavorato fianco a fianco con la polizia francese su casi molto spinosi, diversi dei quali riguardavano dei serial killer. Un uomo navigato che frequentava l'orrore da moltissimo tempo e l'avrebbe forse potuta aiutare, dandosi intanto un motivo per continuare a vivere. Rassicurata, aveva riferito la richiesta del criminologo a Martin Michaud. Al momento il suo capo si stava probabilmente documentando sul suo conto e non avrebbe tardato a comunicarle la sua decisione.

Colpo di clacson. Sussultando, Léonie si accorse che stava guidando in mezzo alla strada e sterzò subito. Più avanti incrociò degli edifici nuovi, tra cui una scuola, uno stadio di baseball, un grosso dispensario e un albergo dai colori sgargianti, l'Innutel. Fu sorpresa di scoprire che anche gli indigeni si erano ormai dati al turismo. Persino la sede del consiglio innu, con i vetri oscurati e la torretta centrale con il tetto giallo che ricordava un tamburo, era stata rimessa completamente a nuovo. Grazie alle pesanti tasse che la miniera doveva pagare alle Prime Nazioni per poter sfruttare il loro territorio. La presenza dell'industria offriva lavoro, strutture. Non era solo fonte di infelicità.

In compenso, però, non appena ci si allontanava dalla strada principale, la maggior parte delle case appartenenti alle quasi mille famiglie indigene del posto restavano quello che erano sempre state: cubi di cemento e lamiera tutti identici tra loro, piazzati in serie lungo strade dissestate e aree desolate. Impossibile non leggere, in quei fabbricati, una forma di rassegnazione. Pianerottoli costruiti frettolosamente, scale sbilenche, fondamenta troppo alte che spuntavano fuori dalla terra, muri verniciati da uomini che non avevano la minima idea di come si maneggiasse un pennello. Non era per scelta che la gente viveva lì. Le grinfie di Norferville non liberavano mai le povere anime che tenevano imprigionate.

Léonie svoltò in un vicoletto in direzione del lago. Passò lentamente davanti alla casa di Maya, di cui aveva recuperato l'indirizzo in commissariato. Scalcinata, come tutte le altre. Il giardino era disseminato di pneumatici, pezzi di metallo, paraurti. Lì vicino era parcheggiata una grossa Toyota nera, zavorrata da un rimorchio con sopra uno Ski-Doo. Amareggiata, Léonie proseguì fino alla rue Ridge, che costeggiava lo specchio d'acqua con lo stesso nome. In lontananza, lungo l'altra riva, si intravedevano gli chalet del Blue Ridge sparsi tra la vegetazione. Finalmente, raggiunto l'indirizzo di Pierre Sioui, bussò alla porta. Nessuna risposta. La donna fece un passo indietro per guardare il comignolo: il camino era acceso. Altri colpetti contro il legno.

«Pierre Sioui? Sono Léonie. La figlia di Marie-Paule Kuekuatsheu. Ho bisogno di parlarle».

Non ricordava più se lo avesse conosciuto o meno da bambina: c'erano probabilmente decine di famiglie che facevano Sioui di cognome e lei non aveva avuto molte occasioni di frequentare la riserva. Dopo alcuni interminabili secondi, sulla soglia apparve una faccia che era tutta una ruga, incorniciata da lunghe trecce grigie. La vecchia indigena allungò una mano nodosa verso il mento della sua visitatrice.

«La piccola di Kuekuatsheu… Sei cambiata tantissimo. Come sta tua madre?».

«Sta bene. Vive a Québec con papà. È in pensione da qualche anno».

La sua interlocutrice si limitò ad annuire. Quella nozione le era evidentemente sconosciuta. Come pure quella vita lontano dal Grande Nord.

«Perché vuoi parlare con Pierre?».

Mantenendo la porta socchiusa, si sporse un poco in fuori per vedere meglio l'auto di Léonie. Alle spalle della donna, non si sentivano più le voci che la tenente aveva notato al suo arrivo.

«Lavori insieme al sergente Liotta?».

«Non insieme. È lui che lavora per me. Sotto il mio comando».

«Sotto il tuo comando? Una mela come te? E chi se la sarebbe mai immaginata una cosa del genere… Lo manderà fuori di testa, no?».

«Non credo faccia i salti di gioia, in effetti».
L'innu le sorrise con i suoi denti grigi.
«Mi fa molto piacere».
«Sono venuta da Baie-Comeau per cercare di scoprire chi è stato a commettere l'abominevole crimine segnalato da Pierre. Finirà nei guai se si rifiuta di testimoniare. È per questo che sono venuta io qui. Posso ascoltarlo anche subito, se la cosa lo fa sentire più tranquillo. E poi produrrò un documento che gli basterà firmare».
«Aspetta...».
La donna richiuse il battente. Léonie captò qualche stralcio di una conversazione incomprensibile in lingua innu. Dovette pazientare un paio di minuti, poi la porta si riaprì. Ne uscirono tre uomini, infagottati nei cappotti cuciti a mano con stoffe ricamate. La degnarono a malapena di uno sguardo e si allontanarono a passo spedito. Léonie notò, tuttavia, che uno di loro si girò più volte prima di salire in macchina, per poi partire con una sgommata.
Quando Léonie domandò alla vecchia signora chi fosse, quest'ultima le rispose che non lo sapeva. E capì che, nella riserva, nessuno avrebbe mai saputo niente, visto niente, sentito niente.

20

Appena entrò in casa le venne un conato di vomito. Non era più abituata all'odore di teste di pesce che arrivava da una grossa marmitta appoggiata sopra l'indistruttibile stufa di ferro della compagnia della baia di Hudson e che si mischiava a quello del caffè nel bollitore. Pierre Sioui era seduto in poltrona, in fondo alla stanza principale il cui pavimento di cemento, delimitato da battiscopa radianti, era di un verde che aggrediva la vista. L'uomo aveva la fisionomia tipica dei popoli nomadi: senza collo, trapezi ben sviluppati capaci di sostenere pesi, mani grandi e callose. La pelle del viso somigliava a un pezzo di cuoio bruciato dal sole. Pierre Sioui la invitò con un gesto a prendere posto su una sedia in skai estremamente consunta, dopodiché afferrò la punta dell'arpione in corno d'alce che aveva accanto. Sua moglie appoggiò una pila di focaccine sul tavolo, quindi si richiuse la porta alle spalle per lasciarli soli.

«Si pesca bene in questo periodo?», domandò Léonie per rompere il ghiaccio.

«Ho già detto tutto al sergente».

Capì che l'uomo non aveva voglia di dilungarsi. Mise allora il cellulare in modalità registratore e lo posizionò davanti a sé.

«Sono un'investigatrice della Grandi Crimini di Baie-Comeau e ho bisogno di risentire ufficialmente la sua testimonianza. Per il procuratore».

Conosceva bene l'effetto della parola "procuratore" sugli indigeni. Incarnava la legge, la prigione, i mandati di comparizione a Sept-Îles. Solo guai, insomma. Sioui si mise ad avvolgere meticolosamente una cordicella sottile attorno alla base della punta mentre le ripeteva pari pari quello che c'era scritto nel dossier. Aveva notato il giubbotto nella neve tornando dal lago Wood ed era sceso dallo Ski-Doo per vedere di cosa si trattasse. Dopo la scoperta del corpo era andato direttamente alla stazione di polizia e aveva riaccompagnato gli agenti sul posto. Confermò di non aver visto nessuna traccia intorno al cadavere, probabilmente a causa delle recenti nevicate.

«Tutto qui, non so altro. Ora puoi andare».

Léonie decise di ignorare l'ultima frase. Gli mise la fotografia di Morgane sotto il naso.

«Si trovava a Norfer già da qualche giorno. Non l'aveva mai vista in giro?».

«Mai».

Aveva a malapena guardato la foto. La poliziotta percepiva della tensione nelle risposte di Sioui, nel suo atteggiamento. Impossibile, invece, captare alcunché nel suo sguardo grigio: gli innu non guardavano troppo a lungo negli occhi i propri interlocutori, segno di mancanza di rispetto o di sfida.

«Una certa persona soprannominata Lince, le dice qualcosa?».

«No».

«Il corpo riportava moltissime artigliate, proprio come le pareti della casa abbandonata in cui presumiamo che la vittima sia stata uccisa», gli spiegò sporgendosi verso di lui per cercare di intercettarne lo sguardo. «Potrebbe essere stato un animale. Un animale, però, non poteva certo aprirle il ventre e asportarle il fegato. Né tantomeno spostarla fino alla pista che conduce al lago Wood».

Per una frazione di secondo Pierre Sioui interruppe il movimento della mano intorno all'arpione, per poi riprendere senza dire nulla. L'applicazione con cui si dedicava a quel compito mascherava le sue emozioni.

«Il posto non è stato scelto a caso», insistette Léonie. «È piuttosto vicino alla riserva, e si trova sul tragitto che fanno gli innu per andare a pescare. L'assassino voleva che fosse un membro della comunità a trovare il cadavere, non un bianco. Si è rivolto a voi. Perché, secondo lei?».

L'uomo, imperturbabile, continuava a concentrarsi sul suo lavoro di precisione e avvolgeva, giro dopo giro, la cordicella intorno al corno intagliato e acuminato.

«Cosa vuoi che ne sappia?».

«Il sergente Liotta mi ha parlato di alcune tensioni, al momento, all'interno della riserva. Mi ha detto che gli abitanti non stanno più tanto in giro, che hanno paura».

Sioui sbatté il suo attrezzo sul tavolo con un gesto così brusco che il fucile a tracolla, appoggiato contro il bracciolo della poltrona, cadde a terra.

«Ma certo che hanno paura! Sei al corrente di quello che sta succedendo intorno alla miniera?».

«Ho visto le gomme bruciare».

«Già, ma lo sai perché bruciano?».

«Non esattamente. Sono arrivata solo ieri».

«Bene, allora te lo dico io come stanno le cose. L'INC vuole sfruttare un nuovo giacimento ad appena tre chilometri dal lago Wood. Hanno in programma di estrarre il minerale dalle fosse a cielo aperto ricorrendo a trivellazioni ed esplosivi. Poi prosciugheranno una rete di laghetti collegati tra loro per costruire una seconda ferrovia che si raccorderà a quella dello Tshiuetin, e per cosa? Per trasferire più minerale a Sept-Îles e riempire i mercantili diretti in Cina. Di più, sempre di più. Sventreranno, ancora una volta, le nostre terre. Faranno scappare le ultime mandrie di caribù. Il problema è che senza i caribù, che restano la nostra maggiore risorsa di caccia, siamo praticamente morti. Apparteniamo alla terra. Dobbiamo tutto alla terra. E loro cosa fanno? La distruggono. In queste condizioni la Natura non può fare altro che infuriarsi».

«Infuriarsi a tal punto da uccidere una donna bianca?».

Léonie l'aveva detto di getto, senza pensare. Se ne pentì subito. Colse uno strano scintillio negli occhi del vecchio innu che la mise a disagio. Tutto a un tratto l'uomo si alzò in piedi, dritto come un monolito, per segnalarle che il colloquio era finito.

«Esci adesso. Vattene. Questa non è la tua battaglia».

Léonie tirò su la cerniera del giubbotto. Sebbene Sioui la superasse di una spanna, non si lasciò intimidire.

«Lo diventerà se dovessi scoprire un qualsiasi nesso tra questo conflitto e la mia indagine. O se mi accorgo che mi ha nascosto qualcosa».

Senza dire nulla, Sioui la accompagnò alla porta. Nel momento in cui lei gli passò davanti per uscire, l'uomo la bloccò e la costrinse a voltarsi verso di lui. Aveva una stretta fuori dal comune, la sua mano nodosa sembrava un'enorme radice sulla spalla di Léonie.

«Io l'ho visto quel corpo. Soltanto un cacciatore esperto può fare una cosa del genere».

«Perché?».

«Ho osservato la ferita alla gola. Quella donna è morta in pochi secondi, dissanguata. Un taglio netto, efficace. Quanto al fegato, è la parte più ricca di nutrienti e di vitamine. Permette di sopravvivere diversi giorni. I nostri avi prediligevano sempre quella parte quando non era possibile squartare l'animale sul posto. Aprivano il petto ed estraevano il fegato per portarselo via».

«Mi sta indirizzando verso un cacciatore della riserva?».

«Non cedere pure tu alla faciloneria. Anche i bianchi di Norfer vanno a caccia. Mettiti bene in testa che un innu morirebbe di fame piuttosto che toccare carne umana».

A quel punto allentò la stretta e spostò la mano sullo stipite.

«Spero che tu riesca a scoprire chi è stato a commettere quello scempio», concluse. «Ma guardati le spalle, Léonie Kuekuatsheu. Dove c'è selvaggina, c'è un cacciatore. È lì in agguato. Resta sulle strade, non avventurarti da sola nella Nitassinan. È pericolosa. Estremamente pericolosa».

21

«Pronto, Teddy? Sono Garance. Volevo sapere come vanno le cose laggiù... Ce la fai?».

Imbacuccato a dovere nella sua tuta in pile nuova di zecca, Teddy si infilò sotto il nastro di delimitazione predisposto intorno all'area in cui era stato trovato il corpo di Morgane, lungo la pista Wood. Ci aveva messo solo un'oretta per arrivarci a piedi dalla casa degli orrori in rue Westside, che era tornato a ispezionare. Dei poliziotti armati di pale sembravano aver arato la neve, portando alla luce diversi metri quadri di terra gelata.

«È dura, sotto ogni punto di vista... Non capisco cosa mia figlia fosse venuta a fare qui, né perché l'abbiano ammazzata in una maniera così brutale. Era... Se l'avessi vista, Garance...».

Si accovacciò, infilò le dita nella neve farinosa. S'immaginò le spoglie distese sul pendio. Il viso di marmo, i cristalli di ghiaccio sugli occhi aperti, i vestiti strappati. Il suo assassino l'aveva abbandonata lì come una carogna.

«Norferville è un mondo a parte. Bisogna vederlo per crederci. Una terra di ghiaccio tagliata fuori da tutto, dove bianchi e indigeni cercano di convivere con, di mezzo, lo sfruttamento di una gigantesca miniera di ferro».

Garance si alzò dalla scrivania, con una sigaretta in mano. L'accese davanti alla finestra che aveva appena socchiuso. Rombi di motori, studenti sui marciapiedi, palazzi a perdita d'occhio nel tanfo dei tubi di scappamento. Aveva sempre vissuto nel rumore, in mezzo a migliaia di estranei, e non riusciva proprio a raffigurarsi l'ambiente che il suo socio le stava descrivendo. Tanto più che lo sfruttamento di una miniera le sembrava un lavoro faticoso d'altri tempi che proiettava piuttosto nei paesi africani, sotto un sole di piombo, e non nel Grande Nord. Dopo un tiro di sigaretta, gli fece una domanda di cui conosceva già la risposta.

«Che cosa pensi di fare?».

«Morgane è stata uccisa in modo barbaro, ma organizzato. Un modus operandi contorto che non ha nulla da invidiare a quello dei criminali a cui diamo la caccia in Francia. Il suo assassino si nasconde qui, tra gli abitanti del posto, e ho tutte le intenzioni di fargli sapere che esisto. Se la polizia locale accetterà di lasciarmi collaborare con loro, allora tanto meglio. Altrimenti… farò da me».

«Che significa "farò da me"?».

«Non lo so. Ma stiamo parlando di mia figlia…».

Teddy si guardò intorno con attenzione. Aveva bisogno di mappare mentalmente il posto, di collocare i vari luoghi nello spazio l'uno rispetto all'altro. Il criminale aveva colpito Morgane a circa tre chilometri da dove si trovava ora. A parte un pezzo di strada che si poteva percorrere in auto perché veniva sgomberata dagli spazzaneve, il resto era impraticabile senza le famose motoslitte che da quelle parti possedevano tutti. Il detective aveva incrociato diversi di quei veicoli equipaggiati con piccoli rimorchi o slittini. L'assassino doveva perciò aver trasportato il corpo sotto una qualche copertura dietro alla motoslitta e poi essersi parcheggiato nella parte bassa del pendio prima di sbarazzarsi del suo carico ingombrante. Si era dato da fare. Parecchio da fare.

La voce grave di Garance interruppe all'improvviso le sue riflessioni.

«A dire il vero se ti chiamo è anche per darti una notizia

relativamente positiva. L'hanno detto oggi al telegiornale. È morto l'assassino della fiamma ossidrica».

«Sì, mi ha telefonato ieri Lanier per dirmelo. Perdonami se non ti ho avvisata, ma avevo la testa altrove. Uno stupido incidente, a quanto pare…».

«Stando a quello che ha detto il procuratore durante una conferenza stampa, il vecchio granaio sarebbe crollato proprio nel momento in cui stava preparando un quarto rapimento. Sono contenta che sia finita così. Alla fin fine esiste forse una giustizia».

Quando la sua collega smise di parlare un momento, il criminologo avvertì un fruscio alle sue spalle. Si girò verso la foresta. Tra due betulle fece capolino un animale dal pelame color cenere che annusava l'aria nella sua direzione. Teddy pensò a un lupo, anche se non aveva mai visto un lupo vero in vita sua. Dalla bocca semiaperta fuoriuscivano dei piccoli triangoli biancastri. La bestia, un po' scarna, sembrava in fondo più incuriosita che aggressiva. E ad attirare l'attenzione di Teddy furono i suoi occhi eterocromi. Nero e insondabile il destro, di un azzurro cristallino il sinistro. Proprio come i suoi prima dell'incidente. Li fissò senza muoversi. Non aveva paura. Anzi, quell'incontro inaspettato l'affascinava. Lui e quell'animale erano in qualche modo simili. Smarriti. Solitari. Sull'orlo del precipizio.

«Teddy? Sei ancora lì?».

«Sì. È solo che ho un lupo di fronte a me, tipo a cinque metri nemmeno».

«Cioè? In una gabbia?».

«Tu che dici?».

Garance si versò del caffè per combattere il nervosismo. Notò allora che le tremava la mano, in parte per via dei litri di caffeina che aveva già ingurgitato a cominciare dalle sei del mattino. Ma non solo…

«È tutto ok?».

«Credo di sì, ma mi sa che devo lasciarti».

«Aspetta Teddy, prima di riattaccare, c'è una cosa che mi assilla. È... quella storia della saliera...».

«In che senso, la storia della saliera?».

«Mi hai detto che ti sei spaccato il sopracciglio mentre cucinavi. Che ti eri abbassato per raccogliere la saliera... E quando ti sei rialzato, *bam*, lo sportello del forno...».

L'animale aveva iniziato a spostarsi avanti e indietro lateralmente, senza mai staccargli gli occhi di dosso.

«E quindi?».

«Ti sei fatto male e sei andato subito al pronto soccorso, giusto? È per questo che non mi hai risposto al telefono?».

«Esatto».

«La prima telefonata l'ho fatta alle sei e mezzo... C'è sicuramente chi si prepara la cena a quell'ora, ma tu non sei uno di quelli. Ti conosco troppo bene...».

Teddy sentì un'improvvisa vampata di calore sotto il giubbotto. Pur riflettendo su molti dettagli, gli era sfuggito di prestare attenzione all'orario in cui Garance aveva cercato di contattarlo. Un errore di cui non si capacitava...

«Avevo deciso di andarmene a letto presto», improvvisò. «Ero stanco morto per via dell'audit. Senti, non ho ben capito, che cosa mi stai rimproverando? Perché dovrei mentirti su una cosa del genere? Non ha senso».

L'animale sparì nella foresta come un fulmine quando sentì un motore in lontananza, sulla curva della strada. Era una motoslitta che passò a tutto gas in direzione della riserva, lo slittino carico di attrezzatura da pesca. La vita andava avanti, a dispetto di tutto e di tutti.

«Hai ragione. Scusami se ti vengo a seccare con queste storie», rispose la voce all'altro capo del telefono. «Trova il colpevole, Teddy. Trova l'assassino di tua figlia affinché non lo faccia di nuovo. È l'unica cosa che conta. Che questa gente qui non possa più rifarlo».

E su quelle parole riattaccò.

22

Léonie era uscita da casa di Pierre Sioui con la viva impressione che lui non le avesse detto proprio tutto. Le sue ultime parole erano suonate come una strana minaccia. Secondo lui la paura che trapelava dalla comunità era legata alle questioni riguardanti la miniera, ma Léonie non era convinta che fosse quello il vero motivo. «Non avventurarti da sola nella Nitassinan. È pericolosa». No, non era soltanto un consiglio. Era un avvertimento. C'era qualcosa che si aggirava nella foresta e intorno alla città. E gli indigeni sembravano sapere di cosa si trattava. Mentre guidava, rispose a una telefonata del suo capo.

«Quel comandante Lanier mi ha appena snocciolato al telefono tutto il pedigree di Teddy Schaffran, neanche mi stesse leggendo la lista della spesa», annunciò senza troppi preamboli. «E ha tutta l'aria di essere uno che sa il fatto suo. Detto questo, sono comunque un po' scettico. Per quanto brillante, non vedo come possa mantenere la mente lucida essendo così coinvolto».

«Io penso proprio che ne sia capace, invece. Già ieri ha fatto alcune deduzioni pertinenti».

«Dubiti delle tue capacità?».

«Non si tratta di questo, ma io e lui non guardiamo gli elementi di cui disponiamo dalla stessa prospettiva. Onestamente, comandante, abbiamo tutto da guadagnare nel provare a collaborarci. In ogni caso non lascerà la città, perciò tanto vale approfittare della sua esperienza».

Aleggiò un lungo silenzio. Léonie alzò gli occhi al cielo: un elicottero della Northern Adventures volava a bassa quota in direzione del lago, carico di passeggeri.

«E va bene, ma il suo nome non dev'essere menzionato in nessun rapporto», capitolò alla fine Martin Michaud. «Ufficialmente non esiste. Te lo porti dietro, lui osserva, fa le sue deduzioni, punto. Se senti che sbrocca, che sta per perdere la testa, o qualsiasi altra cosa, lo fai fuori immediatamente. Intesi?».

«Intesi».

«Lo chiamo io, per mettere le cose bene in chiaro. Mandami il suo numero. E dammi in fretta qualche risultato, con o senza di lui».

Riattaccò. Léonie gli inviò subito il contatto di Teddy, sollevata. Non disdegnava certo un po' di sostegno, una presenza rassicurante che l'aiutasse a sopportare Liotta. Prima di raggiungere il commissariato, si fermò davanti alla casa di Maya. Con un nodo alla gola, bussò a quella porta che l'avrebbe riportata indietro di vent'anni. Captò vagamente una voce femminile, una specie di balbettio incomprensibile, e poi più nulla. Girò allora la maniglia e infilò la testa nello spiraglio della porta.

«Maya? Sono Léonie. Posso entrare?».

Non appena mise piede all'interno, fu travolta da un odore acre, simile ad ammoniaca. L'atrio era pieno zeppo di cassette impilate con all'interno pezzi da ferramenta. La poliziotta si avvicinò alla donna seduta al centro del soggiorno. C'erano delle perline colorate sparse per terra accanto a lattine di birra vuote, alcune delle quali erano rotolate sul cemento.

Se non avesse saputo che quella donna era Maya, non l'avrebbe mai riconosciuta. Uno spettinato taglio alla maschietta sostituiva i bei capelli neri di un tempo, lunghi e setosi. Le guance più gonfie facevano sembrare i suoi piccoli occhietti ancora più infossati nelle orbite: due spilli color carbone in una faccia da luna piena. Aveva trentasei anni. Eppure, a vederla così, buttata sulla sedia, fasciata da una tuta troppo stretta, ne dimostrava molti di più. Ma, soprattutto, era strafatta. Léonie ne ebbe la conferma quando lo sguardo le cadde su una pipa di vetro abbandonata vicino ad alcuni acchiappasogni artigianali appoggiati sul tavolo. Qualche centimetro più in là, un sacchetto di polverina rosa non lasciava spazio a dubbi: era speed, l'anfetamina che stava devastando le riserve.

«Léonie...».

Maya abbassò la testa e rimase immobile. Léonie cercò di abbracciarla ma lei si raddrizzò e cominciò a batterle i pugni contro il petto con movimenti scoordinati, in un improvviso accesso di rabbia. L'attimo dopo, le crollò tra le braccia.

«Mi hai lasciata... Mi hai lasciata, *câlisse* di una cagna, brutta bastarda... Perché l'hai fatto? Ti avevo salvato la vita. Vattene. Vattene via e non tornare mai più. Ti odio».

Piangeva a calde lacrime, si teneva dritta a malapena. Era in fase di down, tremava tutta. Tra le mille porcherie che circolavano all'interno delle comunità indigene, lo speed era la più pericolosa. Un meccanismo infernale che ti spingeva a consumarne sempre di più. Che ti mangiava il cervello. Fino alla disperazione. Fino alla morte.

Il cuore colmo di tristezza, Léonie fece sdraiare Maya sul divano. Notò allora un grosso ematoma sull'avambraccio destro, nel punto in cui la manica della tuta si era sollevata. Le ispezionò subito le altre parti del corpo. La pelle di Maya era chiazzata di lividi. L'avevano picchiata.

Léonie si sentì ribollire lo stomaco dalla rabbia. Si inginocchiò davanti all'amica che non aveva saputo proteggere, le accarezzò i capelli. Da bambine si pettinavano a vicenda.

Si scambiavano delle promesse. Io mi prenderò cura di te e tu di me. Non ci succederà niente, perché ci saremo sempre l'una per l'altra. Era andato tutto in frantumi. *Per colpa loro.*

«Gliela farò pagare, Maya. Ti prometto che gliela farò pagare a quegli schifosi che ci hanno distrutte. Prima o poi li troverò e soffriranno proprio come abbiamo sofferto noi».

Appoggiò un plaid sulle spalle dell'amica, contemplò a lungo la fotografia appesa sopra il divano: Maya, in tenuta tradizionale con il berretto montagnais nero e cremisi, l'abito di pelle con le frange e la borsa ricamata, nell'atto di esporre i suoi acchiappasogni o delle bamboline amerindie di stoffa blu sotto un tendone gremito di gente. Sorrideva. In quella foto era bella, allegra. Aveva ancora un futuro. Quante altre ragazze erano state spezzate dagli stessi vermi che le avevano portate via quella notte? Quante altre Maya c'erano là fuori?

Léonie prese la bustina di speed e la svuotò nel lavandino. Una decina di grammi come minimo, una piccola fortuna. Si mise a perlustrare rapidamente la stanza, per vedere se ce n'era dell'altro.

«Tu che cazzo ci fai qui?».

Si girò di soprassalto. In casa era appena entrato Sid Nikamu, con in mano una busta della spesa. Mosse rapidamente la testa per rigettare indietro la sua ciocca ossigenata.

«Non dovresti lasciarla da sola in queste condizioni», l'attaccò bruscamente Léonie.

«E tu non dovresti entrare così in casa delle persone, Léonie Rock. Nemmeno agli sbirri è concesso tutto».

L'uomo lasciò cadere la busta e afferrò un fodero in pelle che era appeso al muro. Nascondeva un coltello da caccia col manico d'avorio.

«Cos'è», gli disse con aria di sfida, «vuoi farmi lo scalpo?».

«Sparisci da casa mia. E non voglio più vederti ronzare da queste parti se non hai un mandato del giudice».

«Vedo che conosci bene la legge».

«Abbastanza da non farmi rompere le palle da una *estie* di sbirro!».

Léonie mantenne il controllo. Con un gesto sicuro, nonostante la lama che aveva di fronte, gli mostrò una foto di Morgane Schaffran.

«Questa faccia non ti è nuova, vero? Ha preso il treno più o meno una settimana fa, devi averla incrociata per forza».

Gli occhietti da lontra di Nikamu si diressero verso la foto e poi tornarono ad affondare nei suoi, senza battere ciglio.

«Non ricordo…».

«Ovviamente. Né tu né nessun altro l'ha mai vista, eh?».

«Che ne so. Chiedilo agli altri».

Léonie si rimise la foto in tasca senza insistere oltre e cambiò argomento.

«Ho visto i lividi sul corpo di Maya. So bene che razza di tipo sei, Nikamu».

«Uh, sto tremando, povera scema».

Il magma risalì di colpo. Léonie sentì la sua coscienza dissolversi sotto una nuvola nera. Estrasse la pistola in un secondo e, senza lasciargli il tempo di reagire, gli ficcò la canna sotto il mento e tolse la sicura con il pollice. Quando sentì quell'inconfondibile *clic*, Nikamu lasciò cadere il coltello da caccia.

«Ehi! Che diavolo fai?».

L'uomo indietreggiò sotto la pressione dell'arma, fino a ritrovarsi con le spalle al muro. Léonie ansimava.

«Hai abbassato la cresta, eh? *Criss* di coglione, fai bene ad aver paura. Quella ragazzina a cui ti divertivi a incasinare la vita ora potrebbe tranquillamente spappolarti il cervello. Così, in un attimo. *Bang*».

Aveva gli occhi a due centimetri da quelli dell'indigeno. Alla fine abbassò la pistola, lanciò un'ultima occhiata alla sua amica che, sdraiata sul fianco, con le pupille dilatate, allungava disperatamente la mano verso una lattina vuota per terra. Léonie girò i tacchi e uscì sbattendo la porta.

Una volta fuori fece un respiro profondo. Per una frazione di secondo si era vista sparare, fargli esplodere la testa. Ci era mancato poco così perché il suo cervello desse l'input a premere il grilletto…

Il drago era lì, annidato dentro di lei. E le sue grosse fauci spalancate la spaventarono a morte.

23

Léonie e Teddy erano diretti al commissariato, che si trovava a pochi passi dalla stazione del treno e dagli uffici amministrativi dell'INC. Quando l'aveva recuperato lungo la pista Wood con quell'aria da astronauta, a Léonie era quasi venuto da ridere. Il francese si era infagottato in una tuta monopezzo grigia, con il collo imbottito e i polsini di lana, in grado di sopportare fino a -40 °C; una roba costosissima che si utilizzava per le spedizioni polari. Aveva inoltre comprato una borraccia termica per tenere caldo il tè, ed erano addirittura riusciti a rifilargli un coltello in legno a lama retrattile fatto a mano dagli innu. La commessa di Peggy's doveva aver fiutato il pollo, ma di sicuro Teddy non avrebbe mai più sofferto il freddo in vita sua.

«Mi creda, non era un lupo», gli disse quando lui finì di raccontarle del suo sorprendente incontro. «Sono molto più grossi da queste parti e vivono in branco. Oltre al fatto che non esiste, nei lupi, il fenomeno di curiosità che ha descritto. Se non nei film. In realtà lei si è imbattuto in uno dei cani selvaggi di cui parla Liotta. È una fortuna che non l'abbia attaccata...».

Teddy ascoltava la poliziotta da un orecchio, ma stava ancora ripensando alla conversazione con Garance. Si conoscevano da troppo tempo per non cogliere il vero significato celato nelle ultime parole che la socia gli aveva rivolto. Aveva posizionato i vari indizi di cui disponeva uno accanto all'altro. Le assenze di Teddy dall'agenzia, con la scusa di qualche appuntamento mentre in realtà andava a tenere d'occhio l'assassino della fiamma ossidrica. Quella storia della saliera e del sopracciglio ricucito... «Trova l'assassino di tua figlia affinché non lo faccia di nuovo. È l'unica cosa che conta. Che questa gente qui non possa più rifarlo». Pensava forse che l'avesse ucciso intenzionalmente? Che era come uno di quelli a cui dava la caccia?

Mentre rimuginava, la sua autista parcheggiò nell'area che costeggiava la caserma dei pompieri. Tre auto di pattuglia e cinque pick-up civili erano già parcheggiati davanti alla facciata multicolore che avrebbe potuto far credere che la stazione di polizia fosse un luogo piacevole. Quantomeno finché non si passava all'interno, dove le condizioni pietose delle due celle in cui mettevano gli ubriachi – una delle quali occupata da un giovane indigeno che non se la passava troppo bene –, l'intonaco sbiadito sulle pareti e gli innumerevoli vecchi poster di prevenzione con le orecchie agli angoli riportavano a una triste realtà: molti problemi, poche risorse.

Su richiesta di Léonie, Liotta aveva riunito i suoi sette agenti: una selva di cravatte nere, di camicie color cachi e zero donne. La stavano aspettando intorno a un tavolo, in una stanza con alcune foto incorniciate che ritraevano sempre le stesse facce: il sergente e la sua banda in vari momenti, a volte in divisa, altre in circostanze più festose. Battute di pesca. Escursioni sciistiche. Ogni occasione era buona per bazzicare insieme da qualche parte.

La poliziotta di Baie-Comeau esaminò il gruppo al volo. Constatò che, dei vecchi agenti di vent'anni prima, restava soltanto il capo, Liotta. Gli altri non li conosceva, erano per la maggior parte sulla trentina e dovevano senz'altro averli trasferiti a Norferville al momento della riapertura della miniera. Uno dei requisiti per l'assunzione sembrava essere l'aspetto fisico: erano tutti grandi e grossi, con spalle larghe e, dettaglio non privo di importanza, baffi curati. Léonie era tanto delusa quanto sollevata. Almeno due dei suoi aggressori erano lontani da lì. D'altra parte, però, se Liotta non era coinvolto, se lei non fosse riuscita, in un modo o nell'altro, a fargli sputare fuori qualche nome, non aveva alcuna possibilità di ritrovarli.

Quando si accorse della presenza di Teddy, il sergente gli sbarrò l'accesso alla stanza.

«Lei cosa ci fa qui?».

«Ci darà una mano in qualità di civile, su sua richiesta e con l'esplicito consenso dei miei superiori», intervenne Léonie. «Il signor Schaffran ha dimestichezza con questo genere di casi. Per farla breve, diremo che è una specie di *profiler*. E andrà ovunque andrò io. Perciò aggiungete gentilmente un posto anche per lui».

Léonie aveva parlato a voce abbastanza alta perché la sentissero tutti. Intercettò lo sguardò di Liotta: lo sguardo di un capoclan che non era disposto a condividere il potere.

«Un *profiler*», ripeté in tono sarcastico. «Come quelle stronzate in TV. Con tutto il rispetto che le devo, signor Schaffran, farebbe meglio a lasciarci fare il nostro lavoro. Uno, perché si tratta di sua figlia. E due, perché può star tranquillo che la ritroveremo, la bestia che ha fatto questo».

«Non sono certo qui per ostacolarvi», tentò di temporeggiare Teddy. «Fate come se non ci fossi ed esprimetevi liberamente. Senza filtri. So mettere le cose in prospettiva. Ma la prego, non sottovaluti l'autore di questo crimine».

Il poliziotto scrollò le sue spalle pesanti.

«L'unico posto in cui può stare un verme del genere è nel cesso dei miei pensieri più oscuri, signor Schaffran».

La risposta, l'atteggiamento, bastarono a Teddy per farsi un'idea del personaggio che aveva di fronte. Ottuso, possessivo, scorbutico. Il sergente si scostò a malincuore per liberare il passaggio. Léonie si scusò in silenzio con il francese, ma lui le fece capire con un gesto che aveva visto di peggio. Dopo aver recuperato una cartelletta dalle mani di Liotta, la tenente rimase in piedi a un'estremità del tavolo. Le venne in mente una scena del film *Il silenzio degli innocenti*, quando la principiante Clarice Starling deve farsi valere davanti a un'orda di agenti due volte più grossi di lei. Si respirava testosterone, ed era tutt'altro che gradevole. All'improvviso l'idea di trovarsi forse nella stessa stanza di quel maiale che aveva abusato di lei a sedici anni la ripugnò profondamente, ma si sforzò di ridimensionare.

Al suo fianco c'era un uomo che in quel momento stava soffrendo molto più di lei.

24

«Faccio velocemente il punto della situazione», iniziò a dire Léonie, di fronte agli uomini seduti al tavolo. «Lo scorso 10 febbraio Morgane Schaffran sale a bordo dello Tshiuetin da Sept-Îles e alloggia in uno chalet del Blue Ridge, sotto il nome di Morgane Doyle. Quattro giorni dopo Hector Liotta, direttore del complesso, la vede pranzare da sola nel ristorante. Pierre Sioui ritrova il suo corpo l'indomani, il 15, nelle vicinanze della riserva, lungo la pista Wood...».

Prese la cartelletta che conteneva alcuni fogli e una serie di foto stampate: scena del crimine, luogo di ritrovamento del cadavere, stanza della vittima... Fece circolare i vari scatti lungo il tavolo. Teddy, nel frattempo, ne approfittò per aprire completamente la sua tuta. Ora moriva di caldo e si muoveva nervosamente. La donna notò che passava il materiale quasi senza guardare. Proseguì: «Possiamo supporre, grazie a delle informazioni scarabocchiate su un dépliant, che sia stata uccisa nella notte tra il 14 e il 15, nell'ultima casa abbandonata in rue Westside. Aveva appuntamento con qualcuno che, presumiamo, si fa chiamare Lince. Questo nome vi dice qualcosa?».

Passò in rassegna i vari volti, invano. Liotta si stava accendendo una sigaretta. Gli altri osservavano gli elementi a disposizione senza fiatare.

«Quelle centinaia di case abbandonate sono una vera piaga», disse finalmente uno dei poliziotti alla sua sinistra. «Spesso le occupano abusivamente per bere o drogarsi. La scelta dei giovani bianchi ricade principalmente sulla Edgeside, mentre quella degli innu sulla Westside. La Southside, invece, viene in genere risparmiata, perché lì l'INC – una volta reimpiantatasi – ha ripristinato gli alloggi e li ha assegnati ai dirigenti della miniera. Dai capicantiere al direttore, che abita nella baracca più grossa, in fondo alla strada».

Teddy stava già attivando i neuroni. Morgane era stata attirata sulla Westside. Perché proprio su quella strada? Perché Lince era un indigeno o perché era quello che voleva far credere?

«Le foto che avete tra le mani parlano da sole», continuò Léonie. «C'è stato un vero e proprio accanimento sul corpo. Artigliate, giugulare recisa, fegato asportato e, forse, mangiato sul posto. Presto partiranno le analisi nei nostri laboratori...».

Mentre Léonie andava avanti con il discorso, gli uomini si passavano le foto. Alcuni di loro guardavano Teddy con occhi compassionevoli e si sentivano male per lui già solo ad ascoltare quelle descrizioni vomitevoli. Quanto a Liotta, il fumo della sua sigaretta cominciava a formare una nuvola grigia sopra il tavolo. La cosa infastidiva probabilmente tutti, ma chi mai avrebbe osato scontrarsi con il capobranco? La giovane donna non si lasciò turbare da quello sfoggio di potere e continuò: «Stamattina ho parlato con Pierre Sioui. L'incontro mi ha lasciato la stessa impressione che ha avuto il sergente Liotta: lui e i suoi ci nascondono qualcosa. Il vecchio innu ha accennato al fatto che potrebbe essere stata opera di un cacciatore. Un cacciatore in agguato, pericoloso. Come se fosse al corrente di qualcosa di strano. C'erano degli uomini che uscivano dalla sua porta quando sono arrivata. Voglio che vengano identificati, ci aiuterà forse a capire il motivo della loro presenza. Quando avremo finito con il briefing, voglio che qualcuno di voi si apposti nelle vicinanze di casa sua. L'auto civile con i finestrini oscurati, fuori nel parcheggio, di chi...».

«È mia... Agente Mangematin».

«Allora ci penserà lei, agente Mangematin. E porti con sé un collega per darle il cambio nel caso andasse per le lunghe. Vista la quantità di veicoli con i finestrini oscurati nella riserva, non dovrebbe dare troppo nell'occhio. Torni con in mano targhe, nomi o qualche informazione abbastanza ghiotta».

Il poliziotto annuì rispettosamente. Subito dopo Léonie tese la foto di Morgane a Liotta.

«Ne faccia stampare un centinaio con il numero del commissariato, per distribuirle in tutti i posti dove gira gente. Alimentari, chiesa, banchina dello Tshiuetin, caffè... Batta i vari esercizi e attività commerciali della riserva. E la miniera, ne voglio almeno una in ogni area. Si assicuri inoltre che ne arrivino un po' alla stazione idroelettrica. Anche là devono sapere».

«A che pro? Tutti quelli che vivono in zona hanno già sentito parlare del delitto, grosso modo. E in caso contrario, sarà solo questione di tempo».

«Sono pochissimi quelli che si spingono fino agli uffici della polizia, anche quando hanno visto qualcosa. Paura degli sbirri o di passare dei guai. Una foto serve a umanizzare la vittima... Dietro il cadavere c'era una giovane donna sorridente, piena di vita e falciata nel fiore degli anni».

Liotta capì che discutere non sarebbe servito a niente. Afferrò bruscamente la foto e la schiaffò tra le mani di uno dei suoi subordinati. Teddy avvertì una forte tensione tra la tenente e il sergente. E intuiva che andava ben oltre il semplice gioco di potere. Era qualcosa di molto più profondo. Di viscerale.

«Mi serve inoltre un agente sul versante Blue Ridge, dove alloggiava la vittima. Chi si incaricherà di questa missione andrà a bussare a tutte le porte degli chalet e interrogherà i clienti. Se in casa non c'è nessuno, gli lascerà un biglietto per farsi ricontattare. Ha i dossier che le avevo chiesto, sergente Liotta?».

«Sono sulla tua scrivania. Le procedure degli ultimi sei mesi. Denunce per furti con scasso, incendi, atti vandalici, risse… Il più delle volte sotto l'effetto di qualche sostanza. Quella roba gli brucia il cervello».

«Da qualche mese a questa parte abbiamo registrato un aumento nella circolazione di stupefacenti», si accodò al discorso un altro agente di nome Millaud. «Nella riserva, sì, ma anche tra un sacco di giovani bianchi di Norfer troppo sfaticati per andare a studiare a Sept-Îles. Un po' di cannabis, ma soprattutto speed, tagliato con altre schifezze. Parliamo di quattro overdose in due anni. È un mix devastante. Fa venire le allucinazioni e non si smette più di tremare… Abbiamo avuto qui un tizio che si è rotto tutti i denti nel tentativo di rosicchiare le sbarre della cella. Perciò, se penso alla baracca sulla Westside, mi dico che forse non è da escludere il gesto di un tossico in trance».

Léonie osservò Teddy, che fissava un punto sul tavolo, visibilmente distante da quello che si stava dicendo nella stanza. Ripensando allo stato in cui aveva trovato Maya, l'ipotesi di Millaud non le sembrava così stupida. Delle allucinazioni gravi, delle "voci" avrebbero effettivamente potuto spingere un tossicodipendente a commettere un orrore del genere.

«Qualche idea su chi glielo fornisce?», domandò.

Liotta si intromise nella conversazione: «Ci sono un po' di bande, ma non abbiamo niente di concreto contro di loro. Non è difficile introdurre sostanze illecite in città. Quei tizi prendono lo Tshiuetin e vanno a rifornirsi a Uashat. Hai voglia a piombargli addosso al ritorno o a perquisirli sotto falsi pretesti, ne usciamo sempre a mani vuote. Sono furbi. I posti per nascondere la roba non mancano. Basta per esempio buttarla fuori dal treno e recuperarla in un secondo momento, passando dalla foresta… E poi nessuno apre bocca nella comunità, si proteggono a vicenda. Noi facciamo delle segnalazioni ai piani alti, ma non cambia mai niente. E non è certo con le nostre sole forze che metteremo fine a questo flagello...».

Léonie registrò quelle informazioni in un angolo della sua mente e si rivolse a Teddy.

«Signor Schaffran? Vuole aggiungere qualcosa?».

Lui annuì, apparentemente uscito dal suo torpore.

«Mi chiami Teddy, preferisco. Quanti delitti di sangue ci sono stati in questa zona negli ultimi vent'anni?».

«Tre», rispose prontamente Liotta. «Una rissa tra minorenni finita con un accoltellamento nel 2002, un'indigena picchiata a morte dal marito nel 2005 e un regolamento di conti per una storia di adulterio nel 2011. Con degli arpioni».

«Soltanto tre delitti di sangue... Per ragioni che si riscontrano nel novanta per cento dei casi. Poi, all'improvviso, quest'omicidio estremamente efferato, seguito probabilmente da un atto di cannibalismo, ai danni di una... di una giovane donna di ventotto anni, arrivata da Montréal, che era qui soltanto da pochi giorni. Che cosa vi suggerisce? E dimentichiamoci dell'animale, per cortesia, un animale non trasporta un corpo a bordo di una motoslitta per poi lasciarlo a tre chilometri di distanza dal posto in cui ha ucciso la sua preda».

Un profondo silenzio investì l'assemblea. Teddy aveva usato un termine che fino a quel momento nessuno aveva ancora pronunciato e che rimandava a una realtà terrificante: un essere umano aveva mangiato un pezzo di sua figlia.

«Qualcuno di passaggio?», azzardò uno dei poliziotti. «Un viaggiatore cannibale, tipo Hannibal Lecter?».

«Non un viaggiatore. Chi l'ha fatto conosce perfettamente il territorio. Sapeva dove attirare la sua vittima per agire indisturbato e dove sbarazzarsi del cadavere affinché gli indigeni lo scoprissero in fretta. Voleva innescare esattamente quello che sta succedendo ora: una caccia all'uomo».

Léonie ascoltava, accarezzandosi con l'indice un pezzo di pelle sul labbro inferiore. Schaffran cercava di tener salda la voce, ma un leggero tremolio in fondo alla gola tradiva le sue emozioni. Come loro, era sulle tracce di un assassino. Con la differenza, però, che lui restava innanzitutto il padre di una povera donna che era stata massacrata.

«Perciò uno del posto…».

Il criminologo ci mise un po' prima di rispondere. Per una frazione di secondo il suo sguardo era partito altrove. Doveva tornare a concentrarsi.

«Possiamo presumerlo, sì. E che, a mio modesto parere, non era sotto effetto di droghe. Se l'avesse fatto durante un delirio allucinatorio, le sue azioni sarebbero state totalmente disorganizzate. Se la sarebbe di sicuro data a gambe, abbandonando il corpo sul posto. La domanda che sorge spontanea, quindi, è: perché ha voluto metterlo in mostra?».

L'agente Millaud si grattò la nuca, pensoso. Era giovanissimo, più che veri e propri baffi aveva giusto un'ombra di peluria. Doveva avere ventidue, ventitré anni al massimo.

«Credo di aver individuato grosso modo tre categorie all'interno della popolazione locale», proseguì Teddy. «I bianchi sedentari che occupano le case nel cuore di Norferville, gli indigeni della riserva e il personale della miniera. Tra questi ultimi c'è chi risiede qui in pianta stabile, altri sono indigeni, ma per la maggior parte arrivano invece da fuori e vivono in prefabbricati a qualche centinaio di metri dal centro, dico bene?».

«Esatto. Ciascuna categoria rappresenta più o meno un terzo del personale. E non bisogna dimenticare la ventina di dipendenti presso la stazione idroelettrica a sessanta chilometri da qui. È accessibile soltanto dal sentiero Grizzli. È un posto molto isolato e anche lì c'è un accampamento. Quelli che ci lavorano tornano di solito a Norfer per il weekend o ogni due settimane».

Teddy si domandò che cosa intendesse per "isolato", dal

momento che già Norferville, ai suoi occhi, rappresentava l'emblema dell'isolamento. Ma proseguì: «Il criminale è integrato in uno di questi gruppi... Si tratta con tutta probabilità di un uomo. Non serve una laurea in psicologia per dirlo. Sposato, single, giovane, vecchio, tutto è possibile in questa fase. Non c'è veramente una regola. Di norma ci si appoggia alle statistiche, ma dubito che le statistiche possano applicarsi a questo caso. Il nostro assassino può condurre una vita normalissima davanti agli altri e abbandonarsi ad atti riprovevoli quand'è solo, senza che nessuno sospetti nulla. Vi sia ben chiaro che può essere chiunque, che può frequentare gli stessi posti che frequentate voi...».

«Ma se fosse davvero uno del posto, come dice, che cosa potrebbe aver scatenato una violenza così improvvisa?», osservò scettico un poliziotto che non aveva ancora parlato.

«La presenza di mia figlia. È stata lei l'elemento scatenante. Il catalizzatore».

«Perché?».

«La domanda sta tutta lì. Sulla scena del crimine vedo un'immensa furia, ma anche del controllo. Una specie di ordine nel caos. L'azione è stata preparata, ragionata, senza...», si schiarì la voce, «perdonatemi, senza connotazione sessuale. Forse è una deduzione prematura, tuttavia non mi fa pensare a un assassino inesperto, faccio fatica a credere che si tratti di una prima volta. Uccidere non è, già di per sé, un atto semplice. Perciò orchestrare tutto questo... strappare un fegato... trasportare un corpo... richiede davvero moltissimo sangue freddo».

«Sta dicendo che...».

«Potrebbero esserci stati dei precedenti, sì. Dove? In che forma? Non ne ho idea. Ma, avendone viste un bel po', di cose parecchio intricate nel corso della mia carriera, vi assicuro che quello che Pierre Sioui ha detto alla tenente Rock non mi lascia affatto indifferente».

Concluso il discorso, crollò sulla sedia in silenzio, come se avesse compiuto uno sforzo estremo per riuscire a parlare. Dopodiché prese a massaggiarsi le tempie fissando il tavolo. Nessuno disse più nulla. Il senso di quelle ultime parole fu ben chiaro a tutti. Avevano a che fare con un cacciatore meticoloso, che non si sarebbe lasciato catturare così facilmente.

Un avversario temibile.

25

Il Bliz sembrava aver viaggiato nel tempo. Si era ingrandito ma, nonostante il cambio di proprietà, aveva mantenuto il suo aspetto vintage, come un'istituzione intoccabile. I tavolini in ferro usurati, le foto ingiallite nelle cornici testimoniavano un folklore passato che tanto piaceva al nuovo flusso di abitanti di Norferville. Le slot-machine troneggiavano ancora nello stesso punto, ma erano più numerose e più moderne. Nonché più colorate e più rumorose, per incitare a consumare e instaurare un'altra forma di dipendenza. Per Léonie era uno sguardo al passato, nostalgico e doloroso. Lì aveva vissuto i momenti migliori della sua giovinezza, come pure i peggiori.

Lei e Teddy erano venuti a piedi dal Blue Ridge, che distava solo dieci minuti. Léonie lo raggiunse in fondo al bar che piano piano si andava riempiendo. Verso le nove di sera cominciarono a entrare i minatori, in piccoli gruppetti, dopo aver battuto per bene gli stivali contro i tronchi di legno lungo l'ingresso per far cadere la neve. Uomini forti che passavano la loro vita dentro fosse a cielo aperto, spesso lontano dalle famiglie, le mani e le guance spaccate dal freddo. Ogni volta che si apriva la porta, del resto, si sentiva il soffio gelido dell'atmosfera propagarsi in tutta la sala.

«Birra Boreale. Mi dica che gliene pare».

Léonie si sedette di fronte al francese, gli allungò la pinta di birra e poi gli indicò un manifestino attaccato a una colonna del bancone. Il proprietario li aveva affissi ovunque, anche sulla vetrata e nei bagni. Lo stesso avevano fatto i negozianti dei dintorni. Tutti volevano dare una mano a catturare la bestia feroce che si nascondeva in mezzo a loro.

«Il volto di sua figlia non gli dice nulla, ma possiamo sperare che qualcun altro la riconosca. Gli abitanti di Norferville vengono sempre qui a rilassarsi, a chiacchierare. O, quantomeno, ai miei tempi era così».

Teddy squadrava le persone, ne scrutava i comportamenti. Bagnò le labbra nella birra. La linfa zuccherina che gli frizzò in fondo alla gola lo tirò un po' su. Lui e Léonie avevano trascorso l'intero pomeriggio immersi nei procedimenti giudiziari degli ultimi mesi. Erano venuti fuori alcuni nomi e bisognava procedere con la verifica degli alibi. Più che altro per formalità, perché il criminologo non ci credeva davvero. Quei dossier riguardavano reati minori. Il loro assassino, invece, giocava in un altro campionato. Nel frattempo, al bancone, l'affissione dei manifesti faceva il suo effetto e animava le discussioni.

«Un crimine così sordido in una città così piccola», sussurrò Teddy. «Un assassino che deve per forza essere rimasto nei paraggi, perché non ha nessun altro posto dove andare. Magari è qui proprio adesso, in questo bar…».

«Lei sì che sa scaldare l'ambiente».

«Osservi bene gli sguardi della gente. In certi momenti, vedrà, ci si legge già della diffidenza verso il prossimo. Non c'è niente di meglio per diffondere la paranoia. Gli uni accuseranno gli altri. Nasceranno tensioni. La natura umana è fatta così. Ognuno si sente in dovere di additare un colpevole. Per far vedere che non è come quel mostro. Per rassicurare se stesso… Quei manifesti innescheranno una raffica di telefonate, ma non necessariamente per le buone ragioni».

Léonie annuì in silenzio. Teddy sentiva, fin dall'inizio del pomeriggio, che la donna provava come una sorta di vergogna ogni volta che lui parlava di Morgane.

«Mi dica che cosa la tormenta», fece. «È la mia presenza tra voi, è così?».

«Sì. Non so se sia una buona idea… farmi aiutare da lei. Una parte di me mi dice che ho bisogno di lei e delle sue competenze in materia di profili criminali, che senza il suo aiuto rischia di diventare tutto molto più difficile. Ma durante la riunione ho notato i suoi momenti di smarrimento, il dolore che cercava bene o male di contenere… Non vorrei che… qualcosa dentro di lei si spezzasse ancora di più. Voglio dire, le foto, quelle orrende descrizioni… Tutto questo mi mette terribilmente a disagio».

«I padri dovrebbero proteggere i propri figli», rispose lui dopo un breve silenzio. «Dovrebbero andarsene prima di loro. Il mio dolore non è nulla in confronto a quello che ha subito mia figlia… Terrò duro, stia tranquilla».

Léonie annuì. Poi ripiegò sulla birra e, dopo averla finita, si alzò in piedi mostrando il telefono che vibrava.

«È il mio partner alla SQ, Patrick. Torno subito…».

Si infilò il giubbotto e uscì. Il francese ne approfittò per ordinare un altro giro; provava un irrefrenabile bisogno di sentirsi leggero, e la poliziotta era una compagna di bevute di tutto rispetto. Mentre sorseggiava la sua pinta, notò una donna che era appena entrata nel locale, da sola. Andò a sedersi al bancone, si tolse la giacca a vento e se l'appoggiò sulle ginocchia, rivelando un dolcevita sottile che aderiva alle sue forme. Non passarono nemmeno cinque minuti che due buzzurri si erano già avvicinati a parlarle. Quando Léonie tornò da lui, Teddy era totalmente assorbito da quello spettacolo.

«Eravamo nella stessa carrozza, io e quella donna», le confidò. «Aveva un'aria terribilmente triste. Da com'è vestita, direi che non si è spinta fin qui per un'escursione in slittino».

«Una città mineraria isolata, uomini che non tornano a casa per settimane e che non sanno cosa fare dei loro soldi… Non serve che le faccia un disegnino, insomma», riprese il discorso Léonie, seppur contrariata dalla scena. «Succedeva già ai miei tempi. Era una cosa talmente integrata nel paesaggio che non ci facevamo neanche più caso».

«È legale?».

«Il commercio di prestazioni sessuali non è vietato in quanto tale. Ma in Québec c'è tutta una serie di altre attività parallele che sono proibite, il che rende in pratica impossibile prostituirsi senza infrangere la legge. È vietato, tanto per fare un esempio, comunicare in pubblico con una persona allo scopo di dedicarsi alla prostituzione... Sono norme che qui conoscono tutti, e anche piuttosto bene. E sanno perciò come aggirarle. Una donna adulta, bianca, meticcia o anche indigena qualche volta, chiacchiera con degli uomini, bevono qualcosa insieme. Dopodiché escono dal locale perché hanno "fatto amicizia". E poi finiscono a letto semplicemente perché gli è venuta voglia di scopare. Niente di illegale, no?».

Teddy fece un sospiro. Tornò prepotente l'immagine dei vestiti sexy trovati nell'armadio della stanza di Morgane, ma la scacciò subito via.

«E Liotta e i suoi cosa fanno?».

«Lei che dice?».

Gli aveva risposto in modo brusco. Quando si rese conto di aver cominciato a mordicchiarsi le labbra, prese il bicchiere di birra e cambiò argomento: «Il mio collega della SQ ha perquisito l'appartamento di sua figlia nel pomeriggio, alla presenza della polizia di Montréal, e ha fatto qualche domanda ai vicini di casa...».

Il francese capì di aver toccato un tasto dolente su cui preferì non insistere, così fece finta di nulla.

«È emerso qualcosa?».

«Non hanno notato niente di particolare. Viveva palesemente da sola. Discreta, accomodante, mai un problema».

«Non l'aveva detto a nessuno che veniva qui?».

«In teoria no. Ma adesso sappiamo che lavorava alla FFAM, la casa delle donne indigene di Montréal. Si tratta di un luogo che offre soluzioni di alloggio alle donne amerindie che, nella maggior parte dei casi, sono scappate dalle loro riserve».

L'occhio di Teddy si infiammò.

«Autoctone, riserve… Sono diversi punti in comune con Norferville, no?».

«Già. Patrick conta di raggiungere la residenza domani per scavare più a fondo».

Il settore umanitario… E così Morgane era andata avanti per quella strada, aveva continuato a fare del bene. Cosa non avrebbe dato Teddy per andarci lui, in quella casa delle donne. Per sentire i luoghi, incontrare quelle e quelli che avevano conosciuto sua figlia, che l'avevano apprezzata. Persone che avrebbero potuto raccontargli qualche aneddoto, spiegargli che era una ragazza fantastica…

Intanto la folla intorno a loro aumentava, i clienti erano adesso accalcati vicino al bancone. L'odore dei corpi ammassati cominciava a impregnare l'aria. Un tizio intonò un «Tanti auguri a te» a cui si accodarono allegramente tutti quanti. Un'atmosfera da scolaresca quando, a poche centinaia di metri da lì, c'era una povera ragazza rinchiusa in una sacca mortuaria.

«Sarà meglio andare», disse Léonie.

D'un tratto si accorse che Teddy non la stava ascoltando: era immobile, lo sguardo fisso verso la vetrata. Quando fece per girarsi, lui le afferrò il polso.

«Non si muova. Fuori, dall'altra parte della strada, saranno almeno trenta secondi che un tizio osserva un lampione».

Léonie si irrigidì.

«Un manifesto di Morgane, crede?».

«Mi sembra proprio di sì».

«E riesce a vederlo in viso?».

«No, è troppo distante. E ha un grosso cappuccio».

Tre uomini ostruirono, lo spazio di un attimo, la visuale di Teddy. Quando il francese tornò a scorgere la strada, la figura era scomparsa.

26

L'ombra stava camminando in fondo alla strada praticamente deserta quando Teddy e Léonie riuscirono finalmente a superare la fiumana di gente nel bar e uscire fuori. Prima di imboccare una strada perpendicolare, lanciò un'occhiata verso di loro e si bloccò: stava valutando la loro reazione. I due non distinguevano nessun volto, vedevano solo un buco nero come la pece sotto l'ampio cappuccio foderato. Léonie fece un passo avanti. Per tutta risposta, la figura si mise a correre.

La poliziotta partì allora in picchiata, senza nemmeno infilarsi i guanti. Già dopo i primi metri perse Teddy, rallentato dalla tuta e dai pesanti doposci. Lei aveva invece optato per delle scarpe con i ramponi, che erano molto pratici nella neve e aderivano all'asfalto del marciapiede sgombro. Ma nonostante questo e nonostante la sua buona forma fisica, il fuggiasco cominciava a distanziarla. Si stava già precipitando giù per un leggero pendio in direzione del lago. Il cappuccio gli rimbalzava sulle spalle e Léonie ebbe l'impressione che al di sotto indossasse un berretto. Lontano dal marciapiede, le case svanivano nell'oscurità, circondate da cumuli di neve sporca. Degli schermi televisivi illuminavano alcune finestre senza imposte. Norferville stava lentamente anestetizzando i suoi abitanti.

Léonie cercò di accelerare il passo. E ci sarebbe riuscita se si fosse trovata a Baie-Comeau, con dieci gradi in più. Ma non lì dov'era adesso. Una stradina asfaltata costeggiava le acque scure del lago ghiacciato, dall'estremità ovest della riserva fino all'estremità est del centro. Era fiancheggiata da piccoli boschetti, senza nessun tipo di illuminazione. La poliziotta scorse la sagoma in fuga proprio davanti a lei. Ricominciò a inseguirla, nella speranza che prima o poi finisse per cedere. Alla sua sinistra intravedeva appena le barche a remi attraccate agli argini in legno, intrappolate nella morsa ghiacciata dell'acqua. Tra il movimento dovuto alla corsa e il vapore prodotto dalla respirazione, la sua visuale era leggermente offuscata.

Più in lontananza avvistò il fumo artico che si espandeva sopra il lago fumante. Il peggiore incubo della gente del posto. Una specie di enorme nuvola temporalesca a livello del suolo, carica di ghiaccio. E il fuggiasco era penetrato proprio in quelle tenebre, così fitte e letali. Un'autentica follia.

Léonie era consapevole del pericolo, ma non voleva arrendersi. Si fermò solo due secondi, infilò alla svelta i guanti, tirò su il cappuccio e si lanciò dentro il muro di nebbia. Fu come perdere la vista di colpo. L'unico punto di riferimento che le rimaneva erano i suoi piedi, che calpestavano ora un letto di ghiaia. Aveva il viso anestetizzato, ogni respiro le gelava la gola. A un certo punto pensò che le sarebbero esplosi i timpani. E aveva l'impressione che le sue mani fossero immerse in una pentola d'acqua bollente.

All'interno del nebbione il tempo le sembrò dilatarsi. Iniziava a vedere delle forme nere danzarle davanti; i cristalli le gelavano la superficie degli occhi e forse il suo cervello dava già i primi segni di cedimento. Poco più a destra distinse delle stalattiti sotto una panchina bianco ghiaccio. Tra due – dolorosissimi – respiri captò un rumore nella ghiaia, a circa dieci o venti metri da lei. Il fuggiasco aveva rallentato, senz'altro divorato anche lui da quel freddo insopportabile, e tuttavia continuava la sua corsa nelle ignobili fauci del Grande Nord.

Serviva una decisione, e presto. Non era abbastanza equipaggiata. Se si fosse spinta oltre, di lì a due minuti non sarebbe più riuscita a uscirne. Il pizzico di lucidità che le restava le intimò di abbandonare la sua caccia all'uomo. Non aveva altra scelta. Così si voltò ed emerse piano piano dalla nebbia. Si appoggiò le mani sulle ginocchia, senza più fiato in corpo. Dalla gola le usciva un sibilo. Le sue labbra si riempivano di nuove spaccature.

Per un attimo fu indecisa se chiedere rinforzi a Liotta, ma poi si disse che era inutile. L'altro avrebbe avuto tutto il tempo di volatilizzarsi. Sempre che riuscisse a venire fuori dalla nebbia. E poi non aveva nemmeno una descrizione da dargli. Una sagoma sepolta sotto abiti scuri. Tanto valeva descrivergli un albero in mezzo alla foresta. Stizzita ed esausta, raggiunse Teddy che aspettava nervosamente a poche centinaia di metri. L'uomo la guardò stranito: era ricoperta da un sottile strato di brina, fino alla punta delle ciglia.

«Non... sono riuscita a raggiungerlo... È scomparso dentro il fumo artico», disse senza aver recuperato del tutto il fiato. «È... una massa di nebbia ghiacciata intorno al lago. Troppo pericolosa... Mi ci sarebbe voluta... la sua tuta».

Si asciugò il viso con la manica del giubbotto e aggiunse a fatica: «Il nostro uomo è ben allenato, questo è poco ma sicuro... Per poco non mi viene un infarto... e sono una che è abituata a correre. Era lui... Era lui e ce lo siamo fatti scappare».

«Non sappiamo se era lui», rispose il criminologo. «È qualcuno che ha avuto una reazione di fronte al manifesto, questo sì. Magari stava per entrare al Bliz e, vedendo la foto di Morgane, ha girato i tacchi perché è andato nel panico. Ma, anche se così fosse, la sua paura non fa di lui un colpevole».

Aveva ragione. Léonie si concesse un po' di tempo per riprendere fiato e poi andò a sondare i due tizi che stavano fumando all'ingresso del bar. Chiese anche a quelli seduti dentro, vicino alla vetrata. Invano. Nessuno aveva fatto caso a quello che era successo là fuori.

Il fuggitivo era definitivamente scomparso dai loro radar.

27

Mentre si avviavano a piedi verso il Blue Ridge, Teddy condivise le sue riflessioni con Léonie.

«Ipotesi: quel tizio conosceva Morgane».

«D'accordo. E?».

«Non sapeva della sua morte e lo scopre dal manifesto. Ha qualcosa da rimproverarsi e perciò, quando ci vede, scappa...».

La poliziotta annuì, stanca. La corsa le aveva prosciugato tutte le energie.

«Ha senso, ma non ci aiuta».

Non appena superarono le ultime case della città, apparvero in lontananza le luci degli chalet disseminati lungo l'argine. In quel punto gli spazzaneve avevano fatto marcia indietro, così la strada tornò a essere morbida. Il francese lanciò un'occhiata di sottecchi alla tenente.

«Vorrei scusarmi con lei per quello che le ho detto ieri. Quando ho paragonato i poliziotti di qui ai personaggi di un film dei Coen... Non è stato molto carino da parte mia. Ero provato, non avevo la mente troppo lucida».

«Oh, non aveva mica tutti i torti, sa! Se posso darle un consiglio, non si fidi del sergente Liotta».

«Perché? Ha un'aria ruvida e, sì, non sarà l'uomo più acuto del pianeta, ma mi sembra che ci stia mettendo della buona volontà nelle indagini».

«È solo un consiglio da amica. Liotta non è una brava persona...».

Tra loro scese il silenzio. Poi, mentre continuavano a camminare, Léonie decise di proseguire il discorso: «Sa, vivere qui non è mai veramente una scelta. La gente ci viene soltanto per soldi, per lavoro, o per ricostruirsi una vita da zero, perché per qualche motivo gli conviene sparire dalla civiltà. E in quei casi Norferville è davvero l'ideale. Liotta, invece, ci è rimasto anche quando praticamente non c'era più un solo bianco. Le lascio immaginare come poteva essere la sua vita in un deserto del genere, dev'essere stato peggio che in prigione. Eppure questa è la *sua* città, capisce? Lui ne è il guardiano, e noi gli elementi di disturbo. Granelli di sabbia negli ingranaggi».

Passarono vicino al ristorante del Blue Ridge e imboccarono il sentiero leggermente rischiarato dall'illuminazione notturna. Il francese osservò il buio infinito che inghiottiva il lago, scorse in lontananza la nebbia di cui gli aveva parlato Léonie. Fu pervaso dalla sensazione di una purezza assoluta, era incapace di trovare le parole giuste di fronte a tanta immensità. Spostò lo sguardo sulla destra, attratto dalle luci della riserva.

«Lei parla l'innu?», le chiese.

«No, poco e nulla... Nemmeno mia madre, e penso valga per tutte le giovani generazioni. Nella mia famiglia l'ultimo a parlarlo è stato mio nonno. Un giorno prese la difficile decisione di mandare i suoi figli a scuola...».

«Perché difficile? È piuttosto una cosa buona, no?».

«Sapeva che a scuola si insegnava il francese e che, per forza di cose, i figli si sarebbero allontanati dalle proprie radici. Non esistono libri nella cultura innu. Le tradizioni, le conoscenze, la lingua stessa vengono tramandate oralmente. E se perdi la lingua, il popolo finisce per sparire. Il francese, perciò, era un po' il bruco nella mela. Eppure quando i figli cominciarono a praticarlo in casa, mio nonno li lasciò fare. Per il loro bene, per il loro futuro. Una specie di sacrificio necessario. Perché è così che funziona la colonizzazione. È un serpente nefasto che ti fa dubitare della tua identità. Che ti fa mettere in dubbio te stesso».

Erano arrivati davanti allo chalet di Teddy.

«Sa, c'è una parola che in innu non esiste. Che non si può tradurre».

«"Colonia"?».

«"Libertà". Era un concetto che non aveva ragione d'essere in questo popolo. I miei antenati hanno sempre vissuto in spazi privi di recinzioni, privi di frontiere. Non rinchiudevano nemmeno gli animali. L'unico modo per tradurre "libertà" è dire "fine della reclusione". *Apikunakanu*».

Fece un respiro profondo.

«Il mio sangue è per metà innu. Vivo lontano da loro ma sono comunque parte di me. Non si faccia una brutta opinione di questa comunità per via di quello che vedrà o sentirà. I bianchi hanno voluto imporle, nel giro di un secolo, ciò che loro hanno sviluppato in millenni. Li hanno costretti a vivere nelle riserve, a consumare nei supermercati, hanno portato alcol e slot-machine, provocando danni enormi. Per non parlare delle droghe. C'è stato un tempo in cui si prendevano i loro figli per educarli in collegi dove poi li picchiavano allo scopo di sradicare la loro parte indiana. La storia di questi popoli nomadi, che la maggior parte dei canadesi ignora totalmente, non è altro che una ferita profonda e dolorosissima…».

E quella ferita lei la portava nella sua carne, intuì Teddy. Imbarazzata per essersi messa così a nudo, Léonie finì per rivolgergli un timido sorriso che, nascosta com'era sotto la maschera antifreddo, lui colse attraverso i suoi occhi, che si socchiusero un poco.

«Per qualunque cosa…», gli sussurrò.

«Grazie, Léonie. Me la caverò…».

Dopo averlo salutato con un cenno del capo, la donna continuò a camminare fino alla sua destinazione, tre chalet più avanti. Il suo era quello più rientrato nella foresta: gli alberi attorno lo strozzavano, formando un semicerchio che risparmiava soltanto il fronte affacciato sul lago. Léonie notò allora, ai piedi della porta, una grossa busta da lettere marrone. Anonima.

Una volta dentro e al caldo non si prese nemmeno la briga di togliersi il giubbotto e strappò subito l'estremità della busta. All'interno, un libro. Scoprirne la copertina fu un vero shock. Era un libro che conosceva bene. Risaliva al 1976 ed era opera di An Antane Kapesh, la prima donna innu ad aver infranto la tradizione orale del suo popolo per lasciare una traccia scritta. Pubblicato in lingua innu-aimun e in francese, si trattava di una storia autobiografica. Denunciava, finalmente, agli occhi del mondo i decenni di soprusi subiti dalla sua gente. La distruzione del territorio, la violenta deculturazione imposta dai bianchi, gli insulti, i continui maltrattamenti. Si intitolava *Sono una maledetta selvaggia*.

Léonie si sentì pervadere dall'odio. Ebbe la tentazione di saltare in macchina e correre da Liotta, perché era certa che ci fosse lui dietro quel "regalo". Per affrontarlo subito. Puntargli contro la sua pistola. Fargli confessare che quella sera del 1996 lui c'era. Ma riuscì a restare lucida. Non voleva fare il suo gioco. Comportarsi esattamente come lui si aspettava. Accusarlo? E poi? Non aveva prove, e lui lo sapeva. Era inoltre convinta che non avrebbe aperto bocca nemmeno sotto la minaccia di una pistola. Si divertiva troppo a vederla dibattersi nella sua rete.

Sfinita da quella giornata, Léonie andò a chiudere la porta a chiave e tirò tutte le tende. I predatori vigilavano nella foresta. Potevano osservarla, annidati nei più ripugnanti recessi di Norferville. Crollò sulla poltrona, senza staccare gli occhi dal libro, da quel titolone nero piazzato sopra la faccia di An

Antane Kapesh. Quel titolo che l'aveva immediatamente riportata nel freddo, nel dolore di quando lei e Maya erano state abusate sessualmente e poi abbandonate su un'immensa distesa di neve. La proiettò di nuovo accanto a quel mostro che le aveva sussurrato all'orecchio. Parole che spesso sentiva ancora, forti e chiare, appena prima di addormentarsi.

Maledette selvagge.

28

«È stato un incidente, Garance… Non stavo cercando di ucciderlo…».

«Teddy? Ma porca… Lo sai che ore sono?».

Garance indossò in fretta la vestaglia e uscì dalla stanza. Suo marito si era addormentato davanti alla televisione, rannicchiato sotto una coperta. L'orologio segnava le cinque, quindi in Canada dovevano essere le undici di sera. Primo impulso: afferrò il pacchetto di sigarette appoggiato sul tavolo, si imbacuccò per bene e uscì sul terrazzo dell'appartamento. La sferzata del freddo in pieno viso finì di svegliarla. Tanto ormai non sarebbe più tornata a letto.

«Spiegati».

«Mi si è avventato addosso dal retro della sua macchina che era parcheggiata nel fienile. Non ho potuto evitarlo… Siamo andati a sbattere contro una trave ed è stato allora che è venuto giù tutto. Lui è stato colpito in testa».

Garance aveva l'impressione che il suo socio parlasse al rallentatore. Era palese che non era in sé.

«Hai bevuto?».

«Era ancora vivo quando… quando me ne sono andato. Te lo giuro, Garance. Sono stato io a chiamare l'ambulanza facendomi passare per lui, quando avrei potuto finirlo con le mie mani, fargliela pagare per ciò che aveva fatto a quelle ragazze. Non dico che speravo sopravvivesse, questo no… Però ho fatto quello che andava fatto, perché non sono come loro… Io… Ti prego non serbare quest'immagine di me… Non è una bella immagine…».

Garance schiacciò la sigaretta in un posacenere abbandonato sul bordo del terrazzo. L'aveva accesa in automatico ma, così di buon mattino, il gusto di tabacco le andava di traverso.

«Dimmi cosa c'è che non va, Teddy».

L'uomo stava osservando una stella che brillava più delle altre: gli sembrava che strizzasse l'occhio proprio a lui. Aveva buttato a terra un paletto della recinzione elettrica nel tentativo di scavalcarla. E adesso era seduto da qualche parte al margine della foresta, con una bottiglia di whisky mezza vuota tra le cosce, alle spalle del suo chalet, il sedere nella neve e la schiena appoggiata contro un tronco. Da qualche minuto non sentiva più freddo sotto il maglione di lana. Anzi. Aveva appallottolato il giubbotto accanto a sé.

«Mi mancano da morire. Tutt'e due. Morgane poteva anche essere lontana, ma era viva… Mi aggrappavo alla speranza che prima o poi io e lei ci saremmo ritrovati. Adesso che se n'è andata che senso ha infliggermi il dolore della sua scomparsa? Perché continuare a vivere a questo punto?».

La sua responsabilità nella morte dell'assassino della fiamma ossidrica… L'omicidio di Morgane… Quel posto in cui si trovava, così isolato da far perdere la testa… Garance temeva che facesse una pazzia. E di certo non gliene sarebbero mancati i motivi.

«Adesso apri bene le orecchie, Teddy Schaffran. Se hai deciso di spararti un colpo in testa, io da qui non ho modo di impedirtelo. Ma, se lo farai, l'assassino di Morgane avrà vinto. E forse ricomincerà. Del resto perché fermarsi a quota uno? Spezzerà un'altra famiglia. È questo che vuoi?».

«Che stronza che sei…».

«Sei tu lo stronzo, che mi chiami per dirmi che hai voglia di morire quando sei a migliaia di chilometri di distanza».

All'improvviso Teddy avvertì un sussurro e scrutò i tronchi neri che aveva tutt'intorno. Dagli abissi più bui emerse una figura. Aveva un viso bianchissimo, due occhi brillanti. Élise… Era proprio lei. La pelle della fronte, il naso, le guance sfregiate da decine di pezzi di vetro. Teddy non capiva se camminasse o fluttuasse in aria. Il suo vestito macchiato di sangue strisciava per terra e si impigliava nelle radici. Allungò una mano verso di lui.

«Teddy… Il mio Teddy…».

Sentiva chiaramente la sua voce. Ed era certo di vederla proprio come vedeva la bottiglia di whisky.

«Vuoi davvero sapere cos'ha in grembo questa città maledetta? Vuoi esplorare con me le viscere putrefatte di Norferville?».

Teddy scosse la testa ma lei era ancora lì. Eppure era consapevole che non esisteva, che era solo frutto della sua mente. Ma allora perché continuava a sentirne la voce? Perché il suo cervello non la faceva sparire? Che stesse in realtà dormendo? Forse era solo un terribile incubo.

«I predatori di Norferville stanno aspettando in fondo alla foresta, dietro di me, e hanno molta fame. Vuoi vedere che facce hanno? Vuoi sentire il loro alito da avvoltoi? Seguimi, vieni con me che te li mostro…».

La sua voce si confondeva ormai con quella di Garance, che continuava a parlargli al telefono. Teddy cercò di riprendere il controllo. Quella figura non era sua moglie. Non era un essere umano, ma qualcosa di immondo partorito dal suo cervello e dalle fogne di Norferville, qualcosa che voleva fargli del male. Riattaccò il telefono e cercò di alzarsi in piedi. Aveva le gambe addormentate e le dita doloranti in fondo alle scarpe. Ebbe un capogiro e dovette appoggiarsi al tronco per non cadere. Il telefono gli vibrava in tasca, di sicuro era Garance in preda alla preoccupazione. Quand'è che aveva riattaccato? Quella cosa continuava a dargli il tormento anche se lui era così stanco, gli faceva dei segni e indietreggiava sempre di più tra gli alberi man mano che lui si avvicinava. Nonostante il sonno, Teddy non riusciva a resistere alla tentazione di seguirla. La foresta mormorava, frusciava. La foresta lo chiamava a sé per presentargli i suoi mostri.

«Che cosa sta facendo?».

Una mano possente gli afferrò il braccio destro. Il criminologo riconobbe Hector Liotta. Non era sicuro che anche quella non fosse un'allucinazione. Dentro una nuvola di condensa, l'uomo puntò la torcia in direzione del giubbotto e della bottiglia.

«Ma è matto? È un pezzo di ghiaccio!».

Poco dopo Teddy si ritrovò al caldo nel suo chalet, avvolto in una coperta, con delle borse d'acqua calda sopra i piedi scalzi, senza il benché minimo ricordo di quello che era appena successo. Tremava fino all'osso.

«È stato veramente stupido da parte sua», esclamò il direttore del complesso passandogli una tazza di tè bollente. «Presumo che il paletto della recinzione a terra sia opera sua. C'è stato un cortocircuito ed è fortunato che me ne sia accorto. Lo so che è dura, con tutto quello che sta passando, ma non deve bere così, signor Schaffran. Qui basta un solo passo falso, il freddo non perdona. Un altro quarto d'ora fuori e l'avremmo ritrovata rigido come un tronco».

Il francese mandò giù un sorso di tè. Gli bruciò la gola.

«Grazie…».

Hector Liotta gli diede una pacca sulla spalla.

«Andrà tutto bene. Si riguardi».

Rimasto solo, Teddy si trascinò fino al letto e ci crollò sopra, senza un briciolo di forza. Non era più capace neanche di morire.

29

Léonie pazientava sulla soglia dello chalet di Teddy. Bussò alla porta una seconda volta e alla fine lui venne ad aprirle, con della schiuma da barba sul viso e un rasoio in mano. Si spostò di lato per lasciarla entrare.

«Presto, venga dentro».

«Non ho tempo. Mi ha chiamata l'agente incaricato di sorvegliare la casa di Pierre Sioui. Mi aspetta con Liotta dall'altra parte del lago».

«Che succede?».

«Glielo spiego strada facendo», disse lei girandosi. «Mi raggiunga in macchina, e si copra per bene. Se non arriva entro cinque minuti, mi avvio senza di lei».

Non c'era più lo stesso cielo puro dei giorni precedenti. Sembrava ora ricoperto da un velo lattiginoso a metà tra il grigio chiaro e il bianco calcare, un colore indefinibile che il francese non aveva mai visto altrove. Non appena fu al caldo nel pick-up, Léonie diede una rapida occhiata alla sua tenuta per assicurarsi che non si fosse dimenticato nulla, quindi si avviò. Notò l'alito alcolico di Teddy, che il dentifricio non era riuscito a camuffare, ma non disse nulla. Chi non avrebbe sentito il bisogno di evadere dopo una giornata così difficile?

«Stando a quello che ha detto l'agente Mangematin, quegli uomini si sono di nuovo riuniti, stamattina presto, a casa di Pierre Sioui. Ci sono rimasti suppergiù un'ora. Dopodiché Mangematin ne ha seguito uno, che ha fatto esattamente questo tragitto che stiamo seguendo adesso...».

«E?», l'incalzò Teddy, che aspettava il seguito.

«Ora vedrà...».

Presero la direzione del lago, che costeggiarono per un po', e poi abbandonarono Norferville alla loro sinistra. Un cartello indicava che si trovavano sulla strada per la miniera. Poco dopo il criminologo avvistò, dall'altra parte di una recinzione, su un terreno sterrato ricoperto di ghiaia grigia, le prime schiere di baracche beige che aumentarono rapidamente: baracche sparse su centinaia e centinaia di metri, in una successione di squallidi cubi metallici. Sullo sfondo si vedevano delle colline brulle, scavate in strati rossastri da enormi macchinari gialli. In quel posto non c'era più un solo albero. Soltanto una superficie ostile che in certi punti sembrava essere stata bombardata. Si trattava di vecchi fori da mina che erano stati lasciati così com'erano; una sinistra eredità risalente a prima della riapertura.

«Si estendono a perdita d'occhio», osservò Léonie. «Parliamo di oltre venti chilometri da est a ovest. Non so se l'ha notato, ma siamo al confine tra la provincia del Québec e quella del Labrador. La fossa del Labrador è una delle principali zone produttrici di minerale ferroso al mondo. Minerale di ottima qualità, che contiene pochissime impurità».

Arrivati a un incrocio, la poliziotta abbandonò l'ampia strada che stavano percorrendo – dovevano poterci circolare dei mostri meccanici che pesavano diverse decine di tonnellate – e ne imboccò una più stretta che tornava verso la riva. Poi parcheggiò accanto ad altri due veicoli nelle vicinanze di un edificio a forma di L. Sulla facciata c'era scritto «NORTHERN ADVENTURES». Di fronte a loro, a circa una cinquantina di metri, un piccolo sentiero innevato si addentrava nella foresta: la famosa pista Wolf Creek.

Léonie e Teddy raggiunsero l'agente Mangematin e il sergente Liotta senza perdere tempo. I due stavano parlando con un uomo di spalle, vicino a uno Ski-Doo giallo e nero della SQ che un grosso rimorchio aveva scaricato lì. Era un veicolo impressionante, lontano anni luce dalle motoslitte che giravano in Francia.

«È tutto pronto», annunciò l'agente Mangematin. «Sono rimasto qui fino all'arrivo del sergente con lo Ski-Doo…».

La donna rivolse lo sguardo verso Liotta, il cui spesso passamontagna lasciava scoperti soltanto gli occhi. Sentiva la mascella tesa dietro la maschera antifreddo, le mani contratte dentro i guanti. Non riuscì a decifrare l'espressione del sergente. Ma non voleva lasciare che quella storia del libro la turbasse ulteriormente, né tantomeno dargli la soddisfazione di mostrarsi vulnerabile, così si girò verso il terzo uomo.

Lo riconobbe immediatamente, ed ebbe un tuffo al cuore. Nick Lavigne. L'altro sergente che, ai suoi tempi, era sempre in combutta con Liotta. Il tipo di persona che se ne andava in giro con i pollici nel cinturone e il manganello bene in vista. Faceva parte anche lui di quei porci schifosi? Aveva accumulato tanto peso quanti anni. Considerando la sua faccia rubizza, non doveva capitargli spesso di declinare un invito a bere. Dietro di loro alcuni membri del personale stavano svolgendo dei controlli a bordo degli idrovolanti e dell'elicottero posati sul lago ghiacciato.

«Lieto di rivederti… tenente», la salutò Lavigne. «Che strano mi fa, dire "tenente", se penso che l'ultima volta che ti ho vista eri ancora una ragazzina. Vent'anni, ne è passato di tempo!».

«Lui è un altro come mio fratello», s'intromise Liotta dandogli una pacca sulla spalla. «Ha saputo approfittare della situazione riconvertendosi. La rinomata *pourvoirie* del Rifugio del lago Wendy, gli idrovolanti, l'elicottero, ha rilevato tutto quanto dal vecchio proprietario per un terzo del suo valore e adesso è roba sua… Chissà che cosa diavolo mi è preso a restarmene in polizia, se penso ai soldi a palate che fa lui mentre i suoi piloti portano a zonzo gente con le tasche piene di dollari».

Léonie, limitandosi a un cortese cenno del capo, mantenne un'espressione impassibile. Vedere quei due fianco a fianco le dava il voltastomaco. Finito con i convenevoli da rimpatriata, Mangematin puntò con il dito il veicolo civile.

«Tornando al nostro caso, ho seguito l'uomo che è salito in quella macchina, davanti a casa di Sioui. Una volta arrivato qui, si è allontanato in motoslitta. Secondo Nick si tratta di Armand Panashue, settantuno anni…».

«È da diversi giorni che lo vedo fare su e giù dalla pista Wolf Creek», confermò Nick Lavigne. «Sparisce per qualche ora e poi, quando torna, parcheggia lo Ski-Doo tra gli alberi e torna verso Norfer col suo pick-up».

Léonie notò le tipiche tracce lasciate sulla neve dal cingolo dello Ski-Doo.

«Dove conduce la pista?», domandò.

«Verso alcuni capanni da caccia degli innu. Attraversa la foresta per una decina di chilometri, poi ce ne sono altri dieci in pianura fino ad arrivare a una rete di laghi chiamati Happy Goose. Meno pescosi del Wood, ma ci puoi comunque trovare lucci e salmerini alpini. Io ci porto spesso i turisti».

La donna spiegò a Teddy: «D'inverno capita che alcuni innu, soprattutto i più anziani, si trasferiscano nella foresta per riconnettersi con le loro tradizioni di caccia e di pesca. È per loro un'occasione per vivere la propria cultura da seminomadi ed entrare in comunione con la natura. Ciò che è strano, in questo caso, è tutto questo viavai da parte di Armand Panashue».

Detto ciò, ringraziò Nick con un cenno del mento e si rivolse a Liotta: «Panashue avrà probabilmente un capanno laggiù. Vado a dare uno sguardo. Restiamo in contatto via radio».

Quando si avviò in direzione del veicolo, il sergente fece

altrettanto, pronto a mettersi alla guida, ma Léonie gli piazzò una mano sul petto per fermarlo.

«Non occorre».

«Come sarebbe "non occorre"?».

«Panashue ha settantuno anni. Penso di potermela cavare... E poi c'è già il signor Schaffran che, come abbiamo detto, deve venire con me ovunque io vada. Il posto passeggero è uno solo. Perciò lei aspetterà qui da bravo fino al nostro ritorno, sergente Liotta».

Il poliziotto rimase dritto e immobile come un totem. Stavolta, nonostante il passamontagna, Léonie percepì benissimo la tensione nei suoi lineamenti, a maggior ragione perché c'era Nick Lavigne ad assistere alla scena. Gli voltò le spalle, controllò che sotto il sedile ci fossero le racchette da neve, per ogni evenienza, e invitò Teddy a indossare gli occhiali protettivi. Cingolo chiodato, lunghi sci in fibra di carbonio e un quadro comandi degno di un'automobile, il mezzo era inoltre sintonizzato sulla frequenza della polizia. Anche se, superati i primi metri all'interno della foresta, avrebbero perso il segnale.

«Sicura di saper gestire quest'aggeggio?», gridò il francese quando sentì il motore rombare.

«Mi metta le braccia intorno alla vita. E mi raccomando, si regga forte».

30

Da una parte e dall'altra del sentiero regnava la natura allo stato brado. Un mondo di silenzio che odiava il movimento, cristallizzava la vita fino alla linfa sotto la corteccia dei pini, e che intimidiva con la sua immensità, la sua forza e il suo alito bianco che gelava i volti. Filtrava soltanto una polvere di luce obliqua che scendeva come pioggia fine attraverso le chiome appesantite dalla neve brillante e, toccando il suolo, ne metteva in risalto l'estrema asprezza. Teddy era affascinato da quella terra selvaggia, ne percepiva tutta la pericolosa, spietata bellezza, quella stessa bellezza che, la sera prima, per poco non l'aveva spedito all'altro mondo. E, soprattutto, adesso capiva meglio perché "libertà", una delle parole più poetiche della sua lingua, non esistesse in innu. Non si poteva definire qualcosa che era dappertutto e al tempo stesso da nessuna parte.

Léonie solcava con destrezza i caotici rilievi della pista. Si piegava leggermente in avanti quando serviva, e il suo passeggero ne imitava i gesti, appiccicato contro quel piccolo cuore pulsante. In quel momento si sentiva inspiegabilmente bene. Vivo. Gli sembrava anzi di non essere mai stato così vivo nonostante ovunque regnasse la morte.

La tenente ripercorreva come un segugio le tracce fresche lasciate dal mezzo che li aveva preceduti. Procedevano così ormai da otto chilometri. Venti minuti ad affrontare il freddo esacerbato dalla velocità. Nonostante i vari strati di tessuto, la rigidità del clima cominciava a mettere a dura prova i loro organismi. Léonie doveva sistematicamente togliere via la brina che le si formava sugli occhiali a causa della condensa creata dalla maschera antigelo. Il termometro elettronico segnava -21 °C.

A un certo punto le tracce abbandonarono la pista per svoltare a sinistra, dove la foresta era un po' meno fitta e apriva un passaggio quasi invisibile. Léonie ci si avventurò a sua volta, stando bene attenta a memorizzare i riferimenti visivi per non perdersi. Di tanto in tanto c'erano delle corna di caribù appese agli alberi: testimonianze della riconoscenza dei cacciatori nei confronti delle bestie che sacrificavano la vita per loro. Sinistri totem, di fronte ai quali sentiva crescere l'ansia. Raddoppiò la prudenza, trovandosi ora alle prese con dossi, avvallamenti e un continuo slalom tra gli alberi. Teddy temette più di una volta di finire catapultato via dal sedile e si agganciò fortissimo a lei.

D'un tratto, tra le rachitiche sagome delle betulle, apparvero le linee regolari di un capanno. Del sottile fumo marrone fuoriusciva dal tubo che ne attraversava il tetto. Erano finalmente arrivati. La poliziotta diede un'ultima accelerata per raggiungere quella dimora rudimentale. La scia ancora fresca dello Ski-Doo rivelava che il mezzo che stavano braccando si era parcheggiato lì, ma che poi aveva proseguito oltre, addentrandosi ulteriormente nella foresta.

Léonie spense il motore e scese con prudenza dalla motoslitta.

«A quanto pare Panashue è andato più avanti, ma diamo un'occhiata qui dentro, per scrupolo. Resti dietro di me».

La poliziotta fece il giro dell'alloggio di fortuna, con la neve che le arrivava agli stinchi. Anche lì c'erano corna di caribù ovunque, nonché un paio di racchette da neve appese a un ramo che ruotavano piano piano su se stesse. Sulle finestre erano inchiodate delle assi di legno su più strati, come per ostruire frettolosamente tutte le uscite. La porta d'ingresso, invece, era bloccata da una pesante canoa e le orme tutt'intorno indicavano che era stata messa lì da pochissimo.

«C'è qualcuno in casa?», disse ad alta voce Léonie. «Apra, polizia!».

Nessuna risposta. Una calma piatta gravava sulle loro spalle, un silenzio probabilmente non dissimile da quello che doveva regnare nel cuore degli oceani più profondi. Non un canto d'uccelli, né uno scricchiolare d'alberi. C'era qualcosa in quel capanno, qualcosa che Armand Panashue teneva rinchiuso, lontano dal mondo, e che non voleva in alcun modo lasciar scappare. «Non avventurarti da sola nella Nitassinan. È pericolosa». A Léonie sembrò di sentirselo sussurrare all'orecchio dal vecchio Sioui. Determinata, nonostante tutto, a venirne a capo, afferrò un'estremità della canoa.

«Mi aiuti», disse a Teddy.

Pur con qualche difficoltà, in due riuscirono a spingere l'imbarcazione di lato. Léonie tirò fuori la pistola dal giubbotto e socchiuse leggermente la porta. Dovette subito ripararsi il naso nella piega del gomito per sfuggire all'insopportabile tanfo che le aggredì le narici. Odore di sangue, di carne cruda e fermentata.

La prima cosa che vide, nella fioca luce che penetrò insieme a lei all'interno del capanno, furono dei panni stesi a un filo messo di traverso alla stanza. Pantaloni, maglie, guanti di pelle, biancheria intima maschile. Ci passò sotto per andare dall'altra parte ma si bloccò di colpo. Sopra un telone aperto lungo la parete opposta c'era il cadavere di un cane a cui erano stati squarciati stomaco e gola. Aveva la bocca spalancata, come per mordere chiunque osasse disturbarlo. Le iridi erano velate da una patina opaca. In quella luce l'animale sembrava un mostro da incubo. Il suo fegato lucido riposava in una bacinella di ferro.

All'improvviso Léonie sentì qualcuno schiarirsi la gola e puntò subito l'arma verso l'angolo buio. Vide un uomo raggomitolato nella parte inferiore di un letto a castello, avvolto nelle coperte, con due occhi iniettati di sangue. Un innu sulla trentina che li fissava con occhi spiritati e febbricitanti, senza tuttavia reagire alla loro presenza. La donna cercò invano un interruttore. Poi individuò delle lampade a olio e alcune candele sopra il tavolo, su cui era appoggiato anche un piatto con dentro qualche pezzo di carne cruda. La luce della brace nella stufa faceva danzare sul muro le ombre dei visitatori. Teddy volle avvicinarsi all'uomo ma Léonie si mise in mezzo.

«Stia indietro. Non sappiamo che cosa sta succedendo qui dentro».

Fuori, intanto, il silenzio fu turbato dalla lontana vibrazione di un motore. Léonie si precipitò verso l'uscita, tirandosi dietro il criminologo. Con ampie falcate nella neve andarono a posizionarsi davanti al capanno. Il mezzo sconosciuto si dirigeva verso di loro con il faro acceso, danzando agilmente tra gli alberi, saltando da una pendenza all'altra. La poliziotta puntò la canna della pistola dritta davanti a sé. La tozza figura in arrivo si alzò allora in piedi sulla sua cavalcatura, come un cavaliere che volesse farla andare più veloce. Teddy si preparò ad assistere a una carneficina, ma poi il mezzo frenò all'ultimo momento, ad appena due metri da Léonie, schizzando neve da tutte le parti.

Armand Panashue smontò dalla sella, con la carabina in spalla e le mani in alto. Aveva un viso lungo, la pelle color pietra, e le sue sopracciglia erano ricoperte di brina. Léonie ricordava di averlo visto uscire da casa di Sioui. Era lui che si era girato a guardarla di sottecchi.

«Non spari! Sono soltanto andato a riempire delle taniche d'acqua al lago. Non ho fatto niente di male».

«Niente di male?».

Léonie puntò il capanno.

«E del tizio rinchiuso lì dentro cosa mi dice?».

Gli occhi dell'innu lacrimavano per il freddo. Rispose con un filo di voce che subito si condensò in vapore.

«È mio figlio».

31

Armand Panashue prese il bollitore che stava fischiando sulla stufetta e versò il tè nero in quattro tazze. Ne portò una a suo figlio, ora seduto ai piedi del letto. Quand'erano entrati, il vecchio innu si era avvicinato alla carcassa del cane con l'intenzione di avvolgerla nel telone ma Léonie gli aveva chiesto di non toccare nulla.

«Bevete», disse. «Bevete il vostro tè prima che si freddi».

Quindi buttò giù un lungo sorso per incoraggiarli. L'odore di carne era ancora pregnante ma i recettori olfattivi dei due visitatori cominciavano a saturarsi. La poliziotta aveva messo via la pistola – dopo che l'uomo ebbe riposto il suo fucile in un angolo della cucina –, ma restava comunque sulla difensiva.

«Che cosa succede qui dentro, signor Panashue?».

L'uomo aprì un paio di sedie pieghevoli e li invitò a sedersi intorno a un tavolino su cui ardeva una lampada alimentata con olio di foca. Alle pareti erano appesi utensili di tutti i tipi: pentole, bacinelle, corde, scope. Il campo visivo di Teddy era dominato dalla bestia morta e quello di Léonie dalle mutande stese ad asciugare. Una situazione assolutamente improbabile che tuttavia non sembrava disturbare il proprietario del capanno.

«Non dovrei parlarvene. Sono cose che non riguardano voi bianchi. Che siete incapaci di comprendere».

«Mia figlia è stata mutilata proprio come quel cane alle sue spalle», intervenne Teddy senza dare a Léonie il tempo di ribattere. «Mia figlia, Morgane, che aveva appena ventotto anni, a cui hanno squarciato la pancia e tolto il fegato. Perciò, a rischio di contraddirla, la cosa mi riguarda eccome».

Armand Panashue spostava lo sguardo sulla sua tazza ogni volta che il francese lo fissava troppo intensamente.

«È una sofferenza atroce per un padre. Mi permetta di condividere con lei il suo dolore...».

«Quello che può fare per me è spiegarmi cosa sta succedendo».

L'uomo esitò un momento ma alla fine annuì e tirò fuori il telefonino.

«È cominciata più o meno tre mesi fa. Li abbiamo fotografati tutti. Ora vi faccio vedere».

Teddy non riuscì a trattenersi oltre e bevve il suo tè: il freddo gli aveva reso la gola secca come fibra di vetro. Diede una sbirciatina al figlio, che li osservava in silenzio stringendo la tazza tra le mani. Alla luce delle fiamme della stufa i suoi occhi sembravano animati da una pericolosa follia. Armand Panashue passò il cellulare a Léonie. Sullo schermo c'era un cane mutilato, con il petto coperto di sangue, disteso su una superficie sassosa.

«Questo è il primo. L'abbiamo trovato sulla sponda del lago Wood. Con la gola tagliata. Il fegato era stato strappato dal corpo e portato via».

Léonie girò lo schermo verso Teddy, sconcertata da quella rivelazione: il criminale non era dunque al suo primo tentativo quando aveva attaccato Morgane. Si era già esercitato su degli animali. Con un gesto l'uomo li invitò a visionare le altre foto.

«Noi diamo la caccia ai cani, perché ormai sono troppi e troppo pericolosi, ma nessun membro della comunità innu commetterebbe mai uno scempio del genere. Rispettiamo tutte le forme di vita. Qui invece c'erano squarci, mutilazioni, e una preda abbandonata senza sepoltura. Abbiamo capito subito che si trattava di… *altro*».

La poliziotta fece scorrere le varie foto.

«Circa due settimane dopo è successo di nuovo a un chilometro da lì, lungo la pista Wood», proseguì Panashue. «Stessa carneficina. Arrivati alla quarta carcassa, la notizia si è sparsa a macchia d'olio in tutta la riserva. Gli abitanti hanno cominciato ad avere paura. A far girare alcune voci…».

Quegli animali erano stati dilaniati. Bocche spalancate coperte di brina. Petti aperti in cui si era insinuata la neve.

«Quanti cani in totale?», domandò Teddy.

«Sette. E a ogni massacro, sempre lungo la pista Wood, le distanze si accorciavano… Sua figlia è stata l'ottava. Nessuna preda era mai stata trovata così vicino a Papakassik. E, per di più, una preda umana stavolta…».

L'uomo bevve un sorso di tè bollente. Léonie fece altrettanto. Aveva bisogno di quell'acqua bollente e profumata sulla lingua.

«Suo figlio rinchiuso qui dentro, quel cane mutilato, il fegato nella bacinella», proseguì il francese. «Che cosa significa tutto questo?».

Armand Panashue si irrigidì.

«È stato mio figlio Louis a scoprire il quinto cane mentre andava al lago per tirare su le lenze. Poco dopo ha avuto un accesso di febbre e ha perso l'appetito. È un ragazzone forte, che di solito non si ammala mai, mentre quel giorno tremava sotto le coperte, vomitava. Le medicine che gli ha dato il dottore non sono servite a niente. Così ci siamo riuniti, con gli anziani della comunità. Visto quello che stava succedendo con i cani, ci è sembrato che la spiegazione potesse essere soltanto una…».

Il volto di Panashue esprimeva durezza. Eppure quello che Teddy gli leggeva negli occhi somigliava a terrore allo stato puro. L'indigeno riprese il telefono e aprì una nuova sequenza di foto.

«Guardate queste impronte. Le abbiamo notate intorno al quarto cane».

Il fotografo aveva immortalato delle orme nella neve. Orme profonde ed enormi, lunghe forse trenta o quaranta centimetri, vicino alla carcassa di un cane a poca distanza dalla pista. Qualcosa di simile a una sottile zampa di felino, per la forma del tallone, ma con degli impressionanti prolungamenti palmari che sembravano opera di falangi scheletriche. Non esisteva essere umano o animale che potesse lasciare impronte del genere. Erano, in ogni caso, collegate alla foresta. Perché da lì uscivano e lì dentro rientravano.

«È stato il Windigo. E si stava impossessando di mio figlio».

Windigo... Quel nome smosse vagamente qualcosa nella memoria di Léonie. Panashue annuì con la testa, come se gliel'avesse letto negli occhi.

«Tuo nonno ti avrà sicuramente raccontato la storia quando eri piccola. La creatura metà uomo e metà animale con un cuore di ghiaccio. Vive nei meandri della foresta e si avvicina a noi solo quando è molto, molto arrabbiato. Si nutre di cose vive, con una predilezione per la carne umana. Ogni volta che divora una preda il Windigo cresce, diventa più forte e ha bisogno di mangiare di nuovo. È come un serpente che si mangia la coda. Non è mai sazio e allora uccide ancora e ancora, fino a decimare tutto ciò che ha intorno».

Ora Léonie ricordava. Quella leggenda continuava a essere alimentata per evitare che i più piccoli si avventurassero da soli nella natura ostile. Il Windigo si aggirava intorno a Norferville, dicevano, pronto a rapire i bambini troppo temerari. E tutti quanti ne avevano molta paura. Veniva descritto come una bestia mostruosa, altissima e scheletrica, con il muso pieno di zanne spaventose.

«Oltre che attaccarli, il Windigo può anche impossessarsi degli uomini», proseguì l'innu. «Cosa che gli permette di passare inosservato e di insinuarsi nella comunità. La persona abitata, a cui viene quasi subito la febbre, inizia ad avvertire un incontrollabile desiderio di mangiare carne. Prima animale, poi umana».

Mentre lo diceva guardò il figlio.

«È stato lui a chiedermi di rinchiuderlo quando ha capito che forse aveva dentro il Windigo. Per proteggerci. Si trovava qui già da quattro giorni quando hanno scoperto il corpo di sua figlia. Non la conosce, non l'ha mai vista. È la verità».

«Una verità che dovremo verificare, signor Panashue».

«Può chiedere a mia moglie. Agli altri anziani...».

«Lo faremo».

L'uomo annuì con aria rassegnata, dopodiché indicò il cane morto.

«Louis ha resistito alla tentazione della carne. Stavamo aspettando ancora un po' che la febbre passasse del tutto, ma sono ormai convinto che mio figlio non è posseduto dal Windigo. Potrà tornare a casa con me».

Teddy stava cercando di trarre delle conclusioni a caldo. I massacri erano già cominciati con largo anticipo rispetto all'arrivo di Morgane a Norferville. Non era stata dunque sua figlia il fattore scatenante, ma era in qualche modo entrata nello schema mentale del criminale. Per puro caso? L'assassino aveva forse colto, incontrandola, l'occasione di passare al livello successivo? Di colpire più forte, così da accrescere il terrore nella riserva? Gli innu erano senz'altro un popolo dominato da un sistema di credenze, di forze invisibili, e sinceramente convinto dell'esistenza di quel mostro.

«Prima ha accennato a delle voci che girano», gli chiese allora. «Che cosa intendeva dire? Quali sarebbero queste voci?».

L'attenzione dell'innu tornò subito verso Teddy. Stavolta l'uomo si agganciò al suo occhio destro come se volesse trafiggerne la superficie.

«Date uno sguardo là fuori. Guardate le nostre foreste, i nostri laghi. Prima c'erano migliaia di caribù e pesce in abbondanza a garantire la nostra sopravvivenza. Vivevamo così da settemila anni, in armonia con la natura. Nel giro di un secolo abbiamo lasciato che distruggessero tutto, e ora glielo stiamo permettendo di nuovo. Quel progetto minerario nelle vicinanze del lago Wood è una vera follia. La gente pensa sia stato questo a fomentare la rabbia del Windigo. Il modo in cui ci siamo ridotti».

Accalorato dal discorso, batté l'indice sul tavolo concludendo: «E adesso che è emerso dai gelidi abissi della Nitassinan, adesso che ha fatto tutta questa strada per punirci, potete starne certi: non se ne andrà più...».

32

Il tenente Patrick Drumont odiava le grandi città. Le vedeva come gigantesche piovre i cui tentacoli erano formati dalla folla brulicante che si riversava per le strade. Nonostante gli ampi viali di Montréal, si sentiva oppresso, schiacciato, probabilmente a causa di quel magma ribollente di automobili, di quegli edifici senz'anima che sembravano costruiti con i Lego. Non ce l'avrebbe mai fatta a vivere in tutto quel chiasso e cemento, per non parlare dell'aria inquinata. Si immaginava invece invecchiare a Baie-Comeau, insieme a Léonie, con due o tre bambini che avrebbe potuto accompagnare a scuola a piedi. La vita era così bella dalle sue parti, e semplice. Perché andare a cercare la felicità altrove? Si disse che avrebbe dovuto affrontare l'argomento al ritorno della sua compagna. Per fare progetti insieme, parlare del futuro…

I pochi fiocchi di neve che avevano cominciato a venire giù non rallegrarono minimamente il triste spettacolo che si offrì ai suoi occhi quando arrivò nei dintorni di Cabot Square, a ovest del centro città. Marciapiedi dissestati lungo palazzi in stato di abbandono. E facce grigie, provate, sepolte sotto mille stracci, che si ammassavano intorno a grossi tendoni bianchi con su scritto «RIFUGIO TERMICO».

Il tenente della SQ trovò senza difficoltà la casa delle donne indigene in rue Chomedey, a tre minuti dalla piazza. Si trattava di un'enorme dimora di arenaria rossa in stile medievale, alta due piani, che dava l'impressione di ospitare famiglie borghesi più che donne bisognose. Sulla gradinata esterna erano sedute due giovani native americane dal volto stanco, con una coperta sulle spalle e la sigaretta in bocca. Patrick si presentò alla reception del pianoterra e chiese di parlare con un responsabile.

Qualche minuto dopo la direttrice arrivò a passo svelto dalle scale. Si chiamava Connie Tremblay. Un cognome tipicamente quebecchese, anche se la donna aveva le guance piene e gli zigomi alti caratteristici dei popoli delle regioni artiche.

«Da Baie-Comeau ha detto? Si è fatto un bel po' di strada! Che succede?».

Il poliziotto le propose di andare a parlare in un posto più tranquillo. Lei lo accompagnò allora nel suo ufficio in fondo al corridoio, una stanza piena di scartoffie e di oggetti d'arte inuit: inukshuk e orsi danzanti scolpiti nella pietra, di ogni colore e dimensione.

«Si tratta di Morgane Schaffran», le spiegò il poliziotto accomodandosi di fronte a lei. «Lavorava qui, giusto?».

In mezzo alla fronte di Connie Tremblay si formò una ruga. Patrick non riusciva a stabilire l'età della donna. Cinquanta, o forse sessanta a giudicare dalle ciocche di capelli argentati che facevano capolino da sotto il fazzoletto a quadretti annodato sulla sua testa.

«Lavorava?».

«Il suo corpo è stato rinvenuto a Norferville, nelle vicinanze della riserva Papakassik…».

Patrick lasciò il tempo alla sua interlocutrice di incassare il colpo. Li odiava, gli attimi sospesi in cui quella vita bastarda ti colpiva all'improvviso con tutte le sue forze.

«Mi rincresce di doverle dare questa brutta notizia e non posso entrare troppo nei dettagli, ma è stata aperta un'indagine per omicidio».

«Omicidio? È… Non riesco a crederci».

«Lo so che è un fulmine a ciel sereno, e mi dispiace. Ma mi trovo costretto a farle qualche domanda».

Senza dire una parola, la donna gli fece intendere che capiva. Così il tenente tirò fuori un piccolo taccuino a spirale. Gli piaceva lavorare alla vecchia maniera e appuntarsi soltanto l'essenziale.

«Mi parli di Morgane. Da quanto tempo lavorava qui, di cosa si occupava all'interno della struttura…».

Alla donna servirono alcuni lunghissimi secondi prima di riuscire a parlare. I respiri corti non le impedirono di versare una lacrima.

«Mi perdoni».

«Stia tranquilla. Mi risponda quando se la sente».

«Morgane ha… ha bussato alla nostra porta circa sette anni fa. Si era appena trasferita in Québec. Aveva dei titoli accademici, un'esperienza in campo umanitario… Insomma tutte le carte in regola per aspirare a un buon posto di lavoro, a un ruolo di responsabilità, ma a lei interessava lavorare a contatto con le donne indigene in difficoltà, sradicate dal loro mondo. Inuit, anishinaabe, cree e tante altre ancora, in fuga dalla povertà, dai problemi sociali delle riserve, con la speranza di trovare una vita migliore nelle grandi città. Speranza, in genere, presto disillusa…».

La direttrice prese in mano un orso danzante e l'osservò con occhi assenti.

«Quando arrivano a Montréal, queste donne di cui non importa niente a nessuno si ritrovano per strada. Quello che facciamo qui è aiutarle come meglio possiamo, in un ambiente che cerchiamo di rendere protetto e accogliente. Morgane ha cominciato col distribuire vestiti e pasti caldi, e offriva assistenza alla cura personale. Poi ha proposto diverse attività culturali allo scopo di far sentire quelle donne di nuovo vive e valorizzate. Ricostruiva inoltre quelli che qui chiamiamo "percorsi di vita": la storia di ciascuna di loro, le vicende salienti che le avevano portate a vivere in strada, i luoghi frequentati, i legami ancora esistenti con le comunità di appartenenza, spesso lontane migliaia di chilometri... Se dovessi descrivere Morgane in poche parole, direi che era una ragazza solare che metteva tutta se stessa in ciò che faceva».

«Aveva un suo ufficio personale?».

«No, perché non svolgeva un lavoro d'ufficio. Era sempre sul campo».

Patrick faceva delle pause tra una domanda e l'altra. Connie sembrava davvero provata.

«Era al corrente del fatto che si trovasse a Norferville? Ci è arrivata il 10 febbraio».

«Io... No, aveva preso una settimana di ferie a gennaio, e poi ne ha chieste altre due, dall'8 al 22 febbraio mi pare. Non era da lei prendersi tutti quei giorni, ma era molto stanca, glielo si leggeva in faccia. Diceva che sentiva il bisogno di ricaricarsi e parlava di un soggiorno dalle parti di Mont-Tremblant. Era... Era una bugia, quindi».

I suoi occhi sembrarono esprimere una certa delusione. Il poliziotto annotò le date. Non appena ottenute le ferie, Morgane era dunque corsa a nord saltando sul primo treno diretto verso la città mineraria.

«C'era qualche motivo in particolare che avrebbe potuto spingerla a Norferville, che lei sappia?».

La sua interlocutrice si prese il tempo di riflettere e infine posò l'orso.

«Non so se c'entra qualcosa, ma... Morgane aveva le sue ossessioni...».

«Che genere di ossessioni?».

«Le faccio vedere».

Connie Tremblay si alzò dalla sedia e andò a rovistare nei cassetti di un grosso armadio di legno.

«Dovrei averne ancora un paio da qualche parte...», biascicò. «Ah, eccolo!».

Quando si girò verso il tenente, stringeva in mano un foglio, che gli porse. Era la fotografia di una donna. Giovane, carina, bel sorriso. Con sopra un messaggio, stampato in caratteri neri su sfondo bianco.

> Si chiama Kathia Saganash.
> È scomparsa il 10 novembre 2012.
> Se l'hai vista, chiama il 514…

Patrick sollevò due occhi incuriositi verso la direttrice, il cui viso appariva ancora più triste nella luce slavata del giorno, adesso che era in piedi accanto alla finestra.

«Il volantino di una persona scomparsa?».

«Esatto. Morgane era convinta che alcune delle donne indigene che vivevano nei dintorni di Cabot Square scomparissero. E che succedesse da anni…».

33

C'era una sola persona davanti all'unico sportello dell'ufficio postale di Norferville quando Léonie entrò con un pacco sotto il braccio. Aveva trascorso parte del pomeriggio a raccogliere le deposizioni di Armand Panashue, del figlio, della famiglia e degli altri anziani che si erano riuniti in casa di Pierre Sioui. E, nel complesso, non c'era nulla che indicasse un qualche coinvolgimento di Panashue figlio nell'assassinio di Morgane Schaffran. Secondo Nick Lavigne il padre faceva già quei viavai sulla pista Wolf Creek nei giorni precedenti la morte della francese. Le testimonianze erano coerenti e riportavano tutte a una singola entità: il Windigo.

Ogni volta che era stato pronunciato quel nome, la donna aveva colto lo stesso lampo negli occhi dei suoi interlocutori. Paura. Un terrore irrazionale scaturito da leggende ancestrali. Paura del mostro venuto a vendicarsi per colpa delle malefatte dell'uomo. Era così assorta in quei pensieri, che il suono indicante il suo turno la fece sussultare. Posò il pacco sul bancone.

«Ho urgenza di spedirlo il prima possibile», spiegò all'impiegato. «Con ricevuta di ritorno, per cortesia».

«È fortunata, oggi è venerdì e stasera c'è un fly-out di minatori che inoltrerà anche la corrispondenza. Siamo lontani, ma quando le cose si incastrano bene si ha quasi l'impressione che funzioni tutto normalmente».

Léonie gli porse il pacco. L'uomo osservò l'indirizzo e, in particolare, la dicitura: «All'attenzione di Théo Paquette, laboratorio di scienze forensi e di medicina legale di Baie-Comeau». Sollevò allora uno sguardo grave e, con un cenno del mento, indicò il volantino di Morgane appeso sulla destra.

«Allora è lei la famosa poliziotta arrivata da Baie-Comeau… Quell'orribile omicidio ci ha scossi parecchio. Ci ha fatto capire come di questi tempi non si è più al sicuro da nessuna parte. E così è stata opera degli indigeni?».

«Chi l'ha detto?».

«Praticamente tutti».

Si sporse in avanti, guardandola dritta negli occhi.

«Anche perché, diciamocelo, quale bianco farebbe mai una cosa del genere?».

«Il tipo di bianchi che popolano le carceri. O quelli, come lei, per cui i colpevoli sono sempre gli altri».

L'impiegato scrollò le spalle e le consegnò il modulo da compilare. Criss *di suprematisti bianchi. Siete più numerosi qui che in tutto il Québec*, si disse Léonie. Uscì dall'ufficio postale senza salutare e, una volta fuori, aspettò un attimo di sbollire prima di tirare fuori il cellulare. Théo Paquette rispose al primo squillo.

«Stavo per chiamarla anch'io», annunciò con una voce che sembrava provenire dall'altra parte del pianeta.

«La ascolto, allora».

«Per prima cosa, riguardo al telefonino della vittima, brutte notizie: non ha retto alla nottata nella neve, è fuori uso».

«Non si riesce a recuperare nemmeno la SIM?».

«No. Bisognerà richiedere i tabulati telefonici. Versante campioni, anche lì zero assoluto. Non abbiamo trovato niente a parte il DNA contaminante delle persone a contatto con il cadavere. E niente di significativo nemmeno nell'esame tossicologico, la vittima era pulita. La parte interessante è invece il riscontro ottenuto per quel pezzo di zanna raccolto sulla scena del crimine».

Léonie andò a rifugiarsi in macchina e la mise in moto, con il riscaldamento al massimo.

«Un animale?».

«Non proprio. Si tratta in realtà di un corno di caribù tagliato con estrema precisione, utilizzando probabilmente una lima diamantata per la parte più appuntita. Un effetto davvero realistico».

Nel profondo la poliziotta si sentì rassicurata. Quella notizia li riportava finalmente a un criminale in carne e ossa. Un uomo che aveva forse preso di mira gli innu spacciandosi per la cosa che più temevano al mondo. Ma chi altri era capace di lavorare il corno di caribù in quel modo, a parte gli indigeni stessi? Chi sapeva dei cani, oltre ai membri della comunità? Mentre fuori scendeva rapidamente la sera, Léonie lanciò uno sguardo distratto a un gruppetto di tre bambini che tornavano a casa con lo zaino in spalla. Vent'anni prima c'era stata lei al posto loro. Il cerchio della vita continuava…

«Lei, invece, voleva dirmi qualcosa?», domandò Paquette per rompere il silenzio.

«Sì. Volevo avvisarla che riceverà un pacco, in teoria all'inizio della settimana prossima. Si tratta di un libro. Vorrei che controllasse eventuali impronte o, nel caso non venisse fuori nulla, tracce di DNA».

«Un libro?».

«Di un'autrice innu, ma non è questo il punto. L'ho trovato nella stanza della vittima, nascosto sotto un cuscino della poltrona. Lei non aveva guardato?».

«Mi dispiace, è che…».

«Non si preoccupi, non le sto rimproverando nulla, le perquisizioni sono compito mio, non suo. Magari sarà solo un buco nell'acqua ma preferisco essere sicura di non aver tralasciato nulla. Presumo che rileverà anche delle tracce discriminanti, mie e dei poliziotti del posto. Mi serve la lista di tutti quelli che hanno toccato il libro, identificati o anonimi».

Léonie si strinse il pugno contro le labbra, aspettando la risposta.

«D'accordo», disse finalmente il tecnico. «Mi metterò all'opera non appena mi arriva. Per il resto come procedono le indagini?».

«Comincia ad aprirsi qualche pista. Vediamo un po' dove ci portano».

Lo ringraziò e riattaccò sollevata. Stava praticamente falsando l'indagine. Quel libro indirizzato a lei sarebbe comparso nei rapporti, nelle voci di spesa. Rischiando anche di sollevare delle domande inutili, ma non le interessava. Ciò che contava era soltanto ottenere la sua, di risposta. La prova definitiva, inconfutabile, che era stato Liotta a lasciare quel libro davanti al suo chalet. E, di conseguenza, ad abusare di lei vent'anni prima. Saputo ciò, avrebbe fatto in modo di estorcergli gli altri due nomi, con le buone o con le cattive.

Avevano cercato di spaventarla. Ma presto la paura si sarebbe spostata nell'altra metà campo.

34

Connie Tremblay tornò al suo posto dietro la scrivania. Indicò il volantino che Patrick stringeva ancora tra le mani.

«Secondo Morgane, Kathia è stata la quarta indigena a scomparire in circostanze misteriose nel giro di due anni. Come molte di loro, era una giovane donna particolarmente fragile e influenzabile che di tanto in tanto si affacciava nel nostro rifugio».

Il poliziotto cercò di non essere precipitoso di fronte a quelle rivelazioni. Bisognava procedere con calma, con metodo. Guardò la data sul volantino con la foto della ragazza. Era stato redatto quattro anni prima.

«"Secondo Morgane", dice. Lei, invece, non ci credeva?».

La direttrice inspirò a lungo.

«Avrei dovuto crederci, vedendo quello che sta venendo fuori oggi riguardo alle native americane. Le inchieste, la commissione, le scomparse in tutto il Canada, anche di decenni fa... Lei è in polizia, li avrà ovviamente letti gli articoli spaventosi di cui parlo. Famiglie preoccupate per le figlie – scomparse nel nulla – a cui nessuno ha dato ascolto. Aggressioni sessuali, "punizioni" avvenute dentro le riserve senza che un solo agente abbia mai mosso un dito al riguardo. E poi quel serial killer, a Vancouver, di cui si sta di nuovo parlando tanto in questi giorni...».

Patrick annuì. Certo che ne era al corrente, come tutti. Robert William Pickton, un allevatore di maiali, aveva ucciso diverse decine di donne indigene approdate in un quartiere degradato di Vancouver, tra il 1978 e il 2002. Le portava a casa sua, le faceva fuori con una pallottola in testa e le dava in pasto ai porci, di cui poi rivendeva la carne alle aziende cosmetiche. Uno dei peggiori assassini della storia del Canada, che aveva potuto perpetrare i suoi crimini così a lungo semplicemente perché colpiva prede invisibili.

Quegli odiosi fatti stavano venendo a galla uno dopo l'altro ed erano un argomento scottante nei corridoi della SQ. Diverse testimonianze cominciavano infatti a combaciare tra loro e denunciavano soprattutto il lassismo, se non addirittura la degenerazione, delle forze dell'ordine.

«Avrei dovuto preoccuparmi, sì», continuò Connie. «Ma forse faccio questo lavoro da troppo tempo e vedo continuamente gente che dall'oggi al domani smette di darci notizie. Non se l'immagina nemmeno quante difficoltà attraversino le donne che scappano dalle riserve e si ritrovano in una città come questa, senza legami sociali o familiari. Non solo lo shock culturale e il razzismo, ma finiscono anche nel mirino degli spacciatori di crack e dei papponi. In un primo momento questi tizi si mostrano gentili con loro. Si interessano alle loro vite, pagano da bere, offrono sigarette, droghe, e poi un posto dove dormire, a volte molto lontano dalla zona che frequentano. Trovandosi a quel punto isolate, entrano in certi giri e non le rivediamo più. Purtroppo capita spesso, e senza alcun preavviso…».

«Se è così, allora, perché Morgane era convinta, in tempi ancora non sospetti, che ci fosse qualcosa di strano dietro quelle sparizioni?».

«Forse perché lei aveva uno sguardo fresco, quasi naïf, ed era molto vicina a quelle ragazze, molto coinvolta. Aveva legato in particolare con Janelle, una mi'kmaq di Gesgapegiag, che secondo lei è stata la prima a essersi volatilizzata dal quartiere. La storia di Janelle era abbastanza simile alla sua. Aveva perso i genitori in un incidente stradale, non c'era più nulla che la legasse alle sue origini, e così era approdata a Montréal... Proprio come Morgane».

«Con la differenza che Morgane ce l'aveva ancora un padre. Che in questo momento è a Norferville».

«Da quel che so io non erano più tanto in contatto, e a Morgane non piaceva parlarne. A ogni modo capitava spesso che, la sera, Janelle se ne andasse in giro con degli uomini per poi ripresentarsi qui l'indomani mattina... Morgane diceva che se fosse partita di sua volontà, sarebbe prima passata a salutarla... È stato allora che ha cominciato a convincersi che ci fosse qualcosa di losco. Che uno di quei tizi l'avesse portata *da qualche parte*...».

«Non è andata alla polizia?».

La direttrice alzò le spalle.

«Certo che sì. Ma lo vede anche lei, con tutto quello che sta emergendo adesso. Alle autorità non importa un accidenti degli indigeni. Sa cosa ci rispondono quando segnaliamo la scomparsa di una persona senza fissa dimora? Che sarà andata a bazzicare da un'altra parte, punto. Se c'è un crimine è proprio quest'indifferenza».

Batté l'indice sul tavolo, lo sguardo pieno di rabbia.

«La sensazione generale, qui, è di vivere in un quartiere abbandonato a se stesso. La gente del posto non osa neanche più circolare vicino a Cabot Square di notte. I centri di accoglienza e di disintossicazione sono stracolmi, non si riesce più a dare asilo a tutte queste poverette. Solo lo scorso inverno ne sono morte dodici perché non hanno potuto ripararsi dal freddo. Trovare una persona morta su una panchina, coperta di neve, oppure congelata in un bagno pubblico, è un'esperienza terrificante, tenente».

Prese in mano il volantino, con aria triste.

«Morgane non sopportava il fatto che la polizia se ne fregasse. Così ha deciso di prendere in mano la situazione. Ha stampato centinaia di volantini e li ha affissi praticamente ovunque. Ha chiesto a tutti. È tornata più e più volte dalla polizia, correndo il rischio di cacciarsi nei guai. Ha persino creato una pagina sul sito della FFAM con la fotografia di ogni singola donna scomparsa e si faceva invitare nei programmi delle piccole radio locali per parlare della sua battaglia... Non ha idea dell'energia che ci ha speso, si è rovinata la salute per stare dietro a tutto».

Patrick si fece dare l'indirizzo del sito, che annotò scrupolosamente sul suo taccuino.

«Qualcos'altro dopo il 2012?».

«Di gente andata via all'improvviso ce n'è stata, ma nulla che abbia allarmato Morgane. Andarsene è purtroppo lo sfortunato destino di queste donne che non trovano mai il loro posto da nessuna parte».

«Ha menzionato Janelle e Kathia. Una delle altre scomparse era per caso una innu di Norferville? Spiegherebbe la presenza di Morgane da quelle parti».

«No. Myriam, la prima, era sì una innu, ma della riserva Mashteuiatsh, di Pointe-Bleue. La terza, Sakari, era invece una inuit di Nunavik. Non c'era nessun nesso tra le ragazze, a parte il fatto che tutt'e quattro si prostituivano...».

Il poliziotto sottolineò quel dato con un tratto di matita, continuando ad ascoltarla con attenzione.

«Ma, quando mi ha nominato Norferville, ho fatto due più due perché nelle ultime settimane Morgane era in contatto con una innu di Uashat, la riserva-enclave nella città di Sept-Îles, da dove parte un treno per Norferville».

«Il famoso Tshiuetin».

«Lo Tshiuetin, esatto. Si trattava di una donna che l'aveva chiamata dopo essersi imbattuta nella sua pagina web. So che poi si sono sentite molto spesso e che Morgane è andata lì durante le ferie di gennaio».

«Sa anche per quale motivo?».

Connie Tremblay strinse le labbra, piena di rimpianti, e annuì.

«Quella donna ha rinfocolato le ossessioni di Morgane. Cercava disperatamente sua figlia, scomparsa all'improvviso qualche mese fa».

35

Bussarono alla porta. Teddy abbandonò il divano su cui era seduto, immerso nei suoi pensieri, e andò ad aprire.

«Mi sono detta che non era il caso di lasciarla morire di fame», annunciò Léonie sollevando un sacchetto di carta. «Pasticcio di carne da riscaldare e, naturalmente, birra locale, che l'altra sera mi è parso gradire. Le interessa?».

«Solo se condivide tutta questa roba con me».

«Ovvio. Anch'io, in realtà, sono a stomaco vuoto».

Teddy si spostò di lato per farla entrare e richiuse subito la porta, rabbrividendo.

«Credo che non mi abituerò mai a questo freddo polare».

«Non si lamenti, le finestre non sono ancora ricoperte da una lastra di ghiaccio. È successo davvero, sa, quand'ero ragazza. Un record: -57 °C. Naturalmente non ci fu scuola. La gente lasciò le macchine accese tutta la notte, altrimenti al mattino non sarebbero mai ripartite. I pipistrelli, poverini, cadevano ai piedi degli alberi trasformati in ghiaccioli. S'immagini una specie di fumo artico, ma sull'intera città».

«Cristo santo…».

«Forse a lei piacerebbe di più venirci d'estate, a Norferville. Un sole che non tramonta per settimane e orde di mosche che proliferano a causa delle pozze di acqua stagnante che si formano dopo lo scioglimento della neve», continuò lei divertita.

«Ma anche no».

Léonie gli sorrise e poi adocchiò, di fronte al divano, l'enorme superficie di carta fissata con delle puntine sopra un pezzo di compensato. Misurava come minimo due metri per due; Teddy doveva aver trovato il modo di farsi consegnare quel materiale dal ferramenta. Decine di fogli di carta, uniti meticolosamente con del nastro adesivo, su cui l'uomo aveva disegnato una mappa della città e dei dintorni. Aveva materializzato, con sorprendente precisione, le foreste, le piste, il lago Ridge... Collocando anche delle foto nei punti giusti: i cadaveri dei cani recuperati dal telefono di Panashue, le immagini della scena del crimine, le spaventose rappresentazioni del Windigo... Un maelström di orrore con il quale si sarebbe ormai addormentato e svegliato ogni giorno.

«Quindi è questo che ha fatto oggi. Disegno e collage... L'ha ricevuto il mio messaggio sulla finta zanna in corno di caribù?».

Lui annuì e le prese il sacchetto dalle mani. Léonie notò che aveva l'occhio lucido e si domandò se avesse pianto. Continuò, un po' imbarazzata: «Io, invece, ho passato la giornata a raccogliere deposizioni, a verificare gli alibi dentro la riserva... Non è emerso nulla di interessante. Gli innu fanno fronte comune. Anche se sanno qualcosa, non diranno nulla, vuoi per i legami familiari, vuoi perché hanno paura di eventuali ritorsioni».

«Allora lasciamoli da parte per qualche minuto e mangiamo...».

Dopo aver scaldato il cibo, si sedettero a tavola, di fronte alla vetrata che affacciava sull'imperscrutabile oscurità del lago, e attaccarono il pasticcio.

«La vita è strana», disse Teddy tra un boccone e l'altro. «Fatta di equilibrio e di momenti in cui si cade giù di colpo. Hai voglia a rialzarsi, a dirsi che si sta andando benino, tanto prima o poi si cade di nuovo. L'unica incognita è quando, o come».

«Eppure lei è ancora qui, in piedi sulle sue gambe. Tanto di cappello, Teddy, davvero».

Il francese ripensò alla notte precedente. Alla sua voglia di morire, ai margini della foresta.

«Rialzarsi è positivo, certo. Ma non quando si hanno sempre meno motivi per farlo».

Léonie lo sentì molto vulnerabile. Gli era vicina e al tempo stesso incredibilmente lontana. Due sconosciuti riuniti dal sigillo del sangue, che di lì a qualche giorno si sarebbero salutati per poi dimenticarsi col tempo. Aveva ragione, la vita era proprio strana.

«Ci sarà pure qualcuno che l'aspetta a casa, no?», disse. «Qualcuno che ci tiene a lei».

«Nessuno…».

«Qualcuno c'è sempre».

Teddy osservò la forchetta immobile davanti ai suoi occhi, dopodiché fece un lungo respiro.

«Quella sera avrei dovuto guidare io…».

Si interruppe un secondo. Un tempo sospeso in cui i loro sguardi si agganciarono.

«Élise non voleva guidare di notte. Mia moglie soffriva da diversi anni di emicrania oftalmica. A volte si manifestava attraverso improvvisi disturbi visivi, seguiti da mal di testa atroci… Una cosa che non augurerebbe al suo peggior nemico. E quando capitava di notte, senza alcuna avvisaglia, lei diventava quasi cieca».

Mise giù le posate, allontanò il piatto.

«Eravamo invitati a una cena di addio a casa di amici in procinto di trasferirsi dall'altra parte del pianeta. Frédéric era il mio migliore amico, sapevo che non l'avrei praticamente più rivisto, così per una volta mi lasciai andare. Un bicchiere tira l'altro e poi un altro ancora, ha presente?».

Léonie annuì con il capo.

«Non era mia abitudine. Non bevevo mai così tanto da

non riuscire addirittura a rimettermi in macchina... Loro si erano anche offerti di ospitarci lì per la notte, ma l'indomani mattina Morgane aveva una gara di nuoto e bisognava accompagnarla presto. Si trattava delle qualificazioni per il campionato francese, ci teneva moltissimo. E siccome era da settimane che Élise non aveva attacchi emicranici ci dicemmo che non c'era motivo perché si ripresentassero proprio quella sera».

Sollevò uno sguardo colmo di tristezza verso la donna.

«Dell'incidente non ho visto nulla perché mi ero addormentato. Non mi resta niente, non un ricordo dell'urto, non un grido. In ospedale mi mostrarono soltanto qualche foto dell'auto, due settimane dopo, quando finalmente riuscii a riaprire l'occhio destro. Era accartocciata contro un albero come un foglio di alluminio. Su una curva, in mezzo alla campagna. L'unico cazzo di albero in tutto quel tratto di strada».

Finì la sua birra.

«Uno si addormenta con tutto quello di cui ha bisogno per essere felice e poi, al risveglio, non trova più nulla. Lì per lì pensai a un incubo, mi dissi che non poteva essere successo davvero. Che quella voragine a cui somigliava la mia vita non era reale. Eppure... Quell'incubo è diventato la mia unica realtà. Il resto può immaginarlo facilmente da sé. Morgane non mi ha mai perdonato. Avevo già perso mia moglie e alla fine ho perso anche mia figlia. Un bel giorno se n'è andata e non l'ho più rivista. Fino a oggi... Però, insomma, speravo in un tipo di ricongiungimento un po' diverso».

Léonie non sapeva cosa dirgli. La strada di quell'uomo era stata costellata di dolori. Teddy era una specie di sopravvissuto, ancora in piedi nonostante tutte quelle prove. In piedi ma solo. Infinitamente solo. All'improvviso la suoneria del telefonino venne a trarla d'impaccio.

«È il mio collega. Mi spiace, devo rispondergli...».

«Il lavoro, certo...», disse lui a mezza voce.

Léonie si allontanò di qualche passo, inspirò a fondo e rispose.

«Buonasera, Patrick».

A millecinquecento chilometri da lì, al trentesimo piano di un albergo nel centro di Montréal, Patrick guardava fuori dalla finestra. Un tripudio di luci, tanto che un vago bagliore da inquinamento luminoso si diffondeva come un alone sulle pareti della minuscola stanza. Gli dava la pelle d'oca.

«Disturbo?».

«Stavo per mangiare. Sono qui con un collega. Stiamo facendo il punto sulla situazione».

«Il punto sulla situazione… alle nove di sera?».

Léonie lanciò un'occhiata a Teddy, che fissava il tavolo con aria assente.

«Sì, alle nove di sera. È stata una giornata impegnativa e ho l'impressione che il tempo, qui, scorra più velocemente. Tu che mi dici? Qualche novità?».

Patrick tirò la tenda e andò a sedersi sul bordo del letto, vicino al portatile. Restò in silenzio per qualche secondo, fissando lo schermo. Léonie stava cenando con un collega… E non in un posto affollato a giudicare dal silenzio che sentiva. Anche se gli costò molta fatica, Patrick mise temporaneamente da parte la sua gelosia e le riferì la conversazione con Connie Tremblay. Léonie aveva messo il vivavoce, scuotendo Teddy dal suo torpore.

«…Le sparizioni sembrano essersi verificate tra il 2011 e il 2012», continuò il tenente. «Troverai le foto di queste donne sulla pagina web creata da Morgane Schaffran. Tra di loro non c'è alcun legame apparente, se non il fatto che tutte quante si prostituivano occasionalmente intorno a Cabot Square, nella zona ovest di Montréal. La nostra vittima, però, non aveva dubbi: secondo lei c'era un predatore in agguato che aveva preso di mira queste ragazze».

Il criminologo prese un foglio di carta e buttò giù i punti

essenziali. Morgane stava dunque indagando su delle scomparse... Buon sangue non mente, del resto.

«Nessuna testimonianza, nessuna descrizione di questo eventuale predatore?», chiese Léonie.

«Purtroppo no».

«E dopo il 2012?».

Patrick sapeva di essere in vivavoce. Si sentiva. Non era una cosa che si faceva al ristorante o al bar. Léonie stava quindi mangiando in un posto più tranquillo. Gli uffici della SQ? O, peggio, uno degli chalet del complesso in cui alloggiava?

«Nulla che lei avesse notato. Sono passato dalla stazione di polizia di Montréal, tanto per verificare. Non hanno ricevuto altre segnalazioni, ma non è da escludere che altre donne indigene, vittime della stessa persona, abbiano magari continuato a sparire senza che nessuno ci facesse caso».

«C'è un motivo in particolare che ti porta a pensarlo?».

«Intanto non vedo perché all'improvviso avrebbe dovuto fermarsi. E poi perché negli ultimi tempi, attraverso la sua pagina web, Morgane era entrata in contatto con una certa Josiane Gill, una innu di Uashat, la riserva-enclave di Sept-Îles. Una donna che cercava sua figlia. Per il momento non so altro».

Léonie e Teddy pensarono la stessa cosa: Sept-Îles era la città più vicina a Norferville, all'altro capo della linea ferroviaria.

«Stanotte la passo a Montréal e domani parto all'alba per tentare di interrogare questa donna», proseguì il tenente. «Ho già informato Michaud. È un bel pezzo di strada ma penso ne valga la pena».

«Sì, lo penso anch'io», confermò la sua compagna. «Mi dispiace, ora devo lasciarti, il mio pasticcio di carne si sta raffreddando».

Patrick si passò una mano sulla fronte, preoccupato, mentre fissava la foto di Teddy sul suo computer. Michaud gli aveva spiegato, poche ore prima, che il padre della vittima era rimasto nel Grande Nord e stava dando una mano a Léonie con le indagini. Era lui il famoso *collega* lì con lei, ne era certo. Un bell'uomo, doveva ammetterlo. Senza contare che quella benda sull'occhio, che gli nascondeva parte del viso, lungi dall'imbruttirlo gli conferiva anzi un fascino particolare.

«Non facciamo aspettare il tuo pasticcio, allora. Ti amo, Léonie».

«Buona serata, Patrick. Ci sentiamo domani…».

Un brusco *bip* segnò la fine della conversazione. In un moto di rabbia Patrick lanciò il telefonino sul materasso.

«Ma vaffanculo!».

Lui era lì, tutto solo, in una topaia a ingollare schifezze sul suo letto e lei cosa faceva? Banchettava insieme a un altro uomo. Patrick si avventò sulla tastiera del PC, fece una rapida ricerca su internet e compose il numero di telefono della reception del Blue Ridge.

«Buonasera. Avrei bisogno di parlare con uno dei vostri clienti, il signor Teddy Schaffran».

«Resti un attimo in linea, per favore…».

Sentì vari *clic* del mouse e poi la voce gli annunciò: «Trasferisco la chiamata al signor Schaffran».

«Lasci stare».

Chiuse bruscamente. Aveva già la risposta che gli serviva: anche Teddy Schaffran alloggiava al Blue Ridge. Graziosi piccoli chalet di legno incastonati tra la foresta e la riva di un lago ghiacciato. Romantico…

Furioso, chiuse il computer con una manata e rimase immobile, come un animale ferito. Amava Léonie alla follia e d'un tratto si rese conto che non riusciva a immaginare un futuro senza di lei. Doveva continuare a combattere per tenerla accanto a sé.

Prima o poi lei avrebbe finito per ricambiare i suoi sentimenti.

36

Dopo aver riattaccato, Léonie era andata a prendere il suo portatile e si era collegata alla pagina creata da Morgane. La presentazione era estremamente essenziale. Diverse fotografie delle quattro ragazze scomparse, in successione, con una descrizione sommaria.

Janelle Matane, 20 anni, mi'kmaq di Gesgapegiag, scomparsa il 28 settembre 2011 a Montréal.

Myriam Fontaine, 19 anni, innu di Mashteuiatsh, scomparsa il 23 febbraio 2012 a Montréal.

Sakari Pootoogook, 23 anni, inuit di Nunavik, scomparsa il 19 giugno 2012 a Montréal.

Kathia Saganash, 18 anni, crie di Waswanipi, scomparsa il 10 novembre 2012 a Montréal.

«Hanno il viso segnato dalla strada, ma sono tutte molto carine», constatò. «Giovani e carine. Nessuna oltre i ventitré anni…».

Teddy fece di sì con il capo, mentre ragionava sulle nuove informazioni.

«Queste ragazze corrispondono a un profilo ben preciso, sono prede perfette per un predatore sessuale. Se Morgane aveva ragione, sono sparite nel nulla a distanza di quattro o cinque mesi l'una dall'altra. Ma cosa ne fa di loro questo tizio? Dove le porta? Se le uccide, perché i corpi non sono mai stati ritrovati?».

«Può darsi che li abbiano ritrovati ma non identificati. O che non ci abbiano nemmeno provato».

«Si spieghi meglio».

«Erano donne sradicate, emarginate. Forse lei non ne è a conoscenza, ma sta per partire una commissione d'inchiesta in tutto il Canada. Ci sarà anche un comitato delle Nazioni Unite, capisce quindi che è roba seria. Emergerà qualcosa, qualcosa che marchierà a fuoco la storia del nostro paese».

«Di che si tratta?».

«Grazie ad alcune associazioni e alle testimonianze che raccolgono, la lista si allunga di giorno in giorno. Per il momento contiene i nomi di oltre milleduecento native americane scomparse o assassinate in Canada negli ultimi quarant'anni, nella più totale apatia politica e indifferenza mediatica... Una tragedia che ha fatto nascere anche un hashtag su Twitter: #MMIW, che sta per "Missing and Murdered Indigenous Women"».

Si collegò al social in questione, digitò l'hashtag e girò lo schermo verso di lui.

«Può darsi che Janelle, Myriam, Sakari e Kathia siano già nella lista senza che se ne conosca la vera identità, oppure che ci compaiano a breve. Non le parlo, poi, degli stupri o delle altre violenze... Di tutte le cose abominevoli che le donne indigene hanno vissuto e continuano a vivere in posti come Norferville».

Teddy osservò Léonie, come intuendo qualcosa. Per paura di essere troppo trasparente, lei distolse subito lo sguardo, spostandolo verso l'enorme pannello coperto di fogli.

«Me lo fa vedere?».

Il criminologo annuì. Aggiunse, in un angolo dello schema, i nomi e le età delle native americane che avevano destato la preoccupazione di sua figlia.

«Da una parte abbiamo dunque Morgane e le sue ragazze scomparse. Dall'altra il Windigo e le vecchie credenze indiane. Rivediamo nel dettaglio le due traiettorie, e cerchiamo di capire in che modo possono intersecarsi».

Premette la punta del pennarello sull'illustrazione del Windigo. Faccia lunga e scheletrica, senza labbra, orbite vuote, zanne ripugnanti che si accavallavano e sembravano distribuirsi su più file, un teschio ornato da ingombranti palchi di caribù, ma anche piedi nodosi, deformati, che combaciavano alla perfezione con le orme ritrovate nella neve.

«Cominciamo dal mostro. Ho fatto qualche ricerca. Stando a quello che ho letto, la leggenda sarebbe nata per impedire la pratica del cannibalismo nelle comunità indigene. Esistono infatti dei precedenti, avvenuti in periodi di estrema carestia dovuta all'isolamento e all'assenza di selvaggina, soprattutto d'inverno. Stiamo parlando dei tempi dei cacciatori di pellicce, però è successo davvero… C'è stato chi ha mangiato i suoi simili per sopravvivere».

La poliziotta osservò l'opera del criminologo. L'uomo non ci aveva messo molto a mappare l'intera zona. Non mancava nulla: la miniera, la riserva, l'aeroporto, gli alberghi, le piste Wood e Wolf Creek… Aveva addirittura abbozzato qualche piccolo abete per rappresentare le immense distese boschive.

«Con il passare del tempo la leggenda si è evoluta», proseguì Teddy. «Come ci ha detto il vecchio innu, oggi il Windigo emergerebbe dai meandri della foresta per punire le malefatte dell'uomo contro la natura. E se la prende allora con ogni cosa vivente che gli capita a tiro. Esseri umani compresi».

«Secondo Panashue, in questo caso, sarebbe colpa della miniera».

«La miniera, esatto. E infatti ci arriveremo, perché sembra occupare un posto importante nell'equazione. Prima, però, c'è qualcosa che mi turba in questa foto», disse indicando lo scatto fornito dall'indigeno su cui si vedevano le presunte tracce del mostro nella neve. «Non capisco in che modo siano state realizzate le orme vicino al quarto cane. Guardi come sono nette, precise, partono dalla foresta verso l'animale e dall'animale verso la foresta. E tutt'intorno non si vede nient'altro che un bianco immacolato».

Staccò la foto e la affidò a Léonie.

«Il problema è che sono troppo strette per essere opera di un piede umano all'interno di uno stampo. D'altro canto, però, faccio fatica a immaginarmi l'assassino che se ne va in giro sui trampoli, con la base a forma di zampe di Windigo, per creare quest'effetto. Non le nascondo che sono un po' in alto mare, perciò se lei ha qualche teoria al riguardo sono tutto orecchi».

La donna esaminò la foto con attenzione.

«Forse qualche altra impronta c'era, tipo due o tre metri più in là. E l'assassino potrebbe aver utilizzato, non so, una specie di asta ricurva per imprimere le orme nella neve?».

«Gli innu se ne sarebbero accorti. Doveva essere un'illusione perfetta perché potessero crederci. E mi chiedo anche come mai intorno agli altri cani non ci sia nulla, invece. Lei mi dirà che magari il Windigo ha attraversato la pista e nessuno ha prestato attenzione a eventuali tracce dall'altra parte… Però, diciamocelo, c'è qualcosa che non quadra… Ed è seccante perché so già che è quel genere di enigma che continuerà a ronzarmi nella testa finché non l'avrò risolto».

Si spostò infine verso un altro punto della mappa.

«Vabbè, pazienza, passiamo alla miniera… Qui è tutto molto più razionale. Da quello che ho potuto vedere, la storia tra l'INC e gli innu non è altro che un susseguirsi di processi e di accordi. Immagino la conosca già per filo e per segno».

«Mi rinfreschi pure la memoria».

«D'accordo. All'origine di tutto c'è una frustrazione personale: Mathieu André, un innu nato nei boschi all'inizio del 1900, conduce alcuni rappresentanti di industrie minerarie sopra i giganteschi giacimenti di ferro vicino ai quali, intorno al 1930, verrà costruita Norferville. I funzionari gli promettono una percentuale sui profitti che trarranno dal nuovo business. Ma né lui né il suo popolo vedranno mai un soldo bucato. Sono vittime, fin dal principio, della grande bugia capitalista».

Puntò le zone circostanti la miniera.

«Problemi di acque rosse, polveri nocive, crateri impressionanti, selvaggina in fuga... La gente del posto, che vede le proprie terre ancestrali sempre più martoriate nel corso degli anni, è profondamente scossa. Per evitare rivolte, i dirigenti dell'INC iniziano allora a pagare delle tasse, a finanziare infrastrutture all'interno della riserva e si impegnano a formare gli indigeni per poi offrire loro un lavoro...».

«*Panem et circenses*...».

«Più o meno, sì. È qui che la comunità comincia a dividersi tra chi è a favore e chi contro. E il nuovissimo progetto minerario dalle parti del lago Wood non fa che aumentare il divario tra le due fazioni».

Léonie indicò una foto che ritraeva alcuni uomini piazzatisi in mezzo alla riserva.

«Lui lo conosco», disse notando il viso del più vecchio. «È Antoine Kashtin... Perché è sul suo pannello?».

«Nel corso delle mie ricerche è venuto fuori che tra qualche mese ci saranno le elezioni per il prossimo capo del consiglio innu della riserva Papakassik».

«Non lo sapevo...».

«Spulciando per bene, su internet vengono fuori un bel po' di informazioni al riguardo. Danno per favoriti due candidati in particolare. Il capo uscente Antoine Kashtin, sessantuno anni, che si ripropone per un altro mandato e si batte con le unghie e con i denti contro il progetto minerario. Nel 2005 ha presentato una denuncia contro la compagnia mineraria, quando questa aveva levato le tende già da quasi dieci anni. Lui e altri membri del consiglio delle Prime Nazioni chiedono un risarcimento di trecento milioni di dollari all'INC per aver tratto profitto da risorse ferrose sul loro territorio senza alcuna autorizzazione e per aver attuato una politica discriminatoria riguardo al personale assunto. Insomma, come si dice da noi, Antoine Kashtin gli si è attaccato addosso come la gramigna».

Léonie se lo ricordava bene. Era uno tosto, tradizionalista. Già ai suoi tempi Kashtin era un ardente difensore della Nitassinan. Le tornò in mente la sua marcia da Norferville a Montréal, durata un anno, volta a sensibilizzare la popolazione sui danni subiti dai territori della fossa del Labrador per colpa dell'estrazione del ferro. Tra gli attacchi degli orsi e il freddo estremo, aveva rischiato più volte di lasciarci la pelle.

«Rémi Meshkenu, il suo avversario di trentatré anni, incarna la giovane generazione che si dichiara esplicitamente a favore di nuovi impianti. Non c'è da meravigliarsi: Meshkenu è un consulente dell'INC. Si occupa di permessi, di autorizzazioni ambientali, cose di questo tipo».

«Una specie di venduto al soldo della miniera, insomma».

«È probabilmente la percezione che ne hanno alcuni innu, sì. Quel che è certo, com'è facile immaginare, è che la gente è molto divisa e che lo scarto di voti tra i due potrebbe essere davvero minimo».

Teddy proseguì spostandosi su un'altra foto, sul versante miniera.

«Qui, infine, abbiamo Joseph Lipster, il capo dell'INC. Dà lavoro agli indigeni e si impegna in tante cause in loro favore: raccolte fondi, finanziamenti di progetti… La faccia positiva della miniera, sostanzialmente. Va da sé che è nel suo interesse fare in modo che le attività dell'azienda si svolgano nella migliore intesa possibile».

Léonie si prese qualche secondo per pensarci su.

«E lei crede ci sia un rapporto tra gli "attacchi" del Windigo e questa storia delle elezioni?».

Il criminologo indicò un'altra foto ancora, attaccata vicino al lago Wood.

«Queste impronte nella neve, la falsa zanna trovata vicino alla scena del crimine e, in teoria, messa lì intenzionalmente, dimostrano in ogni caso che c'è qualcuno che si sta dando un gran daffare per dare credito alla leggenda. Qualcuno che è al corrente della leggenda del Windigo, che sa intagliare le corna di caribù e che ha l'abitudine di braccare cani in piena foresta per farli fuori. Qualcuno che cerca palesemente di spaventare gli indigeni, e quindi di aizzarli contro la miniera».

«E, di riflesso, contro Rémi Meshkenu…».

«O contro Lipster, il cui successo può suscitare invidia».

«E sua figlia, in tutto questo, dove si colloca?».

«Lei resta per il momento una grossa incognita. Stando alle foto che ci ha fornito Panashue, il primo cane è stato mutilato il 10 novembre, più di tre mesi fa. Altri sei hanno poi subito la stessa sorte, suppergiù al ritmo di uno ogni due settimane, sempre lungo la pista Wood. L'ultimo è stato ritrovato il… 30 gennaio. Morgane, invece, è arrivata qui il 10 febbraio. Viene uccisa nella notte tra il 14 e il 15, cioè quattro giorni dopo, in fondo a rue Westside, dove aveva appuntamento con un tale che si fa chiamare Lince…».

Teddy fece un passo indietro per avere una visione d'insieme.

«Prima domanda: Lince e il Windigo sono la stessa persona? È solo un'ipotesi, ma è legittimo pensarlo. Seconda domanda: perché il Windigo ha cambiato il suo modus operandi attaccando mia figlia? E terza domanda: che cosa ci era venuta a fare qui Morgane? La logica ci porta a supporre che la sua presenza fosse legata alle ragazze scomparse di cui ci ha parlato il suo collega, ma per il momento non abbiamo nessuna prova che lo dimostri».

Restarono così, fermi a osservare i vari elementi dell'indagine come se contemplassero un quadro di Leonardo da Vinci contenente un enigma. A un certo punto Léonie si rese conto che erano spalla a spalla. Si scostò leggermente, turbata da quell'improvvisa vicinanza.

«Penso sia ora di andare a dormire».

«Lo penso anch'io... Bisogna lasciar decantare tutto quanto. Una buona notte di sonno non ci farà male».

Mentre recuperava il giubbotto, Léonie lo guardò un'ultima volta.

«Grazie per avermi raccontato la sua storia», gli disse quasi sottovoce. «Era molto personale, e lei non era costretto a farlo».

Quindi, senza aspettare una risposta, uscì dalla porta.

37

L'affissione dei volantini aveva dato i suoi frutti. Nel gelido mattino di quella nuova giornata Liotta arrivò contemporaneamente a Léonie e a Teddy nel parcheggio della stazione di polizia. Il suo berretto di pelliccia aveva un solo paraorecchie sbottonato che pendeva sulla destra e gli dava un'aria ridicola.

«Sembra che cominci a muoversi qualcosa», disse avviandosi svelto verso l'ingresso. «Quella dei manifesti non era poi un'idea così malvagia».

Una volta dentro si tolse il copricapo e aggiunse, in tono beffardo: «Preferisco avvisarvi per evitare che vi mettiate nei guai: a partire da domani notte le condizioni meteo peggioreranno. È in arrivo una brutta bufera di neve da nord. E quando arriverà, le temperature scenderanno drasticamente. Non è il caso di andarvene troppo a spasso».

La poliziotta non nascose la sua preoccupazione. Era il classico fenomeno infernale che rischiava di paralizzare le loro indagini per un paio di giorni. Quando un mostro meteorologico come quello spazzava le strade di Norferville, Léonie sapeva bene che non c'era altro da fare che rintanarsi al caldo e aspettare che passasse.

Dopo un passaggio al volo dall'ufficio per lasciare le sue cose, un agente li accompagnò tutti e tre in una stanza priva di finestre esterne ma dotata di un'ampia vetrata che dava sul corridoio. All'interno, seduto su una sedia con un caffè in mano, li aspettava un tizio piuttosto magrolino che indossava una camicia scozzese in stile boscaiolo. Baffi biondi e sottili, testa pelata, sulla quarantina, sembrava molto teso.

«Si chiama Corentin Turcotte, si è presentato qui circa mezz'ora fa», spiegò Mangematin non appena lo raggiunsero. «Vive nelle baracche ed è venuto a piedi. È disposto a parlare. Ma si sente che è spaventato. Forse è meglio evitare di entrare tutti insieme, giusto per non mettergli troppa pressione».

«È un minatore», tradusse Léonie girandosi verso Teddy.

«Avevo intuito».

Liotta, che sopra la camicia beige e la cravatta indossava ancora il giubbotto, spinse la porta ed entrò nella stanza senza lasciare agli altri due neanche il tempo di rendersene conto. Léonie domandò allora a Teddy di restare fuori e seguì il sergente, che stava già tirando la sedia per sedersi di fronte all'uomo. Sul tavolo c'era un manifestino sgualcito: la foto di Morgane, portata evidentemente dallo stesso Turcotte.

«Sono il sergente Liotta, capo della polizia di Norferville. L'ascoltiamo».

La poliziotta di Baie-Comeau decise di non aggiungere nulla per non confondere il testimone. Si limitò a sedersi a sua volta, con calma. E Corentin Turcotte rivolse spontaneamente lo sguardo verso di lei, preferendo forse un volto rassicurante alla faccia da bulldog di Liotta.

«Io non sono uno che fa la spia. Non voglio problemi, né con i miei colleghi né con il signor Lipster, ok? Mi serve troppo questo lavoro. Nessuno deve venire a sapere che ho parlato con voi».

Léonie conservava un ricordo oscuro del mondo della miniera. Un'azienda che lavorava sette giorni su sette. Minatori che sgobbavano come dannati nel ghiaccio e nel fango. Un compartimento stagno in cui si mescolavano diverse nazionalità, diverse culture, e dove il più delle volte i lavoratori risolvevano internamente le loro controversie.

«Il sergente Liotta è il capo della polizia, ma sono io a dirigere l'indagine», gli disse. «Niente di quello che dirà uscirà fuori da questa stanza».

L'uomo dall'altra parte del tavolo annuì timidamente e attaccò a parlare: «Sono un addetto alla pala gommata da circa un anno e mezzo. Ho saputo, come tutti, che qualche giorno fa è stato ritrovato un cadavere alle porte della città. Al lavoro se ne parla un sacco. Questa storia della ragazza uccisa ci ha scossi parecchio».

Indicò il foglio di carta davanti a lui.

«Ho visto i manifesti appesi un po' ovunque. Si dice che... che era ridotta malissimo. Che chi l'ha fatto si è accanito su di lei».

«Non era un bello spettacolo, questo è sicuro», ribatté Liotta, appoggiando i pesanti avambracci sul tavolo. «Quindi?».

Corentin Turcotte si ritrasse leggermente, impressionato dalla stazza del poliziotto.

«Vivo nella penultima baracca del blocco 16, quello che costeggia la vecchia buca chiamata Titan 2. Il mio vicino, l'ultimo del blocco, è un tizio originario di Trois-Rivières. Alexis Landry. È da nove mesi che lavora in miniera come escavatorista. È uno un po' strambo, taciturno, che se ne sta per i fatti suoi. Le tende dell'alloggio non le apre praticamente mai. Le uniche volte in cui lo vedo uscire, a parte per andare al lavoro, è per fare sport o la spesa».

«Che genere di sport?», domandò Léonie, improvvisamente interessata.

«Corsa, con qualsiasi tempo. È addirittura equipaggiato di una lampada frontale per quando fa buio. Se ne va dalle parti dei giacimenti non più sfruttati oppure verso Norfer, nei dintorni del lago Ridge, e non lo rivedi più, a volte anche per ore. Un vero maniaco della disciplina. Non so proprio come faccia».

Léonie sentì accelerare il battito. Che fosse l'uomo fuggito davanti al Bliz due giorni prima, quello che le aveva fatto mangiare la polvere?

«Come mai è venuto a parlarci di lui, signor Turcotte?».

«Perché giovedì è successa una cosa... Sarà stata l'una di notte. Ero a letto, ma non riuscivo a dormire. A un certo punto ho sentito un rumore vicino al cassonetto comune, alle spalle della mia baracca e di quella di Landry. Mi sono alzato, senza accendere la luce, per dare un'occhiata attraverso le tende. Quello svitato stava tirando fuori tutti i sacchi della spazzatura per mettere il suo sul fondo. In piena notte, con tipo -20 °C...».

La poliziotta annuì, incitandolo a proseguire. Sentiva l'eccitazione crescere. Dopo esserle sfuggito per poco, quel Landry era sicuramente andato nel panico e aveva deciso di liberarsi delle prove incriminanti. Liotta, alla sua destra, rimase dritto e silenzioso come un menhir.

«La cosa mi puzzava, quel tizio aveva per forza qualcosa da nascondere. Allora il giorno dopo ho aspettato che se ne andasse al lavoro e ho recuperato il famoso sacco. Tutto quel casino per cosa? Scarti di cibo e un misero giornalino porno... Forse si vergognava troppo di averlo comprato, mi sono detto. Così...».

«Ha preso il giornalino», l'aiutò Léonie.

Lui annuì con aria colpevole.

«Volevo... Insomma sì, l'ho preso. Bisogna pur passare il tempo in qualche modo quando la moglie è lontana, no? Ma, aprendolo, ho capito che quel Landry è matto da legare».

«Motivo?».

«Aveva incollato la sua faccia sopra i corpi degli uomini. Tutti chiaramente tizi ben messi. E la stessa cosa l'aveva fatta anche con le donne, sostituendo le facce originali con dei ritagli per ricreare quelle scene di sesso insieme a lui. Mi ha fatto venire la pelle d'oca».

Il sergente si riappoggiò allo schienale, gonfiando il petto e sbuffando pesantemente.

«Sì, ok… Interessante, ma non fa di lui un assassino. Se dovessimo arrestare tutti quelli che cercano di appagare le proprie fantasie con delle riviste, non basterebbero le carceri…».

Il dipendente dell'INC affrontò lo sguardo irritato del poliziotto e si fece ancora più piccolo sulla sua sedia.

«Il fatto è che alcune delle facce in questione non erano state ritagliate dalla rivista», insistette. «Erano stampate su della carta particolare, tipo quella che esce dalle Polaroid, avete presente? Erano molto più… personali. E so che Landry ha, appunto, una fotocamera del genere. Vedendo quello schifo ho preferito sbarazzarmene subito».

D'un tratto più sicuro di sé, puntò un dito sul volantino.

«Ma su una cosa non ho alcun dubbio: tra le facce ritagliate dalle foto vere, c'era anche quella di questa donna».

38

Un monolito di ferro e pietra alto più di dieci metri, con accanto il cartello «IRON NORTH COMPANY / MINERALS CANADA», si ergeva a lato della strada sterrata che conduceva alla miniera. Seduto sul sedile posteriore del pick-up, Teddy osservava quel paesaggio devastato. Stavano lasciando la città per spingersi a est, in un territorio sconfinato i cui rilievi venivano modellati dalle macchine che, da quasi un secolo, smuovevano la terra come un'orda di cinghiali impazziti. Là dove il suolo era stato già sfruttato al massimo, nella parte più lontana, restavano soltanto delle enormi buche che si erano riempite di macerie o di acqua ghiacciata, trasformandosi in laghi scuri e fangosi privi di qualunque forma di vegetazione. Una desolazione sterminata e senza vita.

Il veicolo superò una montagna di pneumatici bruciati, abbandonati lì dai manifestanti innu, e arrivò infine davanti a un prefabbricato. Il sergente scese e bussò alla porta. Gli aprì un uomo vestito nei colori dell'azienda. Parlottarono qualche secondo, dopodiché Liotta tornò a rifugiarsi nell'abitacolo.

«Al momento il direttore si trova a Ottawa», spiegò. «Ma sul posto c'è il responsabile della sicurezza. Dalle parti della discarica dello sterile, ha detto. Non so bene che roba sia, ma è a tre chilometri da qui. Dobbiamo aspettarlo...».

L'individuo in questione si presentò al volante di un grosso fuoristrada con il logo dell'INC aerografato. Stavolta anche Teddy e Léonie scesero dall'auto insieme a Liotta. Il loro interlocutore si chiamava John Malconne, un veterano dell'azienda sulla cinquantina. Con tutti gli strati di vestiti che aveva addosso, gli stivaloni pesanti, l'elmetto e la punta della barba imbiancata dal freddo, emanava la forza bruta di un montanaro. Scambiò qualche parola con il sergente – i due sembravano conoscersi piuttosto bene – e poi Liotta gli disse che avevano bisogno di fare quattro chiacchiere con un dipendente di nome Alexis Landry.

«Riguardo a quell'orribile delitto?», s'informò Malconne.

«Sta' tranquillo. È solo un colloquio di routine».

«D'accordo. Ti lascio parcheggiare lì, subito dopo il prefabbricato. Prendiamo la mia macchina. Nel frattempo mi faccio dire dov'è».

Cinque minuti dopo la 4x4 imboccava una delle strade d'accesso ai vari impianti, in direzione nord. Stando alle informazioni ricevute da Malconne, l'uomo che cercavano si trovava al momento su una scavatrice nella fossa Ercole. Un dipendente che, secondo lui, non aveva mai dato problemi. O comunque nulla che fosse arrivato fino alle sue orecchie. C'erano ben ottocento minatori e ovviamente non poteva sapere sempre tutto.

«La Iron North Company effettua un controllo dei precedenti penali prima di assumere qualcuno?», domandò Teddy dal sedile posteriore.

«Sì», rispose il responsabile della sicurezza sbirciando nello specchietto retrovisore. «È un prerequisito per l'assunzione. Vogliamo evitare grane. Questi uomini lavorano in condizioni molto dure, per la maggior parte lontano da casa. Gli scazzi sono all'ordine del giorno, a volte basta anche solo una partita a carte andata male».

Elmetto in testa e sguardo assente, Léonie ripensava intanto con amarezza a vecchi ricordi d'infanzia. Ci era già stata lì, insieme a suo padre. I suoi occhi di bambina lo vedevano come un posto divertente, mentre oggi la miniera la metteva a disagio. Aveva l'impressione di trovarsi in un macabro parco divertimento. Passarono davanti a file interminabili di baracche, poi sotto binari sospesi manovrati da rulli rotanti, scorsero mostruose caldarerie, frantumatori e ancora grovigli di nastri trasportatori che si ergevano come torri di Babele.

«Conoscevo bene suo padre», fece Malconne come se le avesse letto nel pensiero. «Era un tipo a posto, un bravissimo capocantiere. Chi se lo immaginava che la bimbetta che incrociavo di tanto in tanto sarebbe diventata ufficiale di polizia alla Sûreté del Québec. Ha fatto strada, suo padre sarà fiero di lei».

Léonie si limitò a sorridergli educatamente e l'uomo non insistette. Più avanti videro il treno minerario in attesa sul binario, circondato da camion che con il passare dei giorni l'avrebbero appesantito di ben trentamila tonnellate di pellet di ferro. Lì, tra i tanti che si davano da fare per cavare il sangue della terra, c'erano anche gli innu delle riserve Papakassik, Uashat e Maliotenam, intenti a distruggere il loro stesso territorio per poter campare.

La fossa Ercole apparve brutalmente dietro un gruppo di collinette brulle. Teddy non aveva mai visto nulla di così gigantesco. Era una buca talmente profonda che le macchine edili giù in basso somigliavano a minuscole formichine. I pendii rossi erano ripidi, ma disposti su più strati come nelle risaie terrazzate. Aggirarono quel vuoto abissale per almeno due chilometri, dopodiché il loro veicolo seguì una strada che si snodava piano piano lungo le pareti fino ad arrivare in fondo. Ci misero un buon quarto d'ora per raggiungere un'area grande probabilmente quanto dieci campi da calcio.

L'enorme scavatrice stava riversando, in un colpo solo, oltre centocinquanta metri cubi di minerale all'interno di un camion le cui ruote erano più alte di loro. Malconne lasciò che finisse di caricare e poi fece un segno in direzione della cabina di pilotaggio dai vetri oscurati, otto metri più su. I suoi gesti indicavano chiaramente al dipendente di scendere, eppure l'agente Rock non notò alcun movimento all'interno. La macchina si era fermata, minacciosa, con il motore che continuava a girare, la mostruosa pala sollevata sopra le loro teste. A quell'uomo sarebbe bastato premere un tasto per schiacciarli tutti come mosche.

«Perché ci mette così tanto?», borbottò Liotta sistemandosi l'elmetto.

Léonie aveva già tirato fuori la pistola. Senza aspettare oltre si precipitò verso la scala, aggrappandosi alla ringhiera, e salì i dieci ripidi gradini che conducevano nella cabina. La porta era chiusa a chiave. Quell'aggeggio sembrava un autentico bunker su cingoli.

«Apra! Non ha scampo!».

«Non ho fatto niente di male», risuonò una voce dall'interno.

La donna rimase sull'attenti. Rischiava di precipitare di sotto se Landry avesse spalancato la porta cogliendola alla sprovvista.

«Parliamone, allora. Restare chiuso lì dentro non farà che peggiorare la situazione».

Silenzio. Léonie fece segno al sergente, di sotto, di non muoversi. All'improvviso il motore si spense, la scavatrice smise di vibrare. Si sentì un *clic* e infine Alexis Landry venne fuori, con le mani in alto.

Intorno a loro il tempo sembrava essersi fermato. Tutti quanti osservavano la scena sbigottiti.

39

Il prefabbricato in cui viveva Alexis Landry affacciava, da un lato, su una vecchia fossa con le pareti ricoperte da una neve che si sarebbe sciolta soltanto in primavera con l'aumento della temperatura. Era un'abitazione elementare, di quelle vendute in kit, ma comunque nuova e funzionale, con angolo doccia, soggiorno, cucinotto e camera da letto. Fuori, purtroppo, la spazzatura era stata svuotata e il suo contenuto di sicuro già passato nel trituratore.

L'uomo sedeva di fronte a Léonie, la schiena rigida, le pupille fisse. Teddy, un po' più a destra, osservava ogni suo movimento. Liotta e uno dei suoi agenti di rinforzo perlustravano intanto l'appartamento da cima a fondo, e non ci avrebbero impiegato molto date le dimensioni dell'alloggio. Il sergente tornò infatti dalla camera da letto con una Polaroid, qualche foto e una pila di riviste porno che appoggiò sul tavolo.

«Erano nel cassetto del comò. Abbiamo finito, non c'è altro».

Léonie si sporse verso le istantanee. Erano vari paesaggi della zona: il lago Ridge, la foresta, l'argine innevato... Poi sfogliò le riviste. Landry si era dedicato al suo lavoretto manuale di attacca e stacca su quasi tutte le pagine, limitandosi però a incollare la sua faccia sul busto dei protagonisti maschili, e a invertire le teste di alcune ragazze.

«Non ha il diritto di farlo», mormorò. «Sono cose personali».

La poliziotta ignorò il commento e si rivolse a Liotta.

«Nessun'altra foto? Qualcosa di ricollegabile al Windigo?».

«No, non abbiamo trovato niente. Se nasconde qualcosa, sarà da un'altra parte. Oppure se ne è già sbarazzato».

Léonie estrasse dalla tasca un manifesto di Morgane e lo spinse lentamente verso l'operaio mentre Teddy tirava verso di sé le riviste per sfogliarle a sua volta.

«La riconosce?», gli domandò.

Il minatore, sulla trentina, aveva un fisico armonioso, due grandi occhi azzurri e dei bei riccioli. Un uomo forte che si prendeva cura del suo corpo, come dimostravano le varie paia di scarpe da ginnastica e i pesetti sistemati in un angolo.

«L'ho visto affisso in giro, come tutti».

«In giro dove, esattamente?».

«In città. Sulla vetrina dell'alimentari. Sono sparsi anche in vari punti della miniera. Difficile non vederli».

«Afferma quindi di non aver mai visto questa donna in carne e ossa?».

Lui annuì, senza aprire bocca. Léonie gli indicò il pesante giubbotto col cappuccio appeso vicino all'ingresso.

«E allora perché è scappato via, due sere fa, quando ha visto questo avviso sul lampione di fronte al Bliz?».

«Non so di cosa parla. Non sono andato in centro due sere fa. E nemmeno lo frequento quel bar».

«Dove si trovava, allora, la sera del 14?», continuò a battere il chiodo la poliziotta, a braccia incrociate, tanto per fargli capire che l'argomento era ben lontano dall'essere concluso.

Landry si prese del tempo per riflettere. Un ragazzo calmo, con un buon autocontrollo.

«Era domenica, giusto? Ho lavorato, ero di turno. Dopo il lavoro sono andato a correre per una decina di chilometri su uno dei miei percorsi intorno al vecchio bacino dei residui.

Una volta tornato a casa, ho fatto un po' di addominali, mangiato e guardato la TV».

«Che cos'ha guardato in TV?», l'incalzò subito Teddy.

«Non me lo ricordo. Anche perché mi sono addormentato subito. Con il lavoro che faccio non è che resista molto la sera».

«Si sforzi».

«Era... *Tre uomini in fuga*, mi pare. Sì, quello lì».

Liotta si avvicinò di colpo sbattendo le mani sul tavolo, il naso a cinque centimetri da quello del minatore.

«Ora basta con queste stronzate, ok? Non ce ne frega niente del tuo film. Quello che ci interessa è che l'altroieri hai buttato uno dei tuoi giornaletti nella spazzatura nel bel mezzo della notte. E dentro c'erano dei ritagli della vittima, che avevi fotografato con questa Polaroid. Perciò l'hai vista eccome, e lei ti sorrideva, figlio di un cane. E l'hai uccisa a colpi di artigli. Dove l'hai nascosto il tuo costume da svitato?».

Léonie appoggiò una mano sul polso del sergente per evitare che superasse i limiti; cosa che, in realtà, aveva già fatto insultando l'uomo. Alexis Landry restava immobile, sulla difensiva. Era più intelligente di quanto desse a vedere e aveva capito che i poliziotti non possedevano nessuna prova contro di lui.

«Suppongo sia stato quell'imbecille di Turcotte a raccontarvi questa storia, vero? Non mi sorprende. È da quando sono arrivato che quello sfigato ce l'ha con me. Direbbe qualsiasi cosa pur di farmi le scarpe».

«Perché dovrebbe avercela con te?», rispose seccamente Liotta raddrizzandosi, anche per sottrarsi al contatto che gli aveva imposto Léonie.

«Perché prima ci stava lui alla scavatrice della fossa Ercole mentre adesso si ritrova alla pellettizzazione. Ma che c'entro io? Intanto, però, lui continua a trattarmi come una pezza da piedi. Andate a parlare con i miei capi e ve lo confermeranno. Vuole soltanto mettermi nei casini!».

Sospirando, la giovane poliziotta si appoggiò allo schienale della sedia, ora dubbiosa. E se fosse stato un buco nell'acqua? C'era qualcosa che non quadrava. A dirla tutta non se l'immaginava proprio quel minatore travestirsi da Windigo e mutilare dei cani per spaventare gli innu. A che scopo? Eppure l'uomo che aveva inseguito l'altra sera era veloce, allenato, un uomo che aveva avuto una reazione di fronte al manifesto di Morgane e si era allontanato lungo il lago, in direzione della miniera, e non della riserva.

«Lei è un uomo che si prende molta cura di sé…».

Landry rivolse i suoi occhi chiari verso Teddy, che aveva appena parlato.

«Le creme idratanti in bagno, i pesi, la corsa… Si depila anche le sopracciglia. Appena appena, ma se uno guarda con attenzione lo nota».

«E allora? È forse proibito? Qui si lasciano andare quasi tutti. C'è chi si fa la doccia a ogni morte di papa. Be', non io. In un buco di posto come questo, l'igiene è l'unica cosa che ci distingue ancora dagli animali…».

Il criminologo aprì la rivista a una pagina su cui il sospettato aveva incollato la sua faccia.

«Vorrebbe somigliare a loro, mi pare di capire. A livello di prestazioni sessuali, suppongo, perché dal punto di vista fisico non mi sembra che abbia nulla da invidiare a nessuno. Bel faccino, un corpo direi niente male».

Notò l'improvvisa contrazione delle labbra di Landry.

«Ma che diavolo sta dicendo…».

«Di cos'è che si vergogna tanto? Le dimensioni del suo pene? O è forse un eiaculatore precoce? Non fa in tempo a spogliarsi davanti a una donna che, *hop*, partono i fuochi d'artificio? Come mai? Troppo timido? Poca fiducia in se stesso? Son cose difficili da gestire nei momenti intimi, vero?».

Landry diresse due occhi furenti verso Liotta.

«Gli dica di smettere. Ancora una parola e sarò io a sporgere denuncia. Non avete il diritto di trattarmi così».

«E dai, forza, chiama il tuo avvocato», ribatté il sergente.

Il minatore strinse la mascella.

Teddy insistette: «Poi, per perfezionare del tutto le sue fantasie, ritaglia le teste originali e le sostituisce con quelle di altre donne. Brune e rosse non la fanno impazzire da quel che vedo. A lei interessano le bionde con gli occhi azzurri. Come lei. E come la nostra vittima... Già, proprio come la nostra vittima».

Teddy piazzò bruscamente una mano sul manifesto, facendo schioccare il legno del tavolo.

«Ecco cosa penso, signor Landry. Quelle foto di Norferville e dintorni sono solo stronzate. Le ha scattate a posteriori per buttarci un po' di fumo negli occhi. Perché dai, su, le Polaroid non sono fatte per immortalare paesaggi. E poi ha tenuto quelle riviste con lo stesso obiettivo: non doveva apparire neanche troppo pulito. Un po' bianco, un po' nero... Lei è astuto, non c'è dubbio... Astuto, ma spaventato».

Il francese si alzò e si avvicinò alla finestra. Da lì si mise a guardare fuori, con le mani appoggiate sul telaio.

«Lei fotografa le donne che le piacerebbe possedere. E siccome ha un blocco sessuale che le rende la vita un inferno, i suoi piccoli collage le permettono di farsi tutto un altro film, dove lei è finalmente uno stallone capace di soddisfarle...».

«Lei è fuori di testa».

«Era lei l'uomo che è scappato via due sere fa, e la sa una cosa? È proprio questo che dimostra che non è l'assassino. Se lo fosse, la foto della vittima non l'avrebbe fatta reagire in quel modo... Lei ha soltanto avuto paura».

Tornò verso di lui e si rimise a sedere.

«Perciò adesso ci spiegherà come stanno le cose, perché se si ostina ancora su questa strada resterà il nostro unico sospettato e ci accaniremo su di lei. Le faremo le pulci, porteremo alla luce ogni suo difetto, grande o piccolo che sia, e questi giornaletti con sopra la sua faccia circoleranno tra moltissime mani. E poi si sa come va, le voci girano, e temo che a quel punto la situazione non sarà più tanto piacevole per lei da queste parti...».

Alexis Landry intrecciava le dita come un ragazzino nervoso. Esitò a lungo, sondò ogni singolo sguardo posato su di lui. Ma alla fine, sospirando, annuì.

«E va bene, l'ho vista, sì. Ero con lei la sera del 13...».

Il giorno prima della sua morte. Il criminologo scambiò un'occhiata con Léonie, e poi con Liotta, ancora in piedi all'estremità del tavolo.

«Dove?».

«Nel suo chalet, al Blue Ridge. Avevamo un appuntamento».

Teddy sentì aumentare la salivazione. Cercò di mantenere un tono di voce sicuro.

«Che genere di appuntamento?».

«Secondo lei? Era qui per scopare. O vuole che le faccia un disegnino?».

40

«È iniziato tutto una sera di circa sei mesi fa», spiegò Alexis Landry. «All'uscita dell'alimentari, poco prima dell'orario di chiusura. Una cosa rapidissima. Mi abborda un tizio che mi rifila tra le mani un foglio di carta e mi dice che, se mi interessano delle ragazze, nella massima discrezione, non ho che da seguire le istruzioni sul foglio…».

Léonie aveva ripreso le redini dell'interrogatorio. La rivelazione del minatore era stata una vera batosta per Teddy.

«Intende delle prostitute?».

L'uomo era sempre più teso. Liotta, piazzatosi alla sinistra della collega, seguiva con attenzione.

«Non ci saranno conseguenze», intervenne. «Non è la prostituzione il nostro obiettivo, d'accordo? A noi interessa quello che hai da mettere sul tavolo. Ed è meglio per te che sia qualcosa di utile. Perciò vuota il sacco».

«Proponeva ragazze che, a differenza delle altre, non si mettevano in mostra nei bar. Ragazze discrete, invisibili. Accampavano qualche falso pretesto per soggiornare a Norfer e se ne restavano chiuse in albergo. Con loro avrei potuto passare una bella serata senza che lo venissero a sapere tutti».

Léonie lanciò un'occhiata a Teddy, che cercava di fare buon viso a cattivo gioco. Ma lo capiva che l'uomo aveva la mente altrove. Che il dolore gli stava attanagliando lo stomaco.

«Questo tizio che le ha dato il foglio, sa chi è?».

«No. Di sicuro un indigeno, ma l'ho visto proprio al volo».

«Dacci un nome», fece Liotta.

«Ve lo ripeto, mi ha detto queste quattro parole in croce ed è sparito. Non saprei neanche descriverlo, sinceramente, gli innu hanno tutti la stessa faccia. Poteva avere trent'anni come pure quaranta, e per giunta indossava un berretto… Impossibile dargli un'età…».

Guardò di soppiatto Léonie, che non gli staccava gli occhi di dosso.

«Cosa c'era scritto sul foglio?».

«Che bisognava creare un account su un social chiamato Topfans e iscriversi al profilo @norferjoy. Una volta accettati, la pagina mostrava una lista di ragazze disponibili su Norfer. C'era qualche bianca ma si trattava perlopiù di native americane…».

«E a cosa dava accesso? A delle foto?».

«Sì, una roba molto basica con l'età, una breve descrizione e cose di questo tipo. Poi bastava indicare la ragazza scelta attraverso un messaggio a un utente. Che penso fosse l'organizzatore di tutto. E lui mi ricontattava comunicandomi giorno, ora e luogo dell'appuntamento…».

«Solo sei anni che abbiamo internet e già si sono adattati alle nuove tecnologie, questi maledetti!», grugnì Liotta. «E la vittima, Morgane Schaffran, era nella lista?».

«Ci è apparsa una decina di giorni fa».

Teddy si allontanò dal tavolo e si andò ad appoggiare al muro vicino alla finestra. Sua figlia non poteva essere una prostituta, non aveva alcun senso. Ma no, certo che no. Stava indagando, cercava delle giovani donne scomparse. E quella rete di prostituzione era forse l'unica pista che era riuscita a trovare, così aveva deciso di infiltrarcisi, correndo i rischi del caso, come avrebbe fatto una vera poliziotta. *Morgane Doyle.*

«Ci faccia vedere», disse a fatica.

L'uomo scosse la testa.

«Non posso. Ho cancellato il mio account quando ho saputo che…».

«Ne creerà uno nuovo», lo interruppe Léonie, «e rifarà tutta la procedura davanti a noi».

Ubbidiente, Landry prese il suo telefonino e l'appoggiò sul tavolo in modo che tutti quanti vedessero. Si collegò al sito. Gli fu subito chiesto un numero di carta di credito.

«È una particolarità di Topfans, bisogna per forza inserire la propria carta per poter seguire delle persone», spiegò. «Però l'addebitano soltanto per i contenuti a pagamento. Foto, video…».

Inserì tutte le informazioni richieste, ricevette un'email di conferma e poté infine visualizzare la homepage. Come su qualsiasi altro social, l'algoritmo gli propose alcuni profili inevitabilmente femminili: una cantante, una ballerina, tutte ragazze giovani, truccate pesantemente e in abiti succinti, che invitavano i visitatori ad abbonarsi al loro profilo. Prede perfette: ai predatori non restava che fare la spesa. Landry digitò «@norferjoy» nella barra di ricerca. Il verdetto non si fece attendere: «Nessun risultato».

«Non funziona più. L'elenco con le foto è sparito».

«Hanno sospeso tutto», sospirò Léonie girandosi verso Teddy.

«L'utente che contattava per prenotare la ragazza… Cerchi lui», ordinò il criminologo, che non voleva assolutamente abbandonare quella pista.

Quando vide l'operaio digitare «@lince», ebbe un tuffo al cuore. La persona che aveva probabilmente massacrato la sua bambina faceva quindi parte di quella rete. Anche lì non approdarono a nulla. Il profilo non esisteva più. Ogni traccia era stata dissolta. Oppure spostata altrove. Volatilizzatasi nei meandri di internet.

«Questo Lince lei l'ha visto?», domandò il francese.

«Mai», rispose Landry. «Sono ricorso ai loro servizi due volte e non ho mai visto nessuno. A parte le donne, chiaramente. La prima più o meno un mese e mezzo fa. E l'altra...».

«Gli incontri avvenivano sempre al Blue Ridge?».

«Per quanto mi riguarda sì».

«E per pagare le ragazze come funzionava?».

«Non si pagava direttamente a loro. Bisognava portare i contanti il giorno prima dell'appuntamento in un posto indicato da Lince attraverso un messaggio privato. Nel mio caso ho infilato i soldi nelle cassette postali di due case abbandonate alla periferia della città».

Veri e propri fantasmi. Prudenti, organizzati. Inafferrabili. Quei network mutevoli e anonimi che proliferavano ovunque erano una grandissima piaga. Teddy tornò alla carica: «Lei ha raggiunto la vittima nel suo chalet il giorno prima che morisse. Come si è svolto il vostro incontro? Di cosa le ha parlato? Le è parsa spaventata?».

L'operaio scrollò le spalle.

«Sembrava a posto, cosa vuole che le dica? Forse, sì, mi ha chiesto qualcosina riguardo a Lince. E mi ha mostrato delle foto di altre ragazze... Ma di lei non so niente, non sono uno che si mette a fare domande».

Si interruppe un momento, e poi inspirò a lungo.

«Senta, non me la sono scopata, d'accordo? Io... Io volevo soltanto... guardarla, scattarle qualche foto. Sono rimasto lì un paio d'ore e poi me ne sono andato. Dopodiché non l'ho mai più rivista, tranne che... su quei manifesti».

Abbassò gli occhi, con le mani giunte in mezzo alle gambe. Nel prefabbricato regnava ora il silenzio. Léonie si alzò e infilò il giubbotto. C'erano ancora molte zone d'ombra da chiarire.

«Venga con noi, signor Landry, metteremo questa storia nero su bianco. E poi ci farà vedere in quali cassette ha depositato il denaro. Ci vorrà un po', perciò avvisi chi deve avvisare. Per oggi non tornerà al lavoro».

L'uomo fece quanto detto senza protestare. Teddy si alzò a sua volta con l'impressione di avere tanti pezzi di puzzle sparsi nella testa. Ormai non c'erano più dubbi: Morgane era sulle tracce delle ragazze scomparse a Montréal, pronta a tutto pur di ritrovarle. Se Lince pensava di essere al sicuro nella sua tana, si sbagliava di grosso. Teddy gli sarebbe stato con il fiato sul collo. A costo di passare il resto della sua vita in quell'inferno.

41

Non riuscendo a chiudere occhio, Patrick si era messo in macchina all'una del mattino per spararsi i novecento chilometri che separavano Montréal da Sept-Îles. Per fortuna quelle undici ore di viaggio erano state abbastanza piacevoli. La strada procedeva lungo la sponda nord del San Lorenzo e gli aveva anche consentito di intravedere, nei dintorni di Tadoussac, l'eccezionale biancore dei beluga che costeggiavano pacificamente il greto del fiume.

Prima di allora gli era capitato soltanto una volta di mettere piede in una riserva autoctona, a Pessamit, per una storia di omicidio. Ma, a differenza di Pessamit, il territorio innu di Uashat era come soffocato all'interno di un'altra città: da un lato c'era il confine naturale del fiume mentre dagli altri era circondato dai venticinquemila abitanti di Sept-Îles. Da quel che sapeva il poliziotto, la gente del posto – innu e non – andava piuttosto d'accordo, quantomeno sulla carta. Erano gli indigeni ad amministrare i contratti per la raccolta dei rifiuti. Gestivano inoltre vari pescherecci e delle fabbriche di lavorazione dei crostacei, nonché il famoso treno Tshiuetin che portava a Norferville.

Penetrando nella riserva dall'ampia e lunghissima Avenue de Queen, quasi non si accorse del ridicolo cartello segnaletico verde, tutto storto, piantato in mezzo a due edifici, che diceva semplicemente: «Confine Riserva Uashat». La riserva gli si presentò come un posto senza alcuna attrattiva, costruito in maniera piuttosto bizzarra. Sembrava quasi che la mano di un gigante avesse versato del bitume sopra la riva sabbiosa e alberata, formando una sorta di griglia, per poi lanciarci sopra dei mattoncini Lego colorati, a volte seguendo uno schema e altre un po' a caso in mezzo ai pecci. Tanto per occupare lo spazio, probabilmente.

Patrick non era tipo da ribellarsi né da fare militanza, ma si intristì vedendo quelle persone, che per secoli erano vissute a contatto con la natura, recintate ora come animali. E tutto per cosa? Per costruire dighe, abbattere foreste o sfruttare giacimenti di minerali. Lo chiamavano progresso... Nel frattempo – non era certo un segreto – una vera e propria epidemia di suicidi si abbatteva ormai da anni sulle comunità indigene, e Uashat non faceva eccezione.

Il GPS lo condusse in rue Shapatesh, davanti a un sentiero in fondo al quale sorgeva la casetta gialla della donna che era venuto a trovare. C'erano sterpaglie un po' dappertutto, persino lungo i muri e sotto i gradini in calcestruzzo dell'ingresso. Dietro l'abitazione si vedevano il San Lorenzo e alcuni mastodonti da duecentomila tonnellate, carichi di pellet di ferro provenienti da Norferville, che si avviavano verso la Cina e il Giappone.

Patrick si sistemò il nodo alla cravatta beige, infilò il giubbotto e uscì dall'auto. Josiane Gill gli aprì soltanto perché il poliziotto continuò a bussare con insistenza. La donna aveva palesemente bevuto ma comunque stava lì dritta nel vano della porta, riparandosi gli occhi con la mano, come infastidita dal sole di mezzogiorno.

«Che cosa vuole?».

«Parlarle di sua figlia».

Un barlume di speranza sfiorò allora quel viso rovinato che emanava qualcosa di selvaggio, di severo, forse a causa delle sopracciglia nere che si tuffavano verso il setto nasale. Dopo che il poliziotto si fu presentato, la donna lo lasciò entrare, scusandosi per il casino che c'era in casa. Con un gesto del braccio spazzò via le tante lattine di birra scolate che atterrarono in un sacco della spazzatura, dopodiché si concentrò su di lui. Patrick ebbe l'impressione che si aspettasse una buona notizia, così preferì essere diretto con lei.

«Se sono qui è perché Morgane Schaffran, che credo lei conosca, è stata assassinata. Il suo corpo è stato ritrovato a Norferville».

Odiava il suo lavoro in momenti come quello. Un vero uccello del malaugurio. Sulla faccia grigia di Josiane Gill lesse di colpo un grande vuoto. Il nulla. La donna trascinò i piedi fino al frigorifero, come un automa, si aprì una birra e rimase lì a berne diverse sorsate mentre guardava il fiume dalla finestra, quasi fosse un poeta in cerca di ispirazione. Il poliziotto avanzò di qualche passo. Si appostò sulla soglia della stanza.

«Lei, signora, l'aveva contattata. E poi vi siete sentite spesso perché Morgane Schaffran si interessava alla scomparsa di giovani donne indigene. Vorrei che me ne parlasse un po'. Era in pensiero per sua figlia?».

Lì per lì Patrick pensò che non l'avesse sentito. La donna finì la sua birra con calma. Poi, finalmente, si girò a guardarlo.

«Angelune non aveva ancora quindici anni che già ci sfuggiva dalle mani. Io e mio marito non siamo stati in grado di fare quello che serviva per tirarla su come si deve, ma non era facile... Jean partiva in mare a pescare granchi per intere settimane. Non c'era mai per lei. A un certo punto Angelune ha smesso di andare a scuola e si è messa a frequentare cattive compagnie, a fumare hashish. A volte restava a dormire fuori casa e non la vedevo per giorni. Poi, però, tornava sempre...».

Taccuino in mano, Patrick annotò «ANGELUNE GILL». La padrona di casa rovistò in un cassetto e gli porse una foto. Sua figlia aveva le stesse caratteristiche delle altre donne scomparse. Una bella ragazza, giovane, slanciata, che sapeva sorridere davanti all'obiettivo.

«Quando ha compiuto diciotto anni, ha fatto le valigie e se n'è andata. Mi ha detto che voleva fermarsi a stare per un po' da una sua amica nell'altra riserva, Maliotenam, a venti chilometri da qui. La conosce Maliotenam?».

«Solo di nome».

«L'amica si chiamava Kelly. Kelly McKenzie. Ma lei dice che mia figlia, lì, non ci è mai andata e che non aveva neanche mai previsto di andarci. Fatto sta che da allora Angelune non s'è più rivista…».

«Di quanto tempo fa parliamo?».

«Era metà settembre».

«Perciò Angelune le aveva detto una bugia…».

La donna riprese in mano la foto, la osservò a lungo.

«Non è la prima volta che una delle nostre ragazze abbandona la riserva per non tornare più. Angelune lo diceva, a volte. Diceva che un giorno se ne sarebbe andata a Montréal, che lì avrebbe potuto trovare lavoro, avere una bella vita e sfuggire alla miseria che c'è qui… Non possiamo biasimare i giovani perché hanno dei sogni».

Patrick si limitò ad annuire. Lui l'aveva visto, il risvolto di quel sogno…

«Non lo so perché mi ha mentito, ma… Non sarebbe mai andata via così, senza dare notizie, senza più rispondere al telefono. Quando chiamo parte direttamente la segreteria telefonica. Non è mica normale. E poi in camera sua ci sono delle cose a cui teneva. Perché non le avrebbe prese con sé se contava di non tornare più?».

«E lei che cos'ha fatto?».

«Per prima cosa sono andata dalle persone che frequentava, cioè, quantomeno da quelle che conoscevo. Una delle sue amiche ha finito per confessarmi che era da qualche mese che Angelune metteva dei soldi da parte per andare a Montréal. È stata davvero tosta scoprire che lo faceva di nascosto da me».

«Da dove venivano quei soldi?».

«Da internet, a quanto pare avrebbe venduto alcune sue foto… Cose un po' spinte che comprano certi maiali per rifarsi gli occhi».

Abbassò lo sguardo. Nonostante la vergogna, aggiunse: «Purtroppo la sua amica non sapeva altro… Aveva messo in guardia Angelune, dicendole che poteva essere pericoloso, che chissà quali tipi loschi c'erano dall'altra parte dello schermo. Ho avvisato la polizia. Hanno raccolto la mia denuncia ma poi non s'è mossa una foglia. Per come la vedono loro mia figlia è maggiorenne e voleva semplicemente andarsene dalla riserva, come tante altre ragazze… Non so proprio dove sbattere la testa, mi sento persa. Ma glielo ripeto: mia figlia non se ne sarebbe mai andata senza prima salutarmi».

«Capisco».

Alcune lacrime s'impigliarono nelle ciglia della donna. Patrick avvertiva tutta la sofferenza di Josiane Gill. Il senso di colpa di una madre per non aver saputo proteggere la sua bambina. L'impotenza. Non c'era niente di peggio di una scomparsa. Rendeva impossibile qualsiasi tentativo di elaborare il lutto. Le chiese il nome e l'indirizzo dell'amica da cui aveva ottenuto quell'informazione e poi proseguì con altre domande: «Ha continuato a cercarla?».

«Sì, sono andata al Centro servizi sanitari e sociali di Sept-Îles. Mi hanno detto di provare a controllare nei vari rifugi o associazioni di Montréal, nella remota possibilità che fosse finita lì. È stato allora che mi sono imbattuta nel sito di Morgane, che ho visto le foto di quelle povere ragazze. Ce n'era una che assomigliava moltissimo ad Angelune. Stesso sorriso, stessi occhi… Quando ho contattato Morgane e le ho spiegato la mia storia, lei mi ha presa subito sul serio. È anche venuta a trovarmi, lo scorso gennaio, con un pacco di manifesti con sopra il suo numero di telefono. Li abbiamo appesi ovunque, anche nell'altra riserva, a Maliotenam… Lei faceva domande a destra e a sinistra. Sembrava… ossessionata. Era una donna incredibile, voleva veramente aiutarmi. Avrebbe dovuto vedere tutto quello che ha fatto per me… Non so dirle quanto mi rattristi questa notizia. È tremendo».

Seguì un pesantissimo silenzio. Senza metterle fretta, Patrick aspettò diversi secondi prima di permettersi di infrangerlo.

«E tutte queste ricerche l'avevano condotta verso qualche pista?».

«Credo di sì, ma non me ne ha parlato. Voleva prima esserne sicura per non darmi false speranze. Mi ha promesso che sarebbe tornata a trovarmi appena scoperto qualcosa. E adesso lei mi viene a dire che è morta a Norferville…».

Lo guardò dritto negli occhi.

«Non può essere una coincidenza».

42

Una cassetta della posta traballante in mezzo a un giardino di sterpaglie, in fondo a una strada che era un susseguirsi di case abbandonate. Si chiudeva con un semplice pezzo di metallo, perciò non era stato difficile aprirla. Ovviamente i poliziotti l'avevano trovata vuota, come vuoto era il fatiscente fabbricato che avevano comunque perlustrato. Era lì che Alexis Landry era andato a depositare trecento dollari canadesi. L'indomani, la sera del 13, aveva incontrato Morgane nel suo chalet, l'aveva fotografata per dare sfogo alle sue fantasie. Ventiquattro ore dopo, Lince aveva convocato la donna nella catapecchia di rue Westside. Per massacrarla.

Teddy si avviò a piedi verso il centro di Norferville. Un po' più lontano due agenti avevano quasi concluso il giro per scoprire se gli abitanti più vicini avessero notato qualcosa di sospetto: automobili nei paraggi, un insolito viavai di gente… Altri, tra cui lo stesso Liotta, moltiplicavano le incursioni nella riserva. Cercavano di braccare Lince portando in commissariato tutte le persone già note alle forze dell'ordine, presentandole ad Alexis Landry nella speranza che il dipendente dell'INC riconoscesse quel volto che aveva visto solo per qualche secondo davanti all'alimentari. La violenza di cui il sergente e il suo braccio destro avevano dato prova con uno degli interrogati – appartenente a quella che definivano una «banda di delinquenti» – non era sfuggita al criminologo. I ceffoni dietro la testa, gli insulti, le minacce... Prima o poi, ne era convinto, quel modo di fare sarebbe culminato in una sanguinosa ribellione.

Svoltò nella strada principale, dove si stavano già abbassando le serrande. A giudicare da come tutti quanti si tappavano in casa, Teddy si disse che la bufera di cui aveva parlato Liotta, prevista di lì a qualche ora, non sarebbe stata una passeggiata. Affrettò allora il passo, ripiombando tuttavia nelle sue riflessioni. Ripensò a sua figlia che, in un modo o nell'altro, era riuscita a infiltrarsi in una rete di prostituzione 2.0. Forse, per trovare le sue risposte, Morgane aveva fatto un po' troppe domande a Landry o ad altri *clienti*. Destando così i sospetti di Lince. Quest'ultimo aveva allora visto in lei un pericolo, tanto da farla fuori e, con l'occasione, cercare di rafforzare i timori degli innu quanto alla presenza del Windigo. Due piccioni con una fava. Quella feccia umana doveva averla costretta a rivelargli quello che sapeva nella casa degli orrori, per poi ucciderla e gettare il suo corpo in mezzo alla neve.

Il francese arrivò all'altezza del ristorante, vide Léonie che interrogava il direttore e proseguì per la sua strada. Un idrovolante sorvolava il lago Ridge sulla sua destra. C'era una luce effimera. Con il sole ormai basso che filtrava appena appena attraverso i nuvoloni sempre più fitti, la distesa gelata si tingeva di sfumature porpora. Qualcuno era addirittura uscito di casa per immortalare il momento e scendeva verso le sponde del lago per assistere a quello spettacolo vago e curioso che si poteva ammirare solo a certe latitudini estreme.

Una volta rientrato allo chalet, si preparò una tazza di tè nero. Poi aggiunse un nome al suo pannello: Angelune Gill. Ci attaccò sopra la foto che aveva stampato alla stazione di polizia, inviata nel primo pomeriggio dal collega di Léonie. La ragazza aveva degli evidenti punti in comune con le altre: indigena, bella, delicata. Un'altra scomparsa a cui nessuno aveva dato peso più di tanto. A parte la madre e, per forza di cose, Morgane.

Teddy si sedette al tavolo e si collegò all'account di Topfans. Angelune aveva messo un po' di soldi da parte pubblicando dei contenuti su quel social. Uno degli agenti di Liotta era riuscito a risalire al profilo perché non aveva un nome molto diffuso e il suo pseudonimo non se ne discostava molto: @ ange_lune. Nella parte pubblica aveva condiviso alcune foto provocanti. Si era immortalata seminuda nella sua stanza, le labbra carnose bene in vista. Poi in riva al fiume, con i vestiti bagnati che le evidenziavano le forme. Ma i commenti e la lista di amici non erano visibili. Bisognava che Angelune accettasse l'invito di contatto per potervi accedere, cosa che evidentemente non le era più possibile fare.

Se dalle prime ricerche alla stazione di polizia non era emerso nulla, Teddy non voleva demordere e si rimise a cercare il profilo di Morgane. Digitò varie combinazioni intorno al nome «Morgane Doyle». Andò avanti così per un'altra mezz'ora, invano. Sua figlia poteva aver usato qualsiasi pseudonimo. Era come cercare un ago in un pagliaio… Tornò allora sulla pagina di Angelune. La registrazione al sito risaliva al mese di giugno. Sotto la foto di presentazione aveva indicato, come luogo di provenienza, «municipalità di Sept-Rivières». Sufficientemente vago per non essere ritrovata ma anche abbastanza preciso per far sapere in quale angolo del mondo viveva. Era stato quello ad attirare su di lei l'attenzione di Lince e dei suoi eventuali complici? L'avevano adescata virtualmente, o fisicamente nella riserva, per spingerla ad andare lì, a Norferville, e guadagnare in fretta più soldi? Era così facile lasciarsi sedurre dai ciarlatani che promettevano mari e monti, raggirando le giovani vittime… Ma perché, dopo, non era più tornata da sua madre? Quella rete era, forse, soltanto la punta dell'iceberg.

C'erano ancora troppe domande in sospeso perché il criminologo potesse intravedere un qualsiasi schema. Non era nemmeno del tutto convinto che ci fosse un collegamento tra le ragazze di Montréal e Angelune Gill. A separare quelle sparizioni c'erano infatti novecento chilometri e diversi anni. Janelle, Myriam, Sakari e Kathia erano delle indigene sradicate, arrivate da ogni parte del Canada, perse in una città troppo grande per loro. Se davvero erano cadute nella trappola di un predatore, il contatto doveva essere avvenuto in strada, dalle parti di Cabot Square. Internet, in quel caso, non c'entrava nulla.

Gli ultimi raggi di sole inondavano il legno del pavimento di una luce morbida. Per un brevissimo istante regnò nella stanza una sorta di pienezza che Teddy non sperimentava da tempo. E un silenzio divino, che sembrava arrivare dal profondo dell'universo... L'espressione «la quiete prima della tempesta» non gli era mai parsa così appropriata. Si mise in testa il berretto e uscì di nuovo nonostante i -18 °C. Stavolta non con l'intenzione di invocare una morte lenta, ma di entrare in comunione con quella natura che aveva così tanto da offrire. Scese in direzione dell'argine. Era così lontano dal suo ufficio di Lione e da tutti i posti del mondo in cui aveva messo piede... Eppure talmente vicino. Talmente vicino a se stesso. Alle cose più semplici dell'esistenza. Forse era così che funzionava la vita lì. Una ricerca di assoluto nell'ammaliante sussurro del Grande Nord. Quanto gli faceva male sapere di non poter più condividere con Morgane quelle piccole gioie.

Qualche metro più in là un uomo si stava avventurando sulla superficie ghiacciata del lago, con in mano il telefonino in modalità fotocamera. A un certo punto si accovacciò e iniziò a filmare. Teddy strizzò l'occhio per capire cos'avesse visto. Era un animale dalla pelliccia arruffata, con un musetto appuntito color caffelatte, che sgattaiolava via tra i cumuli di neve. Una volpe artica? C'era vita ovunque, se uno sapeva guardare. Si disse che sarebbe stato un ottimo proverbio innu. E, in quell'attimo sospeso, sentì il crepitio di una scintilla appena accesa nella sua mente. Guardando quell'uomo che avanzava sulla neve, intento a braccare la sua sorprendente preda, aveva visto anche qualcos'altro.

Per poco non cadde a terra nella fretta di tornare indietro. Sfilatosi i guanti, staccò la foto che raffigurava le improbabili impronte del Windigo rilevate vicino al quarto cane. Aveva forse scoperto il segreto dell'autore di quelle tracce. Un segreto di un'estrema semplicità.

L'errore del criminale.

43

Léonie aveva appena finito di parlare con Hector Liotta e stava rientrando quando, passando davanti allo chalet di Teddy, vide l'uomo che le faceva segno dalla porta e la chiamava. Non appena lo raggiunse, il criminologo le piazzò la foto tra le mani.

«Dobbiamo andare da Armand Panashue e farci dire chi è stato a scoprire il quarto cane, quello con intorno le impronte del Windigo».

La poliziotta lo guardò, corrugando la fronte. L'uomo aveva già infilato guanti e berretto, visibilmente pronto ad andarci subito. Lei, invece, sentiva il bisogno di rifiatare un attimo. Era stata una giornata lunga.

«Perché?».

«Glielo spiego strada facendo. Ci vorranno soltanto cinque minuti per fare un salto alla riserva, e preferirei parlargli di persona. Immagino abbia il suo indirizzo».

Léonie tentennò un momento e infine annuì.

«D'accordo, andiamo».

Camminarono in silenzio fino all'auto. Una volta nel bozzolo dell'abitacolo, la tenente mise in moto, accese i fari e lo invitò a sputare subito il rospo.

«L'ascolto».

«Prima di tutto: è riuscita a ottenere l'elenco dei clienti del Blue Ridge?».

«Sì, ho già verificato insieme a Hector Liotta. Nessuna

Angelune sulla lista. Ho controllato anche i nomi delle altre di Montréal, non si sa mai. Però no, niente».

«Avevano probabilmente cambiato nome, come Morgane. Un'ulteriore precauzione per coprire le tracce».

«È quello che ho pensato anch'io. Ho chiamato il mio collega per chiedergli di dare un'occhiata al registro dello Tshiuetin alla partenza da Sept-Îles. È ancora lì, sta interrogando alcuni conoscenti di Angelune nella riserva. Se quelle donne sono venute a Norferville, hanno per forza dovuto dare il loro vero nome a quel punto, perché c'è il controllo dei documenti prima dell'imbarco».

«Ottima idea. E su questa storia del giro di prostituzione che cos'ha detto il proprietario? Nega di aver mai visto nulla, immagino».

«Dice che rispetta la vita privata dei suoi clienti, stronzate del genere. A sua discolpa va detto che in effetti il sistema automatizzato con cui si accede agli chalet può rendere un cliente assolutamente invisibile, se lo desidera... È tutto autogestito e le persone dietro quella rete lo sapevano bene... In fin dei conti potrebbe anche essere vero che non si sia mai reso conto di niente».

Fece un sospiro.

«Non so, Teddy. A essere sincera sono un po' confusa. In questo posto mi sembra tutto così corrotto, così marcio. Norferville funziona come una mafia. Liotta ha in mano le redini della città. Vuole che sia fiorente, che le attività funzionino e fruttino denaro. Delle ragazze vengono qui a prostituirsi e alloggiano da suo fratello. I minatori sbattono i loro soldi sul bancone del bar e consumano. Tutte cose che non vanno bene, ma che sono così da sempre. Siamo in casa loro, capisce? In casa loro, in veste di ospiti indesiderati».

«L'avevo percepito, sì».

Léonie strinse più forte il volante e si sforzò di reprimere la rabbia.

«Vabbè, adesso mi dice, magari, che cosa succede?».

«Ripensi un attimo a quello che ci ha raccontato Panashue nel suo capanno. Che è stato a partire dalla scoperta del quarto cane che hanno cominciato a circolare delle voci all'interno della riserva. Avevano già trovato tre cadaveri di cani dilaniati a bordo della pista Wood eppure non era bastato per instillare una reale paura nella comunità...».

«Sì, me lo ricordo».

«Ora provi a calarsi nei panni della persona che si spaccia per il Windigo. Si accorge che nessuno collega le uccisioni con il mostro, che nonostante quei primi atti di violenza il risultato non è quello sperato. Cosa fa, allora?».

«Non saprei, decide di ingranare la marcia superiore. Lascia una traccia fisica del mostro».

Dopo cinquecento metri Léonie abbandonò rue Atlantic per svoltare in rue Éclipse. La gigantesca banconota da un dollaro brillò sotto la luce dei fari.

«Esattamente», confermò Teddy. «Non ha altra scelta, deve materializzare l'invisibile. Bisogna che gli indigeni credano fermamente che il Windigo si sta avvicinando alla riserva. E l'unico modo per convincerli è aggiungere quelle spaventose impronte sulla neve. Ho esaminato per bene le foto che ci ha passato Panashue. Non capivo come diavolo fosse possibile. Come si potessero imprimere dei segni su una neve così spessa, e soprattutto immacolata per metri, senza lasciare tracce nelle vicinanze. Ma poco fa, mentre osservavo un cliente del Blue Ridge che avanzava con cautela sul lago ghiacciato e scattava delle foto al paesaggio, credo di aver trovato l'unica spiegazione possibile. La più ovvia».

La poliziotta lo guardava con la coda dell'occhio, intrigata.

«Che io continuo a non cogliere».

«Siccome non si possono creare quelle impronte senza lasciare traccia dell'imbroglio, allora si fa in modo di arrivare prestissimo sulla scena l'indomani mattina. Si scende dallo

Ski-Doo e, ricalcando esattamente gli stessi passi nella neve farinosa, si va a scattare qualche foto. Così si ha tutto il tempo di sommergere le orme del giorno prima sotto quelle fresche di giornata. Dopodiché parte il giro di chiamate: è saltata fuori una nuova carcassa, solo che stavolta c'è anche dell'altro. Qualcosa che darà fuoco alle polveri...».

Léonie sentì un formicolio nel basso ventre. La scena descritta era facile da immaginare. E il ragionamento coerente. Forse Teddy aveva appena scovato il tallone d'Achille dell'assassino.

Arrivarono presto a destinazione. Appena spento il motore raggiunsero di corsa una casetta con il tetto gravato, come tutte le altre, da una grossa antenna parabolica. Il vecchio indigeno aveva piantato in mezzo al giardino incolto un grande cartello bianco che recitava, in francese e in innu: «NON CI SERVE NÉ ALCOL NÉ DROGA PER VIVERE BENE / APU APISHTAIAT ISHKUTEUAPUI MAK KA MITSHEKAUT TSHETSHI MININUNIMIAT. EKUANITSHIT INNUAT».

Armand Panashue aprì la porta prima ancora che bussassero. Si scostò subito per farli entrare ma non li invitò oltre l'ingresso. Attraverso le striscioline di plastica che pendevano dal soffitto Léonie intravide una famiglia numerosa raggruppata in salotto, e moltissimi occhi che li guardavano incuriositi.

«C'è qualche problema?», domandò l'uomo.

«Non le ruberemo molto tempo, ci servirebbero soltanto un paio di informazioni», lo rassicurò la poliziotta. «Ci ha detto che è stato suo figlio a scoprire il quinto cane, ma vorremmo sapere anche i nomi di chi ha trovato gli altri. Per poter fare anche a loro qualche domanda. Tutto qui, signor Panashue, e poi la lasceremo tranquillo con la sua famiglia».

Il padrone di casa acconsentì e si sfregò il mento come per far emergere i ricordi. Léonie aveva già tirato fuori il suo taccuino e annotò tutti i nomi che menzionava per non destare sospetti su nessuno in particolare. Voleva evitare che Panashue si attaccasse al telefono per avvisarli non appena fossero usciti dalla porta. Quando sentì chi era stato a trovare la quarta carcassa, quella circondata dalle impronte del Windigo, le sembrò che il sangue le defluisse dal corpo.

Florent Kashtin. Figlio di Antoine Kashtin, l'uomo attualmente a capo della comunità.

44

La casa di Florent Kashtin si trovava ora nel mirino di Léonie e Teddy, parcheggiati lungo la strada del lago. Era l'ultima, nella parte più a ovest della riserva. Oltre la casa si espandeva un ampio terreno vergine disseminato di pecci e delimitato dalla rue Atlantic. La luce all'interno era accesa. Dopo qualche minuto un altro veicolo si parcheggiò dietro al loro. L'agente Mangematin spense i fari e scese dall'auto, accompagnato dall'agente Millaud. Léonie e Teddy scesero a loro volta dal pick-up.

«Che succede?», domandò Mangematin sistemandosi il berretto sopra la testa pelata.

«Ho bisogno di rinforzi. Stiamo per interrogare un potenziale sospettato. Non è da escludere un fermo. Se non c'è, setacciamo per bene la casa. Cerchiamo qualunque cosa si possa ricollegare al Windigo: artigli, maschere, costumi, stravaganze di questo tipo…».

«Chi ci abita?».

«Florent Kashtin. Potrebbe essere pericoloso, perciò occhio».

«Il figlio del capo innu? Pensa che… che sia lui?».

Léonie gli spiegò brevemente il loro ragionamento, quindi si avviò verso l'abitazione. Arrivata sulla soglia, domandò al criminologo di restare dietro di loro e poi bussò, con una mano nel giubbotto, pronta a tirare fuori la pistola. La donna che aprì la porta aveva una trentina d'anni e si stava rassettando i capelli. Avvinghiata alla sua gamba c'era una testolina bruna che stringeva un pupazzo di stoffa e li osservava con due occhioni incuriositi. Teddy sentì una vampata di odio: l'uomo che forse gli aveva portato via Morgane aveva una famiglia.

«Vorremmo parlare con Florent», annunciò Léonie.

Mentre le mostrava il distintivo, sbirciò verso il salotto. In mezzo alla stanza c'era un uomo.

«Non è in casa. Che cosa volete?».

Aveva un tono ostile, com'era prevedibile. Ma la poliziotta, determinata, si autoinvitò a entrare e Mangematin richiuse la porta alle spalle di tutti e quattro. La casa era simile a quelle che aveva già visitato: apparteneva a un'altra epoca ed era satura di odori di pesce essiccato, di pelli conciate e di una cucina ricca di grassi. L'uomo fece qualche passo verso di loro, sulla difensiva. Probabilmente vicino alla quarantina, maglietta nera, stempiato, sopracciglia corte sopra due occhi a mandorla.

«Ma che vi prende?», sbottò.

«Lei chi è?», ribatté Léonie senza rispondergli.

«Marc Meshkenu. Un amico di Florent».

«Dov'è lui?».

«Alla centrale idroelettrica», rispose la donna. «Torna tra quattro giorni».

Aveva preso in braccio il bambino, di circa due anni, e lo strinse forte a sé come per proteggerlo. La tenente osservò il divano. Vestiti sopra i cuscini, lui piuttosto scompigliato, due bicchieri sul tavolo. Non serviva certo una laurea per capire. Il gatto non c'era e i topi ballavano.

«Mi occupo del caso Schaffran», spiegò Léonie. «Vorremmo farle alcune domande. Su Florent. Nel frattempo i miei colleghi daranno un'occhiata in giro».

I lunghi occhi a mandorla della padrona di casa sembrarono estremamente preoccupati. E subito il suo amante guizzò verso di loro come un serpente.

«Non avete il diritto di farlo».

«Data la natura del crimine sul quale stiamo indagando, abbiamo tutti i diritti del caso», gli rispose seccamente Léonie.

La donna andò a posare il bambino in un piccolo box fatto a mano, con il fondo ricoperto di pelli animali, che si trovava dall'altra parte del salotto. Florent Kashtin sembrava nutrire un'autentica venerazione per i caribù. Le pareti erano decorate con splendide foto di esemplari in mandria o da soli, accanto a racchette da neve e mocassini realizzati con il cuoio e la pelliccia dell'animale. Léonie sapeva bene quanto gli indigeni rispettassero quel grande mammifero che forniva loro cibo, vestiti e vari strumenti necessari alla sopravvivenza... Vide che anche Teddy scrutava ogni dettaglio di quell'ambiente, e in particolare un quadro dell'uomo che cercavano: Kashtin aveva due occhi neri come la notte, i capelli lunghi raccolti a coda di cavallo e una corporatura esile ma forte. Doveva essere un ottimo cacciatore.

«E ovviamente prendete di mira gli innu», brontolò Marc Meshkenu. «Perché deve essere per forza uno di noi il responsabile di quell'orrore, vero? Non crederete mica, spero, che Florent abbia qualcosa a che vedere con questa storia! È il mio migliore amico, non farebbe mai una cosa del genere».

«Stiamo interrogando le varie persone che hanno scoperto le carcasse dei cani lungo la pista Wood e caso vuole che siano degli innu, tutto qui», si difese Léonie. «Immagino sappia di cosa sto parlando, vero?».

La domanda era rivolta a Mireille Kashtin. La donna stava seguendo con lo sguardo Mangematin, che scomparve in un'altra stanza.

«Sa benissimo che lo so», disse con un filo di voce.

«Stando a quanto riferito da Armand Panashue, suo marito ha trovato un cane morto il 27 dicembre, un martedì mattina. In che frangente?».

«Stava andando a pescare».

«Durante la settimana?».

«Va spesso a pesca o a caccia nel tempo libero. In settimana, nei finesettimana, dipende dalla rotazione dei turni al lavoro. Di solito fa dieci giorni all'Hydrofer e sette a casa. Non è semplice alle volte, ma ormai è così da anni».

Léonie conosceva la reputazione della centrale idroelettrica. Un ambiente di lavoro molto duro, tagliato fuori dal mondo. Si trovava a soli sessanta chilometri da Norferville, dalla parte della provincia del Labrador, ma l'accesso a quel sito sperduto in mezzo alla natura selvaggia era complicato e alla maggior parte dei dipendenti veniva imposta la reperibilità, in modo da poter intervenire in qualunque momento, anche nel cuore della notte. La centrale era infatti fondamentale, alimentava l'intera città e anche gli impianti minerari che erano particolarmente energivori.

«Florent si trovava a Norfer intorno al 14?», le chiese Léonie.

«Sì, eravamo qui quando ci hanno telefonato per dirci di... di quell'orribile vicenda. Già dal mattino, non appena Pierre Sioui è tornato a casa, si è sparsa subito la voce».

«Neanche un'ora e lo sapevamo già tutti», confermò Marc Meshkenu.

«Suo marito come ha preso la notizia, signora Kashtin?», domandò Teddy.

«Come dovrebbe averla presa? Era sconvolto. Abbiamo subito fatto il collegamento con la storia dei cani... Una cosa spaventosa. Florent è uscito per cercare di saperne in più. E quando è tornato era fuori di sé».

«Ovvero?».

«Gli tremavano le mani, non apriva bocca. Era venuto a sapere... che quella donna era stata sventrata, proprio come i cani. Nella riserva si diceva che la *creatura* si stava avvicinando e che presto avrebbe attaccato la comunità».

«Si riferisce al Windigo?».

Il modo in cui la padrona di casa strinse le labbra valeva già come risposta. Era terrorizzata. Marc Meshkenu le accarezzò la spalla per rassicurarla. In quel momento ricomparve l'agente Millaud, scuotendo la testa. Poi si diresse verso la cucina e incominciò ad aprire tutti gli armadietti.

«Abbiamo bisogno di sapere dove si trovava Florent la sera prima della scoperta», continuò Léonie.

Stavolta il viso di Mireille Kashtin si corrugò dalla rabbia.

«Che cosa significa? Infilate il naso dappertutto, mettete a soqquadro la nostra roba, non avete rispetto per nulla. Ma cos'è che cercate, insomma? Mio marito non è un criminale».

«Per cortesia, signora Kashtin. Risponda alla domanda».

«Era con me! Dove vuole che fosse?», sbottò.

La donna sembrava un vulcano in eruzione. Li fulminò con lo sguardo, dal primo all'ultimo. Léonie cercò di tranquillizzarla con un gesto della mano.

«Ne è proprio sicura?».

«Ma se gliel'ha appena detto», intervenne scocciato Meshkenu.

Così non poteva funzionare, era evidente: Mireille avrebbe fatto di tutto per proteggere il marito.

«Com'è il rapporto tra Florent e suo padre?», domandò all'improvviso Teddy.

Lei parve sorpresa dal repentino cambio di argomento. Il francese sondava ogni sua reazione. La donna gli sembrava spontanea. Quanto all'uomo, era tornato a sedersi sul divano e si stava portando il bicchiere alle labbra, osservandoli con la coda dell'occhio.

«Con suo padre? È un po' complicato».

«Complicato come?».

«Non si parlano più da anni. Antoine avrebbe voluto che suo figlio si interessasse alla politica, come lui, perché ritiene che sia ormai l'unico modo possibile per far sentire la voce delle Prime Nazioni e difenderne il territorio. Ma Florent non è il tipo, le odia queste cose. È un uomo legato alla terra, un vero camminatore, capace di percorrere anche centinaia di chilometri».

«E suo padre non vede di buon occhio la gente che frequenta», aggiunse dal divano Marc Meshkenu. «Sono il responsabile dei lavori per la miniera. Mio fratello è un pezzo grosso all'INC ed è anche un forte contendente alla carica di capo della riserva».

«Rémi Meshkenu…».

«Vedo che vi siete informati. Immagino allora che saprete anche del progetto minerario nelle vicinanze del lago Wood. Antoine considera il fatto che suo figlio sia mio amico come un tradimento. Ma non si può mica rinnegare un'amicizia di vecchia data solo per colpa di opinioni divergenti. Io e Florent ci conosciamo da quando eravamo bambini…».

Teddy annuì lentamente con la testa come a dire che capiva il suo punto di vista. Le motivazioni di Florent Kashtin gli sembravano ora chiare: instaurare il terrore del Windigo per spingere la gente a votare contro la miniera, e quindi a favore di Antoine Kashtin. Rinnegato dal padre, voleva in qualche modo riscattarsi aiutandolo a vincere le prossime elezioni. Anche se forse non gli avrebbe mai confessato quello che aveva fatto per lui, nel suo intimo si sarebbe finalmente sentito degno del genitore. Come una vittoria personale e segreta.

«Se suo marito va spesso nella foresta, presumo che abbia anche un capanno da qualche parte, giusto?», domandò a Mireille Kashtin.

«Non ancora. Ma vuole costruirne uno la prossima estate. Anche perché ci tiene a lasciarlo poi come eredità per Maikan. Affinché non perda mai il contatto con la natura. È importante».

Teddy indicò le fotografie appese alle pareti.

«E allora dov'è il suo fucile? L'attrezzatura da caccia e da pesca? Mi sembra di capire che realizza anche degli oggetti. Tutti questi strumenti che vedo nelle foto, dove li tiene?».

Mireille Kashtin esitò per una manciata di secondi.

«Risponda alla domanda, signora Kashtin», insistette Léonie.

«Ha un locale dietro casa», mormorò lei. «Però... è chiuso a chiave. E non so dove la nasconde».

«È il suo spazio», spiegò Meshkenu. «Nemmeno io ci ho mai messo piede. Bisogna rispettarlo».

Teddy e Léonie si capirono con uno sguardo e si diressero con la stessa prontezza verso l'ingresso. La tenente fece segno a Mangematin e a Millaud di avvicinarsi.

«Lei resti con loro», sussurrò a Millaud, «e controlli che non usino il telefono. Per nessuna ragione. Lei, invece, agente Mangematin, venga con noi».

45

Non appena uscì di casa, tra le proteste di Mireille Kashtin, Léonie andò a recuperare una torcia dal vano portaoggetti del pick-up e poi, insieme a Teddy e a Mangematin, si spostò sul retro dell'abitazione. Non c'era quello che si poteva definire un vero e proprio giardino, ma una serie di paletti e fili di ferro che delimitavano un grosso appezzamento coperto di neve che si estendeva fino alle ombre nere dei pecci, una trentina di metri più in là. Seguirono delle impronte di passi relativamente fresche e arrivarono a una piccola capanna senza finestre il cui uscio era sbarrato da un grosso lucchetto. Léonie scelse di tralasciare, per il momento, le orme che proseguivano fino al limitare della foresta e si scostò di lato per fare spazio a Mangematin.

«Prego, è tutta sua».

Teddy sentiva il cuore battergli all'impazzata. Mentre l'agente dava spallate sempre più violente, il padre di Morgane sperava di poter mettere presto un punto a tutta quella faccenda.

Quando il battente di legno cedette con uno scricchiolio, il poliziotto si fece da parte e Léonie illuminò l'interno dell'unico, ampio stanzone. Le loro narici furono subito assalite da un odore di carne. Lì dentro c'era tutto un mondo di pelli di animali, di reti da pesca arrotolate, di ossa bianche appese a dei fili che tintinnavano l'una contro l'altra sotto l'effetto della corrente d'aria che si era intrufolata insieme a loro nel capanno. La tana di un cacciatore. Di un cacciatore vero. Uno capace di addentrarsi in quelle vaste foreste oscure, di braccare delle bestie e squartarle. La cosa di per sé, purtroppo, non dimostrava nulla. Moltissimi innu possedevano senz'altro del materiale simile a quello. E pur ispezionando più volte l'intero capanno, non trovarono nulla di ciò che cercavano.

Léonie uscì allora fuori, nervosa, ma senza alcuna intenzione di arrendersi. Tutto quanto conduceva a Florent Kashtin. Decise allora di seguire le impronte che partivano verso i pecci, avanzando a fatica attraverso lo spesso strato di neve. Il freddo le sembrava aumentato ulteriormente: si sentiva forse già il soffio della bufera in arrivo. All'improvviso, addentratasi una decina di metri oltre il confine della foresta, vide che i passi si fermavano di colpo di fronte a un albero, per poi tornare indietro. Diresse la torcia verso l'alto, frugando tra gli aghi con il suo fascio di luce finché non notò un riflesso: un grosso sacco nero, incastrato nel punto di congiunzione tra rami e tronco.

«Mi serve una scala», gridò a Mangematin.

L'agente ne scovò una in fondo al capanno e gliela portò, non senza difficoltà. Quindi ci salì sopra con cautela e, al buio, afferrò il sacco con cui in qualche modo riuscì a ridiscendere.

In basso, nel frattempo, la tenente passò la torcia a Teddy, che l'aveva raggiunta. Quindi slacciò con impazienza la corda che chiudeva il sacco. E tirò fuori un costume fatto di pelli di animali rappezzate, all'estremità del quale penzolava un guanto di pelle che aspettava soltanto una mano furiosa al suo interno per dilaniare qualcuno: gli artigli erano stati realizzati con quattro lame affilate e leggermente ricurve senz'altro in grado di tagliare una gola con un solo gesto. Léonie e il criminologo si scambiarono uno sguardo silenzioso.

Senza pensarci, la poliziotta riaffondò le dita all'interno del sacco e ne estrasse un nuovo abominio: il calco di un teschio, forse di un orso, a cui erano state spalancate le mascelle per inserirci una moltitudine di zanne di tutte le dimensioni. A completare l'opera, due corna di caribù poco ramificate da un lato e dall'altro. Un lavoro minuzioso, ossessivo, che aveva reso quel grugno davvero terrificante. Un sistema di elastici e linguette di pelle permetteva di indossarlo come una maschera. Kashtin doveva averci messo delle settimane per confezionare un aggeggio del genere.

L'avevano finalmente trovato. Teddy pensò al terrore che doveva aver provato sua figlia nel ritrovarsi davanti quella cosa mostruosa. Ricordò i segni sui muri della casa degli orrori, le scie di sangue sul pavimento. S'immaginò la furia con cui Florent Kashtin si era accanito sul corpo di Morgane. Il pensiero gli fu insopportabile.

«Andiamo a prenderlo», sbottò, stringendo i pugni dentro i guanti. «Subito».

Léonie condivideva la sua urgenza, ma bisognava mantenere la mente lucida. Non fare pazzie. Si girò verso Mangematin.

«La Hydrofer è accessibile adesso?».

«A quest'ora?», chiese stupito il poliziotto, spalancando gli occhi.

«Sì, a quest'ora».

«Il Grizzli è un sentiero dissestato in mezzo a laghi e foreste, dove il telefono non prende, non c'è illuminazione o altro. L'hanno sgomberato dalla neve, ma bisogna contare comunque un paio d'ore, come minimo, perché è in uno stato pietoso. Con un po' di fortuna arrivereste in centrale stasera, verso le otto. Però lo sapete che è prevista una bufera di neve su Norfer, vero? E che così le andreste dritti dritti incontro?».

Léonie si concesse un po' di tempo per pensarci su. Non aveva nessuna voglia di ritrovarsi bloccata laggiù con una temperatura percepita di -50 °C. Il blizzard era persino peggio del fumo artico, un autentico mietitore d'uomini. Il minimo imprevisto poteva tradursi in morte certa. D'altro canto rimandare avrebbe significato correre il rischio di dover aspettare diversi giorni prima di poter raggiungere di nuovo la Hydrofer. E, di conseguenza, correre anche il rischio che, in un modo o nell'altro, Florent Kashtin venisse informato del loro arrivo.

«Ci accompagnerà lei con una seconda auto per ogni evenienza», sentenziò infine. «E il suo collega resterà con Mireille Kashtin e Marc Meshkenu il tempo di arrivare fin lì, affinché la signora non allerti il marito. Ok, agente Mangematin?».

Seppur esitante, l'uomo annuì.

«E avvisi il sergente Liotta», aggiunse Léonie. «Viene anche lui con noi».

46

L'unico modo per raggiungere la centrale idroelettrica consisteva in una striscia d'asfalto che sembrava perdersi nel nulla, disseminata di buche gigantesche e resa pericolosa da innumerevoli lastre di fango ghiacciato. La natura ostile cercava perennemente di riconquistare ogni singolo pezzo di territorio ceduto all'uomo. Nonostante i frequenti passaggi di un grosso spazzaneve, le radici bucavano il suolo, il lichene infestava tutto, il gelo spaccava l'asfalto. La strada accidentata serpeggiava tra laghi frastagliati, passava sopra fiumi tortuosi attraverso ponti zavorrati da stalattiti, e poi si rituffava verso la massa nera e intransigente delle conifere boreali, dei larici e dei pecci. Un luogo che, molto più di altri, dava la misura della fragilità degli uomini.

Grizzli era un nome davvero calzante per quel percorso, che non si affrontava certo alla leggera. Ogni metro andava meritato. Léonie era concentrata sulla guida e teneva lo sguardo sui fari posteriori del pick-up di Liotta. Di tanto in tanto l'auto spariva dalla sua visuale, sostituita dalle tenebre infinite dello spietato Nord. Teddy, al suo fianco, non era molto loquace. Presto si sarebbe ritrovato faccia a faccia con il presunto assassino di sua figlia. La poliziotta lo sentiva abbastanza calmo, padrone di sé, ma sapeva di dover tenere gli occhi bene aperti. Chissà quali erano i suoi veri pensieri, nel profondo. Un uomo senza più niente da perdere era capace di qualsiasi cosa. Soprattutto in quell'angolo di mondo.

Il culmine della bufera era stato annunciato sulla zona di Norferville nel cuore della notte ma il vento si era già alzato, anche se si trovavano ancora a metà tragitto. Soffiava fortissimo tutt'intorno a loro e dalle cime degli alberi venivano giù blocchi di neve accumulata da giorni. La donna capì che Liotta procedeva spedito per arrivare prima che iniziasse la perturbazione. Capitava che i puntini luminosi rossi sparissero per diversi minuti prima di riapparire in lontananza, come occhi di un lupo diabolico. Quel bastardo non l'aspettava: si era opposto con fermezza a una partenza così rischiosa e ora gliela stava chiaramente facendo pagare. Léonie spinse sull'acceleratore per cercare di ridurre la distanza tra loro.

«Ha qualche conto in sospeso con Liotta, vero?», le domandò Teddy. «Qualcosa che risale ai tempi in cui lei abitava ancora qui».

Vide le mani di Léonie contrarsi sul volante. Il silenzio sembrò protrarsi all'infinito. Poi, finalmente, gli rispose.

«Liotta ha sempre esercitato il suo dominio in maniera sadica sugli indigeni. Li portava in commissariato per un sì o per un no, li teneva in custodia più a lungo del dovuto solo per il gusto di vederli dormire in cella. Ogni scusa era buona per importunarli, per denigrarli. Gliel'ho visto fare tante volte quand'ero piccola e giravo nella riserva con la mia amica. Lui e i suoi uomini avevano instaurato il terrore nella comunità...».

Scansò una buca all'ultimo momento, rischiando di slittare, ma poi tornò sul percorso. Teddy si aggrappò al reggimano.

«Era un'epoca in cui non c'era internet, non c'erano telefonini, nulla con cui poter filmare questo genere di soprusi», continuò in tono duro. «Norfer era un paesino sperduto da cui non usciva mai nulla, se non il minerale. Le proteste cadevano praticamente nel vuoto».

«E immagino che, in quelle celle al commissariato, il sergente non ci rinchiudeva soltanto uomini…».

Léonie avrebbe voluto poter sfuggire a quell'occhio acuto che cercava di scrutarle dentro. Accendere la radio e mettere una canzone a tutto volume. Se non fosse che in quel posto non c'era segnale nemmeno per il radioricevitore. Esistevano soltanto lei, Teddy e i fantasmi di entrambi.

«Non mi va di parlarne».

«Io però la mia storia gliel'ho raccontata».

«E allora? Visto che l'ha fatto lei devo farlo anch'io? Mi spiace, non è così che funziona. La mia storia resta mia. Ma sappia che quell'uomo lì è un gran bastardo. E che alla fine uno raccoglie quello che semina. È solo questione di tempo».

Teddy si domandava chi potesse riguardare quella storia. La madre di Léonie? O, peggio, lei stessa, quand'era ancora minorenne? Ma non insistette oltre. Intuiva che si trattava di una ferita profonda e si accorse che la donna si stava martoriando le labbra e aveva gli occhi leggermente lucidi. Era, di fatto, così scossa che stavolta si accorse della buca soltanto dopo averla ormai presa in pieno con la ruota destra. L'urto dell'impatto le si ripercosse in tutta la colonna vertebrale. L'auto riuscì a tirare dritto ancora per qualche metro, finché non si accese una spia rossa e allora cominciò a slittare.

«Ditemi che non è vero!».

Léonie fermò il veicolo, rifiutandosi di credere a quello che stava succedendo. Infilò alla svelta la giacca a vento e, torcia in mano, scese dall'auto. Teddy fece altrettanto. Fu subito assalito dal vento tagliente che gli sferzò il viso. Erano in mezzo al nulla, nel buio della sera, circondati da centinaia di alberi che sembravano stringersi intorno a loro per seppellirli. Soltanto la luce dei fari infondeva una scintilla di vita in quel mondo fatto solo di ghiaccio.

La gomma era completamente sgonfia, squarciata su un lato. Curvandosi in avanti per camminare sotto le raffiche di vento, la donna si assicurò che sul retro del pick-up ci fosse una ruota di scorta, quindi fece segno al francese di tornare dentro e mise il riscaldamento al massimo, tenendo acceso il motore. Il termometro segnava -27 °C, senza ancora gli effetti del blizzard con il quale la temperatura percepita si sarebbe abbassata a circa -35 °C, se non addirittura a -40 °C. A quei livelli ogni grado in meno era come un coltello che affondava un po' di più nella pelle. C'era da restare letteralmente congelati. Ancora tremante per il freddo, diede un'occhiata al telefonino per sicurezza. Ma niente.

«È colpa mia, mi dispiace».

«Si figuri. Sono quelle grane lì che uno spera non capitino mai, sapendo che capiteranno invece nel momento più sbagliato possibile. Che è per l'appunto questo. Già... Non poteva essere più sbagliato».

«Sa per caso cambiare una ruota?».

«L'ultima volta è stato parecchi anni fa. E non ero dentro un freezer. Lei?».

«Ho imparato a farlo. Ma non con una ruota che pesa più di me. Non so nemmeno se riusciremo a svitare i bulloni. Il freddo tende a saldare tutto».

Passarono diversi minuti, in un silenzio carico di angoscia. Ciascuno calcolava intanto la portata del pericolo che incombeva su di loro.

«Ok», disse infine Léonie, cercando di ricomporsi. «Restiamo calmi, niente panico. Siamo al caldo, al sicuro. Aspettiamo Liotta».

Azionò i tergicristalli: come se la situazione non fosse già abbastanza catastrofica di suo, una neve sottile iniziò a scendere in obliquo e a serpeggiare per terra sotto l'effetto delle burrasche. Si aggrapparono alla speranza di vedere spuntare una luce dietro la curva, ma davanti a loro non c'era altro che la sorda violenza degli elementi.

«Sarebbe un'ottima scena di apertura per un poliziesco»,

disse Teddy cercando di sdrammatizzare la situazione. «Un uomo e una donna bloccati in auto nel cuore di un deserto di ghiaccio, mentre è in arrivo una bufera».

«O un brutto finale».

Dopo cinque interminabili minuti capirono che non potevano più permettersi di contare sul ritorno del sergente. Il vento si stava irrobustendo e la situazione poteva solo peggiorare. Se fossero rimasti definitivamente bloccati, i ridicoli sistemi di riscaldamento dell'auto non sarebbero mai riusciti a combattere il freddo che avrebbe rosicchiato a poco a poco la loro protezione d'acciaio. Con il passare delle ore, nonostante l'abbigliamento adeguato, i loro corpi erano destinati a intorpidirsi, il sangue a defluire dalle estremità.

«Dia un'occhiata lì dentro», disse Léonie indicandogli il vano portaoggetti, infilandosi intanto tra i sedili per controllare nella parte posteriore.

Il criminologo ci trovò dentro del materiale di primo soccorso, tra cui inventariò: spray al peperoncino contro gli orsi, insetticida, lubrificante, antigelo. La poliziotta aveva invece recuperato da sotto il sedile un grosso cric e una manovella, che sembravano enormi nelle sue mani minute.

«Iniziamo con lo smontare la ruota. Il più velocemente possibile. Si muova di continuo per non restare troppo a contatto con l'asfalto gelato, e di tanto in tanto sbatta i guanti l'uno contro l'altro. Al minimo segnale di intorpidimento torni dentro a scaldarsi. Il freddo uccide, Teddy. Lo tenga sempre a mente».

«Dubito che potrei dimenticarlo».

Uscirono dall'auto. In condizioni simili ogni sforzo era un'agonia. I gesti rallentati, pesanti, sembravano eseguiti sott'acqua. L'aria pungente aggrediva le mucose ed era come se mille lamette da barba si insinuassero in ogni fessura tra il viso e il bordo del cappuccio. Il francese sentiva quasi intirizzirsi uno a uno persino i peli delle sopracciglia sotto l'effetto del gelo. Non era più che una fragile bolla di calore in mezzo a una terrificante, spietata immensità. A un certo punto volle sfilarsi un guanto per acquisire maggiore destrezza nei movimenti ma Léonie glielo impedì bloccandogli il polso, urlando parole che il vento disperse nel suo sinistro lamento.

Teddy si disse che non sarebbe riuscito a svitare un solo bullone. Il freddo contraeva l'acciaio e, come aveva previsto Léonie, saldava i pezzi tra loro. Dopo cinque minuti, a forza di spruzzarci sopra del lubrificante, ebbe tuttavia la meglio sul bullone in alto. Galvanizzato, procedette subito col secondo. Un quarto d'ora più tardi l'enorme ruota fu finalmente rimossa dal suo asse. Siccome pesava un quintale, Teddy non se la sentì di caricarla a bordo e l'abbandonò sul ciglio della strada. Dovettero poi mettercisi in due per sganciare la ruota di scorta e farla rotolare fino al lato anteriore destro del veicolo. Avevano i muscoli in fiamme, mentre il freddo aggrediva mani e piedi nonostante gli strati di stoffa e il movimento. A intervalli di pochi minuti tornavano allora dentro l'abitacolo per scaldarsi e scrollarsi la neve di dosso, quindi si lanciavano di nuovo all'assalto, dandosi il segnale con uno sguardo. Senza aprire bocca, perché anche solo parlare comportava fatica. Ansimando come due guerrieri allo stremo.

Una volta avvitato l'ultimo bullone e chiuse le portiere, furono travolti da un impeto di gioia che li spinse spontaneamente ad abbracciarsi.

«È come aver scalato l'Everest», le disse Teddy battendole una mano sulla schiena.

Léonie si sciolse dall'abbraccio sollevata e gli sorrise. Con un movimento svelto e preciso staccò poi alcuni cristalli di ghiaccio che gli erano rimasti impigliati tra le sopracciglia.

«Non credo che proverò mai più una gioia simile per essere riuscita a cambiare una ruota».

Presto, tuttavia, il suo viso tornò serio. Consultò l'orologio. Era passata una buona mezz'ora da quando avevano bucato.

«Almeno adesso sai che tipo di uomo è Liotta», disse in tono duro, rimettendosi in viaggio con la massima prudenza.

Gli aveva dato del tu senza pensarci. Teddy si tolse i guanti e posò le mani irrigidite sulle bocchette del riscaldamento.

«Può essere che non se ne siano accorti? Che credano di averci ancora alle spalle?».

«Scherzi, spero. Quell'imbecille ci ha volutamente abbandonati e ora starà cercando di arrestare Florent Kashtin senza di noi».

47

I fari del pick-up di Léonie illuminavano una desolazione infinita. Lei e Teddy procedevano ora lungo gli immensi laghi Menihek, alimentati dall'impetuoso fiume Ashuanipi. Non c'era niente, assolutamente niente a parte quegli specchi d'acqua nera che si inabissavano un centinaio di chilometri più in là, così mossi e profondi che il ghiaccio non li aveva ancora catturati nella sua morsa. Nessun ostacolo a frapporsi tra loro e i venti provenienti dal mare del Labrador che, via via più freddi e gonfi di umidità, soffiavano ininterrottamente con un ululato lugubre. Non avrebbero, peraltro, tardato a scatenarsi e a gelare ogni cosa sul loro passaggio. La donna capì che il ritorno a Norferville era ormai da escludersi. Sarebbero dovuti rimanere lì, forse anche più di una notte. Aveva toppato su tutta la linea.

Superate alcune colline, videro torreggiare sulla loro sinistra la fortezza costituita dalla diga in pietrame. Si sentivano – nonostante le raffiche di vento – i tumultuosi risucchi d'acqua risputati dall'altra parte. Léonie lo tenne per sé ma sapeva che negli anni Settanta migliaia di caribù erano stati ritrovati morti, trascinati via dalla corrente generata dalle paratoie. La mandria era abituata a passare da lì durante la migrazione e l'innalzamento delle acque l'aveva colta di sorpresa. C'erano così tante carcasse che i dipendenti della centrale avevano dovuto ammucchiare le povere bestie una sull'altra. Da quel momento in poi rimase un luogo maledetto agli occhi degli indigeni.

Da qualche parte tra i cavi dell'alta tensione apparvero finalmente delle luci, fragili testimoni di una vita dura, tagliata fuori dalla civiltà, con inverni micidiali e notti infinite. La poliziotta seguì la strada che scendeva fino ai piedi della diga per raggiungere una serie di baracche disposte ai lati di un nastro d'asfalto. Quei cubi di lamiera grigiastra emanavano timidi barlumi dall'interno che sembravano richieste di aiuto nel buio. Teddy non aveva mai visto niente di così lugubre ed essenziale in vita sua. Persino le catapecchie della miniera sembravano palazzi al confronto. E oltre a quelle capanne sperdute non c'erano altro che lingue di terra serpeggianti in un labirinto di laghi. Il francese faceva fatica a immaginarsi la vita quotidiana di quegli uomini, la loro estrema solitudine in un ambiente dove nessun essere umano avrebbe mai dovuto mettere piede. Una sorta di segreta in fondo a una prigione a cielo aperto.

In mezzo ai veicoli parcheggiati davanti a quelle sottospecie di abitazioni – tra cui uno spazzaneve – non c'era traccia dell'auto di Liotta. I due proseguirono allora lungo il lago inferiore, in direzione di quella che doveva essere, poco più avanti, la centrale di produzione di energia elettrica. Léonie individuò infine il pick-up con il logo della SQ vicino a un cancello scorrevole, ricoperto di filo spinato, che proteggeva l'ingresso degli impianti. Comunque la strada terminava lì. Scesi dall'auto, lei e Teddy raggiunsero alla svelta la porta di un immenso edificio fatto interamente di metallo e cemento, circondato da riflettori accesi e da antenne satellitari che garantivano le comunicazioni con il resto del mondo, e in particolare con Norferville. La donna lanciò una rapida occhiata al cellulare: adesso, almeno, c'era campo. Premettero il pulsante sotto la telecamera di sorveglianza e attesero, spostando di continuo il peso del corpo da una gamba all'altra per restare in movimento. Arrivò presto ad aprire un uomo con la barba e le guance scavate da troppe giornate passate al freddo.

«Il sergente mi ha avvisato del vostro arrivo», disse richiudendosi la porta alle spalle dopo averli fatti entrare.

«Lui dov'è?».

«Non ne ho idea. Da qualche parte sotto la diga insieme al suo collega».

«Sotto la diga? Che diavolo significa?».

L'uomo li guidò attraverso un lungo corridoio che dava su diverse stanze, una delle quali piena di bottiglie d'acqua e di cibo in scatola o sottovuoto.

«Sono arrivati qui una decina di minuti fa. Mi hanno detto che cercavano Florent. Avevano fatto il giro delle baracche che avrete sicuramente visto arrivando, e lì qualcuno li ha informati che stasera era di turno».

Mentre l'uomo con la barba li aggiornava sulla situazione, passarono davanti a un'infermeria e poi a una saletta che fungeva da refettorio. Il posto, costellato per metri e metri da grossi giubbotti arancioni fosforescenti, appesi alle grucce, sembrava una base polare.

«Florent è un operatore della manutenzione. In pratica controlla che tutti gli impianti funzionino correttamente. Quando ha visto arrivare i vostri colleghi ha preso ed è scappato subito, nonostante le intimazioni. Tanto lo sapeva che non si sarebbero messi a sparare qui dentro, è troppo rischioso».

Quel deficiente di Liotta si era presentato lì con la solita irruenza, senza precauzioni e con la sua tenuta da sergente bene in vista. Léonie era su tutte le furie, ma se rischiava di andare tutto a rotoli la responsabilità era anche sua. Spettava a lei riuscire a tenere a bada i suoi uomini.

«E sono andati tutti quanti sotto la diga, è questo che ci sta dicendo?».

Arrivarono in una gigantesca sala macchine dove giravano, in un rombo continuo, tre impressionanti turboalternatori: il fulcro del sistema. Con intorno tutto un susseguirsi di centraline, spie, pulsanti e tubi bianchi e gialli che si infilavano nelle pareti. Non c'era molta gente, giusto una manciata di operai per il servizio minimo garantito, che li guardavano di traverso. L'uomo con la barba li condusse nei pressi di una scala, dopo la quale percorsero una galleria fino a incontrare, poche decine di metri più avanti, una porta blindata rossa.

«Mi hanno detto di tenerla chiusa e di riaprirla soltanto se avessero bussato quattro volte. Sicuramente per provare a incastrarlo».

«Apra la porta», gli ordinò Léonie mentre tirava fuori la sua pistola.

L'uomo osservò l'arma preoccupato.

«È così grave?».

«Abbastanza da spingerci a percorrere tutta questa strada sotto la bufera».

Fece girare una specie di grossa rotella al centro del battente, svelando un passaggio angusto scavato nella roccia e illuminato a intervalli regolari da lucine notturne. L'alito di freddo tornò subito all'assalto, come se dall'altra parte ci fosse un gigante di ghiaccio che soffiava sui loro visi.

«Dove si arriva da qui?», domandò la poliziotta.

«È un tunnel di ricognizione. Corre sotto la diga e permette di recuperare o installare dispositivi di misurazione. È lungo circa quattrocento metri e sbocca sulla riva opposta. Ci sono anche due scale per arrivare in cima. Cinquanta metri di salita e ci si ritrova al livello del lago superiore».

«Tre possibili uscite, quindi?».

«Sì. Sapendo che, se è lassù, l'unica opzione che ha è ridiscendere nel tunnel. E se invece è andato verso la riva opposta, si ritroverà comunque bloccato perché la rete di fiumi e di laghi non offre nessun guado per decine e decine di chilometri. Florent indossava soltanto la divisa da lavoro, con i guanti e le scarpe antinfortunistiche. Nessuno può resistere a lungo là fuori con questo freddo, nemmeno se ha sangue indiano…».

Léonie scambiò un'occhiata con Teddy e poi chiese di nuovo all'uomo: «Ce l'avete un medico qui?».

«Sì».

«Gli dica di tenersi pronto, non si sa mai. Richiuda la porta dietro di noi e aspetti. Intesi?».

«Intesi».

Il criminologo si precipitò allora nel tunnel. Léonie lo seguì a ruota. La porta si richiuse sbattendo alle loro spalle. Dopo una trentina di metri la gola di pietra deviò verso sinistra, presentando una linea leggermente ricurva percorsa da tubi e cavi elettrici. Arrivarono così all'altezza della prima scala metallica, che si addentrava a zig-zag all'interno di una stretta cavità verticale scavata nel cemento. E intanto nessuna traccia di Liotta o di Mangematin.

«Che si fa?», le domandò Teddy.

«Proseguiamo».

Tutte le volte che superavano una lucina notturna, le loro ombre sembravano correre in avanti per poi sparire e ricomparire alle spalle, come intrappolate in una corsa infinita. All'improvviso ebbero l'impressione che in lontananza, nel punto in cui si congiungevano gli orizzonti, si stagliasse una sagoma nera. Léonie riconobbe l'agente Mangematin. Era vicino alla seconda scala, con la pistola in mano.

«Ma dove cavolo eravate finiti?», domandò con un tono aggressivo che li sorprese.

«Dove cavolo eravate finiti voi! Abbiamo bucato per strada e non ci avrebbe fatto schifo un po' d'aiuto! Che poi era quello lo scopo di spostarsi con due auto, no?».

Mangematin stava per ribattere ma la tenente lo fermò. Avevano tutti i nervi a fior di pelle.

«Ne riparliamo dopo. Dov'è Kashtin?».

«Non lo sappiamo. Il sergente è salito dall'altra scala e se è lassù lo spingerà a scendere da qui. Io sono rimasto giù nel caso fosse andato invece verso il fiume. Le vie d'uscita sono solo queste. Non può scapparci».

Léonie esitò un momento e infine si lanciò su per le scale, rivolgendo un ultimo sguardo al francese.

«Lei non si muova da qui».

Salì sbattendo le suole contro il metallo. Nel giro di pochi secondi fu inghiottita dalle tenebre. Teddy cominciò a girare nervosamente in tondo. Non poteva starsene con le mani in mano ad aspettare. Era insopportabile.

«Vado a dare un'occhiata lì in fondo».

«Ma la tenente ha detto di...».

Il criminologo ignorò le rimostranze dell'agente e corse dritto davanti a sé. Il diametro del tunnel cominciò a restringersi. L'acqua trasudava ormai dalle pareti, tanto da formare delle piccole pozzanghere per terra. Lì, nel cuore della pietra, il gelo non aveva alcun potere. Quello era il regno dell'umidità, il velo d'acqua invisibile capace di attraversare i vestiti e penetrare fin dentro le ossa. Teddy si imbatté a un certo punto in una rampa di scale che lo fece salire di una quindicina di metri, percorse una breve galleria e si ritrovò di fronte a un'altra porta blindata. Aveva lo stesso sistema dell'ingresso solo che la rotella al centro era già stata girata, per sbloccarla. Kashtin, perciò, era passato da lì.

Teddy fece un respiro, strinse al massimo gli elastici del cappuccio e aprì la lama del coltello che aveva comprato insieme alla tuta, anche se gli sembrava ora così ridicolo di fronte a un cacciatore come Kashtin. Ciononostante, stringendo l'arma bianca nell'incavo del guanto, avanzò di qualche passo, con prudenza: l'assassino poteva spuntare fuori e avventarglisi contro da un momento all'altro. Il criminologo emerse da una specie di minuscolo bunker e si ritrovò direttamente sulla sponda. Alle sue spalle le montagne d'acqua sputate fuori dalle paratoie gorgogliavano e creavano una corrente violentissima in quel fiume artificiale che andava a perdersi nell'oscurità. L'uomo se ne allontanò prontamente. Le flottiglie di goccioline che i venti vorticosi gli spingevano contro avevano l'effetto di mille pungiglioni.

L'argine. Le rocce. Un terreno ghiaioso fatto di tutti gli scarti che gli operai avevano senz'altro abbandonato lì durante la costruzione della diga, ottant'anni prima. Brandendo la lama davanti a sé, Teddy tentava di squarciare le tenebre ma non vedeva nulla a parte le luci della centrale, a quattrocento metri circa, che pulsavano e davano l'impressione, a tratti, di spegnersi, divorate dalle incessanti raffiche di neve. La furia che si era impadronita del cielo nero lo affascinava tanto quanto lo spaventava. Un'anteprima della fine del mondo. E il blizzard non era ancora al suo culmine, dicevano…

Teddy camminò per una decina di minuti, ma sapeva che non sarebbe potuto andare avanti ancora per molto. Le sue estremità cominciavano già a irrigidirsi e gli sembrava di costeggiare il fiume degli Inferi. Capì che non c'era più niente da fare, niente da cercare. L'assassino poteva essere ovunque. Lì o altrove. E per giunta conosceva il terreno molto meglio di lui. Bisognava fare marcia indietro prima di perdersi o trasformarsi in un pezzo di ghiaccio. Aveva ragione Mangematin: prima o poi l'assassino – come un topo in trappola – sarebbe rientrato da solo.

Tornò allora in direzione della diga. Arrivato nei pressi del piccolo bunker, ebbe a malapena il tempo di accorgersi dell'ombra che gli si lanciò addosso da sopra il tetto di cemento. Un violento colpo allo zigomo lo scaraventò per terra e fece volare il coltello in mezzo alle pietre. Un secondo colpo, vicino alla tempia, lo lasciò mezzo stordito. Tutto quanto divenne vago e confuso. Alle soglie dell'incoscienza sentì un ansimare di bestia proprio sopra di lui, un alito di pesce, e distinse soltanto due feritoie grigie in mezzo a un viso di pietra e poi la lama del coltello, la sua lama, che gli sfiorò la guancia. Seguì un rumore di cerniera che lo mandò nel panico: seduto a cavalcioni sopra di lui, Kashtin gli stava sfilando la tuta. Persino ai limiti della lucidità, Teddy capì. Il suo assalitore voleva aprirgli il ventre per strappargli il fegato.

Il criminologo chiamò a raccolta tutte le sue forze, tentò un gesto disperato pensando alla figlia, ma l'innu lo colpì ancora una volta, in pieno viso, continuando a svestirlo. Sentì letteralmente il calore abbandonare il suo corpo, la gabbia toracica paralizzarsi nella morsa del freddo. L'assassino lo muoveva ormai come fosse una bambola, lo tirava su, lo rigirava per togliergli i vestiti, e anche guanti e doposci. Prima di abbandonarlo lì, sull'argine, come una carogna nuda, si chinò sopra di lui, gli strappò via la benda per guardarlo bene in faccia e gli sussurrò qualcosa all'orecchio. Qualcosa che andò a perdersi nell'ultimo recesso della sua coscienza. L'unico occhio di Teddy Schaffran si chiuse allora sotto l'effetto di un nuovo shock, mentre il suo corpo veniva bagnato dagli schizzi delle paratoie e avvolto dalla neve. Un sottile sudario di ghiaccio dentro il quale avrebbe raggiunto Morgane.

48

Bisognava intervenire con la massima urgenza.

Al riparo del tunnel Mangematin si sfilò velocemente il giubbotto e lo avvolse intorno a Teddy senza infilargli le maniche per fare prima. Avevano appena ritrovato il francese esanime in prossimità della riva, forse solo due o tre minuti dopo che era stato abbandonato lì: respirava ancora e gli arti erano flessibili. Gli avevano tolto la biancheria intima completamente zuppa e ripulito il viso dal velo di neve che già lo ricopriva. Senza cedere al panico, Léonie gli stava strofinando le mani così forte che avrebbero potuto prendere fuoco.

«Dita dei piedi?».

«Recuperabili», rispose Liotta stringendole tra le sue manone per riscaldarle.

La poliziotta non perse tempo. Si tolse guanti e berretto e li infilò al criminologo.

«Nella centrale c'è un'infermeria», disse. «Corriamo».

Il sergente annuì, doveva giusto sistemare una cosa prima. Si precipitò verso la pesante porta a dieci metri da loro e la chiuse. Quando fece per girare la grossa rotella sopra il battente, Léonie insorse in tono autoritario: «No! Lasciamola aperta! Dobbiamo dargli una possibilità di vivere».

«Ma tu sei fuori di testa!», brontolò Liotta. «L'hai visto cosa ha appena fatto, sì? Che crepi pure».

«Ho detto di lasciarla aperta. Agente Mangematin, lei resti qui e mi controlli questa dannata porta anche tutta la notte se necessario. Le faccio riportare il giubbotto non appena saremo dentro la centrale. Tenga gli occhi ben aperti. È pericoloso».

Liotta capitolò, palesemente scocciato. Su ordine di Léonie prese il francese dalle caviglie, lei dai polsi, e si avviarono a passettini veloci. A metà percorso, la poliziotta si sentiva i muscoli delle braccia gonfi di acido lattico e non aveva più fiato in corpo. A un tratto vide tante stelline danzarle davanti agli occhi. Capì che così non ce la faceva più, allora si invertirono. Il sergente, ora davanti, accelerò ulteriormente il passo. Léonie pensò che era davvero in ottima forma per la sua età. A un certo punto, mentre quelle che nel frattempo erano diventate delle mosche nere avevano ormai invaso tutto il suo campo visivo, si immaginò puntargli la canna della pistola contro la nuca e sparare. Ma la realtà la richiamò a sé. Quattro colpi alla porta. Apertura. Scale. E il caldo brutale della sala controllo.

«Un medico!», si spolmonò.

Contro ogni previsione, fu una donna a spuntare fuori da un corridoio. Piccoletta, bruna, minuta, sulla trentina. Le ricordò Sigourney Weaver in *Alien*.

«Corinne Astruc. Spiegatemi cos'è successo», disse guidandoli verso l'infermeria.

«Aggredito fuori dalla centrale», iniziò Léonie, inspirando tra una parola e l'altra. «Il nostro sospettato lo ha svestito e abbandonato nudo vicino alla riva, sull'altra sponda».

Arrivati a destinazione, un'infermiera indicò loro un letto e spiegò una coperta di sopravvivenza isotermica.

«Mettetelo in posizione laterale di sicurezza. Laggiù ci sono delle borse dell'acqua calda. Riempitele. Che siano caldissime».

Léonie ne approfittò per rifilare il giubbotto all'uomo con la barba e gli domandò di riportarlo a Mangematin. La dottoressa palpò la pancia e i muscoli addominali di Teddy, quindi gli misurò la febbre. Procedeva con gesti precisi, efficaci: non era visibilmente la prima volta che aveva a che fare con emergenze di quel tipo. Infine rilassò il volto.

«32,5 °C. È un'ipotermia lieve, quasi moderata. Abbiamo quello che serve per poterla gestire. Non dovrebbero esserci complicazioni. Mi preoccupa di più il colpo che ha ricevuto in testa. Non ha mai ripreso conoscenza?».

«No».

Con una compressa di garza tiepida strofinò via il sangue dalla fronte e dalle guance di Teddy. Gli sfiorò la palpebra molle che ricadeva sopra l'orbita vuota.

«Il suo occhio…».

«Una vecchia ferita», le disse Léonie.

Corinne Astruc aprì l'armadietto dei medicinali. Afferrò una siringa ancora imballata e delle boccette di prodotti traslucidi.

«Meglio se aspettate fuori. Vi faccio sapere io».

I due ubbidirono, consapevoli di non essere più di alcuna utilità lì dentro. Liotta si rifugiò in una delle stanze vicine, quella che fungeva da refettorio. Aveva adocchiato una macchinetta per il caffè e un distributore d'acqua. Prese un bicchiere, infilò una moneta nella fessura e si girò verso la collega.

«Cosa bevi?».

Lei, nervosissima, si sbatté la porta alle spalle. Dopodiché si avvicinò al sergente senza nascondere la rabbia che d'un tratto la travolgeva.

«Abbiamo bucato e ci avete piantati in asso. Potevamo morire di freddo. L'ha fatta apposta».

«Ma cosa t'inventi? Ti abbiamo persa di vista, sì, ma non ci siamo preoccupati, non ce n'era motivo. Ci siamo detti che di lì a poco ci avreste raggiunti. Chiedi a Mangematin se vuoi».

«E certo… Tanto Mangematin non farà che ripetere a pappagallo quello che gli ha ordinato di dire lei».

«Ti dirà soprattutto che non voleva mettersi in strada con

una tempesta annunciata. Che sei stata tu a fare pressioni. Conoscevi i rischi».

Il sergente premette su un tasto, con estrema disinvoltura. Léonie aveva capito il suo giochetto: voleva far ricadere tutta la colpa su di lei. Lo prese per una spalla e lo costrinse a voltarsi.

«La verità è che voleva fare fuori Kashtin!».

Liotta posò lo sguardo sulla mano aggrappata al suo giubbotto come fosse un insetto da schiacciare. Quindi fissò Léonie dritta negli occhi.

«Piano con le parole o potrei offendermi. Se credi che il tuo grado ti dia il diritto di dire il cazzo che ti pare sei fuori strada! Ora te lo spiego io com'è andata: no, non volevo far fuori quel pezzo di merda, anche se certo mi prudevano le mani. Siamo intervenuti perché tu non arrivavi e avevamo paura che qualcuno dei colleghi che abbiamo incrociato nelle baracche lo avvisasse della nostra presenza».

Bevve un sorso di caffè e si allontanò verso la finestra. Osservò il riflesso di Léonie nel vetro. Fuori, i venti infuriavano. Mancava ormai pochissimo allo scatenarsi del blizzard.

«In fin dei conti dovresti essere contenta», continuò. «Dopo la tempesta ritroveremo Kashtin rigido come un pezzo di legno, potrai andartene a raccogliere i complimenti del tuo capo. Hai risolto il caso, piccola. E su questo, tanto di cappello».

Léonie gli si avvicinò alle spalle, finché il suo riflesso sul vetro non fu ben chiaro. Stavolta era lei ad avere uno strano sorriso.

«Tornerò a casa, già. Ma le assicuro che sentirà ancora parlare di me. Per molto tempo. Questo è solo l'inizio».

Liotta si voltò. Aveva di nuovo un'espressione ostile.

«L'inizio di cosa?».

«Lo sa benissimo. L'ha saputo nel momento stesso in cui ho rimesso piede a Norfer. Le voci girano, anche in polizia, e le arrivano esattamente le stesse informazioni che arrivano a me. Non avrà un fine carriera sereno, sergente, glielo garantisco».

Sul volto del poliziotto si profilò un ghigno cattivo.

«Minacce... Non servono a molto sai, piccola, se non ad attirarsi dei guai. Ti ho sempre trattata bene da quando sei arrivata. Ti presto un'auto, i miei uomini, mi faccio un mazzo così per te. E tu come mi ringrazi? Minacciandomi? È questo allora che sei diventata, crescendo? Un'ingrata?».

La donna fece per dargli uno schiaffo ma lui la bloccò stringendole il polso. Faccia a faccia. Occhi negli occhi. Liotta poteva annientarla. Con un solo gesto.

«Che cosa vuole fare?», disse con astio Léonie. «Forza!».

Nello stesso istante le suonò il telefono. Liotta la spinse via bruscamente e s'immerse di nuovo nella contemplazione del paesaggio. Léonie pensò che le sarebbe esploso il cuore. Il telefono dovette squillare altre quattro volte perché si decidesse a prenderlo. Patrick... Rispose.

«Sì, Patrick... Ti sento malissimo. La tempesta, esatto... Sono successe un sacco di cose... Sì, ti spiegherò tutto, ma non ora... Che succede?».

Il sergente rimase nell'angolo a sorseggiare il suo caffè, con uno sguardo indecifrabile. Léonie ascoltò quello che aveva da dirle Patrick, dopodiché tagliò corto con la conversazione. Una volta riagganciato, rimase in silenzio, sconvolta. Liotta buttò il suo bicchiere nel cestino della spazzatura.

«Brutte notizie, a quanto pare».

Assorta nei suoi pensieri, ci mise qualche istante a riconnettersi con la realtà e a vincere il disgusto che le suscitava il suo interlocutore.

«Le giovani donne scomparse a cui si interessava la nostra vittima... Ci sono i loro nomi sul registro dello Tshiuetin alla stazione di Sept-Îles. Hanno tutte preso quel treno. Sono venute a Norferville... Mi sa che Morgane Schaffran era su una pista vera e propria...».

49

Il vento soffiava così forte tutt'intorno alla casetta che veniva da chiedersi come facesse a restare ancora in piedi. Dietro la finestra la neve cadeva in orizzontale. I fiocchi colpivano la lamiera come mini-siluri, in un crepitio incessante. La tempesta era ormai al culmine e sputava i suoi milioni di litri di ghiaccio sopra le loro teste. Rendeva l'aria incolore, cancellava ogni sfumatura, ogni rilievo, impediva di aprire occhi e bocca a chiunque osasse mettere il naso fuori. Era una morte bianca che, in meno di un quarto d'ora, spaccava la pelle riempiendola di geloni e fermava il sangue nelle arterie.

Teddy riprese piano piano conoscenza in un'atmosfera così calda e piacevole da sembrargli irreale. La prima cosa che vide fu la vaga forma di un viso curvo sopra di lui e un bagliore bianco, probabilmente un sorriso.

«Felice di riaverti tra noi».

Mentre l'immagine si andava definendo gli tornarono in mente gli ultimi avvenimenti. Léonie era lì con lui. Teddy si portò subito una mano sopra l'occhio sinistro. Palpò quello che sembrava essere un batuffolo di cotone idrofilo fissato sull'orbita con l'aiuto di una benda di garza che gli girava intorno alla testa.

«La dottoressa ha dovuto adattarsi con quel che c'era per medicarti», gli spiegò la donna porgendogli un bicchiere. «Toh, bevi. Per tirarti un po' su. Non è indicatissimo ma con quello che hai passato credo proprio tu ne abbia bisogno».

Il francese si sentì d'un tratto assalire dalla vergogna al pensiero dello stato in cui doveva averlo trovato la poliziotta. Quel disagio non sfuggì a Léonie, che lo rassicurò: «Sta' tranquillo, ho visto situazioni ben peggiori. Su, bevi un po' di vodka... O preferisci forse un tè? C'è un fornello elettrico, posso mettere a scaldare dell'acqua».

Teddy si tirò su con una smorfia di dolore – gli faceva male lo zigomo –, prese il bicchiere e lo svuotò tutto d'un fiato. Poi si guardò intorno. Due letti, una poltrona, un tavolo nell'angolo e un'altra stanza attigua. Per la prima volta vedeva Léonie non nascosta sotto mille strati di indumenti. Indossava dei legging, una maglietta con disegnata sopra una balena e una miriade di braccialetti colorati ai polsi. I capelli, sciolti, le incorniciavano il viso. Quanto a lui, gli avevano infilato un paio di pantaloncini e una felpa leggera appartenenti a qualcun altro.

«Dove siamo? Cos'è successo?».

«Non ricordi niente? Nemmeno l'infermeria?».

Fece di no con la testa.

«Questa è una baracca che tengono sempre a disposizione per i visitatori», gli spiegò allora Léonie. «Roba chic, come vedi. In bagno troverai vestiti, scarpe e un giubbotto, gentilmente forniti dalla compagnia. Ce ne staremo qui finché la tempesta non si sarà calmata. Penso che ci vorranno almeno altre ventiquattro ore. Liotta divide la stanza con un altro impiegato. Dormirà in poltrona, così impara. Mangematin, invece, è ancora nel tunnel».

Vedendo che si palpava la parte alta dello zigomo, gli passò uno specchietto.

«È stata una fortuna incredibile che siamo tornati giù dalla diga così presto. Altrimenti, credimi, non saremmo qui a parlarne...».

Teddy constatò i danni sul suo viso. Aveva rischiato di morire due volte. E due volte era tornato tra i vivi. Qualcosa, una forza, il destino, non voleva lasciarlo andare…

«Sei conciato male ma non è nulla di grave», continuò Léonie. «Ti sei svegliato più o meno due ore dopo che ti abbiamo portato in infermeria. Avevi la febbre e deliravi un po'. La dottoressa ti ha iniettato qualcosa e ti sei riaddormentato. Sei stato proprio un incosciente a comportarti così. Perché l'hai fatto? Cosa speravi di ottenere, con uno come Kashtin?».

Teddy guardò l'orologio: le tre del mattino.

«Dov'è ora?».

«Scomparso. Mangematin e il tizio della sicurezza stanno passando la notte vicino al tunnel. Hanno lasciato aperta la porta in fondo, nel caso decidesse di farsi vedere. Li ho avvisati di non abbassare la guardia nemmeno un secondo. Anche se… nonostante il tuo equipaggiamento, a quest'ora sarà probabilmente già morto».

«Non possiamo esserne sicuri al cento per cento».

«Ma non tarderemo a saperlo. Mi sono messa in contatto con la Royal Constabulary, la polizia reale di Terranova e Labrador, e se ne occuperanno loro. Non appena le condizioni climatiche lo consentiranno, faranno delle ricerche in elicottero. Sono abituati a queste cose. Ma Kashtin è morto, Teddy. Fidati. Nessuno può sopravvivere a un blizzard come questo. Non so se te ne rendi conto, ma c'è una temperatura percepita di -50 °C».

Il criminologo si alzò in piedi e si trascinò fino alla finestra. Léonie aveva ragione. Là fuori c'era l'apocalisse. Non si vedevano nemmeno più le luci delle baracche di fronte. E dalla finestra pendevano stalattiti di ghiaccio. Kashtin aveva cercato di tornare nella foresta, di affrontare la natura. Di andare avanti piuttosto che tornare sui suoi passi. A costo di restarci.

Preoccupato, Teddy decise di confidarsi con Léonie.

«Kashtin mi ha detto una cosa, poco prima di tramortirmi».

«Ah sì?», si stupì lei.

«Mi ha detto: "Non ho ucciso quella donna"».

La tenente si andò a sedere sul bordo del letto, esausta. Se solo avesse potuto non pensare più a niente. Almeno lo spazio di qualche ora.

«Aveva un movente e abbiamo trovato il costume da Windigo sull'albero in prossimità del suo capanno. Se l'è data a gambe non appena ha visto Liotta e poi ti ha lasciato a morire sotto la neve. Cos'altro ti serve?», sospirò.

«E perché prendersi la briga di sussurrarmi una cosa del genere all'orecchio? Tanto più che rischiavo di morire di freddo... Non ha senso. E poi aveva un movente per i cani, d'accordo. Sul fatto che sia stato lui a ucciderli non ci piove. Ma... erano cani, capisci?».

Andò a sedersi accanto a lei. La vodka cominciava a fare effetto. Aiutata dalle medicine, dallo stomaco vuoto e dalle emozioni delle ultime ore.

«Magari hai frainteso quella frase...».

«No, so bene quello che ho sentito. Per quanto riguarda mia figlia mi sa che abbiamo preso una bella cantonata. Pensa a quello che ci ha detto la moglie di Kashtin. Quando ha saputo di Morgane, è uscito a chiedere informazioni ed è tornato a casa tutto tremante, sotto shock».

«E chi sarebbe, allora, il vero assassino?».

«Un opportunista. Qualcuno che voleva tappare la bocca a Morgane e ha approfittato di questa storia dei cani per confondere le acque. Pratico, no?».

Léonie avrebbe voluto mettersi i paraocchi, convincersi che fosse tutto finito, che avessero identificato il colpevole e che presto ne avrebbero ritrovato il corpo imprigionato nel ghiaccio. Ma non ci riusciva. Non dopo quello che le aveva rivelato Patrick al telefono e che, in qualche modo, andava nella stessa direzione del pensiero di Teddy.

«Prima mi ha telefonato il mio collega. È andato a controllare il registro delle partenze dello Tshiuetin da Sept-Îles. Erano tutte segnate…».

I loro sguardi entrarono in connessione. E avevano dentro la stessa fiamma.

«Tutte e cinque?».

«Sì. Janelle, Sakari, Myriam, Kathia e Angelune. E forse altre ancora, chissà».

Teddy incassò il colpo. Quella rivelazione lo pietrificò proprio come avrebbe fatto il blizzard che imperversava là fuori. Qualcuno aveva invitato o costretto quelle ragazze a raggiungere la città mineraria, probabilmente per introdurle in un giro di prostituzione. E dopo cosa ne era stato di loro?

«Kashtin non ha niente a che vedere con questa storia», disse ad alta voce, come per convincere se stesso. «Morgane stava indagando su quelle scomparse e si è avvicinata troppo alla verità. Ecco perché l'hanno uccisa».

Si diresse verso il tavolo e riempì fino all'orlo un altro bicchierino di vodka a testa.

«Avranno un registro delle partenze anche nella stazione di Norferville», disse quindi.

«Sì, forse sì», fece Léonie prendendo il suo bicchiere. «Andremo a dare un'occhiata non appena torniamo. Sapremo così con certezza se quelle ragazze sono mai ripartite…».

Bevvero in silenzio, pensierosi, sotto gli incessanti ruggiti della tempesta. Nessuno dei due rifiutava il bicchiere riempito dall'altro perché sapevano entrambi, senza dirselo, che l'alcol sarebbe stata una buona scusa. Il banale pretesto per giustificare ciò che entrambi, in quel preciso momento, in mezzo al caos e alla follia omicida degli uomini, desideravano.

Fu lei che, con un movimento rapido, come un picchio verde che bussasse su un albero, gli stampò un bacio sulle labbra. Si ritrasse all'istante, confusa nonostante il principio di ubriacatura, biascicando che non avrebbe dovuto, ma Teddy le afferrò un braccio e la attirò a sé, squadrandola con il suo occhio nero, i visi a meno di un centimetro l'uno dall'altro.

«Sei sicura che è quello che vuoi?».

Lei annuì sorridendo.

«È l'unica cosa di cui sono sicura stanotte».

50

Martedì, in tarda mattinata, poterono finalmente ripartire. Spazzaneve e spargisale resero la strada per Norferville di nuovo praticabile. La tempesta si era lasciata dietro almeno trenta centimetri di neve mista a ghiaccio, per chilometri e chilometri, che scintillava quando ogni tanto faceva capolino il sole. Il pick-up di Léonie fendeva in due quel paesaggio immacolato. Dopo l'inferno del blizzard si era ritratta ogni forma di vita. Persino gli alberi, pur abituati a quel clima ostile, sembravano privi di qualunque energia.

Poco prima della partenza era passato sopra di loro un altro elicottero bianco e blu della polizia reale. Non avevano ancora trovato il corpo di Kashtin. La poliziotta, in compenso, aveva approfittato di quell'esilio forzato per scrivere qualche rapporto e fare il punto della situazione con il suo capo. Aveva anche preteso che Liotta e Mangematin restassero sul posto, il tempo di interfacciarsi con le squadre del Labrador.

Mentre guidava osservò con dolcezza il francese che le sonnecchiava accanto, cullato dal movimento dell'auto. Non provava alcun rimorso. Aveva amato ogni singolo secondo di quei due giorni passati accanto a lui sotto le coperte. I loro corpi ardenti in mezzo al caos. A scoprire le rispettive cicatrici, visibili e meno visibili. Già solo per quello Léonie avrebbe voluto che la tempesta non finisse mai. Nonostante tutte le cose orribili che accadevano intorno, nonostante lo spettro di Liotta sempre dietro di lei, era da moltissimo tempo che non si sentiva così bene. A tal punto che quelle poche ore tra le braccia di uno sconosciuto l'avevano convinta una volta per tutte del fatto che non provava niente per Patrick e che il loro rapporto andava avanti soltanto perché lui era una persona gentile, perché lavoravano insieme e non voleva ferirlo. Al suo ritorno doveva assolutamente parlargli. Sperando che avrebbe capito.

Mentre cercava di scacciare via quei pensieri, sullo schermo del telefono apparve un messaggio. Era la risposta di Théo Paquette a quello che gli aveva inviato lei, in cui si diceva sorpresa di non avere ancora ricevuto notizie riguardo alle analisi del libro di An Antane Kapesh. «Non è ancora arrivato. Appena ce l'ho mi ci metto subito». Era martedì. La posta era partita il venerdì precedente con il fly-out dei minatori. Il tecnico avrebbe già dovuto riceverlo. Forse si stava preoccupando per nulla, si disse Léonie, eppure una vocina seccante nella sua testa le sussurrava che il pacco non sarebbe mai arrivato a destinazione. Che le grinfie di Norferville non se l'erano lasciato sfuggire.

Teddy riemerse dal sonno. Le sorrise.

«Senti, ma se passassimo un attimo dall'albergo prima di andare in stazione? Vorrei… cambiarmi questa», disse indicando la garza sull'occhio.

«Certo».

Tornati finalmente sulla sponda est del lago Ridge, ritrovarono la strada della miniera. Anche lì era tutto imbiancato. I tetti delle baracche formavano un tappeto uniforme, soltanto le facciate e le strade sgomberate dalla neve davano qualche sfumatura al paesaggio immacolato. Non si vedevano più nemmeno le piaghe rosse scavate dalle macchine. Teddy si rattristò al pensiero che il luogo di ritrovamento del corpo di Morgane fosse tornato intatto, inghiottendo le tracce del loro passaggio, e della loro stessa esistenza.

Arrivati al Blue Ridge, l'uomo entrò al volo nel suo alloggio mentre Léonie l'aspettò in auto. Al suo ritorno indossava una benda nera identica a quella che aveva prima.

«Ne ho sempre una di riserva in valigia, nel caso ci fosse un blizzard dietro l'angolo», disse allacciandosi la cintura.

«Ti rende incredibilmente fascinoso».

«Non ti fa paura quello che c'è dietro?».

«Ci sei tu. C'è la tua storia».

Ripartirono. La stazione, che il francese non vedeva dal giorno del suo arrivo, quasi una settimana prima, aveva davvero un'aria da fine del mondo. L'unico binario presente si estendeva poco oltre la facciata del grande edificio grigiastro ornato da un cartello che recitava: «TRASPORTO FERROVIARIO TSHIUETIN». Con i veicoli per la manutenzione provenienti dal sito di Esker, alcuni uomini stavano spalando la neve e verificando le condizioni delle traverse. Un lavoro da formichine che bisognava ripetere tempesta dopo tempesta per garantire la sicurezza dei viaggiatori.

Anche se non era previsto nessun treno fino al giorno dopo, c'era sempre qualcuno negli uffici, dietro la sala riscaldata dove di norma aspettavano i passeggeri. Léonie bussò alla porta di un ufficio illuminato. Le aprì un innu sulla cinquantina, che indossava un gilet da cantiere, giallo fosforescente, sopra il maglione. Lei si presentò e chiese di visionare i registri partenze.

«Mi servono, nello specifico, gli archivi 2011, 2012, 2015 e 2016», precisò poi.

«Cos'è che cerca? Lì dentro ci sono solo nomi e date».

«È proprio quello che ci interessa».

L'uomo alzò le spalle e andò a frugare in un armadio in cui erano ammassate montagne di scartoffie, tanto che veniva da chiedersi come potesse sperare di raccapezzarcisi. Eppure tornò presto indietro stringendo quattro grossi quaderni con le copertine praticamente a brandelli, li piazzò tra le mani della visitatrice con fare poco amichevole e tornò a sedersi al suo posto.

«Qui accanto ci sono delle panchine. Riportatemeli quando avrete finito. Ma non tiratela troppo per le lunghe, per favore. È quasi ora della mia pausa pranzo».

Senza formalizzarsi per la pessima accoglienza ricevuta, i due uscirono dall'ufficio e andarono a sedersi nella sala d'attesa. Teddy iniziò a sfogliare uno dei quaderni. Il sistema di registrazione era arcaico ma efficace: in cima alla pagina c'erano segnate data e ora di tutte le corse dello Tshiuetin in partenza da Norferville e al di sotto l'elenco che ogni passeggero aveva contribuito a stilare inserendo nome, cognome e firma.

«Janelle è stata la prima a sparire», ricordò Léonie consultando i suoi appunti sul telefono. «Secondo Patrick è partita da Sept-Îles… mercoledì 28 settembre 2011».

Tenendo conto di quell'informazione, il criminologo cercò il suo nome negli elenchi a partire da giovedì 29, senza trovare traccia della nativa americana. La poliziotta sentiva crescere l'adrenalina e una strana immagine si materializzò nella sua mente: era quella città maledetta a divorare le ragazze. Al calar della notte, in qualche modo inspiegabile, Norferville richiudeva le sue mascelle e le inghiottiva per sempre.

«Trovata!», esclamò all'improvviso Teddy puntando l'indice su un rigo, alla data di giovedì 13 ottobre 2011. «Quindici giorni dopo la sua partenza da Sept-Îles, Janelle Matane ha effettivamente ripreso il treno da Norferville».

Léonie avvertì una certa delusione nella voce del francese. Se quelle ragazze si fossero volatilizzate a Norferville, avrebbe quantomeno cominciato a esserci un minimo di logica nella morte di Morgane. L'uomo perseverò, tuttavia, cercando negli altri quaderni. Il suo dito correva da un rigo all'altro. Janelle, Myriam, Sakari, Kathia: c'erano tutte. Quanto ad Angelune, aveva ripreso il treno il 20 settembre dell'anno precedente. Fine della pista. La sensazione di dover ricominciare da zero lo annichilì. Amareggiato, appoggiò i quaderni sulle gambe di Léonie e si alzò, mani in testa.

«Cazzo!».

Cominciò a girare in tondo mentre la poliziotta si dirigeva verso gli uffici per restituire i registri. Quindi era tutto lì? Un bel giorno, di punto in bianco, quelle donne avevano abbandonato il loro ambiente per venire a prostituirsi a Norferville e poi se n'erano andate come niente fosse? Qualcosa non quadrava. Perché Angelune, che abitava a Uashat, a due passi dalla stazione di Sept-Îles, non era mai tornata a casa sua? Perché non aveva più dato nessun segno di vita alla madre? Il criminologo ci vedeva una sola spiegazione possibile. Dovevano averla abbordata all'arrivo a Sept-Îles. Qualcuno era andato a prenderla all'uscita dal treno per portarla chissà dove. A meno che...

L'occhio di Teddy si infiammò. Un'altra ipotesi si era fatta strada nella sua mente. Corse a sua volta dentro l'ufficio, dove l'impiegato stava per rimettere i registri al loro posto.

«Aspetti!».

Recuperò i quaderni sotto lo sguardo interrogativo di Léonie.

«Mi perdoni», disse spulciando di nuovo quello del 2011. «Devo verificare un dettaglio».

Arrivato alla pagina che gli interessava, lasciò il registro aperto e appoggiò una penna all'altezza del rigo «Janelle Matane». Quindi ripeté la stessa operazione con i registri del 2012, del 2015 e del 2016. Sentì una stretta al cuore. Ci aveva visto giusto. Fece segno a Léonie di avvicinarsi.

«Hai notato? Sempre la stessa grafia!».

La poliziotta vide che in effetti era così. E, in una frazione di secondo, la conclusione giunse da sola.

«Non sono mai andate via da qui. Qualcuno ha scritto il loro nome solo per farlo credere».

Teddy annuì con convinzione. Una persona con la possibilità di accedere a quei documenti aveva creato delle viaggiatrici fantasma per sviare eventuali indagini. La tenente si girò verso l'impiegato.

«In quanti sono a occuparsi dell'imbarco?».

«Tre. Uno registra i passeggeri e gli altri due salgono sul treno e fanno l'andata e ritorno da Sept-Îles per il servizio a bordo».

«E ha modo di sapere chi era l'incaricato al registro lo scorso 20 settembre?».

L'uomo annuì e consultò un classificatore appoggiato sopra una pila di fascicoli. Teddy non riusciva più a star fermo. L'innu rialzò i suoi occhietti neri verso di loro.

«Sid Nikamu».

51

Léonie ricevette una chiamata da Liotta mentre sfrecciavano verso la riserva. Dopo un paio di brevissimi minuti riattaccò sospirando.

«È morto Florent Kashtin, vero?», indovinò Teddy.

«Hanno ritrovato il suo corpo lungo la riva dove ti ha aggredito, a circa due chilometri dalla diga. Ha palesemente tentato di attraversare in un punto dove il livello era più basso e la corrente meno forte, forse per tornare verso l'accampamento, ma non ce l'ha fatta. I gendarmi si occuperanno di rimpatriare la salma».

Teddy non provò nessuna forma di sollievo. Kashtin non era stato altro che un figlio straziato dal disamore paterno, sprofondato in una follia alimentata da una vecchia leggenda. Aveva cacciato e creato una messinscena con delle carcasse di cani selvaggi, ma non era un assassino. Soltanto uno che sentiva di non avere via di scampo, un uomo dato per colpevole la cui unica scelta possibile era scappare davanti a una polizia che, da anni, disprezzava e maltrattava la sua gente. Era morto tristemente, ma se non altro si era risparmiato il dolore di scoprire la tresca tra sua moglie e il suo cosiddetto migliore amico.

«Ne verremo a capo, ok?», lo rassicurò la donna, notando il suo turbamento.

«Lo spero… A ogni modo se dovessi cercare un raggio

di sole in tutta questa merda nera, sarebbe quello di averti incontrata».

Toccata da quelle parole, Léonie si rintanò tuttavia nel silenzio. Era incapace, al momento, di immaginare un seguito per la loro improbabile storia. Le sembrava tutto così complicato, i loro mondi così diversi. Lui nella sua grande e fervida città a seimila chilometri di distanza. Lei circondata dall'acqua e dagli alberi, con la sua vita tranquilla alle porte del Grande Nord.

«Non dire nulla», aggiunse Teddy, che non voleva assolutamente metterla in imbarazzo. «Non presupponeva una risposta...».

Léonie annuì e poi, per cambiare discorso, indicò i registri appoggiati sul sedile posteriore.

«Secondo te troveremo altre donne scomparse, lì dentro?».

«Non c'è motivo per cui debbano essercene soltanto cinque. Non saranno state le sole a passare sotto il radar».

«Ma che fine fanno, accidenti?».

Il criminologo non sapeva proprio cosa rispondere. Ma di una cosa era certo: Norferville inghiottiva quelle ragazze e le cancellava dalla faccia della terra. Dov'erano i loro corpi? Quante persone erano implicate in quelle scomparse? Aveva paura di ciò che avrebbero potuto scoprire...

Arrivarono a destinazione contemporaneamente agli agenti Millaud e Colvar, chiamati in rinforzo. La tenente li istruì rapidamente sulla situazione. Secondo l'impiegato della stazione, Nikamu avrebbe dovuto riprendere a lavorare solo due giorni dopo. Eppure la sua auto non era a casa. L'area tutt'intorno non era stata ripulita dopo la tempesta, tanto che uno strato di neve ricopriva ancora i gradini dell'ingresso e ostruiva la parte inferiore della porta. Léonie ci salì per prima, con prudenza, e bussò. Sentì una voce femminile gridare: «Un attimo!». Dopodiché ricadde un silenzio di piombo, allora bussò una seconda volta, più forte. E intanto tirò fuori la pistola.

«Aprite subito!».

Maya si palesò finalmente sulla soglia, con addosso una lunga maglietta di dubbia pulizia che le scendeva sopra i pantaloni della tuta. Spettinata, in calzini. Puzzava di alcol e, nonostante le pupille leggermente dilatate – indizio che aveva preso qualcosa – sembrava reggersi in piedi senza troppa difficoltà. Léonie la scostò con un braccio e i poliziotti si precipitarono dentro casa. Teddy fece da fanalino di coda.

«Dov'è Sid?», domandò la tenente con tono deciso.

Maya si premeva le mani contro la testa, visibilmente disorientata da quella brutale intrusione.

«Ma… che succede?».

Dall'odore si capiva che era appena stato spruzzato del deodorante per ambienti. Léonie lanciò un'occhiata verso il tavolo del salotto. L'accendino, l'alluminio appallottolato nel posacenere… Maya continuava a farsi. Gli uomini completarono in fretta il giro della casa. Di Nikamu nessuna traccia. La poliziotta fissò con freddezza quella che era stata la sua migliore amica e che ora era soltanto l'ombra di se stessa.

«Dov'è?».

«Non lo so. È uscito un paio d'ore fa, forse tre. Ha fatto qualche cazzata?».

La donna non staccava gli occhi dagli intrusi, con un misto di odio e paura. Teddy si era avvicinato a una foto di Nikamu. Solo allora si rese conto di averlo già incontrato durante il suo viaggio: era il tizio che distribuiva da mangiare.

«Contattalo», le ordinò Léonie. «Inventati qualcosa, ma fallo tornare subito. E ovviamente non dirgli che siamo qui».

Il tono era perentorio, lo sguardo gelido, allora Maya ubbidì. Chiamò Nikamu ma rispose la segreteria. Il telefono doveva essere spento, che avesse la batteria scarica? L'innu tirò su col naso e se lo strofinò nervosamente.

«Dimmi cos'ha fatto di sbagliato».

«A parte picchiarti e trascinarti nelle sue aberrazioni, intendi? È sospettato di essere coinvolto nella scomparsa di almeno cinque giovani donne, tutte indigene, tra il 2011 e oggi, nonché implicato nell'omicidio della settimana scorsa».

A Maya salirono le lacrime agli occhi. Indietreggiò fino alla parete, sotto shock, e per poco non inciampò.

«Stronzate. Non è vero».

«E tu eri all'oscuro di tutto, immagino! Mai sentito niente, eh? Né ti sei mai posta qualche domanda su come facesse un piccolo impiegato dello Tshiuetin a procurarsi tutta quella merda…».

L'innu non reagiva più, apparentemente disconnessa. Le lacrime le rigavano ormai le guance.

Irremovibile, Léonie diede una serie di ordini a Millaud.

«Voglio tutti gli agenti sul caso. C'è da perquisire questa baracca da cima a fondo, alla ricerca di qualunque elemento ricollegabile. Sequestrare l'hard disk del computer ed eventuali chiavette USB. Localizzare l'auto di Nikamu, che non può essere andato troppo lontano. Faccia battere tutte le strade della riserva, interrogando anche vicini e amici».

«D'accordo», rispose Millaud. «Ma, come ha visto, non siamo un esercito».

«Se la sbrighi lei. Bisogna ritrovarlo».

Detto ciò, riportò la sua attenzione su Maya.

«Sid ha un capanno per la caccia?».

Fu costretta a ripetere la domanda perché Maya tornasse sulla Terra.

«Sì, sì, lui…».

«Dove?», la troncò Léonie.

«Vicino al lago Wood. Era di suo padre».

«Potrebbe trovarsi laggiù?».

«Non ne ho idea».

Léonie guardò al volo Teddy: valeva la pena dare un'occhiata.

«Vestiti, mettiti le scarpe», disse a Maya. «L'agente Millaud ti accompagnerà in commissariato e veglierà su di te».

Si girò quindi verso quest'ultimo.

«È sotto la sua responsabilità, intesi?».

Millaud annuì. Quindi, rivolgendosi a Maya, Léonie concluse: «Quando ti sarà un po' passata la botta ti faremo delle domande. Conto sulla tua collaborazione. Nel frattempo spiegami dove si trova esattamente il capanno».

52

Avevano il tempo di andare e tornare dal capanno prima che facesse buio, anche se Nikamu non era chiaramente lì, visto che non c'era la sua macchina parcheggiata vicino all'imbocco della pista. Léonie sentiva di dover seguire l'intuito. Se Nikamu aveva qualcosa da nascondere, pensava, l'avrebbe nascosto in un posto che era tutto suo.

Il panorama era di una bellezza mozzafiato, soprattutto arrivando verso il punto più alto della pista Wood dove lo Ski-Doo cominciò a rallentare. Léonie serbava un ricordo ancora vivido di quando andava lì insieme ai suoi genitori. Teddy doveva assolutamente vederlo almeno una volta nella vita. Il ghiaccio azzurrino dei piccoli laghi interconnessi giocava con la luce dorata del sole, estendendosi a trecentosessanta gradi fino all'orizzonte. Le colline scintillanti, orlate di alberi, sembravano quasi danzare intorno a loro. A cavalcioni della motoslitta, Léonie spense il motore.

«Ci fermiamo solo cinque minuti. In questo punto, normalmente, succede che il cuore ti batte fortissimo nelle orecchie. E tutto il resto scompare: soltanto tu, il tuo cuore e la natura. Sono le potenti vibrazioni del Grande Nord…».

Teddy scese dallo Ski-Doo e avanzò di qualche metro nella neve. Léonie aveva chiuso gli occhi. C'era un silenzio così puro, così infinito che il francese sentì una sorta di rombo lento nei timpani, qualcosa che veniva da dentro, che andava crescendo, si trasformava in ronzio, e capì che era il movimento del suo sangue. Soggiogato da quella magia, sentì poi arrivare le pulsazioni. Non nelle orecchie, ma in tutto il corpo, fin dentro le ossa. Pulsazioni realissime. Teddy si mise a girare su se stesso, ebbro di ogni secondo che quella natura gli dava o gli toglieva e, per lo spazio di un momento, non esistette più nulla. Niente più Lione, niente più Garance, niente più morti, solo e soltanto il suo cuore, la sua anima e il mondo.

Tornò infine verso Léonie, totalmente sconvolto.

«L'hai sentito?», gli domandò la poliziotta.

Teddy annuì.

«Grazie. Grazie davvero», le sussurrò commosso.

Léonie gli sorrise e rimontarono in sella. Teddy si diceva che era bello stare così, stretto a lei, che in altre circostanze avrebbe potuto essere un momento meraviglioso, ma poi, mentre le ombre si allungavano e la vegetazione si infittiva, le tenebre dell'indagine tornarono a farsi sentire. Da qualche parte, in un angolino della sua mente, Teddy rivide il corpo massacrato di Morgane e sua moglie con il viso crivellato di pezzi di vetro che lo chiamava dal profondo della foresta.

Quando il contachilometri arrivò sul 5, Léonie rallentò per scrutare gli alberi sulla sinistra: Maya le aveva spiegato che il punto in cui svoltare era indicato da un paio di corna di caribù inchiodate su un tronco. Le individuò un centinaio di metri più avanti e abbandonò la pista. Presto non rimasero che le cortecce nere degli alberi e le lugubri corna degli animali a guidarli in quel dedalo dove sembrava tutto così uguale. Finalmente, una decina di minuti più tardi, apparve il capanno, con la parte bassa sepolta sotto strati di neve su cui non era passato alcun piede dopo la tempesta.

Si trattava di una capanna realizzata con assicelle di legno, apparentemente ben tenuta. Era costruita in altezza: il pavimento poggiava su una serie di travi impilate, senz'altro per isolarlo dal terreno. Salirono i quattro gradini che portavano all'ingresso. La porta era bloccata da un grosso lucchetto. Léonie provò, per scrupolo, a tirare l'ansa ma era ovviamente chiuso. Allora tornò giù, si posizionò sotto una delle due finestrelle occultate da una tendina interna e, alzandosi in punta di piedi, la colpì con il calcio della pistola.

«Dammi una mano», disse aggrappandosi al davanzale una volta rimossi i frammenti di vetro.

Senza esitare, il criminologo la prese per la vita e la sostenne finché lei non riuscì a passare dall'altra parte. Poi fu lei ad aiutarlo. Faceva molto buio all'interno. Era uno stanzone grande ma essenziale. C'era un letto a castello contro la parete in fondo. Come Kashtin, anche Nikamu aveva ammassato lì dentro il suo materiale da caccia e da pesca.

«Setacciamo a fondo questo posto. Se esiste un minimo indizio che ci permetta di rintracciare quelle donne, non voglio che ci sfugga».

Mentre Teddy si dirigeva verso l'angolo cottura, Léonie cominciò a perquisire il resto. Le mensole erano, in linea di massima, stracariche di oggetti utili alla sopravvivenza, confezioni di riso e bottiglie d'acqua. Si avvicinò alla grossa stufa a legna, si abbassò per guardare al di sotto. Niente. Quindi tirò via le lenzuola del letto, spostò il cuscino. Scoprì allora una piccola busta di cartone. Con dentro almeno un centinaio di foto. Chiamò Teddy.

Si misero a esaminarle rapidamente insieme, soffermandosi quasi subito su quella di una giovane ragazza a cavalcioni di Sid Nikamu. Era nuda, eccitata, e fissava l'obiettivo mentre lui scattava il selfie. La poliziotta andò a posare la foto sul tavolo, tirò fuori il telefonino e la confrontò con l'immagine che le aveva mandato Patrick.

«È lei. È Angelune».

Era così esile, così giovane. Sognava una vita migliore e invece si era ritrovata in fondo a quei boschi a soddisfare i bisogni sessuali di un rifiuto umano. Per lo spazio di un secondo il criminologo pensò alla madre di Angelune, che dopo tutte quelle settimane continuava a cercarla.

Altro viso. Stavolta una bianca con i capelli neri. Sui trenta, trentacinque anni. Nikamu si era fotografato frontalmente, con la coscia sinistra ben visibile. Léonie notò allora il tatuaggio sulla parte alta della gamba. E sentì il cuore battere all'impazzata.

«Ci siamo. Mi sa tanto che abbiamo trovato il nostro Lince».

Teddy lo constatò da sé: il motivo nero impresso sulla pelle del loro sospettato rappresentava inequivocabilmente una testa di lince, con quelle inconfondibili orecchie appuntite. Un'enorme ondata di rabbia si infranse in tutto il corpo della poliziotta. Ce l'aveva avuto davanti, quel verme, il giorno in cui era andata da Maya, gli aveva incollato la pistola alla tempia. A saperlo prima…

Continuò a esaminare le foto all'interno della busta. Le venne la nausea a furia di vedere tutte quelle donne immortalate in pose conturbanti. Bianche, bionde, brune, indigene. Giovani, per la maggior parte. Fronti sudate, a volte sorridenti, seni lucidi. Nessuna indicazione rispetto alla data sul retro. Léonie s'immaginò Nikamu contemplare i suoi piccoli souvenir mentre Maya era lì, ottenebrata dalle anfetamine, strafatta.

«Quando gestisci una rete devi testare per bene il prodotto che vendi», disse con un sospiro amaro. «Assicurarti che le ragazze reclutate dal web, ingenue e inesperte, siano all'altezza. Magari le portano direttamente qui quando arrivano a Norferville, tanto per farle entrare subito nello spirito giusto».

«Abbiamo identificato Angelune, ma non mi pare di aver visto le altre ragazze scomparse a Montréal, no?».

«Già, nemmeno a me. Può darsi che abbia iniziato a fotografarle in azione soltanto da poco».

Il francese osservava con attenzione gli scatti che lei gli passava.

«La maggior parte di queste donne sarà senz'altro tornata alla sua vita dopo il soggiorno a Norferville, altrimenti sarebbe diventata una cosa troppo grossa, troppo visibile», ragionò. «Ma nel lotto devono esserci anche quelle che non hanno mai rimesso piede sul treno. Probabilmente le più povere, le più sradicate. Forse le uccide. Forse le massacra come ha massacrato Morgane, e poi le seppellisce qui intorno».

Teddy fissò con aria grave Léonie, che stava tardando a passargli una delle ultime foto. Allungò la mano verso di lei. Alla fine, seppur a malincuore, la tenente cedette. Nikamu era in piedi, appoggiato al muro, con un sorrisone stampato in faccia. Morgane, invece, era inginocchiata ai suoi piedi e glielo succhiava. Teddy avvicinò una sedia e ci si accasciò sopra, lasciando cadere la foto che d'un tratto sembrava ustionargli le dita. Léonie rimase in silenzio, non c'erano parole per confortarlo. Pensò a Maya, la prima volta che l'aveva rivista, intenta a infilare le sue perline curva sul tavolo, mentre Nikamu era magari lì nel capanno a scoparsi quelle ragazze...

«Lo troveremo, Teddy. Ti assicuro che quel porco la pagherà fino all'ultimo dei suoi giorni».

53

Volti di carta patinata. In mezzo a loro, quelli di native americane che un bel giorno non avevano più dato segni di vita. Probabilmente scomparse, senza che alcun fascicolo giudiziario fosse stato mai aperto, nonostante gli allarmi lanciati dai loro cari e da persone che, come Morgane, erano convinte che ci fosse dietro qualcosa. Vittime dell'indifferenza, del lassismo delle istituzioni, delle falle del sistema. Ecco cosa stava lentamente venendo a galla in tutto il Canada. Serial killer di cui, all'improvviso, si scopriva l'esistenza. Cadaveri di indigene morte decine di anni prima, ritrovati sul fondo dei grandi fiumi dell'Ontario, che nessuno aveva mai cercato. Donne stuprate nelle riserve quebecchesi che osavano finalmente parlare. Delle Angelune. Delle Léonie. Delle Maya.

I mostri si annidavano ovunque, anche negli angoli più remoti. Il Male non aveva confini, né gerarchie, colpiva tutti, *abitava* tutti. Paul Liotta, proprio come Sid Nikamu, faceva parte dei predatori. Di quegli uomini che avevano deciso di lasciarsi guidare dalle proprie ossessioni, dalle proprie aberrazioni. E Léonie, adesso, era più che mai decisa a presentare il conto a tutti loro. Dal primo all'ultimo.

Nonostante le rimostranze di Teddy, la poliziotta preferì parlare da sola con Maya, che l'agente incaricato di sorvegliarla aveva definito "agitata" fin da quando aveva messo piede in commissariato. Niente uomini, niente uniformi. Soltanto una donna che un tempo aveva conosciuto e amato come una sorella. Léonie entrò nella stanza con in mano una busta e un bicchiere d'acqua. L'amica stava dondolando sulla sedia, rosicchiando nervosamente ciò che restava delle sue unghie. Le goccioline di sudore che avevano cominciato a imperlarle la fronte e il tremore delle mani indicavano chiaramente un principio di crisi di astinenza. Chiusa la porta, la tenente si sedette di fronte a lei.

«Sai, Maya, c'è una cosa che rimpiangerò fino all'ultimo dei miei giorni, ed è di non avere avuto la forza di venire a salutarti quando siamo andati via da Norferville. Era troppo difficile. Mi sembrava di abbandonarti. Di lasciarti in una città che moriva dissanguata, tutta sola in mezzo ai mostri che ci hanno fatto quello che ci hanno fatto mentre io, invece, scappavo da quell'inferno. In realtà neanche per me è stato semplice, a Québec... Ero la ragazza dalla pelle scura. La straniera mezza indigena con un accento da bianca, arrivata dal Grande Nord, con cui nessuno aveva voglia di parlare».

Maya afferrò il bicchiere e se lo avvicinò al viso per vedere cosa c'era dentro. Poi lo mise giù, incrociò le braccia e riprese a muoversi avanti e indietro.

«Ho freddo. Sono ore che aspetto qui. Voglio tornare a casa».

«Ci tornerai. Prima, però, io e te dobbiamo parlare. Non ci vorrà molto, d'accordo?».

Maya annuì, tirando su col naso. Léonie provò compassione per lei. Ma doveva assolutamente tenere fuori i sentimenti. La sua amica non sarebbe tornata a casa. Non quella sera, non dopo quanto stava per scoprire sull'uomo con cui condivideva la sua vita. Un medico e un'assistente sociale del dispensario attendevano già dall'altra parte del muro per occuparsi di lei. I giorni a venire sarebbero stati estremamente difficili.

La poliziotta si sporse un po' in avanti.

«Ancora nessuna idea su dove potrebbe essere Sid? Siamo andati al capanno, abbiamo controllato tutte le strade della riserva, stiamo cercando su Norfer ma per il momento giriamo a vuoto e nel frattempo si è fatto buio. Ho bisogno che mi aiuti».

«Non lo so, te l'ho già detto. Lasciatelo in pace. Tutte quelle brutte cose che dite di lui sono solo bugie. Non ha fatto niente di male».

«Sì, invece. E anche molto. Abbiamo le prove, Maya».

«Quali prove?».

Léonie appoggiò una mano sulla busta di carta.

«Prove sufficienti per spedirlo in prigione per moltissimo tempo».

«Non voglio che vada in prigione».

La poliziotta si rese conto che stava imboccando la strada sbagliata. Maya, nonostante tutto, ci teneva a Sid, anche solo per il semplice fatto che le passava la roba. Di qualunque cosa si fosse macchiato, lei l'avrebbe comunque difeso fino alla fine. Allora cambiò strategia.

«Ci vai mai nel suo capanno?».

«A fare che? No. Non vado né a caccia né a pesca».

«E lui ci va spesso?».

Maya sollevò bruscamente una spalla, come in preda a un tic.

«Ma che domanda è? Dipende da quanto ne ha voglia. A volte ci sta anche diversi giorni, altre non ci mette piede per settimane. Sid fa quello che gli pare e quando gli pare. Sua madre si è impiccata che lui non aveva neanche cinque anni, e suo padre non si è mai preso cura di lui. Se l'è sempre dovuta sbrigare da solo e non è certo il tipo che viene a chiederti il permesso».

«Con chi ci va al capanno?».

«Non lo so. Non mi dice mica tutto».

«Ma certo che lo sai. Avrà pure qualche amico che viene a trovarvi a casa, no?».

Ora Maya si toccava di continuo gli avambracci. Senza rispondere alla domanda, prese a grattarsi attraverso la giacca della tuta. Lo sguardo sfuggente.

«Non parli perché hai paura di lui», le disse Léonie con voce calma. «Ti minaccia in continuazione, ti picchia, ma adesso ci siamo noi a proteggerti, capito?».

«"Noi" chi? La polizia? La polizia è il peggio del peggio».

«Ti giuro che lo arresteremo e non potrà mai più rovinarti la vita. Farò tutto il necessario perché ci si prenda cura di te. A Sept-Îles ci sono delle strutture più moderne dove ti aiuteranno a venirne fuori. Ti troveremo un lavoro».

«Venire fuori da cosa? Non mi servono le cure di nessuno. Voglio soltanto che ci lasci in pace tutti e due. Tornatene da dove sei venuta. E non farti rivedere mai più».

«Purtroppo non è così che funziona, Maya».

La poliziotta aprì la busta e spinse le foto verso la sua interlocutrice.

«Visto che ti rifiuti di aprire gli occhi... Queste erano nel suo capanno. Mi spiace dovertele mostrare ma tanto prima o poi le avresti viste comunque. Devo incastrare Sid e quelli che fanno parte del suo giro se vogliamo che tutto questo finisca, Maya».

L'innu osservò i corpi, le pose dell'uomo con cui viveva, quel sorriso a trentadue denti rivolto all'obiettivo, le sue mani perverse che esploravano i seni nudi. D'un tratto spinse via le foto come se fossero avvelenate e iniziò a scuotere la testa.

«Non è vero. Non è vero», ripeteva in loop.

«Aiutami», la supplicò Léonie. «Queste donne venivano qui a prostituirsi per il tramite di Sid. Alcune di loro non hanno mai più dato segni di vita, non sono mai andate via da Norfer. In mezzo alla sua collezione abbiamo scoperto la nostra vittima, quella di cui hanno abbandonato il cadavere sulla pista Wood. Ti scongiuro, dimmi dove si trova Sid e chi sono le persone che frequenta. Sei la sua compagna, tu puoi sicuramente far avanzare le indagini».

Maya fissava il tavolo senza battere ciglio, con la mente ormai chissà dove. Léonie volle stringerle la mano ma lei, in una frazione di secondo, le saltò addosso e cercò di strozzarla.

«Sei una bugiarda! Lo siete tutti!».

Le si erano gonfiate le vene sulle tempie. Le sedie volarono via e le due donne rotolarono a terra gridando. Si aprì immediatamente la porta. Mangematin e Liotta – quest'ultimo con ancora addosso il giubbotto e il berretto di pelliccia – irruppero nella stanza. La nativa aveva gli occhi fuori dalle orbite e stringeva così tanto che fecero fatica a staccarle le dita dal collo della loro collega. Quando ci riuscirono, la tenente si appoggiò al muro boccheggiando, finché non tornò a respirare.

«Stai bene?», le chiese Teddy, curvo su di lei.

La donna annuì con la testa, lo sguardo fisso su Maya che s'inarcava come una furia. Il sergente finì per immobilizzarla a terra, con un ginocchio contro la schiena, e metterle le manette. Dopodiché la tirò su con forza e la trascinò in corridoio. Léonie fece per corrergli dietro ma il criminologo la trattenne dolcemente.

«Non serve. Tanto adesso ci penseranno il medico e l'assistente».

La donna si sistemò il maglione. Le tremavano le mani.

«La picchia, la annienta, ma resta comunque al centro della sua vita. Anzi, Sid è la sua vita. Da Maya non otterremo nulla, anche se sa qualcosa. Non le importa delle prove, si rifiuta di crederci perché non ha nient'altro che lui».

Teddy sentì che aveva i nervi a pezzi. Le scostò una ciocca di capelli da sopra le labbra.

«Purtroppo è sempre così con chi è vittima di violenze», disse. «Non parlano. Paura delle ritorsioni, di essere stigmatizzate, spesso anche un senso di vergogna... E dev'essere tanto più vero all'interno di una comunità dove tutti quanti si conoscono. E si proteggono».

In corridoio le urla erano cessate. Léonie uscì dalla stanza. Raggiunse il punto in cui si erano radunati i poliziotti. La sua amica sedeva a terra contro la parete, quasi inerte, la testa ciondolante e gli occhi semichiusi. Le avevano tolto le manette. Il medico stava richiudendo la borsa.

«Le ho somministrato un tranquillante», spiegò. «Ora la portiamo in ambulatorio».

Maya non era più che una bambola di pezza. La poliziotta si inginocchiò davanti a lei. L'aiutò a infilare il giubbotto, i guanti, le mise il berretto in testa, proprio come aveva fatto Maya vent'anni prima, dopo gli abusi che avevano subito. Le immagini riaffiorarono. Alzò allora il mento in direzione di Liotta – il cane che osservava la scena dall'alto, impassibile, dritto come un fuso – e lo guardò così male che tutti quanti si girarono verso di lui con una specie di imbarazzo condiviso.

«Forza, portatela via e facciamola finita con queste pagliacciate», sbottò quest'ultimo per poi allontanarsi.

Sparì nel suo ufficio, sbattendosi la porta alle spalle. Il medico e l'assistente si occuparono di Maya.

«Prendetevi cura di lei», disse tristemente Léonie mentre uscivano.

Da fuori giunse il rombo di un motore e poi più nulla. La stazione di polizia tornò alla sua quiete, che covava tuttavia un fuoco pericoloso, invisibile. Léonie aveva bisogno di sedersi. Raccolse le foto e si spostò nella stanzetta adibita a cucina. Si riempì un bicchiere d'acqua e crollò su una sedia. Teddy rimase in piedi, in un angolo. Aveva avuto l'accortezza di richiudersi la porta alle spalle per starsene un po' tranquilli.

«Quell'odio che ho visto nei tuoi occhi...».

Attese una risposta che non arrivò. Il silenzio si faceva opprimente, allora provò a prenderla da un'altra angolazione.

«Come mai ci tieni così tanto a quella donna?».

«Siamo cresciute insieme, era la mia migliore amica. E anche l'unica, in pratica. Non passava giorno senza che ci vedessimo. Maya sapeva suonare il flauto e leggere gli spartiti dei grandi compositori. In un'altra vita avrebbe voluto diventare musicista. E adesso guarda invece… Guarda come *l'hanno* ridotta. Che schifo di mondo».

Teddy capì che era al limite. Che il caso stava chiaramente prendendo, proprio come per lui, una piega fin troppo personale. Léonie rischiava di uscire dai binari. La differenza era che lui non aveva più niente da perdere. Lei sì.

«È tardi, andiamo via», le propose. «È stata una lunga giornata».

Léonie non protestò, non ne aveva più le forze. Ma quando si alzò a gettare il bicchiere nel cestino, dalla porta fece capolino Mangematin.

«Uno degli agenti ha localizzato l'auto di Nikamu».

«Dove?».

«In rue Westside. Davanti alla casa in cui è stata assassinata Morgane Schaffran».

54

Era come uno spaventoso loop temporale. Quell'impressione di trovarsi intrappolato in una palla di vetro e rivivere continuamente lo stesso incubo era davvero terrificante. La stessa strada, le stesse tenebre. Teddy sapeva già che tipo di scenario l'aspettava laggiù. La sanguinosa tana della bestia che gli aveva portato via sua figlia.

Per via della tempesta rue Westside si era trasformata in una lingua di ghiaccio sulla quale bisognava procedere a passo d'uomo. L'auto slittava al minimo movimento del volante, nonostante le gomme chiodate. Léonie teneva quanto più possibile salda la rotta, ma accusava la stanchezza di quella giornata intensa e interminabile. Di una cosa era certa: non ce l'avrebbe mai fatta senza Teddy al suo fianco. Fin dal primo giorno era stato per lei un sostegno, una guida, una presenza che l'aveva rassicurata, passo dopo passo. Non voleva ammetterlo perché sapeva che era destinata a finire, ma accanto a lui si sentiva bene.

Un quarto d'ora dopo il suo veicolo e quello di Liotta raggiunsero il pick-up del poliziotto parcheggiato in mezzo alla strada, a una cinquantina di metri dalla casa degli orrori. I suoi fari illuminavano la facciata diroccata di fronte alla quale si trovava l'auto di Sid Nikamu, con il rimorchio e lo Ski-Doo al di sopra. L'agente uscì dal suo bozzolo e li aggiornò sulla situazione.

«Da quando sono qui non s'è mossa una foglia. Sembra non esserci nessuno. Se invece è dentro e magari mi ha sentito arrivare, è improbabile che sia scappato a piedi. L'unica sarebbe passare dalla foresta, ma solo un pazzo ci andrebbe in piena notte...».

«Spenga un attimo i fari», gli disse Léonie.

L'uomo fece come richiesto. Furono subito sepolti dalle tenebre. Dall'abitazione non giungeva nessuna luce.

«Li riaccenda soltanto quando saremo in prossimità della casa», ordinò la tenente. «Nel caso fosse armato, saremo bersagli un po' meno facili».

Si girò quindi verso Liotta e Mangematin.

«E le torce teniamole spente per il momento. Niente stronzate stavolta, intesi?».

L'agente annuì. Quanto al sergente, così imbacuccato che si vedevano soltanto gli occhi glaciali, non batté ciglio. Si incamminarono – con Teddy al loro seguito – stando bene attenti a non scivolare. Più si avvicinava e più Léonie aveva un brutto presentimento. La sensazione che si stesse ripetendo uno schema. Morgane era andata in quella casa e l'avevano massacrata. Nikamu non rispondeva più al telefono. Non era un buon segno.

Prima di raggiungere l'edificio, illuminò con la torcia l'interno dell'auto del sospettato. Vuoto. Difficile rilevare eventuali tracce di passi o di altri veicoli sul terreno ricoperto dal ghiaccio. Diede un'occhiata nel bagagliaio e intorno al rimorchio ma non notò nulla di particolare. Ricominciò quindi ad avanzare e, giunta vicino alla facciata, si sfilò il guanto destro per sentire meglio il grilletto. Il freddo le aggredì subito la pelle. Aveva cinque minuti prima che l'intorpidimento rallentasse i suoi gesti. Avvertiva il respiro ruvido dei tre uomini dietro di lei.

Il nastro giallo che sbarrava l'ingresso della vecchia dimora era stato strappato. Si introdussero all'interno con prudenza, gli uni dietro gli altri, e pattugliarono il piano di sotto. Non era cambiato nulla. Le impronte animali erano sempre lì, in mezzo ai frammenti di vetro, alle bottiglie scolate e alle scie di sangue. Sui muri, per terra, tutto quanto gridava la violenza del crimine. Tolti i loro respiri regnava un silenzio assoluto. La torcia di Léonie illuminò per un istante il viso chiuso di Teddy, quello degli altri poliziotti, e poi imboccò il corridoio, in direzione della scala. Anche Liotta si era liberato dei guanti. Con il berretto di pelliccia ben piantato sulla testa, stringeva l'arma con due mani, a braccia tese.

Al piano di sopra i fasci luminosi delle torce danzarono sulla carta da parati lacera. Una parte di soffitto era crollata sopra il pianerottolo, lasciando un pezzo di struttura a vista. All'altezza dei battiscopa c'erano dei cavi strappati che nella penombra sembravano delle gigantesche radici. La tenente annusò l'aria: sentiva odore di fuoco appena spento. Quando entrò nella prima stanza non poté trattenere un urlo e puntò contemporaneamente torcia e pistola dritto davanti a sé.

«Non ti muovere!».

Sid Nikamu non si mosse. Era seduto contro il muro, il mento appoggiato sul petto, le gambe divaricate e le braccia ciondoloni lungo il corpo. Un rivolo acido gli scorreva dalla bocca fino all'orlo del giubbotto. La luce lontana dei fari filtrava alle sue spalle attraverso i vetri.

La poliziotta gli si avvicinò, scansando un mucchietto di cenere in cui giacevano i resti carbonizzati di un telefono, di un portafoglio, di una collana d'oro e di un grosso coltello da caccia a lama seghettata. Mise un dito sulla gola dell'uomo. Accanto a lui c'erano una vecchia pipa, un accendino, una bustina di plastica con i bordi sporchi di cristalli. Léonie sospirò e si girò verso gli altri.

«È finita…».

Teddy rimase come paralizzato, scosso dalla scena che aveva sotto gli occhi. Nikamu se n'era andato portandosi via tutti i suoi segreti e, proprio come l'assassino della fiamma ossidrica, non avrebbe mai pagato il conto. Liotta si accovacciò vicino a Léonie, abbassò il collo del giubbotto per respirare meglio e osservò con attenzione lo sguardo velato dell'uomo che si era vomitato addosso. Diede poi un'occhiata agli utensili usati per la dose letale.

«Ci è andato giù pesante».

Dopodiché si rialzò sfregandosi le mani prima di infilare di nuovo i guanti. Le sue gambe lo condussero vicino al fuoco spento.

«Non tocchi nulla», ordinò la tenente.

«Questo tizio è come le tartarughe che tornano a deporre le uova sempre nello stesso posto… Quasi ci tenesse a morire proprio qui dove ha commesso il suo delitto».

55

Léonie era andata a isolarsi un momento in macchina per telefonare al suo capo e spiegargli la situazione. Ma lui rifiutò di mandarle un medico legale. Innanzitutto perché la tempesta stava ora imperversando proprio su Baie-Comeau e si prevedeva che avrebbe paralizzato la regione per altre ventiquattro ore. E poi perché un qualsiasi medico del posto poteva occuparsi di prelevare i campioni necessari e trasmetterli al laboratorio analisi. Se l'overdose fosse stata confermata non c'era alcun motivo di far intervenire il loro specialista.

La verità, si disse Léonie, era che avrebbe richiesto troppo impegno logistico, troppi soldi per un tossico indigeno che aveva deciso di farla finita. In fondo quell'indagine a Norferville era una vera piaga che minacciava la reputazione del comandante Martin Michaud e di cui bisognava liberarsi il prima possibile.

«Dobbiamo accertare le circostanze esatte della sua morte», insistette al telefono. «Sì, è vero, tutto porta a pensare a un suicidio per overdose, ma secondo me c'è qualcosa che non quadra. Perché avrebbe dovuto farlo proprio adesso?».

«Perché sentiva che il cerchio si stava stringendo? Perché aveva capito che sareste arrivati a lui? Getta i suoi effetti personali nel fuoco, un ultimo addio e si spara una dose letale di speed. Sempre meglio di trent'anni di prigione, tutto sommato. Senti, ti propongo una cosa: mettete il corpo al fresco insieme a quello di Morgane Schaffran, ok? Niente inumazione per motivi medico-legali. Così ce l'avremo comunque a disposizione finché non chiuderai definitivamente il caso».

«Detesto le cose fatte in modo approssimativo e...».

«Sei a Norferville, tocca adattarsi. Tutto porta a pensare che tu abbia trovato il colpevole dell'omicidio di Schaffran, solo questo conta. Le ho viste le foto che mi hai mandato. È una triste realtà, Rock, ma per il momento bisogna metterla da parte. Non sei lì per smantellare un giro di prostituzione».

«Non è soltanto un giro di prostituzione! Sappiamo per certo che almeno cinque di quelle donne sono scomparse, che sono salite sul treno per Norferville e non sono mai più tornate indietro!».

«Questo è ancora da provare, ma accennerò la cosa al procuratore. Intanto quello che mi interessa, ora, è chiuderla con Morgane Schaffran. È questo il tuo caso, Rock, non disperdere le energie su troppi fronti. Ti lascio ancora due giorni per sistemare le cose e poi torni a casa. Entro venerdì ti rivoglio all'ovile».

Michaud riattaccò. Léonie fece un lungo respiro, amareggiata. Accennare la cosa al procuratore, ecco a cosa si riduceva il destino di quelle ragazze. Una storia già scritta. Lei sarebbe tornata a Baie-Comeau e ci sarebbero volute settimane prima che il procuratore si degnasse di aprire una nuova istruttoria. La sua impotenza le rivoltava lo stomaco.

Ritornò nella casa degli orrori. Gli uomini avevano portato dentro la famosa sacca mortuaria. Sid Nikamu stava già cominciando a irrigidirsi per effetto del freddo. Léonie scattò qualche foto al cadavere e alla scena per integrarle nei suoi rapporti, raccolse il telefonino bruciato che infilò in un sacchetto per le prove, indugiò sul coltello. Era quello che Sid aveva usato per minacciarla, quando se l'era ritrovata in casa. Aveva dato alle fiamme oggetti per lui importanti. Eppure, nella cenere, non c'era nulla che ricordasse Maya...

Una volta prelevati i vari campioni, ordinò bruscamente a Liotta di rimuovere il cadavere. Il sergente rimpallò l'ordine ai suoi uomini altrettanto bruscamente. Teddy avvertiva che Léonie aveva i nervi a pezzi, ma rimase in un angolo senza dire nulla. Era disgustato quanto lei. Con Nikamu se n'erano andate anchc tutte le possibili risposte. La sacca mortuaria gli passò davanti e scomparve giù per le scale, e il sinistro edificio ripiombò nel silenzio più totale.

56

Il medico dell'ambulatorio che aveva preso in consegna il corpo si chiamava Willy Harrington, un tizio dell'Ontario con lontane origini amerindie. Dopo aver svestito e sdraiato Sid Nikamu sul tavolo del pronto soccorso – lo stesso su cui si era svolta l'autopsia di Morgane Schaffran – aveva esaminato la salma con la massima cura, sotto l'occhio vigile di Léonie. Non era emerso nessun ematoma, nessuna ferita che potessero far pensare a una qualche forma di coercizione. La poliziotta, intanto, ne aveva approfittato per scattare altre foto, in particolare al tatuaggio che non lasciava ormai più nessun dubbio circa l'identità di Lince.

Mediante un kit di rilevamento rapido il medico confermò la presenza di anfetamine nel corpo dell'innu. Per un dosaggio più preciso prelevò anche dei campioni di sangue e urina che avrebbe fatto pervenire al laboratorio di Baie-Comeau. La tesi di suicidio per overdose si andava rafforzando e la poliziotta non vedeva proprio come riuscire a smentirla con i mezzi che aveva a disposizione. Aggiunse ai campioni da spedire anche l'hard disk del computer del sospettato, il telefonino carbonizzato e il coltello, che aveva riposto in sacchettini individuali per cercare di fare le cose al meglio. Ma la sensazione era inevitabilmente che stessero procedendo un po' troppo alla carlona.

«Mi accerterò che il pacco venga spedito nella massima

sicurezza», annunciò il medico. «E ai documenti ci penso io, lei dovrà soltanto firmarli».

«La ringrazio, dottore».

Nella hall scrisse a Patrick per fargli richiedere il prima possibile i tabulati all'operatore telefonico di Sid: voleva sapere con chi aveva comunicato, e risalire così a un eventuale o a eventuali complici. Sapeva bene che, se quell'iniziativa fosse giunta alle orecchie di Michaud, si sarebbe beccata una bella strigliata dal suo capo. Ma non ci pensava minimamente a lasciar perdere il caso delle donne scomparse. Finché era lì, aveva ancora un piccolissimo margine di manovra...

Nel giro di un minuto le arrivò la risposta, che la innervosì più di quanto già non fosse: «Anche se non me lo dici mai, ho bisogno che tu me lo scriva. Mi ami?». Mise subito via il cellulare, dicendosi che la sua vita le stava completamente sfuggendo di mano, tanto sul versante professionale quanto su quello privato.

Scosse la testa, quando sentì una mano sulla spalla. Teddy.

«Andiamo via», le propose. «E stavolta per davvero. Sembri esausta».

«Lo sono».

Attraversarono l'ambulatorio. Poco più avanti c'erano Liotta e Mangematin che parlavano con la moglie di Florent Kashtin e il padre, Antoine, il capo degli innu. L'uomo, con gli occhi lucidi, lanciò loro uno sguardo duro che esigeva delle risposte. Léonie tirò dritta. Non aveva la forza di andare a parlarci.

«Ha perso suo figlio, e probabilmente anche le prossime elezioni», disse con un sospiro. «Quando i nativi scopriranno che c'era Florent dietro il massacro dei cani e che si faceva passare per il Windigo si sentiranno presi in giro. Antoine Kashtin non potrà mai dimostrare che non era lui a manovrare il figlio. Lo detesteranno».

A Teddy non sfuggì l'ironia della situazione. Alla fine quella storia del Windigo avrebbe giovato alla controparte, a chi era a favore della miniera. Passarono davanti alla stanza in cui avevano messo Maya. La poveretta dormiva, raggomitolata su un lettino. Ancora ignara della morte di Sid. Incapace di accettare che potesse essere lui il mostro che terrorizzava la città e faceva prostituire tutte quelle donne. Il medico intendeva tenerla momentaneamente sotto sedativi e aveva parlato di un trasferimento al Centro servizi sanitari e sociali di Sept-Îles. Léonie avrebbe voluto stringerla tra le braccia, tornare nel passato, prima che tutto precipitasse. Incoraggiarla a studiare, ad abbandonare quella città-cimitero che ti seppelliva vivo. Ma era troppo tardi. Decisamente troppo tardi.

«Il caso verrà chiuso», dichiarò la tenente. «Il mio capo mi ha chiesto di concludere tutto quanto entro quarantotto ore. E poi tornerò a Baie-Comeau».

Teddy apparve stupito. Quella notizia l'aveva colto alla sprovvista.

«E le donne scomparse? Tutte le vittime di Nikamu?».

«Al mio superiore interessa soltanto aver risolto l'omicidio di Morgane. Farò comunque in modo di inondare i miei rapporti dei nomi e dei volti di quelle donne. Sono state loro a spingere tua figlia a entrare nel giro di Nikamu e a venire fin qui. È perché le cercava che Lince l'ha uccisa. Non sono estranee alla vicenda, ne sono parte integrante».

Appena usciti, si rifugiarono in macchina e si diressero verso il Blue Ridge. Il ristorante era immerso nel buio quando ci parcheggiarono davanti. Poco importava, tanto avevano perso l'appetito. Teddy si era portato dietro i registri dello Tshiuetin e le foto trovate nel capanno di Nikamu. Restava ancora un po' di tempo prima del rientro di Léonie e aveva tutte le intenzioni di sfruttarlo per scavare più a fondo. Perché gli era ben chiaro che, una volta partita lei, Liotta non gli avrebbe più permesso di accedere a nulla. Si sarebbe ritrovato costretto a lasciare la città a sua volta.

Risalirono il vialetto illuminato che costeggiava gli chalet, fianco a fianco.

«Accanto alle tenebre, la luce più bella del mondo», sussurrò Léonie puntando un dito verso il cielo. «Qui è sempre così. Hai diritto al meglio e al peggio nella stessa giornata».

Teddy alzò lo sguardo. Mille velature di un verde intenso inondavano la volta celeste e tingevano l'acqua del lago di riflessi furtivi. Per un attimo ebbe l'impressione di trovarsi sotto una ballerina di tango che girava su se stessa fino a spiegare le frange ondulanti di una gonna color smeraldo.

«La tua prima aurora?», gli domandò la poliziotta.

Il francese annuì. Cercò, tra le ondulazioni, il viso di Morgane. Forse lei gli stava mandando un segno da lassù. Un segno dolce e delicato, amorevole, come a concedergli una specie di perdono per non esserci stato, per non aver saputo proteggerla. Il suo sguardo ridiscese verso Léonie. Le iridi della donna si erano colorate di quello stesso verde incredibile.

«Non voglio dormire da solo stanotte».

«Nemmeno io».

Si rifugiarono sotto le lenzuola, nella stanzetta dello chalet di Teddy. Con il festival delle aurore boreali che proseguiva dietro la finestra. Léonie rimase ferma a contemplarle senza dire nulla, godendosi il calore di quel corpo stretto al suo. Era il loro essere così rare, così effimere a renderle preziose. Proprio come quelle ore rubate che lei e Teddy trascorrevano insieme. Il criminologo pensava intanto alla Francia, a Garance, alla sua agenzia che faticava a sbarcare il lunario… Di lì a poco quella parentesi con Léonie si sarebbe conclusa.

«Io non ci credo che si è suicidato», disse lei, girandosi di scatto per guardarlo in faccia.

«Léonie…».

«Quando siamo lì lì per prenderlo, guarda caso lo ritroviamo morto. Non posso fare a meno di pensare che qualcuno gli abbia un po' forzato la mano. Sai che ci vuole… Con una pistola alla tempia, non dev'essere stato difficile obbligarlo ad assumere quella roba».

«Però nessuno sapeva che sospettavamo di lui. Dopo aver consultato i registri in stazione siamo andati direttamente a casa sua. E, secondo la moglie, era già uscito da ore...».

«Liotta lo sapeva».

Il francese aggrottò la fronte.

«Come sarebbe a dire "Liotta lo sapeva"?».

«Alla centrale idroelettrica. C'era anche lui nella saletta del caffè quando il mio collega mi ha informata del fatto che Angelune e le ragazze scomparse a Montréal erano venute a Norferville. Liotta potrebbe aver dedotto che la nostra prossima mossa sarebbe stata esaminare i registri. E risolvere così il problema prima che risalissimo a Nikamu».

«Dio santo, ti rendi conto di cosa stai insinuando? Il sergente Liotta avrà anche un sacco di difetti ma è pur sempre il capo della polizia di questa città... E se anche l'avesse previsto, come dici tu, è comunque rimasto in centrale più a lungo di noi. Non può – proprio da un punto di vista tecnico – aver spinto il sospettato all'overdose mentre era ancora lì o sulla via del ritorno».

«Lui forse no, ma un complice sì. Dopotutto è improbabile che Lince agisse da solo. Sai, non riesco a togliermi dalla testa la gomma bucata... Liotta sarebbe dovuto tornare indietro a cercarci. Ma l'occasione era troppo ghiotta per non provare a sbarazzarsi di Florent Kashtin».

Al criminologo non piaceva la piega che stavano prendendo gli eventi. Esitò un momento, ma alla fine tirò fuori quello che pensava: «Mi dispiace dirtelo ma è dall'inizio delle indagini che ti sei un po' fissata con quell'uomo. Lui è quel che è, ok. Ma è anche uno che ci mette tanta buona volontà nell'aiutarti, ecco cosa vedo io».

«Non è una mia fantasia, Teddy. Tu non lo sai che tipo di uomo è veramente. Né di cosa è capace. Perché credi che sia salito da solo sulla diga a cercare Kashtin? Perché era la situazione perfetta per spingerlo giù e dire agli altri che si era buttato di sua volontà. E poi, quando ti abbiamo recuperato dalla riva, voleva a tutti i costi chiudere la porta per impedirgli di tornare indietro. La verità è che, tolto di mezzo Kashtin, il caso sarebbe stato chiuso. E noi ce ne saremmo tornati buoni buoni a casa, smettendola di ficcare il naso dappertutto».

Teddy le prese le mani e le strinse tra le sue. Erano gelide.

«Parli di lui come fosse un criminale…».

Alle spalle della donna le aurore boreali avevano finito la loro parata e la stanza sprofondò nell'oscurità. Léonie sentì di non poter più fare marcia indietro. Ormai quella cosa le martellava troppo forte nella testa per metterla a tacere. E così gli raccontò quello che non aveva mai detto a nessuno. Di lei e Maya, all'uscita del Bliz. Dei passamontagna in testa, quella notte di marzo del 1996, dietro il palazzetto del ghiaccio. Dei tre uomini che le avevano caricate con la forza e portate da qualche parte tra la miniera e la pista Wolf Creek. Dei sussurri, degli insulti, degli odori rancidi e dei peni nelle loro bocche.

«Ci hanno abbandonate al freddo. È stata Maya a… ad aiutarmi a rialzarmi. Senza di lei credo che mi sarei lasciata morire. Avevamo così tanta paura. E ci vergognavamo. Due mesi dopo la miniera chiudeva e io lasciavo Norferville per sempre. È rimasto il nostro segreto…».

Aveva le lacrime agli occhi e si strappava dei lembi di pelle dalle labbra. Teddy le accarezzò una guancia. Capiva benissimo quale calvario doveva essere stato, e il trauma che lei si portava ancora dentro per colpa di quei pezzi di merda.

«Hai riconosciuto Liotta tra loro, quella sera?», le domandò con dolcezza.

Lei scosse la testa a malincuore.

«No, ma sono sicura che era lì, in quella macchina. Lui e Lavigne, il maiale che adesso possiede la Northern Adventures. Quei due erano culo e camicia. Sul terzo, invece, brancolo nel buio. Poteva essere un qualsiasi poliziotto dell'epoca».

«Perché sei convinta che fossero loro?».

«Perché me lo sento dentro».

Il criminologo non nascose un certo sgomento. Non era una risposta da poliziotta, Léonie ne era consapevole. Eppure era la sua verità…

«Si trattava di una pratica diffusa nelle comunità isolate. I rappresentanti delle forze dell'ordine prendevano gli indigeni che si erano fatti o avevano alzato un po' troppo il gomito e, per punizione, li portavano lontano dalla città e li abbandonavano in mezzo al nulla. La chiamavano la "cura geografica". Il più delle volte la cosa finiva lì. Altre, invece, si arrivava alle violenze sessuali. Esistono delle testimonianze terrificanti che stanno piano piano affiorando in tutto il Canada. Le vittime hanno finalmente cominciato a parlarne».

Si appiccicò a lui.

«Sono sicura di quello che dico, Teddy. Liotta teneva le redini della città. Non succedeva nulla senza il suo consenso. Nessun poliziotto avrebbe mai corso il rischio di fare una cosa del genere a sua insaputa. Era uno di loro, mi ha ficcato il suo cazzo in bocca e ti giuro che me la pagherà. Scoprirà anche lui cosa vuol dire soffrire».

«La vendetta non è mai una buona soluzione, Léonie. È pericolosa».

«Ma ti tiene in vita…».

Su quelle parole la stanza ripiombò nel silenzio. Dopo qualche minuto la donna finì per addormentarsi. Il suo amante non si mosse e continuò ad accarezzarle dolcemente i capelli al buio. Léonie era sul filo del rasoio, colma di un odio che premeva per venire fuori. Il sergente Liotta era senz'altro un uomo odioso, egocentrico, visibilmente violento nei confronti degli innu, ma quelle erano accuse gravi. E Teddy sapeva bene quanto un'ossessione potesse accecare o offuscare la capacità di giudizio.

Quel genere di situazione finiva quasi sempre in tragedia…

57

La pianura vasta, ondeggiante, di un verde irlandese, era spazzata dal vento torrido. In mezzo a un fiume di petali rossi riversato giù dal cielo, Léonie correva così veloce che l'aria le entrava in gola con la violenza di un meteorite infuocato. Riprese fiato e si voltò: i tre giganteschi palloni bianchi rotolavano ancora nella sua direzione. Inghiottivano rocce e arbusti con le loro pareti flaccide come pance troppo grasse e si avvicinavano sempre di più ogni secondo che passava. La donna si lanciò di nuovo in quell'immensità che aveva come unica prospettiva l'orizzonte, quando il suo piede inciampò in qualcosa. Cadde per terra e non ci fu più verso di rialzarsi.

Quel *qualcosa* era una mano spuntata in mezzo al lichene, che le stringeva la caviglia. Fuoriusciva dalla terra, era sporca, scheletrica, e le aveva conficcato nella carne le sue lunghissime unghie a uncino. I palloni bianchi, sempre più vicini, si misero a sghignazzare, schernendola con insulti diabolici che le spaccavano i timpani. Sulla superficie delle tre sfere erano cucite delle maschere di pelle: facce di indigeni con il naso schiacciato, gli occhi spalancati e le labbra che si storcevano in urla mute. Tra quei volti abominevoli, Léonie distingueva adesso anche dei fegati, grossi, lucidi e a forma di virgole, su cui era rimasto appiccicato qualche petalo. Quando il pallone al centro fu in procinto di travolgerla, Léonie vide la faccia di Maya, bocca aperta e lingua in fuori, pronta a inghiottirla.

La poliziotta si svegliò di soprassalto. Il letto, lo chalet, Teddy. Un altro dei suoi spaventosi incubi. Ci volle qualche secondo prima che il suo cuore ritrovasse un battito normale e le cose tornassero piano piano al proprio posto nella sua testa. La prima immagine che le si ripresentò fu quella del corpo nudo di Nikamu sul tavolo d'acciaio dell'ambulatorio. Si girò su un fianco per vedere l'ora: le sette e cinquanta. Mercoledì mattina. Si trovava a Norferville soltanto da una settimana. Incredibile come il tempo si dilatasse. Le sembrava di essere imprigionata in quella città della malora da secoli.

Lenzuola fredde, Teddy era già in piedi. Un po' di luce si insinuava nella stanza dalla porta socchiusa. Léonie prese il cellulare appoggiato sul comodino. Patrick… Oddio, con tutto quello che era successo il giorno prima, si era scordata di rispondergli. E lui l'aveva bombardata di messaggi. Prima arrabbiato, poi visibilmente sopraffatto dalla preoccupazione. Annegato tra tutti quei messaggi ce n'era anche uno di Théo Paquette: aveva ricevuto il pacco, arrivato in ritardo per via della tempesta di neve. Se le condizioni meteo gli avrebbero permesso di uscire di casa e raggiungere il laboratorio se ne sarebbe occupato già in giornata.

Léonie rilesse le ultime parole di Patrick. E rimase sdraiata, con le dita immobili sullo schermo. Non sapeva cosa scrivergli. Non era quello il modo di mettere fine a una storia. Dopo alcuni interminabili secondi finì per rispondergli: «Va tutto bene, stai tranquillo. Quando torno dobbiamo parlare. Ti auguro una buona giornata. Léonie». Premette «INVIO», rammaricata. Per quanto si sforzasse di trovare un modo, le sembrava impossibile non ferirlo.

Alzatasi dal letto, si avvolse nella vestaglia fornita dalla struttura e raggiunse Teddy. L'uomo era in piedi davanti al suo pannello, in boxer e maglietta, con una tazza di caffè tra le mani. Ancora una volta Léonie si sentì pervadere da una corrente di calore, una cosa che non le era mai successa tra le braccia dell'amante di Baie-Comeau. Sgattaiolò alle sue spalle e gli appoggiò le mani sul petto, osservando anche lei i vari elementi dell'indagine.

«A cosa pensi?», gli domandò.

Ci fu un lungo silenzio. Poi il francese si girò verso di lei.

«Credo di averle individuate tutte. Tutte quelle che sono venute qui e non sono più ripartite».

La poliziotta rivide per un momento le sfere bianche e flosce del suo incubo, con quelle espressioni orripilate. Maya e lo speed. Angelune e la prostituzione. Morgane e il Windigo. E poi lei, spalmata sulla neve, con dello sperma sulle labbra... Norferville le aveva schiacciate, mangiate, trascinate nei suoi abissi. Con una violenza multiforme, onnipresente, implacabile. Nonostante il suo evidente turbamento, il criminologo la condusse fino al tavolo dove aveva disposto le fotografie e i registri. Le passò un foglio di carta.

«Nei quaderni ho rilevato tredici nominativi scritti per mano di Sid Nikamu. Tredici donne, scomparse negli ultimi cinque anni. Ho fatto molta attenzione e non dovrebbe essermene sfuggita nessuna».

Tredici... Léonie afferrò l'elenco emozionata. Martin Michaud e tutti gli altri non avrebbero più potuto girarsi dall'altra parte di fronte a una cosa del genere. Tra quello e le foto non restava loro altra scelta che aprire un'indagine. E lei avrebbe fatto di tutto per prendervi parte. Teddy aveva trascritto nomi, cognomi e presunte date di partenza da Norferville.

«Tra Kathia e Angelune», proseguì il criminologo, «ci sono ben otto sconosciute. E, grazie a internet, sono riuscito a ricavare qualche informazione su metà di loro».

Aveva isolato due foto dal mucchietto appartenente a Nikamu e le indicò la prima.

«Abey Cleary, ventun anni. Secondo il registro avrebbe ripreso il treno dalla stazione di Norferville il 9 luglio 2015. Ho trovato il suo profilo su Topfans. È sulla stessa linea di quello di Angelune, stessi contenuti provocanti. Il suo nome, però, viene fuori dai motori di ricerca per un altro motivo. Compare, infatti, in un rapporto sconvolgente sui tentativi di suicidio all'interno delle riserve indigene, che ho potuto scaricare».

Le mostrò lo schermo del telefono.

«Una certa Abey Cleary, originaria di una riserva innu a duecento chilometri a nord di Sept-Îles, ha tentato di togliersi la vita a diciannove anni, cioè due anni prima di prostituirsi... È legittimo pensare che si tratti della stessa persona».

Andando avanti, puntò il dito sul secondo scatto.

«Lei, invece, è Mollie Kanapé. È arrivata qui a novembre del 2015, quattro mesi dopo Abey. Aveva vent'anni, anche lei iscritta a Topfans. Sul suo profilo il luogo d'origine era specificato apertamente. Riserva innu di Essipit...».

«Più a sud, quindi. Tra Québec e Sept-Îles... Posti sempre diversi».

Léonie afferrò il selfie. Mollie e Sid Nikamu, sdraiati nel letto del capanno. La ragazza non sorrideva e Lince la stringeva da dietro, con un braccio sul petto, come un pitone che si attorcigliava pericolosamente intorno alla sua preda.

«Quanto alle ultime due, si chiamano Natane Oka e Marie Mius. Una si trovava a Norferville nel maggio del 2013, l'altra a febbraio del 2015, esattamente un anno fa. Sempre cercando su internet, si scopre che i loro nomi compaiono in alcune statistiche elaborate da un'associazione di sostegno alle popolazioni indigene, con sede a Montréal ma a diversi chilometri da Cabot Square. Una anishinaabe e una cree. E in tutto sono nove native americane di cui abbiamo individuato le origini. Per le altre quattro invece, non trovo nulla a parte le informazioni inserite nel registro».

«Non c'è da stupirsi. Saranno state anche loro delle ragazze emarginate, tagliate fuori dalla comunità. Ed è come non esistere, si è completamente invisibili... È la stessa sorte che condividono tutte le donne che, giorno dopo giorno, allungano la lista della commissione d'inchiesta...».

Teddy capì quanto l'argomento la toccasse. Forse, alla fine, anche il nome di Léonie sarebbe andato ad aggiungersi a quella famosa lista nazionale. Le accarezzò la nuca.

«Quelle donne usciranno dall'anonimato. E grazie a persone come te e Morgane verrà fatta giustizia».

Léonie annuì senza dire nulla. Ci credeva fermamente, ma si chiedeva quanto tempo ancora ci sarebbe voluto... Nel frattempo il criminologo la condusse di nuovo davanti al pannello con i vari elementi dell'indagine. In un angolo in alto a sinistra aveva disegnato un cerchio che rappresentava Montréal, con sei crocette all'interno.

«Per come la vedo io, sono due le vie con cui le ragazze scomparse sono finite qui», le spiegò. «Da una parte abbiamo un predatore che si sposta nei vari quartieri di Montréal e abborda le indigene più povere per portarle a Norferville. Forse le adesca convincendole a seguirlo, forse le costringe con la forza, le droga. Forse le accompagna di persona, per non allentare la pressione su di loro, oppure c'è qualcun altro che le aspetta non appena scendono dal treno. Non lo so».

Mandò giù un sorso di caffè e si scostò leggermente perché era accecato dai raggi del sole – ancora basso sull'orizzonte – che penetravano dalla finestra.

«Si tratta in ogni caso di un predatore molto astuto. Lascia passare qualche mese tra una vittima e l'altra e cambia terreno di caccia. Possiamo peraltro supporre che le ragazze di Montréal, una volta arrivate qui, non passino dalle mani di Sid Nikamu visto che non compaiono sulle foto. Non hanno a che fare con Topfans. Il che non impedisce però a Lince di annotare i loro nomi sul registro. In un modo o nell'altro, quindi, è comunque implicato. O costretto a ubbidire agli ordini».

Teddy fece una breve pausa e poi indicò il viso di Angelune, riprendendo il discorso.

«Dall'altra parte abbiamo, per l'appunto, Topfans. È stato creato alla fine del 2014, molto tempo dopo la prima scomparsa, dunque. Ho contato quarantasette donne diverse sulle fotografie di Lince: diciotto bianche e ventotto indigene. E Morgane, chiaramente...».

«Quarantasette...».

«È una rete di favoreggiamento della prostituzione che potremmo definire "classica", seppur adattata alle nuove tecnologie. Lince, o uno dei suoi eventuali complici, individua delle ragazze fragili che si mettono in mostra sul web, ci entra in contatto, spiega loro che esiste un modo per guadagnare un sacco di soldi in poco tempo, e così le fa venire qui di loro spontanea volontà. Possiamo presumere che, al momento dell'arrivo, Sid Nikamu sia sul treno ad accoglierle, dato che va regolarmente su e giù per il servizio a bordo. E il gioco è fatto».

«Le vittime arrivano ed è lui a occuparsene, portandole nel capanno per "testarle". Poi, attraverso il suo canale, le spedisce tra le braccia degli operai».

«Esatto. Fanno quello che sono venute a fare per qualche giorno dopodiché tornano alle loro vite. La loro presenza passa relativamente inosservata, considerando che restano chiuse in camera e che la prostituzione, a Norferville, non è una novità».

«E tra tutte queste ragazze, soltanto alcune indigene non torneranno mai indietro».

«Il profilo è sempre lo stesso: le più carine, minute, piene di vita. Ma emarginate, senza un soldo... Il predatore non ha più bisogno di andare a cercarle a Montréal, ora può servirsi direttamente in loco attingendo dal flusso generato da Lince. Come hai già notato, le ragazze scomparse provengono da riserve sempre diverse. Si evita così di attirare troppo l'attenzione... Nikamu si prende anche la briga di inserire i loro nomi sul registro. Ed ecco che risultano ufficialmente ripartite».

Léonie osservò tutti gli elementi, pensierosa.

«Ricapitolando, quindi, mi stai dicendo che qui a Norferville c'è una specie di serial killer, indipendente da Lince, che avrebbe preso nella sua trappola... tredici giovani indigene...».

Teddy annuì. La poliziotta indicò le crocette e proseguì: «Un predatore che, in teoria, frequenta sufficientemente Montréal, perché sa dove colpire senza destare sospetti. Ma che frequenta anche Norferville».

«Sì. Un viaggiatore. Qualcuno che va e viene tra le due città. Seleziona scrupolosamente le sue prede, le porta a Norferville, e probabilmente le sequestra per un po' approfittandosi di loro prima di farle sparire. Da queste parti non mancano certo i posti dove tenere prigioniero qualcuno...».

Il criminologo andò a prendere la sua lista e la appuntò in un angolino dove c'era ancora spazio. Tra disegni, fogli, fotografie, il pannello era diventato quasi illeggibile.

«C'è un'ultima cosa che vorrei farti vedere. Ripensa un momento al primissimo nominativo segnato da Nikamu nei registri: quello di Janelle Matane. Il 13 ottobre 2011. Molto prima della nascita di Topfans».

Il suo dito passò dall'elenco dei nomi all'immagine della miniera.

«Ma a soli quattro mesi di distanza dalla ripresa dell'attività della miniera, il 3 giugno 2011. Strana coincidenza, non trovi?».

Negli occhi di Léonie passò un lampo.

«E torniamo ancora una volta ai minatori...».

«In parte. Potrebbe anche essere semplicemente qualcuno che vive qui e si sposta a Montréal di tanto in tanto. Un commerciante, un dirigente, un impiegato, un'autorità. A ogni modo il nostro uomo si trovava qui alla riapertura della miniera, ed è qui ancora oggi. Infine, altro elemento importante: lui e Nikamu si conoscono bene, tanto che Nikamu è pronto a inserire sui registri i nomi delle ragazze che spariscono, dentro e fuori dal suo giro. Forse per soldi. Forse sotto minaccia».

La tenente prendeva coscienza della portata di quelle rivelazioni. Avrebbe di sicuro smosso le acque.

«E siccome Nikamu è al corrente di tutto, rischia di diventare pericoloso se la polizia lo interroga», dedusse. «Perciò il predatore lo costringe a ingerire una quantità letale di anfetamine…».

«È una possibilità».

Léonie diede un altro sguardo d'insieme al pannello.

«Ok… Cominceremo dalla miniera, ma a questo giro con discrezione. Non diremo niente né a Liotta né ai suoi uomini. Non mi va che mandino di nuovo tutto a puttane. Mentre loro saranno impegnati a perquisire la zona intorno allo chalet di Nikamu, io andrò a richiedere una lista dei dipendenti che rispondono ai tuoi criteri negli uffici amministrativi dell'INC».

«E quei rapporti che dovevi scrivere?».

«Aspetteranno. Corro a vestirmi».

Andò in bagno, la testa affollata dalle facce di tutte quelle giovani donne che credevano di aver trovato un po' di luce a Norferville, mentre nell'ombra si annidava invece un mostro in agguato. Chi mai avrebbe sentito le loro grida d'aiuto negli immensi spazi della Nitassinan?

Arrivata davanti allo specchio, Léonie si prese il tempo di sistemarsi i capelli in una lunga treccia nera. Entro la fine della giornata sarebbe probabilmente arrivato il verdetto. Rivelandole, forse, chi era stato a lasciare il libro davanti alla sua porta. L'ora della vendetta si stava avvicinando.

«Ti suona il telefono…».

Sulla soglia del bagno, Teddy le passò il cellulare che vibrava. Léonie lo ringraziò e rispose alla chiamata.

«Tenente Rock? Agente Mangematin. Dovrebbe venire qui il prima possibile».

«Che succede?».

«C'è stato un altro morto».

58

La riserva era pervasa da un'agitazione malsana, come se covasse un temporale, mentre l'auto di Léonie ne risaliva le strade grigie e monotone. Facce lunghe, gesti che esprimevano nervosismo... Gli abitanti si erano riuniti sui gradini d'ingresso delle case e parlottavano tra loro in gruppetti, facendo circolare verità e dicerie. I sinistri avvenimenti e le morti degli ultimi giorni avevano colpito duramente la comunità innu. Con tutte le questioni in ballo riguardo alla miniera e alle nuove elezioni, le settimane a venire si preannunciavano estremamente tese.

Il pick-up svoltò in rue Radisson, una lunga strada uguale a tutte le altre, costeggiata da case molto distanziate tra loro. I due notarono un nuovo assembramento circa cento metri più avanti con, sullo sfondo, un edificio parzialmente bruciato: sebbene i muri fossero ancora in piedi, le finestre erano esplose e il tetto scomparso, lasciando a vista uno scheletro di acciaio e di travi carbonizzate.

Léonie si accostò velocemente ai veicoli della SQ e scese dall'auto, imitata da Teddy. Osservò le persone appostate intorno a lei. Si erano zittite di colpo, la scrutavano senza fiatare, come fosse un oggetto strano o un uccello del malaugurio. Un vago odore di bruciato impregnava l'aria, ma non c'era più la minima traccia di fumo. Avanzarono fino alla soglia. Al centro dell'atrio annerito e invaso dalle macerie c'era Mangematin che scattava delle foto. Quando li vide, fece segno di raggiungerlo.

«Venite, i pompieri hanno spento tutto, non c'è alcun rischio. Certo, state comunque attenti a dove mettete i piedi».

Si avvicinarono scavalcando vetri rotti e calcinacci. L'agente puntò il dito verso l'altra estremità della stanza, dov'era crollata gran parte del soffitto.

«Il corpo è laggiù, ai piedi di quel che resta delle scale. Non del tutto carbonizzato. Viveva qui da solo. L'incendio deve averlo sorpreso nel sonno. Ha tentato di uscire ma forse le fiamme l'avevano già circondato... Si tratta di Marc Meshkenu».

Léonie scambiò un'occhiata con Teddy che, come lei, aveva ben presente chi fosse la vittima dell'incendio: l'amante della moglie di Florent Kashtin. Si avvicinò al punto indicato da Mangematin portandosi, d'istinto, una mano davanti alla bocca. Mentre la parte superiore del corpo di Meshkenu non risultava troppo intaccata, le gambe erano invece ridotte a due fiammiferi marroncini e raggrinziti. Quanto al viso, la parte sinistra si era letteralmente sciolta. Al posto dell'occhio restava soltanto una cavità scura piena di un liquido brunastro. Disgustata dallo spettacolo, la poliziotta tornò presto vicino ai due uomini.

«Sono stati i vicini ad avvisare i pompieri nel cuore della notte», proseguì Mangematin. «Sono riusciti a spegnere le fiamme ma era già troppo tardi per sperare di aiutarlo. Il problema sembra essere partito da quel contatore laggiù».

«Un problema elettrico...».

«Già. Non è la prima volta che una casa va a fuoco qui nella riserva. Finora non c'erano mai state vittime, ma per come sono antiquati gli impianti mi stupisce che non si verifichino più spesso tragedie del genere».

Léonie riusciva a vedere da lì la grossa macchia nera all'altezza del quadro elettrico indicato da Mangematin, dove i vari elementi si erano totalmente fusi per effetto del calore. Mentre Teddy andava a sua volta a dare un'occhiata al cadavere, lei si girò di nuovo verso l'agente.

«Perché mi ha chiamata? È emerso qualche collegamento con la mia indagine?».

«Sì. Andiamo dal sergente Liotta. C'è una cosa di là, in fondo al giardino, che deve vedere».

Prima che uscisse all'esterno, Léonie lo trattenne per un braccio.

«È già il secondo cadavere nell'arco di dodici ore, o quasi. Non le sembra un po' tanto?».

L'ufficiale serrò le labbra e per un attimo la poliziotta lo sentì titubare, anche se poi preferì non dire nulla. Si diressero allora in silenzio verso il retro della casa. Liotta stava discutendo con l'agente Millaud una quarantina di metri più in là, vicino a un piccolo chalet in legno dov'erano parcheggiati uno Ski-Doo e il suo rimorchio. Il sergente li salutò con un breve cenno del mento.

«Mangematin ti ha aggiornata?».

Léonie fece di sì con la testa. Subito dopo il poliziotto spinse la porta dello chalet per passare all'interno. L'ambiente era pulito, ben curato. In un angolo della stanza Marc Meshkenu aveva messo su un piccolo laboratorio dov'erano radunati vari strumenti di precisione e alcuni oggetti – perlopiù statuine raffiguranti animali – cesellati finemente in corno di caribù. La tenente osservò con attenzione la lima diamantata e ripensò alla zanna trovata nel luogo in cui era stata uccisa Morgane. Meshkenu poteva benissimo averla abbandonata lì intenzionalmente per spingerli verso la pista del Windigo. Nell'estremità opposta aveva invece allestito un ufficio con un computer, una stampante e un comò a cui erano stati aperti tutti i cassetti.

«In uno dei cassetti c'era questo», spiegò Millaud mostrandole un libretto. «Non ci sono nomi all'interno, ma a quanto pare questo tizio era invischiato nel giro di Nikamu e inventariava le somme incassate dagli incontri con le prostitute. I soldi non sembrano essere qui. O forse sono andati a fuoco con l'incendio. Comunque sia, la cifra ammonta a decine di migliaia di dollari».

Léonie prese il libretto. Una sequenza di date e di importi annotati con cura, rigo dopo rigo, per pagine e pagine. Le cifre potevano effettivamente corrispondere a delle riscossioni: ogni volta diverse centinaia di dollari.

«Marc Meshkenu era totalmente fuori dal nostro radar», si inserì Liotta, alle sue spalle. «Fedina pulita, buon lavoro in miniera, mai creato problemi, né dava a vedere di avere tutti questi soldi. Ci ha infinocchiati alla grande».

La donna non disse nulla, anche se in fondo allo stomaco sentiva strisciare il serpente della rabbia. Mise giù il libretto, scambiò uno sguardo carico di significato con Teddy e capì che il francese la pensava ormai come lei: le coincidenze stavano diventando davvero troppe per non porsi qualche domanda. Il sergente, che non sembrò fare caso al loro turbamento, li condusse vicino al rimorchio attaccato allo Ski-Doo e sollevò il telo. Léonie si aspettava qualche altra sorpresa, ma nel cassone non c'era nulla.

«È vuoto», annunciò infatti il poliziotto. «È proprio questo che mi puzza. Tu l'hai mai visto un rimorchio così pulito? Sembra quasi che l'abbiano lustrato con uno spazzolino da denti. Ci metto la mano sul fuoco che qui dentro c'è stato il corpo di Morgane Schaffran. Le hanno teso una trappola. Ed erano in due: Nikamu e Meshkenu. L'hanno attirata con l'inganno nella casa abbandonata, l'hanno uccisa imitando il modus operandi usato per i cani. E poi Meshkenu ha trasportato il cadavere nel punto in cui in seguito è stato ritrovato, sul ciglio della pista Wood. Ecco come sono andati i fatti».

E su quelle parole si accese una sigaretta, visibilmente soddisfatto della piega che avevano preso gli eventi.

«Comunque era anche ora che finisse questa storia, i miei uomini non ne possono più. Mai spalata tanta merda come da quando sei arrivata tu, piccola», disse in una nuvola di fumo prima di puntare l'estremità incandescente della sigaretta verso la casa. «È stato un bel colpo di fortuna. Alla fine Meshkenu ha avuto quello che si meritava».

Un colpo di fortuna... Léonie doveva assolutamente mantenere la calma. Dirsi d'accordo con la versione che le propinava. Nel frattempo avrebbe avvisato il comandante Martin Michaud, per segnalargli che cominciavano a essere parecchie, quelle morti capitate a fagiolo, anche se era convinta che lui avrebbe continuato a fare orecchie da mercante e a non mandarle rinforzi. Anzi: il caso si risolveva da sé in un clima di soddisfazione generale, e i bei rapporti scritti di suo pugno l'avrebbero attestato.

«I suoi uomini riposeranno solo quando io me ne sarò andata», ribatté alla fine. «Voglio con me due agenti, per passare al setaccio questo posto e raccogliere quel che serve per le prove. Voglio inoltre che vengano messe a verbale le testimonianze di chi ha chiamato i pompieri e di chi abita nelle immediate vicinanze. E poi voglio parlare personalmente con i pompieri. Mi porti tutti quanti in commissariato nel primo pomeriggio. Dopodiché incaricherà i suoi uomini di perlustrare l'area intorno al capanno di Nikamu per cercare i corpi delle donne scomparse. Quanto alla rimozione della salma, spero non sia a corto di sacche mortuarie...».

Con fare stizzoso, il poliziotto spense la sigaretta appena accesa contro uno dei ceppi di legno dello chalet. E poi la lanciò nella neve con una schicchera.

«Continua a sparare ordini finché puoi. Il tuo regno sta per concludersi».

Quindi si allontanò, accompagnato da Millaud. Léonie, invece, si girò verso un Teddy dall'espressione pietrificata.

«Ancora convinto che Sid Nikamu si sia suicidato?».

Il francese rimase qualche secondo in silenzio. Anche se morivi in circostanze quantomeno sospette, a Norferville la polizia si limitava a infilare il tuo corpo in una sacca e ad allinearlo per bene accanto a tutti gli altri sulla pista di ghiaccio di un campo da hockey. Zero domande, zero problemi.

«No», le rispose fissando Liotta che, vicino alla sua squadra, guardava verso di loro con la coda dell'occhio. «Qualcuno anticipa le nostre mosse e mette a tacere tutte queste persone prima che aprano bocca».

Osservò la sigaretta accartocciata del sergente, una macchia scura nella neve, e aggiunse: «Mi sa proprio che avevi ragione tu. Questa città è marcia fino all'osso».

59

La sede amministrativa dell'INC era saldamente impiantata all'ingresso di Norferville, vicino a un bivio le cui strade partivano una in direzione dell'aeroporto e l'altra della miniera. Era probabilmente l'edificio più moderno e imponente di tutta la città, con i suoi tre piani, i finestroni in vetro fumé e la facciata di calcestruzzo striata di travi metalliche. Non corrispondeva affatto al ricordo che ne serbava Léonie ma era abbastanza logico immaginare che, dopo quindici anni passati in stato di abbandono, l'avessero rimessa a nuovo prima della riapertura.

La poliziotta parcheggiò in una strada perpendicolare a quella principale, a un centinaio di metri di distanza. Lei e Teddy avevano deciso che, per dare meno nell'occhio, sarebbe entrata da sola. Il criminologo aveva comunque preferito aspettarla in macchina invece di tornarsene in albergo. Era impaziente di scoprire che cosa sarebbe venuto fuori dalla visita.

«Faccio prima che posso», disse Léonie lasciando il motore acceso.

Il francese la guardò allontanarsi e poi chiuse l'occhio sospirando, la nuca contro il poggiatesta. In un flash rivide i corpi inerti di Meshkenu e di Nikamu, le due fecce umane per colpa delle quali Morgane non c'era più. I due mostri che l'avevano attirata in quella baracca senza lasciarle alcuna possibilità di scampo. Per la legge del contrappasso la morte a cui erano andati incontro non era poi così sbagliata, pensò Teddy. Dovevano aver provato una gran paura anche loro negli ultimi istanti di vita. E sofferto.

C'era però qualcosa che continuava a rodergli il cervello. S'immaginò i carnefici di sua figlia di fronte al cadavere. Avrebbero potuto evitare tutta quella messa in scena, farlo sparire senza problemi, e poi aggiungere semplicemente il suo nome nel registro dello Tshiuetin. Sì, certo, alla fine qualcuno avrebbe segnalato l'allarmante assenza di Morgane, ci sarebbe stata forse un'indagine e gli sbirri di Montréal si sarebbero interessati ai motivi del suo viaggio nel Grande Nord quebecchese. Ma i dati sui registri del treno li avrebbero spinti a cercarla altrove. Nessuno si sarebbe mai spostato fin lì. Quella città maledetta sarebbe rimasta solo un puntino su una mappa. Perché correre quel rischio, allora? Perché puntare i riflettori sulla città mineraria? Un'idea, Teddy, ce l'aveva. Un'idea contorta che, inconsapevolmente, aveva sfiorato anche Léonie: l'omicidio di Morgane avrebbe screditato Antoine Kashtin e servito gli interessi del suo concorrente, assicurando di conseguenza una lunga prosperità a Norferville grazie al nuovo progetto minerario.

Uno scenario del genere implicava il fatto che gli assassini sapessero chi si nascondeva dietro il Windigo. Ora, Marc Meshkenu si era presentato come il migliore amico di Florent Kashtin, si scopava anche sua moglie, gli era perciò abbastanza vicino per essere al corrente di tutto o per intuire che era lui a farsi passare per il mostro che terrorizzava la comunità. Un'occasione unica per rigirare la situazione a vantaggio del fratello Rémi, l'altro aspirante al ruolo di capo della comunità. Così, dopo aver convinto Sid Nikamu dell'efficacia del suo piano, aveva realizzato e abbandonato la zanna sulla scena del crimine, graffiato le pareti, tanto per perfezionare la messa in scena, e poi spostato il corpo di Morgane in modo da far ricadere la colpa sul Windigo. Florent Kashtin si era così ritrovato incastrato nella sua stessa trappola. Un assassino perfetto con tutti i requisiti giusti. Un figlio che aveva manipolato la sua gente per conquistarsi l'amore paterno.

Il francese riaprì l'occhio e indugiò ulteriormente in quelle riflessioni. Il giro di Lince su Topfans, ormai, non esisteva più. Nikamu e Meshkenu erano morti in circostanze perlomeno inquietanti. A tirare i fili era dunque qualcun altro. Un burattinaio nell'ombra che aveva paura che potessero risalire a lui, e che era abbastanza potente, o incuteva comunque sufficiente timore, da costringere Nikamu a manomettere i registri. Un'ipotesi poteva essere proprio Rémi Meshkenu, se non fosse che negli ultimi tempi era sempre da tutt'altra parte, in giro per il Québec. E allora chi? Un membro dello staff dell'INC? Cercavano un cittadino di Norferville che fosse presente al momento della riapertura della miniera e che avesse tutto l'interesse a far sì che questa prosperasse. Léonie pensava a Liotta, ma il sergente non poteva avere ucciso Nikamu, dal momento che si trovava con loro alla centrale idroelettrica. Era comunque coinvolto? Avrebbe davvero potuto, come immaginava lei, avvisare un complice per sbarazzarsi dei due indigeni diventati ormai scomodi?

La punta di un manganello batté contro il finestrino, facendo sussultare Teddy. Liotta si chinò e gli fece segno di abbassare il vetro. Il criminologo si appoggiò una mano sul cuore. Non l'aveva proprio visto. Aprì il finestrino.

«Tutto ok?», chiese il sergente scrutando l'interno del pick-up.

Il francese guardò nello specchietto retrovisore: l'auto della SQ era parcheggiata lungo il marciapiede dal lato opposto, una ventina di metri più indietro. Gli balenò in testa il pensiero che li avesse seguiti per tenerli d'occhio.

«Mi ha fatto prendere un colpo... Sì, tutto ok».

«Dov'è la tenente Rock?».

«Ha detto che doveva comprare una cosa prima di mettersi al lavoro con i rapporti».

«Non vedo molti negozi qui intorno...».

«Concordo. Mi sa che aveva soprattutto bisogno di fare due passi... Per staccare un po' la spina. Vedere il cadavere di Meshkenu in quelle condizioni l'ha messa a dura prova».

Teddy gli lesse nello sguardo che non si beveva una sola parola di quello che gli stava raccontando. A vederlo così, mentre gli bloccava la visuale e torreggiava su di lui con tanto di manganello in mano, capì quanta paura potesse effettivamente incutere da quelle parti. Rappresentava l'autorità, era quello che, se voleva, aveva il potere di portarti via e rinchiuderti tra le quattro mura di una cella.

«Capisco», disse il sergente. «La rivedrò alla stazione di polizia, allora. Quanto a lei, immagino che se ne tornerà a casa adesso che il caso è risolto. Un consiglio: le conviene non lasciarsi scappare il treno di domani, altrimenti se ne riparla fra tre giorni».

Mentre lo diceva, allungò il braccio all'interno dell'abitacolo e appoggiò un biglietto sul cruscotto.

«Offre la casa. Non è molto ma bisogna riconoscere che quella testa le funziona proprio bene e ci ha aiutati parecchio».

Il francese fece un cenno del capo senza dire nulla. Liotta continuò: «Ci tenevo perciò a ringraziarla e a salutarla, nel caso non dovessimo più incontrarci prima della sua partenza. Ci sentiremo comunque per telefono per organizzare il rimpatrio della salma di sua figlia. Avrei preferito che visitasse la mia città in altri frangenti... Norfer merita di più dell'immagine che le viene affibbiata».

Teddy strinse la mano allungatagli dall'ufficiale, mantenendo un'espressione rispettosa.

«L'avrei preferito anch'io», si limitò a rispondergli. «Grazie per il biglietto, ma credo che mi fermerò ancora per qualche giorno».

Liotta annuì, con un debole sorriso sulle labbra, poi sollevò il berretto di pelliccia in segno di saluto e si dileguò. Un minuto dopo la sua auto superava il pick-up. Il poliziotto gli rivolse un ultimo sguardo, glaciale. Come una minaccia neanche troppo velata.

Che diceva: «Fuori da casa mia».

60

La giornata volgeva già al termine. Nel cuore di Norferville le ombre si allungavano, si diffondevano sulle facciate delle case man mano che il sole bianco scompariva all'orizzonte. E scurivano i visi, instauravano il silenzio come in una cattedrale, svegliavano i predatori della foresta, pronti per la caccia notturna. Nel giro di un quarto d'ora le dita gelate del buio si sarebbero impossessate di ogni centimetro della città.

Dalla finestra del suo ufficio Léonie vide due automobili della SQ parcheggiarsi fuori dalla stazione di polizia. Ne uscirono Liotta e tre dei suoi uomini, visibilmente esausti. Scaricarono del materiale dai bagagliai ed entrarono. Il sergente andò subito da lei, il berretto tra le mani.

«I miei ragazzi hanno rastrellato la zona intorno al capanno di Nikamu. Ma non c'era niente. Scrivici questo nei tuoi rapporti».

«Almeno così ci siamo tolti il dubbio», disse in tono conciliante. «Ringrazi i suoi agenti da parte mia».

«Sì, sì… Loro di sicuro non ti ringraziano».

Uscì sbattendo la porta. Léonie un po' se l'aspettava che quelle ricerche non portassero a nulla. I resti delle ragazze scomparse potevano essere praticamente ovunque, sparpagliati in mezzo alla natura, in fondo a un lago o divorati da bestie selvagge a chilometri da lì. Per quanto cercasse di fare tutto il possibile, era il tempo a mancarle. Doveva rassegnarsi: non le avrebbe mai ritrovate.

Dopo una breve pausa ricominciò a battere sulla tastiera del computer, a esporre i fatti per filo e per segno, ad allegare documenti vari. Dalle persone ascoltate nel pomeriggio non era emerso granché. I vicini di Marc Meshkenu non avevano notato nient'altro oltre alle fiamme in piena notte. Nessun'auto sospetta, nessuna presenza insolita. Nel complesso gli innu erano stati, tanto per cambiare, di poche parole. Il fratello della vittima, Rémi, stava rientrando con urgenza da Ottawa, dove si trovava da una settimana. Non poteva perciò essere coinvolto nei fatti più recenti. Troppa distanza, troppo complicato.

Con il consenso del comandante Martin Michaud, il rimorchio ripulito di Marc Meshkenu era stato trasferito nel palazzetto del ghiaccio per procedere con le analisi. A meno che non avessero usato candeggina, qualche traccia di sangue doveva esserci ancora. In seguito a una faticosa negoziazione, il suo capo aveva accettato di mandarle «a breve» un tecnico per occuparsi dei rilevamenti e confermare se il cadavere di Morgane era stato effettivamente trasportato fino alla pista Wood dentro quel mezzo.

Nikamu e Meshkenu. Complici. Colpevoli. Sulla carta il movente sembrava chiaro: avevano deciso di colpire la figlia di Teddy perché lei si era infiltrata nel loro giro e aveva scoperto che i due erano probabilmente coinvolti nella scomparsa di alcune giovani indigene. Morgane stava indagando su di loro, rappresentava un pericolo, e così l'avevano eliminata in maniera brutale, per poi esporla sotto gli occhi di tutti e far credere che l'unico responsabile fosse il Windigo. Ma chi dei due l'aveva realmente uccisa? Avevano contribuito entrambi alla sua agonia? E cosa diavolo ne era stato delle altre ragazze?

C'erano ancora troppe zone d'ombra in quella vicenda, su

cui si poteva forse sperare di fare luce soltanto con un lavoro a lungo termine. Ma Léonie sapeva bene che lasciare la città avrebbe cambiato radicalmente tutte le dinamiche. Sarebbe diventato più complicato, più estenuante, ci sarebbero state altre priorità di cui occuparsi… E non poteva certo contare su Liotta per cercare altre piste senza un superiore sul campo. A maggior ragione se, come continuava a pensare, c'era anche il suo zampino nelle morti di Nikamu e Meshkenu. Léonie restava infatti convinta della sua idea: il sergente aveva avvisato qualcuno per far fuori i due indigeni prima che parlassero. E quel ripulitore era sicuramente l'uomo che lei e Teddy cercavano di rintracciare. Il famigerato predatore.

L'elenco richiesto alle risorse umane dell'INC rappresentava l'ultima speranza di identificarlo prima della partenza. Le avevano promesso di recapitarglielo il prima possibile, forse entro la fine della giornata, anche se ormai, visto l'orario, era probabile che se ne parlasse per il giorno dopo. Léonie aveva anche richiesto il planning di quei dipendenti in linea con i criteri stabiliti dal criminologo. Chissà che tra di loro non ci fosse qualcuno i cui giorni di ferie o di trasferta coincidevano con le date delle sparizioni a Montréal. Aveva inoltre preteso che la richiesta rimanesse confidenziale: non doveva saperlo nessuno, a parte lei e i dipendenti incaricati di stilare la lista. Una decisione di cui certo non si pentiva. Teddy le aveva raccontato del suo incontro con Liotta mentre l'aspettava in macchina. Il capo della polizia stava all'erta. Perciò la prudenza era d'obbligo.

Le suonò il telefono. Guardò lo schermo: Théo Paquette. Finalmente. Di colpo ebbe l'adrenalina a mille. Rispose.

«Ce li ha due minuti?», chiese subito il giovane tecnico.

«Mi dica tutto».

«Volevo metterla a parte dei risultati delle analisi riguardo al libro che mi ha affidato. Ho rilevato due tracce papillari diverse e leggibili sulla copertina. C'erano ovviamente le sue.

E, per quanto ci si potesse aspettare che le seconde fossero della vittima, dal momento che il libro l'ha ritrovato nella sua stanza, in realtà non è così».

«Rimandano a qualcuno di schedato?».

«Sì. Ho un nome».

La poliziotta aspettava quel momento da anni. Il momento delle certezze. Dell'ineluttabile confronto tra lei e il suo aggressore. Trepidante, andò a dare un'occhiata in corridoio attraverso l'oblò di vetro della porta. Non c'era nessuno.

«L'ascolto».

«Per prima cosa le ho messe a confronto con quelle degli addetti ai lavori entrati in contatto con il cadavere di Morgane Schaffran», precisò. «E non è emerso nulla…».

Léonie storse il naso. Ma non ebbe il tempo di reagire perché il tecnico stava continuando il discorso.

«Siccome da qualche tempo a questa parte ho accesso a un archivio automatizzato delle impronte digitali, ho provato a lanciare una ricerca, tanto per sveltire un po'…».

La tenente l'ascoltava con il fiato sospeso. E così, aveva preso un granchio colossale: non era stato Liotta a recapitarle il libro. Cosa che non escludeva comunque un suo coinvolgimento in quegli abusi sessuali. Léonie era sopraffatta da così tante emozioni che non sapeva più se considerare la notizia rassicurante o deludente.

«E ha funzionato, le impronte combaciavano con qualcuno», annunciò Paquette. «La persona in questione è stata fermata dalla polizia circa una decina di anni fa all'uscita di un bar di Sherbrooke. Durante una stupida rissa ha mandato un uomo all'ospedale. Si è preso sei mesi con la condizionale».

«Nome?».

«John Malconne».

Léonie tornò a sedersi, frastornata. Malconne, il responsabile della sicurezza, quello che li aveva accolti nella miniera e accompagnati in fondo alla fossa, da Alexis Landry…

La voce nel ricevitore la scosse dallo stupore: «Tenente Rock? È ancora lì?».

«Sì, sì. Mi mandi le sue conclusioni per cortesia...».

«Già fatto. Le troverà nella posta elettronica».

«Grazie».

Riattaccò annichilita. John Malconne... Non se lo sarebbe mai immaginato. Le tornarono allora in mente gli sguardi complici con Liotta, rivide i suoi occhi nel retrovisore della 4x4, ricordò le parole che le aveva detto: «Conoscevo bene suo padre. Chi se lo immaginava che la bimbetta che incrociavo di tanto in tanto sarebbe diventata ufficiale di polizia alla Sûreté del Québec». E dire che gli avevano chiesto se controllasse le fedine penali dei dipendenti della miniera quando proprio lui era il primo ad averla sporca. Quel cane doveva essersi divertito un mondo per l'ironia della situazione. Léonie sentì tutto il suo odio risalire in superficie. Aveva finalmente un nome, una chiave d'accesso che l'avrebbe condotta agli altri due. Perché, se lo ripromise, glieli avrebbe fatti sputare fuori a forza quei nomi. A costo di sfondargli la testa con il calcio della pistola.

Stampò il documento inviato dal tecnico. Dimostrava, con un'esposizione chiara e corretta, che l'impronta trovata sul libro corrispondeva a quella del responsabile della sicurezza dell'INC. Collegandosi al sito dell'ufficio anagrafe, scoprì dove abitava Malconne. Sulla Southside. Quindi abbassò lo schermo del portatile, infilò il giubbotto e uscì senza incrociare nessuno.

Mani strette sul volante, scomparve nella notte.

61

Quell'uomo aveva popolato di incubi le notti di Léonie. Le aveva spinto in bocca il suo pene. Sussurrato all'orecchio «Maledette selvagge» e riso insieme agli altri mentre lei e Maya erano inginocchiate nella neve, le labbra imbrattate dal loro disgustoso sperma. La donna si rifiutava di tornare a Baie-Comeau senza prima presentargli il conto.

Stava guidando lungo la Southside, con un nodo allo stomaco. La strada correva per tre chilometri passando attraverso la foresta. Le case che la costeggiavano non erano certo delle regge ma di sicuro erano più spaziose, progettate meglio e tenute meglio rispetto a quelle del centro. E poi c'era talmente tanto spazio tra una costruzione e l'altra, a volte così incastonate nella natura, che chi ci abitava doveva sentirsi solo al mondo, in comunione con gli elementi. Bisognava prendersi cura delle teste pensanti dell'industria e offrire loro un bell'habitat in cui vivere, lontano dalle catapecchie della riserva, lontano dagli innu, un posto dove non si respirasse polvere di ferro.

La poliziotta individuò il civico 112, scritto sulla cassetta postale che troneggiava vicino a un vialetto di ciottoli. Era arrivata a destinazione. Per una specie di appuntamento con il passato. Diede un'occhiata al cellulare che squillava: Teddy… Si erano salutati dopo pranzo e forse la stava chiamando per sapere se contava di rientrare a breve. Gli mandò un messaggio: «Ho ancora delle cose da sbrigare. Ci sentiamo più tardi». Quindi imboccò il vialetto, mentre il cuore le batteva così forte da pulsarle nelle tempie. I fari illuminarono una facciata beige, circa una cinquantina di metri più avanti. Le luci in casa erano spente e non c'era nessun'auto parcheggiata. Guardò l'orologio: quasi le sei. Malconne doveva essere ancora alla miniera, in procinto di concludere la giornata lavorativa. Tanto meglio: la sorpresa sarebbe stata ancora più grande.

Fece allora inversione, andò a parcheggiare più lontano, in una rientranza della strada, e tornò a piedi, armata di torcia e pistola. Salì i pochi gradini che conducevano all'ingresso. Bussò, per ogni evenienza. La porta era chiaramente chiusa a chiave. La tenente sgattaiolò allora di lato, camminando rasente al muro affinché le sue impronte nella neve non si vedessero al buio, e sfondò il vetro di una finestra con il calcio della pistola: Malconne non sarebbe certo andato a denunciarla. Buttò giù i frammenti rimasti sul bordo, infilò il braccio per abbassare la maniglia interna e penetrò nel salotto, illuminandolo con la torcia.

La stanza le rivelò l'universo di un uomo solo, senza alcun gusto, abituato a una vita rude e grigia. Nessuna decorazione, pareti spoglie, mobili vecchi cent'anni. Il bar, in compenso, era ben rifornito di alcolici, e un vago odore di tabacco freddo impregnava l'aria. Chissà che non fosse proprio quello l'odore sentito in macchina vent'anni prima. Era stato Malconne a incollarsi a lei sul sedile posteriore e a toccarle il seno con le sue mani gelate? O era quello alla guida? A che punto le aveva infilato in bocca il suo pene?

Appoggiò il documento inviato da Paquette al centro del tavolino del salotto, pregustando la faccia che avrebbe fatto Malconne quando se la sarebbe ritrovata davanti, seduta nella sua poltrona, con la pistola puntata contro di lui. Si disse che nell'attesa avrebbe potuto esplorare le altre stanze. Per frugare tra le cose di quel pezzo di merda, mettere la casa a soqquadro, distruggere tutto. Era ora che cominciasse a sapere cosa si prova a essere violati.

Léonie aprì alcuni cassetti e, senza esitazioni, rovesciò per terra le scartoffie che contenevano. Spinse giù il televisore, il cui schermo andò in frantumi. E più saccheggiava la baracca, più il drago dormiente dentro di lei si svegliava. Ruppe diverse cornici in corridoio, strappò foto di gruppo, a volte molto vecchie, su cui il suo carnefice posava con orgoglio accanto a vari personaggi con tanto di sorrisi; forse i responsabili della miniera.

Seguendo quello slancio distruttivo, proseguì al piano di sopra. Lì trovò la camera da letto, anche quella essenziale, ma che rifletteva una disciplina militare. Letto sistemato in stile branda, pantofole ben allineate accanto, magliette a collo alto e camicie piegate alla perfezione. Levò il piumone, gettò i cuscini per terra, afferrò tutti i vestiti possibili e li tirò fuori dall'armadio: indumenti comuni, tute per le basse temperature, e un'impressionante collezione di pantaloni mimetici con giacche abbinate. Era un cacciatore. E, come molti a Norferville, sapeva usare le armi. Léonie notò anche, in uno scaffale poco distante, dei flaconcini di ketamina, un potente anestetico veterinario.

Un improvviso moto di apprensione la spinse verso la finestra che affacciava sul fronte della casa per controllare fuori. Buio totale. Del resto avrebbe sentito il motore dell'auto all'arrivo di Malconne, avrebbe visto i fari squarciare la notte. E a quel punto sarebbe scesa per accoglierlo come meritava. Rassicurata, uscì dalla stanza e risalì il corridoio fino ad arrivare all'ultima porta in fondo, che era chiusa a chiave. Ci voleva ben altro per scoraggiarla. Tanto più che il sistema di chiusura era molto basico e cedette dopo sole tre spallate.

Dietro la porta c'era un ufficio. Computer, stampante, biblioteca fornita. Accanto a un arco da caccia e a un coltello a lama seghettata appesi alla parete, un'impressionante testa d'alce proiettava per terra la sua ombra minacciosa. Gli occhi di vetro dell'animale scoccarono dei riflessi inquietanti quando Léonie spazzò la stanza con il suo fascio di luce. Le corna erano talmente ampie e ramificate che avrebbero tranquillamente sostenuto il corpo di un uomo sdraiato. A dire il vero la poliziotta non ne aveva mai viste di così grandi. Doveva essere stata una battuta di caccia epica.

Intorno al pezzo forte c'erano altri trofei altrettanto sorprendenti e perturbanti: un busto di volpe, una testa di lupo grigio, una zampa d'orso con lunghi artigli ricurvi. Notò anche quattro piccole cornici, ciascuna delle quali racchiudeva una specie di totem indiano. Erano visibilmente fatti a mano, ma non le pareva di ricordare oggetti simili tra quelli realizzati dagli innu. Sembravano pezzi di pelle conciata, rotonda, mantenuti al centro di un cerchio color ocra – forse corteccia d'albero colorata – da tanti sottilissimi fili tesi. Facevano pensare alla superficie di un tamburo in miniatura. Una cordicella lasciava intendere che erano delle specie di gioielli che andavano indossati a mo' di ciondolo.

Si respirava una strana atmosfera tra quelle mura, c'era qualcosa di opprimente e morboso. Di primitivo. La poliziotta distolse lo sguardo dalle pistole e osservò le tre poltroncine basse, il tavolino rotondo posizionato sopra una pelle d'orso, i bicchieri puliti e pronti all'uso, le varie bottiglie di cognac introvabili da quelle parti e i sigari dall'aria costosissima, sistemati con cura in una vetrinetta. Un luogo in cui riunirsi... Un universo maschile che di primo acchito sembrava fatto per condividere un momento insieme, lontano dagli occhi del mondo.

Tre poltrone... Possibile che a sedercisi fossero proprio i suoi tre aguzzini? Che dopo tutti quegli anni continuassero a frequentarsi come ai bei vecchi tempi? Violentare in branco doveva inevitabilmente creare dei legami indefettibili, dei segreti di cui ci si poteva vantare soltanto inter nos, davanti a un buon bicchiere di cognac.

All'improvviso Léonie afferrò una bottiglia piena e la lanciò proprio sotto la testa d'alce. Poi, con un solo gesto, fece volare tutto in aria provocando un fracasso spaventoso. I vapori dell'alcol invasero lo spazio: note intense di caramello e vaniglia. Per una frazione di secondo la solleticò l'idea di appiccare fuoco alla casa. Sarebbe stato soltanto l'ennesimo incidente… Chi mai avrebbe osato affermare il contrario?

Per tenere a freno quella pulsione, si concentrò sulla libreria. Trappole, appostamenti, selvaggina, armi, conciatura… I libri e le riviste sugli scaffali confermavano il gusto ossessivo di Malconne per la caccia e l'impagliatura. Era decisamente uno a cui piaceva il sangue. Léonie afferrò, dal ripiano più in alto, un'opera messa in rilievo che portava il titolo *Supplizi, torture e uccisioni*. Le gelò le dita. Girò il libro per leggerne il riassunto. Non si parlava più di animali, bensì di esseri umani. Quel volume raccontava la crudeltà dell'uomo verso i suoi simili e tutti i modi che la sua mente contorta era stata capace di escogitare per infliggere dolore. Léonie gli diede una scorsa veloce, ne osservò i disegni abietti, quindi lo gettò per terra e tornò a guardare la fila da cui l'aveva preso per passare in rassegna le coste scure che si offrivano alla vista. Quel libro non era l'unico nel suo genere. Malconne non aveva soltanto una passione per la caccia. Ma anche per la barbarie. Una testa completamente bacata.

Quelle lugubri scoperte fecero scattare un piccolo segnale d'allarme nella mente di Léonie. Una nota stridente che, da quando l'aveva chiamata Théo Paquette, si era confusa in mezzo alla rabbia e alla sete di vendetta. Malconne… Le sue sorti erano intimamente legate a quelle della miniera. Era stato di sicuro tra i primi a tornare a casa al momento della riapertura, e aveva tutto l'interesse a espandere ulteriormente l'attività dalle parti del lago Wood. Sherbrooke, la città in cui si era ritrovato coinvolto in quella rissa, non distava molto da Montréal… E se fosse stato lui l'uomo che stavano cercando? Se Malconne fosse stato il predatore? Un mostro governato dal vizio. Che, dopo essersela presa con ragazze del posto come lei e Maya, era passato al livello successivo, in preda alle fantasie più sordide. Quando si comincia a provare il brivido del proibito si vuole sempre andare oltre e spingere il limite ancora un po' più in là... E poteva anche essersi occupato lui di Nikamu e di Meshkenu. Quest'ultimo lavorava peraltro nella miniera. Dovevano per forza conoscersi.

Léonie sentì un filo d'aria gelida dietro la nuca. Provocato, forse, da una porta che veniva aperta da qualche parte. Spense subito la torcia, si immobilizzò, trattenne il fiato. Niente, nessun rumore, nessuno scricchiolio sospetto. Gli occhi artificiali delle bestie sembravano aver incamerato la luce della torcia. Continuavano a emanare un debole bagliore e la fissavano imperturbabili. Le si raggelò il sangue in mezzo a quella foresta di presenze ostili, un mondo tanto più spaventoso perché pietrificato dalla morte. Il suo fuoco l'aveva abbandonata di colpo. All'eccitazione stava ora subentrando una paura primordiale. Animale.

Di nuovo sgusciò in silenzio vicino alla finestra. Si accertò che fuori non fosse cambiato nulla. La corrente d'aria era scomparsa. L'aveva solo immaginata? Ragionò. Che cosa avrebbe fatto, adesso? Le carte in tavola erano cambiate: non era più *soltanto* una questione personale, ma riguardava tutte quelle ragazze indigene a cui voleva assolutamente rendere giustizia. Riguardava il Canada intero. Con l'elenco fornito dall'INC avrebbe avuto la prova tangibile che i periodi di ferie o di trasferte di Malconne coincidevano con quelli delle scomparse. Avrebbe messo il suo capo davanti al fatto compiuto, se necessario ci sarebbe andata lei stessa dal procuratore, con le sue prove in mano. Li avrebbe minacciati di mediatizzare la cosa se avessero rifiutato di avviare delle indagini, a costo di sacrificare il suo distintivo. Bisognava che tutte le persone coinvolte in quella storia pagassero per servire la causa. Il paese doveva sapere.

Léonie riaccese la torcia, ora determinata a levare le tende. Il responsabile della sicurezza dell'INC si sarebbe ritrovato la casa a soqquadro. Come avrebbe reagito? Pensando che si trattasse di un semplice tentativo di furto o sospettando che ci fosse il suo zampino dietro? In ogni caso avrebbe capito che non era più al sicuro. Che un predatore poteva anche trasformarsi in preda.

Predatore… Il termine le riecheggiò nelle orecchie mentre passava accanto alle teste di animali impagliati. Non era mai stato così pregno di significato come in quel luogo, il covo di un uomo che amava dare la caccia. Si fermò bruscamente. Il suo cervello aveva appena aperto una nuova porticina, esponendo alla sua coscienza una possibilità assurda. Folle.

La poliziotta afferrò allora una di quelle piccole cornici, osservò di nuovo il curioso totem al suo interno e ruppe il vetro. Raccolse l'oggetto, lo illuminò con la torcia, lo capovolse. E ciò che scoprì, ciò che le apparve sotto gli occhi, andava ben oltre tutto quello che avrebbe mai potuto immaginare. Sulla parte nascosta alla vista c'era ancora un impercettibile ciuffo di capelli neri tagliati alla radice, forse con una lama ben affilata. E due lettere tracciate con una serie di perline incollate con la massima cura: una K e una S. Kathia Saganash. Léonie aveva tra le mani lo scalpo di una delle donne scomparse.

Una barriera mentale, eretta dall'educazione, dal senso civico, le impediva ancora di crederci. Si stava sbagliando, il suo era una sorta di delirio, un incubo da cui si sarebbe presto risvegliata. Ruppe le altre tre cornici e la violenza della verità si impose irrimediabilmente ai suoi occhi. Due iniziali su ogni totem. AC per Abey Cleary. MM per Marie Mius. E AG per Angelune Gill.

Le immagini cominciarono allora ad affluire, come se le avessero aperto una diga nella testa. Rivide le foto di quelle donne, tutte giovani, tutte slanciate. Delle gazzelle. Delle prede. Sentì il sibilo del dardo scoccato dall'arco e il suo bacio letale nel momento in cui trafiggeva gli strati di stoffa e penetrava nella carne tenera. S'immaginò Malconne, imbacuccato nella sua tuta mimetica, che tagliava il cuoio capelluto con il coltello e poi brandiva il trofeo urlando vittoriosamente, la faccia imbrattata di sangue, per poi affiggerlo lì, sulla sua parete da esposizione.

Fu sopraffatta dalla nausea. I vapori del cognac si mescolavano a quelli del cuoio. L'alcol rovesciato rendeva il pavimento vischioso. Doveva uscire da quell'inferno. Tornare al Blue Ridge. Raccontare tutto quanto a Teddy e informare il suo capo.

Léonie si precipitò in corridoio e scese le scale di corsa, con il fiato corto. Quando approdò in salotto, l'urto dietro la testa fu così violento che perse i sensi prima ancora di toccare terra.

62

Teddy non trovava pace nel salotto del suo chalet. Si erano fatte le nove di sera. Perché Léonie non rispondeva ai messaggi? L'ultimo gliel'aveva scritto alle 17,47. «Ho ancora delle cose da sbrigare. Ci sentiamo più tardi». Poi, silenzio stampa. Forse si stava preoccupando per nulla. Poteva capitare a tutti di avere il telefonino scarico. Léonie voleva di sicuro portarsi avanti il più possibile con la stesura dei rapporti…

Il criminologo si rese conto di quant'era stressato da come gli tremavano le mani. Anche se rifiutava di ammetterlo, quella donna aveva fatto breccia nel suo cuore. A condurlo a Norferville era stata la morte, e avrebbe voluto ripartire da lì portandosi dentro soltanto il suo dolore di padre. Perché Morgane non c'era più e lui si sentiva schiacciare dai sensi di colpa vedendo la propria anima rischiarata dalla bellissima luce portata da Léonie. Ma non aveva potuto fare niente per impedirlo e già temeva il momento della separazione. Lui, in Francia, a riprendere il lavoro in agenzia. Lei, dall'altra parte dell'Atlantico, a portare avanti la sua nobile battaglia per quelle ragazze indigene…

Pazientò ancora una mezz'oretta e poi si decise a uscire. Per scrupolo di coscienza andò a bussare allo chalet di Léonie, nel caso non si fosse accorto del suo ritorno. Luci spente, nessun rumore. Risalì allora il vialetto fino al parcheggio. Mancava anche l'auto. Un ultimo tentativo: si allungò fino al ristorante dove c'era qualche cliente che finiva di cenare, perlustrò rapidamente i vari tavoli e chiese al personale. Non l'aveva vista nessuno. Ed era impensabile che le fosse venuta voglia di andare a fare una passeggiata vicino al lago. Non di notte.

Nonostante la temperatura prese il coraggio a due mani e si avviò a piedi in direzione del centro. Dato che si trovava nei paraggi, si affacciò un momento al Bliz. Nel locale c'era al solito un sacco di gente e l'aria era impregnata di odori di birra e sigarette. Non si attardò e riguadagnò presto il marciapiede. Dieci minuti dopo arrivò al commissariato, dove stazionavano soltanto due veicoli della SQ, tra cui quello di Liotta. Suonò e attese. Gli aprì l'agente Mangematin, di turno quella sera. Teddy abbassò il cappuccio e si sfilò il cappellino.

«Sto cercando la tenente Rock. Il suo pick-up non è qui. Sa per caso dov'è?».

Dal lato delle celle giungevano gli strani versi di qualcuno che batteva ripetutamente contro le sbarre.

«No, spiacente», gli rispose l'ufficiale. «Mi scusi ma abbiamo messo dentro un bel matto e la nottata si preannuncia impegnativa. Devo scappare...».

Il francese annuì. Non voleva, tuttavia, tornare indietro senza una risposta. Passò davanti alla saletta relax dove c'era la televisione accesa, arrivò in fondo al corridoio e si fermò di fronte alla porta socchiusa di Liotta. Il poliziotto stava studiando qualcosa che aveva appoggiato sulla scrivania. Teddy bussò e poi entrò con passo deciso senza aspettare.

«Sergente...».

Liotta era così assorto in quello che stava facendo che sussultò.

«Oh Cristo! Non lo faccia mai più».

Ripose subito in un cassetto i fogli che aveva davanti. Con movimenti precipitosi, come se il suo visitatore non dovesse vederli.

«È tardi», brontolò. «Che cosa ci fa qui?».

«Non ho più notizie della tenente Rock e, a essere onesti, comincio a preoccuparmi. Lei sa dov'è?».

«Dovrebbe essersene andata intorno alle sei. Non saprei dirglielo con più precisione, non l'ho vista uscire. Ma è grande e vaccinata, no? Starà approfittando delle sue ultime ore a Norfer, se capisce cosa intendo...».

Quella perenne aria di sfida nel suo sguardo... Il criminologo aveva l'impressione di trovarsi di fronte a un animale a sangue freddo. E capì che da lui non avrebbe ottenuto alcun aiuto. Né Liotta né i suoi uomini si sarebbero messi a cercare Léonie in piena notte. Per quale motivo, in fondo? Il poliziotto cliccò sul mouse per accendere lo schermo del computer. Tutto quanto, nel suo modo di fare, tradiva nervosismo: non era tranquillo.

«E adesso, se non le dispiace, devo concludere una cosa al volo. È stata una lunga giornata e non vedo l'ora di andarmene a casa. Mi scoppia la testa».

Teddy si sentiva impotente, nella trappola di una città tagliata fuori dal mondo. Stava per ricominciare tutto ancora un'altra volta. Nessuno avrebbe visto nulla. Nessuno avrebbe saputo nulla. Ma lui non aveva nessuna intenzione di uscire da lì. La prospettiva di tornare allo chalet ad aspettare gli era insopportabile.

«Posso dare uno sguardo nell'ufficio della tenente?».

«Prego. Conosce la strada».

Il francese si diresse in effetti senza esitare verso la stanza in questione, che si trovava dalle parti dello sportello all'ingresso. Diede un'occhiata generale all'ufficio. Nessuna anomalia. Nessun giubbotto abbandonato, portatile chiuso e collegato all'alimentazione. Era tutto pulito e in ordine. Per scrupolo riprovò a telefonarle. Niente. Tentò allora di accedere al computer: bloccato con password. Léonie poteva essere ovunque. E da nessuna parte. Chissà cosa le era capitato.

Teddy rimase immobile sulla sedia, a cercare di ragionare. Un quarto d'ora dopo fece capolino dalla porta la testa di Liotta.

«Io vado. Dovrebbe farlo anche lei. Non stia lì a preoccuparsi per la tenente. Vedrà che domani sarà tutto a posto».

«Se per lei non è un problema, mi trattengo ancora un po'. Approfitto del caldo per fare un paio di telefonate in Francia».

«Come vuole...».

Aspettò che l'auto del poliziotto si allontanasse e si spostò in corridoio. Mangematin aveva il naso immerso in un libro o una rivista. Teddy si infilò allora con discrezione nell'ufficio del sergente, dirigendosi subito verso il cassetto. In cima c'erano due fogli spillati. L'intestazione e la sfilza di righe non lasciavano spazio a dubbi. Erano documenti forniti dall'INC. Nominativi, giorni di ferie, luoghi di residenza al di fuori di Norferville... Liotta era quindi entrato in possesso dell'elenco richiesto da Léonie.

Teddy prese il telefonino e fotografò la prima pagina. Quando fece per ripetere il gesto sulla seconda pagina, si bloccò di colpo: un rigo intero era stato coperto dagli scarabocchi di una penna nera, in un evidente gesto di stizza. Scattò comunque una foto e poi rimise tutto a posto. Arrivato vicino allo sportello, salutò Mangematin e ritrovò il clima rude che regnava all'esterno...

E così il sergente Liotta era al corrente della loro richiesta all'INC. Quindi li aveva effettivamente sorvegliati, a meno che non l'avesse informato qualcuno dall'amministrazione. In ogni caso si era procurato la lista prima di loro, l'aveva controllata ed era esploso di rabbia vedendoci sopra un certo nome. Un nome che, forse, lo metteva in pericolo perché, come sosteneva fermamente Léonie, era implicato nella storia. Lei aveva avuto ragione sin dall'inizio: il sergente conosceva il predatore, sapeva bene chi era a colpire quelle donne. E dalla stazione idroelettrica era riuscito ad avvisarlo che il cerchio si stava stringendo, affinché l'altro si sbarazzasse di Nikamu e di Meshkenu.

Teddy ritornò allo chalet angosciatissimo. Era costretto ad aspettare la riapertura della sede dell'INC l'indomani mattina per poter risalire al nome che aveva mandato il sergente su tutte le furie. Sperò vivamente che Léonie si facesse sentire presto...

63

Una vibrazione sotto il suo corpo rannicchiato… Un rombo… La sensazione di fluttuare… Intorno le tenebre più profonde. Léonie aveva appena ripreso i sensi, lentamente, dolorosamente. Aveva le palpebre pesanti, le bruciava la nuca. Ogni volta che deglutiva le sembrava di mandare giù un sacchetto di gesso. All'improvviso le riaffiorarono alla memoria gli ultimi avvenimenti. I trofei sulla parete… gli scalpi… la sua corsa giù per le scale, poi più nulla. Provò a muoversi ma aveva le mani legate dietro la schiena e si trovava in uno spazio ristretto, metallico, forse un baule. La stavano portando da qualche parte, in aereo.

In preda alla disperazione batté entrambi i piedi contro il metallo. Le giunse un rumore di voci. Soffocava. Sarebbe morta asfissiata in quel baule. Si mise allora a urlare, a dimenarsi così tanto da rischiare di lussarsi una spalla. Dopo un'eternità di tempo sentì finalmente uno scatto. Filtrò una luce timida. Non era più notte, ma nemmeno del tutto giorno… Sopra di lei comparve una testa, con sopra un berretto foderato di pelliccia. Liotta… Nelle sue iridi di ghiaccio ardeva una pericolosa eccitazione. La prese per i capelli. Il baule era appoggiato su due sedili in fondo al velivolo.

«Nemmeno te l'immagini quante volte ho sognato questo momento, e quante volte l'ho temuto. Capisci bene che, dopo le cose che hai scoperto da Malconne, non possiamo mica lasciarti in vita. Dovevi proprio incaponirti con la storia di quelle ragazze. Ficcare il naso dove non avresti mai dovuto. Ormai è inevitabile».

Erano lì. Tutti e tre. Nick Lavigne alla guida dell'idrovolante e John Malconne seduto al suo fianco, nella cabina di pilotaggio.

«Che cosa credevi?», proseguì il sergente. «Di poter penetrare nella casa di un responsabile della sicurezza senza che lui lo venisse a sapere?».

Il diretto interessato si voltò verso di lei, sporgendosi da sopra il bracciolo. Indossava una pesante giacca mimetica in stile commando e un berretto color cachi.

«Non avevi neanche finito di percorrere il vialetto che già mi era arrivata la notifica di allarme sul telefonino. Comunque hai fatto proprio un bel macello a casa mia. In città, poi, non ne parliamo nemmeno».

«Una battuta di caccia», disse Léonie con un filo di voce. «È questo che fate con le ragazze».

Liotta le rivolse un sorriso gelido. Poi le afferrò il mento e glielo strinse perché lei lo guardasse bene negli occhi.

«Una volta che l'hai provato non puoi più farne a meno, Rock. È una droga. Una droga sparata dritta in vena che ti anestetizza e ti permette di affrontare questo schifo di vita. Come credi che potremmo sopravvivere in questo buco, altrimenti? Dovresti vedere i loro occhi quando esalano l'ultimo respiro, quando appoggi una mano sui loro cuori e li senti spegnersi. È impossibile da descrivere. Quelle povere selvagge che sognavano una vita migliore…».

La poliziotta si agitò, urlando e strattonando invano la corda. L'avevano legata troppo stretta. Il poliziotto caricò un braccio e le sferrò un ceffone così violento che Léonie temette di vedersi esplodere la testa.

«Non c'è abbastanza tempo per sistemarti come si deve

prima della caccia, e non sai quanto mi dispiace. Mi sarebbe piaciuto sentirti frignare di nuovo, proprio come vent'anni fa. Di solito è così che procediamo. Dopotutto è anche giusto che approfittiamo un po' pure noi della merce, no?».

Gli altri due, davanti, scoppiarono a ridere. Liotta si sistemò il berretto.

«Ma pazienza, purtroppo devo essere di ritorno al massimo entro mezzogiorno. Sanno che sono a casa con un'emicrania, ma la scusa non reggerà a lungo, soprattutto con quell'impiccione di francese che sta sempre in mezzo ai piedi. Fortunella, va', sarai il trofeo più bello di tutti. Spero soltanto che sarò io ad avere l'onore di ammazzarti. Per aggiungere il tuo scalpo alla mia parete».

Léonie gli sputò in faccia.

«Come pensate di farla franca? Ho messo insieme troppe prove. Ci sono email e rapporti già in circolazione. Che cosa credete? Di poter far passare anche questo come un incidente?».

L'uomo si ripulì la saliva con la manica della giacca. Non sorrideva più.

«Sparirai dalla faccia della terra, punto, come tutte le altre», le rispose pieno d'astio. «Per il resto si vedrà. Ci proteggeremo a vicenda. Ce la siamo cavata piuttosto bene finora, no?».

Si sporse verso di lei e le sussurrò all'orecchio: «Sei sempre la stessa maledetta indiana di un tempo. Quando abbiamo saputo che saresti venuta tu per le indagini, abbiamo brindato al tuo ritorno. Rivederti dopo tutti questi anni... sentire il tuo odore... è stata un'occasione davvero insperata».

L'idrovolante della Northern Adventures virò di lato. Léonie scorse dei laghi e degli alberi attraverso gli oblò. Il sole aveva appena cominciato a spuntare all'orizzonte: doveva essere molto presto. Liotta diede un'occhiata all'orologio.

«Basta chiacchiere, siamo già arrivati... John?».

Malconne si girò e gli passò una siringa riempita per un

quarto di un liquido trasparente. Léonie ricominciò a dimenarsi ma il sergente le premette una mano sul petto usando tutto il suo peso per immobilizzarla.

«Ci rivediamo tra un'oretta, piccola. Il tempo di prepararci per la battuta di caccia del secolo».

Le conficcò l'ago alla base del collo. Cinque secondi dopo Léonie perse conoscenza.

64

Teddy raggiunse di corsa il pick-up della SQ che aveva appena accostato al marciapiede, sotto la sede amministrativa dell'INC. Si infilò dentro, sul sedile posteriore, e richiuse velocemente la portiera. I dieci minuti di attesa sui gradini l'avevano trasformato in un pezzo di ghiaccio.

«Rue Southside 112, andiamo da John Malconne, il responsabile della sicurezza della miniera. Vi scongiuro, ditemi che non avete avvisato Liotta che venivate a prendermi».

Al volante c'era Millaud. Mangematin, accanto a lui, lo guardò nello specchietto retrovisore, serio in volto.

«Il sergente non verrà in ufficio stamattina», gli rispose. «Mi ha telefonato molto prima di lei, non si sentiva troppo in forma. Ci spiega cosa sta succedendo?».

Il criminologo gli passò un foglio di carta.

«Io e la tenente Rock siamo convinti che la persona che attacca le donne indigene viva tra qui e Montréal. Abbiamo inoltre constatato che le prime scomparse sono avvenute a partire dalla riapertura della miniera. La tenente ha perciò richiesto una lista dei dipendenti che rispondessero a certi criteri ed è venuto fuori il nome di John Malconne. Possiede un pied-à-terre a Montréal, ma non finisce qui. Tutte le volte che una donna si è volatilizzata da quelle parti e si è registrata sul treno in partenza da Sept-Îles, Malconne era in ferie... È lui l'uomo che stiamo cercando».

Mangematin consultò il foglio. Sembrava scosso dalla notizia.

«E cosa c'entra il capo con questa storia?», domandò.

Teddy si sporse in avanti brandendo il suo telefonino.

«Ho fotografato questa stessa lista sulla scrivania del sergente, ieri sera, dopo che è uscito dal suo ufficio. Liotta ci ha seguiti quando siamo andati via dalla riserva. Mi hanno appena detto che ieri si è presentato all'INC subito dopo di noi per informarsi sul motivo della visita della tenente Rock. Lo sapevate?».

Mangematin fece di no con la testa. Sembrava sincero.

«Ha preteso dalla persona incaricata a stilare la lista di avvisarlo non appena fosse stata pronta», continuò il francese. «E sulla copia che ho trovato nel suo cassetto, ha sbarrato furiosamente un nome: John Malconne...».

Il poliziotto si voltò bruscamente.

«Non capisco. Che cosa sta cercando di dirci?».

«Che il vostro capo è implicato, in un modo o nell'altro. Che Nikamu non si è suicidato e che la casa di Meshkenu non è andata a fuoco accidentalmente. La tenente Rock lo sospettava già da un po'. Ora, lei risulta scomparsa da ieri sera e Liotta, guarda caso, sta poco bene. Non è una coincidenza. Ho paura che stia per succedere un'altra tragedia».

I due agenti si scambiarono una lunga occhiata in silenzio.

«Sta dicendo un mucchio di fesserie», si indignò Millaud.

Mangematin sembrava più titubante. Teddy notò un movimento sottopelle che dalla mandibola gli risalì fino alle tempie. Come qualcuno che, d'un tratto, si ritrovasse davanti a una verità che aveva sempre rifiutato di vedere. Si girò verso il collega.

«Andiamo a dare uno sguardo. Accelera».

L'orologio sul cruscotto segnava le 8,32. Forse Malconne non era ancora uscito per andare al lavoro. Cinque minuti dopo il veicolo accostava al civico 112 di rue Southside. Non c'erano auto nei paraggi. Nella luce nascente del nuovo giorno gli agenti corsero fino alla casa con le armi in mano e bussarono alla porta, senza ottenere risposta.

«Di qua!».

Il criminologo li chiamò dal retro. Aveva seguito le orme lungo la parete sinistra. I tre uomini si ritrovarono di fronte a una finestra rotta.

«Sono sicuro che è passata da qui. Dobbiamo entrare a controllare».

Teddy fu sorpreso dalla determinazione che animava ora Mangematin. Può darsi che sapesse già qualcosa. Può darsi che, in fondo, l'avesse sempre percepito che c'era qualcosa di strano nel suo capo. Una volta dentro constatarono i danni. Nonostante lo stato in cui versava il luogo, il proprietario non aveva chiamato la polizia, cosa che certo non aiutava il francese a sentirsi più tranquillo.

Al piano di sopra Mangematin osservava i trofei di caccia nell'ufficio e faceva delle telefonate. Le speranze di Teddy, arrivato alle sue spalle, diminuivano sempre di più. Erano scomparse già moltissime donne. Quell'uomo sapeva come sbarazzarsi di un cadavere e tornare alla vita di tutti i giorni come nulla fosse. Léonie non era in quella casa. Non era *più* in quella casa. Il francese stava pensando a Malconne che le faceva del male o la seppelliva chissà dove, quando nella stanza entrò Millaud e gli allungò un foglio di carta.

«Era al piano di sotto, sul tavolino…».

Teddy lesse il documento datato al giorno prima. Si trattava dei risultati di alcuni test richiesti da parte di Léonie Rock su un libro intitolato *Sono una maledetta selvaggia*. Dall'archivio delle impronte digitali era venuto fuori un nominativo: John Malconne.

Maledette selvagge… Léonie gliene aveva parlato: era la frase sussurratale da uno dei tre uomini che avevano abusato di lei vent'anni prima. Il francese non sapeva da dove sbucasse fuori quel libro ma ora capiva meglio che cosa avesse spinto la sua compagna d'indagine all'interno di quella casa, e scatenato la sua rabbia. Era dunque finalmente riuscita a scoprire l'identità del famigerato terzo uomo. E aveva deciso di affrontarlo faccia a faccia, a dispetto del pericolo a cui andava incontro.

«Ho parlato con quelli dell'INC», annunciò Mangematin mentre riattaccava. «Malconne ha lasciato un messaggio, stamattina presto, per avvisare che si sentiva poco bene – anche lui – e che oggi non sarebbe andato al lavoro. Corriamo subito dal sergente. Devo sapere se è davvero a casa».

Le cose cominciavano a concatenarsi, come se gli ingranaggi di una macchina complessa tutto a un tratto combaciassero perfettamente. In auto Teddy passò il documento redatto dal tecnico di Baie-Comeau a Mangematin. Léonie gli aveva confidato un segreto, ma infrangerlo era forse l'unico modo per cercare di salvarla. Così raccontò ai due uomini il calvario che lei e Maya Nikamu avevano subito negli anni Novanta, poco prima della chiusura della miniera. Parlò della sinistra tradizione delle «cure geografiche» che all'epoca veniva perpetrata nelle riserve. E fece i nomi dei tre presunti colpevoli di quegli abusi: Liotta, Malconne e Lavigne.

Millaud era accartocciato sul sedile. Il peso di quelle rivelazioni lo stava letteralmente schiacciando. Mangematin, invece, manteneva ancora la sua aria da duro, ma il criminologo intuiva che, al di sotto, il suo cervello era in fermento. Anche la loro, di vita, rischiava di essere stravolta nei giorni a venire.

«Quei tre vivono a Norfer praticamente da sempre e so che si frequentano spesso», spiegò Mangematin mentre raggiungevano la loro destinazione. «Due o tre volte l'anno si ritagliano un finesettimana per andare a caccia e a pesca insieme nel rifugio di Nick Lavigne. Di solito partono il venerdì a fine giornata e si rifanno vivi il lunedì mattina».

L'occhio destro di Teddy si illuminò. L'onda stava arrivando, quella che spazzava via tutte le ipotesi per lasciare soltanto la verità nuda e cruda. Capì quello che gli stava dicendo. Era lì che portavano le ragazze. Lì che le facevano sparire una volta per tutte. Scosse il capo allo sbattere della portiera e guardò Mangematin precipitarsi verso casa di Liotta. Il veicolo della SQ era effettivamente parcheggiato nel vialetto ma, a quanto pareva, le ingiunzioni dell'agente non ottenevano nessuna risposta. Mangematin tornò di corsa nell'auto, con il telefonino appiccicato all'orecchio.

«Irraggiungibile, risponde la segreteria», disse con un filo di voce prima di piantare due occhi colmi di terrore in quelli di Millaud. «Alla Northern Adventures, presto. Corri più che puoi».

65

Il primo odore che sentì fu quello del cuoio. Léonie si svegliò raggomitolata sopra una pelle animale. Aveva ancora addosso guanti e giubbotto ed era tutta sudata. Le ci volle qualche secondo per riuscire a tirare su la schiena, aiutandosi con entrambe le mani. Le girava la testa, aveva l'impressione che il pavimento l'attirasse verso di sé.

Una volta dissipati gli ultimi effetti della sostanza iniettata, scrutò l'ambiente in cui si trovava. Alcuni faretti, negli angoli della stanza fatta interamente di tronchi e priva di finestre, illuminavano del materiale appeso alle pareti. Fruste, pinze, strumenti di tortura di tutti i tipi, coltelli, attrezzi metallici con strane forme, scatole elettriche piene di cavi... C'erano, inoltre, delle manette che le pendevano sopra la testa, con una delle estremità fissata a una trave. L'avevano rinchiusa in un torrione degno del peggiore incubo. Un luogo di abominio dove dei mostri potevano dare sfogo alle loro pulsioni più oscene senza porsi alcun limite. Non era difficile immaginare le ragazze legate, nude, picchiate, in balia dei tre depravati che le avevano portate lì. Stuprate, umiliate e infine uccise.

D'istinto si controllò le tasche. Niente più telefono, né pistola. Ci trovò invece un coltellaccio che brandì davanti a sé. Senza sperarci troppo, abbassò la maniglia della porta. Era aperta. Scoprì un lungo corridoio in legno scuro e i primi gradini di una scala tutto in fondo. Regnava un silenzio supremo, anomalo. Puzza di trappola. Léonie capì che faceva parte del gioco. Forse era addirittura il momento migliore per loro: quello in cui la preda si gettava nella fossa dei leoni. Fornirle un'arma aumentava la posta in gioco. Di sicuro quegli schifosi si stavano già eccitando nell'attesa.

Salì la breve rampa di scale, superò un'altra porta pesante e arrivò in un nuovo corridoio che dava su un salottino confortevole, poi su tre lussuose camere da letto e terminava infine in una cucina impregnata di profumo di abete. Sopra il tavolo che troneggiava al centro della cucina c'era un messaggio per lei, scritto a mano su un foglio di carta: «Se non esci prima delle nove, entriamo noi e ti sventriamo». Le salì un conato di vomito. Guardò l'orologio. Le 8,50. Se non si dava una mossa nel giro di dieci minuti sarebbe morta. Perché una cosa era certa: dalle minacce sarebbero indubbiamente passati ai fatti.

Sbirciò con prudenza fuori dalle finestre, scostando leggermente le tende con un dito. L'intera visuale le offriva un unico, invariabile spettacolo: un immenso lago ghiacciato, disseminato di isolotti idilliaci. E su ciascun isolotto un piccolo chalet dal tetto rosso ricoperto di pannelli solari, un pontile con una barca e magnifiche conifere cosparse di neve. Il tutto sotto un cielo azzurrissimo. Un'atmosfera paradisiaca nel cuore dell'inferno.

Le fu subito chiaro dove si trovava: il Rifugio del lago Wendy, di proprietà di Lavigne. Uno di quei luoghi ricreativi per cui i quebecchesi andavano matti. Un posto a un centinaio di chilometri da Norferville, dove andavano a stare per qualche giorno pescatori e cacciatori esperti, in grado di badare a se stessi. Un angolo di mondo sperduto in mezzo alla natura più bella, più incontaminata e di sicuro più ostile che potesse esistere. Accessibile soltanto per via aerea. E spaventosamente deserto in quel periodo dell'anno.

La donna notò diverse impronte nella neve intorno alla porta dello chalet privato in cui si trovava e che i tre riservavano chiaramente ai loro mostruosi giochini. Le orme scomparivano poco dopo vicino alla superficie ghiacciata. I tre erano là fuori, acquattati ad aspettare nel freddo polare. Annidati da qualche parte intorno al suo isolotto o su quello di fronte o nei boschi che costeggiavano il lago. Gli occhi di Léonie cercarono l'idrovolante, doveva pur essere atterrato da qualche parte. Ma l'area era immensa, e in certi punti ricoperta da una fitta vegetazione. Il velivolo, tuttavia, dotato necessariamente di una radio a bordo, era la sua unica possibilità. La sua unica speranza.

Doveva perciò correre su quella specie di pista di pattinaggio fino a raggiungere un argine. Valutò quale fosse la direzione migliore da prendere. Individuò un gruppo di alberi a una cinquantina di metri, dal lato opposto rispetto alla porta d'ingresso. Era il punto più distante e così facendo si sarebbe esposta più a lungo, ma si disse che lì non l'avrebbero raggiunta, né tantomeno uccisa finché fosse rimasta sul ghiaccio. Dopotutto si trattava di caccia, non di tiro al piccione. Motivo per cui i tre si erano senz'altro divisi, ognuno in una propria area di competenza, in modo da coprire quanto più terreno possibile. Con un po' di fortuna se ne sarebbe ritrovata soltanto uno alle costole.

Si infilò il coltello in tasca. Non voleva morire. Non ora, non così. Ricacciò indietro le lacrime, fece un respiro profondo e si lanciò attraverso l'aria gelida del Grande Nord.

66

La vita era una lotta. Il suo istinto da cacciatore aveva permesso all'uomo di adattarsi agli ambienti più ostili, di superare i periodi di carestia. Nel profondo di ciascuno era sepolto un primitivo istinto predatorio, memoria degli avi sopravvissuti. Nella maggior parte degli uomini restava latente per via dell'educazione, della pressione sociale, e si risvegliava soltanto nei sogni e nelle fantasie. Ma non lì, non nelle terre remote e selvagge del Grande Nord canadese. Non nei cervelli rettiliani di gente come Liotta.

Appena varcata la soglia, la poliziotta dovette fare i conti con il vento. Un vento brutale, rumoroso, che rasentava l'acqua ghiacciata e l'assaliva dal basso, infischiandosene dei suoi indumenti spessi. Léonie si fiondò nondimeno verso la meta. Abbandonò l'isolotto e corse più veloce che poteva, perché c'era in gioco la sua sopravvivenza e in quei momenti, negli esseri viventi, brilla una fiamma che rifiuta di farsi spegnere. Pensò alle tredici vittime che l'avevano preceduta, a quelle tredici donne che si erano senz'altro battute come leonesse prima che le privassero del loro diritto fondamentale alla vita. Doveva combattere anche per loro.

Dopo una cinquantina di metri arrivò sull'argine, scavalcò gli arbusti neri e raggiunse un pezzo di foresta, indenne. Ma già senza fiato. Il vento, là sotto, le diede un po' di tregua, anche se ululava tra le cime, quasi fosse arrabbiato. Quando si voltò, con le mani sulle ginocchia e la bocca in cerca di quell'aria così fredda che la dilaniava dentro, Léonie notò un movimento dall'altra parte del lago, a circa quattrocento metri da lei, nel punto verso il quale si stava dirigendo. Era comparsa una sagoma grande quanto un ago di pino. Scorse allora un oggetto luccicante, e poi ci fu uno scoppio. Seguito da un rumore di corteccia spaccata a pochi passi da lei.

La poliziotta si riparò dietro un tronco, con la testa incassata tra le spalle, mentre altri proiettili fischiavano tutt'intorno. Ci aveva visto giusto: i tre si erano sparsi su argini diversi, intorno al suo isolotto. C'era dunque la possibilità che due di quei cani fossero troppo lontani per raggiungerla. L'ultimo, in compenso, aveva tutta l'aria di essersi imboscato nelle vicinanze. L'unico dei tre che aveva scommesso su quella direzione. Il più furbo.

Léonie rimase ferma dietro l'albero il tempo di riprendere fiato. Ogni respiro le incipriava ormai le sopracciglia di brina e congelava un po' di più le ciocche di capelli che fuoriuscivano dal suo berretto. Ne approfittò per tirare fuori il coltello e scrutò, davanti a sé, il fitto reticolo di pecci, il terreno, i rilievi, alla ricerca di una sfumatura, un movimento, un riflesso. Sapeva bene che un bravo cacciatore era capace di rendersi invisibile, di camuffarsi, di vestirsi in modo da mimetizzarsi nell'ambiente. Di rimanere fermo e immobile per ore. Poteva essere a pochi metri da lei e osservarla senza che se ne fosse accorta.

Tentò dapprima di allontanarsi dalla riva del lago, ma poi capì velocemente che non sarebbe riuscita a addentrarsi più di così nella foresta. Non poteva correre in quella zona, perché fendere la neve ancora fresca che le arrivava fino agli stinchi richiedeva troppa fatica e lei cadeva praticamente a ogni passo. Avrebbe perciò dovuto continuare a camminare per tenersi al riparo, muovendosi non troppo lontano dal lago in modo da avanzare su un terreno sgombro, nella speranza di avvistare l'idrovolante. Il cacciatore che aveva cercato di impallinarla doveva essere in agguato, ma Léonie era abbastanza certa che nemmeno il migliore dei cacciatori potesse abbattere un bersaglio da una distanza simile, a patto che il bersaglio fosse sempre in movimento.

Liotta, Malconne e Lavigne erano come avvoltoi affamati pronti ad avventarsi su una carcassa. Il pezzo di merda sull'isolotto di fronte non aveva nessuna intenzione di tornarsene al caldo e aspettare che qualcun altro finisse il lavoro. Dopo diversi tiri approssimativi, Léonie lo vide abbandonare la sua posizione, laggiù in fondo, e avanzare verso il centro del lago, curvo in avanti per via del vento. Un secondo cacciatore, più lontano di lui, fece altrettanto. Lungi dal viverla come una sconfitta, erano invece estremamente fomentati dalla cosa. La preda stava lottando, la preda era intelligente, la preda non aveva nessun posto dove andare. Perché se anche fosse sfuggita a loro, non sarebbe certo sfuggita alle avide fauci del Grande Nord. Dove non arrivava la freccia, arrivava il freddo. Senza pietà.

Da quanto tempo stava correndo? Il dolore si manifestò di punto in bianco, senza preavviso, contraccolpo di tutta l'adrenalina che il suo organismo le aveva fornito fin dai primi istanti di quell'incubo. Una stanchezza muscolare contro la quale il suo cervello non poteva nulla. Il bruciore partiva dai polpacci, risaliva attraverso le cosce e arrivava fin dentro il petto. La sua gola fischiava ormai come quella di un tubercolotico. Sentendosi i polmoni in fiamme, Léonie capì che la caccia sarebbe durata meno del previsto. Non poteva nascondersi, non con tutte le orme che si lasciava dietro. Camminava sempre più a fatica. I due cacciatori che aveva individuato continuavano invece ad avanzare inesorabilmente; il primo inseguiva lei, e il secondo ripercorreva le tracce del primo.

A chi sarebbe andato il trofeo? Chi avrebbe aggiunto un nuovo scalpo alla sua sordida collezione? I passi di Léonie si facevano sempre più pesanti, il meccanismo inceppato del suo corpo si disgregava lentamente, e a un certo punto la donna si vide comparire davanti una miriade di persone, gente in abito da sera, con in mano bicchieri di champagne. «Che splendido gioiello! Ma cos'è esattamente? E queste lettere, LR, cosa mi rappresentano?». E tutti giù a ridere, mentre dalla sua gola uscivano solo rantoli. In mezzo alla folla c'era anche Teddy, con la benda sull'occhio e la cravatta, entrambe nere. L'uomo la scherniva puntandole un dito contro: «È quello che resterà di lei!».

Stava delirando. Giunta all'estremità di quel pezzo d'argine che formava come un piccolo promontorio di pecci su una rientranza del lago, Léonie sollevò lo sguardo. Il vento urlava. Da lì riusciva a vedere quasi tutto lo specchio ghiacciato. Ma dell'idrovolante nessuna traccia. Dovevano essere atterrati altrove. La disperazione finì di prosciugarle le ultime energie. Non c'era più niente da fare, se non appendersi praticamente un bersaglio sulla schiena correndo sul lago nel tentativo di raggiungere gli alberi più vicini. Il rilievo a suo favore avrebbe ostruito per qualche minuto la visuale dei due cecchini. Una manciata di secondi in più da vivere. Le ultime boccate di ossigeno prima del miserere.

Lo sentiva in ogni fibra del suo corpo: stava per lanciarsi nella corsa finale. Per la quale non c'era in palio nessuna medaglia. Sarebbe andata a finire in un bosco insieme a tutte le altre. Percorse dieci, venti, trenta metri sull'acqua ghiacciata, come una bambina smarrita, con la strana sensazione che il vento trasportasse un rumore sordo, regolare. Poi quello schiocco orribile dentro il suo corpo, come quando si rompeva all'improvviso un pezzo metallico sotto il cofano dell'auto. E, in uno slow motion degno di un film, Léonie si vide catapultata in avanti, con le braccia sollevate ad afferrare l'aria, il petto in fuori, e i piedi che fluttuavano a vari centimetri da terra, conferendole una certa grazia, una leggiadria da ballerina. Il suo coltello volò via insieme a lei, disegnando una curva armoniosa.

Un autentico peso morto schiantatosi contro la spessa lastra di ghiaccio. La caduta fu pertanto estremamente violenta. Dalla spalla sinistra cominciò a zampillare del sangue; Léonie ebbe l'impressione che le andasse a fuoco, e quel fuoco terribile si propagò fino al cervello. Urlò dal dolore, dopodiché le sue dita sfiorarono la piccola asta in carbonio dall'estremità piumata che le si era conficcata tra l'omero e la clavicola.

Nel suo campo visivo entrò un uomo che arrivava dal punto da cui si era mossa. Il suo passo, la sua fisionomia, quegli occhi ardenti che spuntavano dai fori del passamontagna integrale… Léonie l'avrebbe riconosciuto tra migliaia di persone. Liotta. In mano, appesa lungo la coscia, una balestra. Lacrime calde e sincere bagnarono le guance della poliziotta. Tentò di alzarsi su un braccio e, prima che l'implacabile gravità schiacciasse a terra il suo corpo agonizzante, vide di sfuggita il coltello caduto. Si mise allora a strisciare verso l'arma. In mezzo a un turbinio di pensieri confusi vide il volto dei suoi genitori e pensò al suo amore per loro mentre le si offuscava la vista e il sangue le batteva nelle tempie. Una vibrazione greve, avvolgente.

All'improvviso ci fu una detonazione e un proiettile fece esplodere il ghiaccio poco più avanti. Le sparavano addosso anche se era a terra. I tre cacciatori si sarebbero dati battaglia fino alla fine. Chi le avrebbe dato il colpo di grazia? L'arco? La balestra? Il fucile? Capì in ogni caso che non sarebbe riuscita ad arrivare fino al coltello, così si girò sul fianco opposto alla ferita, alla ricerca del suo violentatore, del suo assassino, dell'uomo che stava per toglierle la vita. Voleva guardarlo negli occhi un'ultima volta. E maledirlo.

Intorno a lei, e non più dentro di lei, la vibrazione che aveva percepito nel vento continuava a crescere, diventando sempre più reale. E si confondeva con una strana voce, vicina e lontana, chiara e imperfetta, che non arrivava dalla terra, ma dal cielo. Una sorta di miraggio. Una chiazza d'ombra addentò all'improvviso il sole freddo e vivido che rasentava gli alberi. Un elicottero…

Il velivolo effettuò una virata e cercò di stabilizzarsi, spazzato da destra a sinistra dalle burrasche di vento. Poi di nuovo la voce celeste. Erano intimazioni urlate in un megafono. A terra, intanto, Liotta stava sistemando il calcio della balestra contro il petto e riarmando la corda. Con movimenti ora precipitosi, posizionò nella scanalatura la freccia che stringeva tra i denti. Voleva finire la sua preda. Aggiustò la mira in direzione di Léonie, distesa sul ghiaccio dieci metri più avanti, quando partì il rumore secco di un'ultima detonazione.

Il sergente Liotta, capo della polizia di Norferville, crollò faccia a terra. Abbattuto, probabilmente, da uno dei suoi stessi uomini. Mentre il velivolo virava verso il centro del lago, Léonie non riusciva più a tenere a galla la sua coscienza. Chiuse gli occhi e si lasciò avvolgere dall'incredibile calore che le si era ormai irradiato in tutto il corpo.

67

Léonie era stata operata a fine giornata nell'ospedale di Sept-Îles, la più grande struttura sanitaria di tutta la Côte-Nord. Sette ore prima era passata attraverso il pronto soccorso dell'ambulatorio di Norferville, dove il medico aveva preferito lasciarle il quadrello della balestra conficcato nella spalla anziché tentare un'estrazione che rischiasse di danneggiarle i vasi sanguigni e provocarle una grave emorragia. Per fortuna il dardo non sembrava aver trafitto nessuna vena o arteria principale, ma aveva colpito la testa dell'omero. Siccome il dolore era insopportabile, avevano imbottito la poliziotta di morfina prima di caricarla a bordo di un'aeroambulanza della Airmedic, una compagnia di trasporto medico con sede a Sept-Îles.

A Teddy era stato concesso di accompagnarla, e di portarsi dietro anche la valigia. L'uomo aveva provato un sollievo immenso quando si erano sollevati dalla pista di decollo dell'aeroporto di Norferville. Non avrebbe mai più rimesso piede in quella città maledetta che gli aveva portato via sua figlia. Tutto quello che aveva vissuto lì gli sarebbe rimasto scolpito nell'anima. Uno strano momento sospeso, l'impressione di un sogno e di un incubo confusi tra loro, un lento valzer tra una luce meravigliosa e le tenebre più buie. Norferville non si poteva spiegare a parole, ma soltanto sentire nel profondo delle viscere.

Quanto a Patrick, arrivò da Baie-Comeau proprio nel momento in cui Léonie usciva dalla sala operatoria. Indossava ancora l'uniforme e andò subito a piazzarsi davanti a Teddy. L'ultimo messaggio ricevuto gli aveva fatto capire che Léonie avrebbe troncato la loro relazione, che tutta la vita, il futuro che si era immaginato insieme a lei erano destinati a finire in frantumi. Poco importava se l'uomo che aveva di fronte c'entrasse qualcosa con quella decisione oppure no. La rabbia era troppa.

«Se non fossimo in un ospedale le spaccherei la faccia. Sarebbe meglio, per lei come per me, non incrociarci mai più».

Furono le uniche parole che disse. Poi girò subito i tacchi per andare a parlare con i medici. Teddy ebbe allora la conferma che quell'uomo era molto più che un semplice collega di lavoro, ma non si sentiva in colpa. Léonie aveva risvegliato qualcosa dentro di lui, una fiamma nel profondo che credeva spenta per sempre dopo la morte di Élise. Ora si sentiva in grado di provare ancora dei sentimenti. Forse addirittura di amare.

L'agente Mangematin lo chiamò intorno alle nove di sera per avere notizie della tenente Rock e aggiornarlo sugli ultimi sviluppi. Quando il criminologo riattaccò, vide l'amante infelice abbandonare la struttura con passo militare, il viso scuro. La visita del poliziotto si era conclusa e, apparentemente, non nel migliore dei modi. L'infermiera autorizzò a quel punto lui a entrare nella stanza.

Sdraiata su un fianco, Léonie gli fece un sorriso stanco quando lo vide. La sua pelle mostrava in alcuni punti i segni della corsa sulle acque ghiacciate. Allungò una mano verso Teddy perché gliela stringesse nella sua.

«Ci è mancato poco, eh?».

Il francese si sedette sulla sedia accanto al letto e le accarezzò la punta delle dita. La scena vissuta quella mattina si era guadagnata un posto di tutto rispetto nel suo piccolo catalogo degli orrori. Vedere all'improvviso, da sopra un elicottero, lo spettacolo terrificante di quelle figure che si rincorrevano sul lago, di un cacciatore che puntava la balestra in direzione di Léonie. E poi il corpo in fuga di lei proiettato in avanti, il sangue sulla neve… L'eternità che ci era voluta per stabilizzare il velivolo, il freddo atroce che si era insinuato nell'abitacolo quando Millaud aveva aperto il portellone e urlato nel megafono, mentre Mangematin prendeva la mira, con il mento sepolto nell'incavo del gomito, il vento che gli gelava il viso. Aveva abbattuto il suo capo senza tremare. Guardandolo negli occhi dopo l'esecuzione, Teddy aveva capito che l'agente sapeva delle cose, cose terribili che aveva taciuto, e di cui non avrebbe mai fatto parola con gli inquirenti. I due complici del sergente, a terra, si erano allora inginocchiati con le mani sopra la testa, senza opporre resistenza.

«Fortuna che non sei una preda facile», le rispose.

Léonie cercò di tirarsi su, ma il dolore era ancora troppo forte e alla fine lasciò perdere.

«Mi ha appena telefonato Mangematin», le disse Teddy. «A Norferville è arrivato il tuo capo in persona insieme a una squadra. Verrà avviata un'istruttoria nei confronti di Lavigne e di Malconne per un'interminabile serie di ragioni ancora in corso di definizione, tra cui sequestri di persona e omicidi multipli. Considerata la portata del caso, scenderà in campo lo stato maggiore della SQ di Montréal. Stavolta stanno tirando fuori l'artiglieria pesante».

Si sporse un po' di più verso di lei, le accarezzò la guancia con il dorso della mano.

«Ce l'hai fatta, Léonie».

«Ce l'*abbiamo* fatta», lo corresse lei. «Ed è anche merito di tua figlia. Tutto questo non sarebbe stato possibile senza di lei. Ho intenzione di testimoniare pubblicamente perché quelle bestie paghino anche per avere abusato di me e di Maya, voglio che le cose continuino a muoversi. Siamo sulla strada giusta».

Teddy annuì piano con la testa. La ferita fisica di Léonie sarebbe guarita, ma quella in fondo all'anima sarebbe rimasta aperta finché non avesse ottenuto la *sua* di giustizia.

«Credi che confesseranno?», gli chiese. «Che riveleranno dove sono i corpi?».

«Stando a quanto mi ha detto Mangematin, per ora sono nella fase in cui negano tutto. A sentir loro non hanno mai rapito né ucciso nessuno. Negano anche qualunque coinvolgimento nell'assassinio di Morgane. La morte di Liotta gioca a loro favore, temo, perché appena ne avranno l'opportunità faranno ricadere tutte le colpe su di lui».

«*Estie* di cani che non sono altro...».

«Suppongo che qui in Canada sia un insulto di quelli pesanti».

«Già... Che preferisco non tradurti. Ma ti lascio immaginare».

«Devi avere fiducia. Con tutte le prove che hai accumulato, con quelle che presto aggiungeranno le nuove squadre, questa strategia non potrà durare tanto a lungo. Spero solo che le loro confessioni riusciranno a far luce su tutte le zone d'ombra rimaste. Vorrei soprattutto assicurarmi che, durante i quindici anni di chiusura della miniera, Malconne non abbia fatto altre vittime dalle parti di Montréal oltre alle nostre tredici scomparse. E capire quale fosse l'esatta natura dei rapporti tra Nikamu, Meshkenu e i tre cacciatori. Chi teneva le redini? Chi subiva?».

Léonie fissò il soffitto, silenziosa. A un certo punto chiuse gli occhi, tanto che Teddy pensò si fosse addormentata.

«E così è finita», mormorò poi riaprendoli. «Te ne tornerai a casa...».

«Il mio nome non compare in nessun rapporto, è ora che io me ne vada. Ho prenotato un volo da Sept-Îles per domani, di prima mattina. Ho uno scalo di più di ventiquattro ore a Montréal. Conto di approfittarne per andare a vedere dove lavorava Morgane, e anche il suo appartamento, per prendere qualche ricordo, sai. Non mi resta molto di lei…».

Léonie gli passò una mano sul viso. Gli sfiorò la benda.

«Potresti anche tornare in Canada, dopo, se ti va… Baie-Comeau è molto carina. Fa un po' freddo d'inverno, ma d'estate ci sono nientemeno che 20 °C. Ho una casetta semplice, accogliente e affaccia su una strada che conduce a una bella spiaggia sul San Lorenzo. E poi potrei insegnarti a guidare uno Ski-Doo».

Teddy trovò la forza di sorridere, anche se il suo cuore era colmo di tristezza. Avrebbe voluto che quel momento non finisse mai e restare lì a guardarla per ore e ore. Non voleva andarsene, non voleva più farlo. Ma l'infermiera lo richiamò alla ragione, dicendogli che la visita era finita. Fu un'ardua lotta riuscire a staccarsi dalla sedia.

«Occhio o rischio di prenderti sul serio», riuscì finalmente ad articolare.

«Sono serissima».

Si abbassò e le baciò delicatamente le labbra.

«In tal caso considerala una promessa. Avrò bisogno di fermarmi in Francia il tempo di sistemare alcune cose e occuparmi del rimpatrio della salma di Morgane. Credi di poter pazientare un po'?».

«Quando cresci a Norfer, la pazienza è la prima delle cose che impari», gli rispose sorridendo.

Un ultimo sguardo, un ultimo contatto con la punta delle dita, e Teddy uscì dall'ospedale, in lacrime. Il calore che sentiva in petto la diceva lunga. Léonie gli sarebbe mancata. Si addentrò nella notte quebecchese, che gli sembrò molto meno fredda rispetto a quella di Norferville. Per un attimo scrutò il cielo alla ricerca di un'aurora boreale, invano.

La stella, però, c'era. E brillava più di tutte.

Nota per i lettori

A Norferville accadono fatti così terrificanti che ho preferito creare questa città di sana pianta. Stesso discorso per la riserva innu di Papakassik, che non esiste nella realtà. Non volevo assolutamente che delle persone in carne e ossa, peraltro così poco numerose in quelle terre lontane e isolate, potessero identificarsi in alcuni dei miei personaggi più loschi. Detto questo, però, la costruzione di Norferville, della riserva e del contesto si basa su modelli reali. Ancora oggi esistono città minerarie, addossate a riserve indigene e circondate da grandi laghi e foreste, che disturbano la quiete del Grande Nord canadese. Lo Tshiuetin – che in lingua innu significa 'vento del Nord' – è uno di quei treni mitici che permettono a popolazioni lontane di muoversi attraverso distese immense e ostili.

Questa storia nasce dal mio desiderio di continuare un viaggio in Québec che ho avuto la fortuna di compiere qualche anno fa, e che mi ha dimostrato fino a che punto l'uomo possa essere insignificante e vulnerabile in territori del genere. Volevo, al di là della storia raccontata, proporre un romanzo di atmosfera che proiettasse voi lettori in mezzo agli elementi della natura e, pagina dopo pagina, vi facesse percepire il freddo quasi fisicamente. Spero sia venuto qualche brividino anche a voi, come a Léonie e a Teddy, nel corso di quest'avventura.

La mia resta chiaramente un'opera di fantasia, ma la maggior parte delle informazioni riguardo alla situazione, passata e presente, delle riserve indigene e dei loro abitanti si basa su dati reali. Per i più curiosi tra voi, sappiate che in rete esiste una fitta documentazione al riguardo. Per concludere mi piacerebbe, per l'appunto, citare un estratto della prefazione al rapporto finale dell'Inchiesta nazionale sulle donne e sulle ragazze indigene scomparse e assassinate (disponibile al seguente indirizzo: https://www.mmiwg-ffada.ca/fr/): «Celebriamo la forza, il coraggio e la perseveranza che state dimostrando in questa ricerca di giustizia e di guarigione dopo la perdita delle vostre nonne, madri, sorelle, zie, figlie, nipoti, cugine e amiche.

Vogliamo rendere omaggio alle sopravvissute alla violenza che ci hanno parlato della loro storia. Avete dato prova di una forza, un coraggio e una resilienza straordinari condividendo con altri la vostra verità, perché molte di voi vivono ancora oggi dei traumi e sono vittime di una violenza sistemica. Siamo estremamente toccati dal fatto che abbiate deciso di confidarci le vostre esperienze».

FSC
MISTO
Carta
FSC® C129194

Finito di stampare
nel mese di maggio 2024
presso Print on Web s.r.l.
Via Napoli, 85 – Isola del Liri (FR)
per conto di
Fazi Editore